Zur Autorin:

Die preisgekrönte Schriftstellerin sitzt jeden Tag acht Stunden am Schreibtisch. Inzwischen hat sie mehr als 240 Romane geschrieben, die weltweit regelmäßig auf den Bestsellerlisten landen. Vom New Yorker wurde sie zu »Amerikas Lieblingsautorin« ernannt. Auch in Deutschland erfreut sich Nora Roberts einer großen Fangemeinde. Sie lebt mit ihrem Ehemann in Maryland.

Wo das größte Glück verborgen ist

Meer der Liebe bereits erschienen in: Im Zauber des Frühlings,
2016, Mira Taschenbuch
Pension der Sehnsucht bereits erschienen in: Hotel der Herzen,
2016, Mira Taschenbuch

4. Auflage 2024
Neuausgabe im HarperCollins Taschenbuch

Originaltitel: »Less of a Stranger«
Erschienen bei: Silhouette Books, Toronto
Übersetzung: Sonja Sajlo-Lucich

Originaltitel: »From This Day«
Erschienen bei: Silhouette Books, Toronto
Übersetzung: Ingrid Hermann

Published by arrangement with
HARLEQUIN ENTERPRISES II B.V./SARL

Umschlagabbildung von Shutterstock/Phill Doherty
Umschlaggestaltung von zero Werbeagentur
Gesetzt aus der Stempel Garamond
von GGP Media GmbH, Pößneck
Druck und Bindung von GGP Media GmbH, Pößneck
Printed in Germany
ISBN 978-3-365-00419-7
www.harpercollins.de

Druckprodukt mit finanziellem
Klimabeitrag
ClimatePartner.com/15109-2009-1001

MIX
Papier
FSC FSC® C014496

Nora Roberts

Meer der Liebe

Roman

Aus dem amerikanischen Englisch von
Sonja Sajlo-Lucich

HarperCollins

1. Kapitel

Er sah sie kommen. Obwohl sie Jeans, Lederjacke und einen Motorradhelm trug, fiel ihre weibliche Ausstrahlung Catch sofort auf. Sie fuhr eine kleine Maschine, eine Honda.

Catch zog an seiner Zigarette und beobachtete, wie sie das Motorrad geschickt auf den Parkplatz des Supermarkts lenkte.

Sie stellte den Motor ab und schwang sich geschmeidig vom Sattel. Groß war sie, wie Catch bemerkte, gut 1,75 m, und schlank. Er lehnte sich lässig an den Getränkeautomaten und beobachtete sie weiter. Sein Interesse steigerte sich, als sie den Helm absetzte. Sie war eine Schönheit.

Das brünette Haar mit rötlichen und golden schimmernden Strähnen fiel ihr gerade bis auf die Schultern. Der Pony hing ihr fast bis in die Augen. Ein schmales Gesicht mit feinen, ausgeprägten Zügen, die Lippen voll und sinnlich. Er kannte Models, die alles dafür geben würden, ein solches Gesicht zu haben.

Das dezente Make-up war ganz sicher nicht in der Absicht aufgetragen worden, Aufmerksamkeit auf sich zu ziehen. Das hatte sie auch gar nicht nötig. Ihre Augen waren groß, und selbst auf die Entfernung hin konnte er das tiefe warme Braun ausmachen. Die Augen eines Fohlens – eindrucksvoll schimmernd und wachsam. Sie bewegte sich mit einer unaufdringlichen Grazie. Und sie musste noch jung sein, vielleicht gerade einmal Anfang zwanzig.

Er nahm einen Zug von der Zigarette. Ja, auf jeden Fall eine Schönheit.

»Hallo, Megan!«

Jetzt drehte sie sich um in die Richtung, aus der der Ruf gekommen war. Ihr Haar funkelte in der Sonne, als sie es über ihre Schulter warf.

Als Megan die Bailey-Zwillinge in ihrem offenen Jeep auf den Parkplatz einbiegen sah, verzogen sich ihre Lippen zu einem Lächeln. Sie hängte den Helm an den Lenker und ging zu dem Wagen hinüber. Sie mochte die Zwillinge.

»Hi.«

Die beiden waren genauso alt wie sie, dreiundzwanzig, nur dass die beiden im Gegensatz zu Megan klein und hellblond waren und strahlend blaue Augen hatten.

Diese blauen Augenpaare sahen jetzt an Megan vorbei zu dem Mann, der beim Getränkeautomaten stand. Fast wie durch einen Reflex richteten beide sich das vom Fahrtwind zerzauste Haar und setzten sich in Pose, um sich von ihrer besten Seite zu zeigen.

»Dich hat man ja ewig nicht mehr gesehen.« Während Teri Bailey mit Megan sprach, ließ sie Catch nicht aus den Augen.

»Ich musste noch einige Dinge erledigen, bevor die Saison jetzt wieder anfängt.« Megan sprach mit dem für das Küstengebiet von South Carolina typischen weichen Singsang. »Wie ist es euch denn ergangen?«

»Oh, uns geht's großartig!« Jeri drehte sich ein wenig auf dem Fahrersitz. »Wir haben uns den Nachmittag freigenommen. Hast du nicht Lust, mit uns auf einen Einkaufsbummel zu kommen?« Auch sie hielt den Blick unauffällig auf Catch gerichtet.

»Würde ich gerne«, sagte Megan, doch sie schüttelte den Kopf. »Aber ich muss hier ein paar Dinge besorgen.«

»Nimmst du den Typen da drüben mit den umwerfenden grauen Augen auch mit?«, wollte Jeri wissen.

»Was?« Megan lachte.

»Der mit den breiten Schultern«, kam es von Teri.

»Er lässt Megan nicht aus den Augen, was, Teri?«, meinte Jeri zu ihrer Schwester. »Und dabei haben wir ein Heidengeld für diese Tops ausgegeben.« Sie zupfte gespielt schmollend an den dünnen Trägern ihres rosa T-Shirts, das gleiche, das auch ihre Schwester trug.

Megan verstand kein Wort. »Wovon redet ihr überhaupt?«

»Hinter dir«, raunte Teri mit einem unmerklichen Kopfnicken. »Das Prachtexemplar dort drüben am Automaten. Zum Anbeißen!«

Als Megan sich umdrehen wollte, zischelte Teri aufgeregt: »Dreh dich jetzt bloß nicht um!«

»Wie soll ich ihn denn sonst sehen können?«, bemerkte Megan höchst logisch, noch während sie sich umwandte.

Er war blond. Nicht so hell wie die Zwillinge, sondern dunkler, fast honigfarben, mit von der Sonne gebleichten Strähnen. Das Haar war etwas zu lang und lockte sich in seinem Nacken. Er trug ausgewaschene Jeans und lehnte lässig am Automaten, während er aus einer Dose trank.

Aber sein Gesicht ist alles andere als uninteressant, im Gegenteil, dachte Megan, als er ihren Blick, ohne mit der Wimper zu zucken, erwiderte. Sicher, er hätte dringend eine Rasur nötig, aber seine Augen waren hellwach und die Gesichtszüge einfach perfekt.

Normalerweise hätte dieses Gesicht mit dem markanten Ausdruck, dem Grübchen am Kinn und den schmalen Lippen Megan fasziniert. Es war ein aussagekräftiges Gesicht, attraktiv auf eine ursprüngliche, raue Art. Doch die Augen … sie wirkten herausfordernd. Nein, unverschämt, entschied Megan mit einem Stirnrunzeln.

Sie kannte diesen Typ Mann zur Genüge. Herumtreiber, Tagelöhner, Vagabunden auf der Suche nach Sonne und einer flüchtigen Affäre.

Megan runzelte die Stirn noch ein wenig stärker, als er ihr mit der Dose zuprostete.

Dann schwang ihr Kopf herum, denn die Zwillinge begannen, zu kichern.

»Himmel, ist der süß!«

»Blödsinn! Er ist total typisch für die Männer hier in der Gegend.«

Die Zwillinge tauschten einen wissenden Blick.

»Ich würde mir den nicht entgehen lassen«, sagte Jeri und startete den Jeep.

Mit einem Lächeln, das bei beiden fast identisch aussah, und einem fröhlichen Winken verabschiedeten sich Teri und Jeri von Megan und fuhren davon. »Bye!«

Megan zog die Nase kraus, dennoch winkte sie ihnen nach.

Dann ging sie in den Supermarkt. Den Mann, der dort weiterhin am Eingang herumlungerte, ignorierte sie bewusst.

Den Willkommensgruß des Angestellten hinter der Kasse dagegen erwiderte sie freundlich.

Megan war in Myrtle Beach aufgewachsen. Sie kannte all die kleinen Läden im Umkreis von fünf Meilen, und jeder kannte sie. Schließlich gehörte ihrem Großvater der hiesige Vergnügungspark.

Sie holte sich einen Einkaufswagen und ging die erste Ladenreihe entlang. Nur ein kleiner Einkauf, sagte sie sich und nahm einen Liter Milch aus dem Kühlregal. Viel transportieren konnte sie mit den Satteltaschen ohnehin nicht. Wenn der Pick-up in Ordnung wäre …

Doch es war müßig, jetzt darüber nachzudenken. Im Moment ließ sich nun mal nichts daran ändern.

Vor dem Regal mit Keksen und Backwaren blieb Megan stehen. Sie hatte den Lunch ausfallen lassen, und die Schachteln und Dosen sahen wirklich sehr verlockend aus. Vielleicht das Müsli …

»Die hier sind besser.«

Megan zuckte leicht zusammen, als eine Hand an ihr vorbei nach der Schachtel Kekse griff, die eine Extraportion Schokoflocken versprach.

Als sie den Kopf drehte, schaute sie in die unverschämten grauen Augen.

»Wollen Sie die?« Sein Grinsen war ebenso dreist.

»Nein.« Sie sah vielsagend auf die Hand, die auf dem Griff ihres Einkaufswagens lag.

Mit einem achtlosen Schulterzucken zog Catch seine Hand zurück. Doch zu Megans Ärger hatte er wohl beschlossen, sich nicht abwimmeln zu lassen, und schlenderte neben ihr her.

»Also, was brauchen Sie alles, Meg?«, meinte er leutselig und riss die Keksschachtel auf.

»Ich bin durchaus in der Lage, meine Einkäufe allein zu erledigen.« Sie bog in die nächste Reihe ein und legte eine Dose Thunfisch in den Korb.

Er hat den Gang eines Revolverhelden, dachte sie bei sich. Lange Schritte, ein wenig schlenkernd und wippend.

»Nette kleine Maschine, die Sie da haben.« Er biss in einen Keks. »Leben Sie hier in der Nähe?«

Sie sah prüfend auf ein Paket Tee und warf es in den Wagen. »Irgendwo muss der Mensch ja leben.«

»Niedlich«, kommentierte er ihre Antwort und bot ihr einen Keks an. Megan ignorierte die Geste und ihn so gut wie möglich und ging weiter.

Als sie jedoch nach einem Toastbrot greifen wollte, hielt er ihre Hand fest.

»Vollkornmehl ist doch viel gesünder.«

Seine Hand lag hart und fest um ihre Finger. Megan bedachte ihn mit einem strengen Blick. »Hören Sie, ich …«

»Kein Ring«, bemerkte er, verschränkte seine Finger mit ihren und begutachtete ihre Hand genauer. »Also keine feste Bindung. Wie wär's mit einem gemeinsamen Dinner?«

»Auf gar keinen Fall.« Sie versuchte, ihm ihre Hand zu entziehen, doch er hielt sie fest.

»Seien Sie doch nicht so abweisend, Megan. Sie haben fantastische Augen, wissen Sie das?«

Er lächelte sie an, und sie hatte das Gefühl, als seien sie die einzigen beiden Menschen auf der Welt.

Jemand griff mit einem empörten Murmeln an ihnen vorbei ins Regal, um einen Laib Brot herauszuholen.

»Werden Sie mich wohl jetzt endlich in Ruhe lassen?!«, verlangte sie böse mit angehaltenem Atem. »Oder ich werde Ihnen eine lautstarke Szene bieten.«

»Das ist in Ordnung«, meinte er unbeeindruckt. »Szenen machen mir nichts aus.«

Das glaubte sie ihm unbesehen. Wahrscheinlich genoss er sie sogar. »Hören Sie«, setzte sie an, »ich weiß nicht, wer Sie sind, aber …«

»David Catcherton«, stellte er sich sofort mit einem charmanten Lächeln vor. »Aber meine Freunde nennen mich alle Catch. Wann soll ich Sie abholen?«

»Sie werden mich nicht abholen«, sagte sie betont. »Nicht jetzt, und nicht später.« Sie sah sich hastig um.

Der Supermarkt war gut besucht. Das bedeutete, sie konnte sich keine Szene erlauben. Selbst wenn sie wollte. »Lassen Sie jetzt endlich meine Hand los.«

»Die Tourismusbehörde wirbt damit, dass Myrtle Beach ein freundliches Städtchen ist, Meg.« Er gab ihre Finger frei. »Sie ruinieren den guten Ruf der Stadt.«

»Und nennen Sie mich nicht Meg«, zischte sie wütend. »Ich kenne Sie überhaupt nicht!« Damit stapfte sie davon, den Einkaufswagen vor sich herschiebend.

»Das wird sich ändern.«

Er hatte es leise gesagt, dennoch hatte sie ihn gehört.

Sie drehte sich um, und ihre Blicke trafen sich. Megans Augen sprühten wütende Funken, seine blickten ruhig und selbstsicher.

Erbost wandte sie sich ab und ging auf die Kasse zu.

»Du wirst nicht glauben, was mir heute im Supermarkt passiert ist.« Mit einem dumpfen Laut setzte Megan die Einkaufstüte auf der Anrichte ab.

Ihr Großvater saß am Küchentisch und präparierte konzentriert den Köder an einem Angelhaken. Vor ihm lagen verschiedene Sorten dünnen Drahts und Dutzende von Federn und Gewichten ordentlich sortiert.

»Dieser Mann«, sie zog das Brot aus der Tüte, »dieser unglaublich dreiste Mann hat sich an mich herangemacht. In der Keksabteilung!«

Mit empört gerunzelter Stirn füllte Megan Teebeutel in eine Dose um. »Er hat mich doch tatsächlich zum Dinner eingeladen, Pop.«

»Hm.« Ihr Großvater wickelte penibel Draht um eine gelbe Feder. »Dann viel Spaß.«

»Pop!« Frustriert schüttelte Megan den Kopf, aber ihre Mundwinkel zuckten.

Timothy Miller war ein kleiner, drahtiger Mann in den Sechzigern. Sein rundes Gesicht war eingerahmt von schlohweißem Haar, der Vollbart mit Sorgfalt gepflegt. Wache blaue Augen, denen nie etwas entging, strahlten aus dem gebräunten Gesicht.

Im Moment jedoch galt seine ganze Aufmerksamkeit den Ködern. Dass er Megan überhaupt gehört hatte, war nur der tiefen Zuneigung für seine Enkelin zu verdanken.

Megan ging zu ihm und setzte einen Kuss auf sein Haupt. »Gehst du morgen fischen?«

»Jawohl! Mit dem ersten Hahnenschrei.« Pop zählte die Köder ab und überdachte wohl noch einmal seine Strategie. Angeln war schließlich eine äußerst ernste Angelegenheit – zumindest für ihn. »Der Pick-up müsste übrigens heute Abend repariert sein. Ich kann also morgen das Auto nehmen und bin vor dem Abendessen auf jeden Fall wieder zurück.«

Megan nickte und gab ihm noch einen Kuss. Pop brauchte seine Angeltage.

Im Frühling und Herbst war der Vergnügungspark nur an den Wochenenden geöffnet. Im Sommer jedoch arbeiteten sie sieben Tage in der Woche.

Es war die Sommersaison, die die Stadt am Leben hielt. Dann kamen die Touristen, und mit ihnen das Geschäft.

In den drei Monaten schwoll die Stadt von ungefähr dreizehn-, vierzehntausend Einwohnern schlagartig auf dreihunderttausend an. Und fast jeder dieser dreihunderttausend Menschen kam hierher, um sich zu amüsieren.

Ihr Großvater hatte immer hart gearbeitet. Er verdiente sich seinen Lebensunterhalt, indem er anderen ihr Vergnügen ermöglichte. Würde es ihm selbst nicht so großen Spaß machen, wäre das wohl ein hartes Schicksal. Aber er liebte den Vergnügungspark von ganzem Herzen.

Und zum Leben seiner Enkelin gehörte der Park, seit sie denken konnte.

Megan war noch keine fünf Jahre alt gewesen, als sie ihre Eltern verlor. Pop war ihr über die Jahre Mutter, Vater und Freund gewesen. Und der Vergnügungspark *Joyland* und das kleine Cottage am Strand wurden ihr Zuhause.

Hatte anfangs die Trauer Großvater und Enkelin zusammengeführt, so waren ihre Bindung und ihre Liebe füreinander inzwischen unerschütterlich.

Anderen Menschen gegenüber ging Megan vorsichtig mit ihren Gefühlen um. Denn wenn sie einmal Gefühle entwickelte, dann waren diese sehr intensiv. Wenn sie liebte, dann liebte sie rückhaltlos und ohne Einschränkungen.

»Frische Forelle zum Abendessen wäre nicht schlecht.« Sie umarmte ihn noch einmal fest. »Heute Abend wird es wohl eine Thunfischkasserolle tun müssen.«

»Hattest du nicht gesagt, du gehst aus?«

»Pop!« Mit beiden Händen strich Megan sich das Haar aus dem Gesicht. »Glaubst du etwa, ich gehe mit einem Mann aus, der mich in der Keksabteilung anspricht?«

Mit einer routinierten Handbewegung zündete sie das Gas unter dem Teekessel an.

»Ich würde sagen, das kommt auf den Mann an, oder?« Das Lachen in seinen Augen sagte ihr, dass sie jetzt seine volle Aufmerksamkeit hatte. »Wie sah er denn aus?«

»Einer von diesen merkwürdigen Typen, die am Strand herumlungern.« Noch während sie das sagte, wusste sie, dass das so nicht stimmte. »Und er hat auch noch etwas von einem Cowboy.«

Sie lächelte, als sie Pops Grinsen sah. »Eigentlich hat er ein faszinierendes Gesicht. Schmal und stark, sehr attraktiv. Auf ungeschliffene Art. Als Bronze würde er sich großartig machen.«

»Hört sich doch interessant an. Wo, sagtest du, hast du ihn getroffen?«

»Vor dem Keksregal.«

»Und da bereitest du eine Thunfischkasserolle zu, anstatt zum Dinner auszugehen?« Pop seufzte schwer. »Ich weiß wirklich nicht, was mit diesem Mädchen nicht stimmt.«

»Er war frech und vorlaut.« Megan verschränkte die Arme vor der Brust. »Und außerdem hat er mich anzüglich angesehen. Ich dachte, Großväter holen das

Gewehr hervor, wenn jemand ihre Enkelinnen anzüglich ansieht.«

»Willst du dir etwa eines ausleihen und auf die Jagd nach ihm gehen?«

Das schrille Pfeifen des Wasserkessels bewahrte sie vor einer Antwort.

Pop beobachtete Megan, wie sie den Tee aufgoss. Sie ist ein gutes Mädchen, dachte er bei sich, manchmal etwas zu ernst, aber ein gutes Mädchen. Und eine Schönheit.

Es wunderte ihn nicht, dass ein Fremder versucht hatte, sich eine Dinnerverabredung mit ihr zu ergattern. Im Gegenteil, seiner Meinung nach müsste das viel öfter passieren.

Allerdings schaffte Megan es, einen Mann ohne ein einziges Wort zu entmutigen. Sie brauchte nur ihren »Ich muss doch wohl sehr bitten«-Blick aufzusetzen, und schon nahmen potenzielle Verehrer schleunigst die Beine in die Hand. Anders wollte sie es anscheinend nicht haben.

Der Vergnügungspark und ihre Kunst nahmen sie voll und ganz in Anspruch, ihr blieb gar keine Zeit für gesellschaftliche Unternehmungen.

Nein, sie nimmt sich keine Zeit, verbesserte er sich in Gedanken. Und wenn ihn nicht alles täuschte, hatte da auch noch etwas anderes in ihrem Bericht über den Mann im Supermarkt mitgeklungen – Amüsiertheit und ein ganz kleines bisschen Interesse.

Aber da Pop seine Enkelin kannte, beschloss er, das Thema vorerst fallen zu lassen.

»Laut Wettervorhersage soll es das ganze Wochenende schön bleiben.« Vorsichtig legte er seine Köder in die kleine Kiste mit seinen Angelutensilien. »Das führt bestimmt eine Menge Leute in den Park. Übernimmst du den Schießstand?«

»Ja, sicher.« Megan stellte zwei Becher mit Tee auf den Tisch und setzte sich. »Sind die beiden Gondeln auf dem Riesenrad repariert?«

»Hab mich heute Morgen selbst darum gekümmert.« Pop blies vorsichtig in seinen Becher, um den heißen Tee ein wenig abzukühlen.

Ihr Großvater war bester Stimmung, wie Megan bemerkte.

Pop war ein einfacher Mann. Schon immer hatte sie seine Aufrichtigkeit, seinen stillen Humor und seine Gradlinigkeit bewundert. Er liebte es, die Menschen fröhlich zu machen. Das war ihm wichtiger, so fügte sie mit einem stillen Seufzer hinzu, als sich an der Bezahlung dafür zu erfreuen.

Joyland hatte nie mehr als einen bescheidenen Profit abgeworfen. Pop war eben ein sehr viel besserer Großvater als ein Geschäftsmann.

Größtenteils regelte sie die geschäftliche Seite, auch wenn diese Verantwortung sie von ihrer Kunst fernhielt. Schließlich sicherte der Park ihnen den Lebensunterhalt. Und was wichtiger war … Pop liebte seinen Park.

Im Moment schrieb der Park leider rote Zahlen. Ein Thema, das bewusst keiner von ihnen ansprach.

Stattdessen redeten sie über Neuerungen für die kommende Saison, besprachen Werbemaßnahmen für die Osterferien und Spezialangebote während des Memorial-Day-Wochenendes im Mai.

Megan nippte an ihrem Tee und hörte Pop nur mit halbem Ohr zu, wie er über die Möglichkeiten sprach, für den trubeligen Sommer Hilfskräfte einzustellen. Darum würde sie sich schon kümmern, wenn es so weit war.

Pop war ein wahrer Magier, wenn es um stotternde Karussellmotoren und von der Sonne erschöpfte Touristen ging. Doch er neigte nun mal dazu, seine Arbeiter viel zu großzügig zu entlohnen, ohne darauf zu achten, ob er auch etwas für sein Geld zurückbekam. Megan war da wesentlich praktischer veranlagt. Ihr blieb eigentlich auch keine andere Wahl.

Diesen Sommer werde ich wohl selbst als Vollzeitkraft einspringen müssen, überlegte sie.

Nur kurz blitzte das Bild der halb fertigen Skulptur in ihrem Atelier über der Garage vor ihr auf. Nun, die würde eben bis Dezember warten müssen.

Megan musste sich beherrschen, um nicht laut aufzuseufzen. Es ging eben nicht anders. Bis die Lage wieder besser aussah. Vielleicht nächstes Jahr …

Immer hieß es »Vielleicht nächstes Jahr«. Immer gab es andere Dinge zu erledigen.

Mit einem unmerklichen Schulterzucken wandte sie ihre Aufmerksamkeit wieder Pops Monolog zu.

»Ich denke, wir können ein paar Wanderarbeiter und Studenten anheuern, die die Karussells bedienen.«

»Ja, das wird wohl kein Problem sein.« Bei Pops Erwähnung der Wanderarbeiter gingen Megans Gedanken automatisch zurück zu David Catcherton.

Catch. Sein Gesicht erschien vor ihrem inneren Auge. Eigentlich würde sie diesen Typus Mann als vagabundierenden Tagelöhner abtun, doch da war mehr an ihm.

Megan hielt sich für eine Menschenkennerin und war stolz auf ihr genaues Auge. Es ärgerte sie, dass es ihr nicht gelang, diesen Mann exakter zu charakterisieren. Noch mehr allerdings ärgerte es sie, dass sie schon wieder an diese lächerliche Begegnung mit dem Fremden dachte.

»Noch Tee?« Pop war bereits auf dem Weg zum Herd.

Megan riss sich zusammen. »Äh ... ja, gern.«

Sie runzelte über sich selbst die Stirn. Da erging sie sich in unnützen Lappalien, während es genug andere Dinge zu tun gab. »Dann werde ich mich wohl besser ans Abendessen machen. Sicher wirst du bald zu Bett gehen wollen, wenn du morgen früh zum Angeln aufbrichst.«

»Das ist mein Mädchen.« Pop drehte die Gasflamme auf. Dann sah er interessiert aus dem Fenster.

»Ich hoffe, es ist genug für drei da«, meinte er leichthin. »Sieht aus, als hätte dein Strandcowboy den Weg zur Ranch gefunden.«

»Was?« Mit gerunzelter Stirn erhob sie sich.

»Deine Beschreibung passt genau. Wie üblich, Megan.« Pop beobachtete den Mann, der mit lockeren Schritten auf das Cottage zukam.

Er gefiel Pop auf Anhieb.

Schmunzelnd drehte er sich zu Megan um, die neben ihn getreten war, um ebenfalls aus dem Fenster zu sehen. Als er ihr Gesicht sah, musste er sich das laute Lachen verkneifen.

»Er ist es!«, flüsterte Megan fassungslos. Sie traute ihren Augen kaum.

»Das dachte ich mir schon«, meinte Pop gutmütig.

»Dass dieser Mann eine solche Dreistigkeit besitzt!«, stieß sie düster aus.

2. Kapitel

Bevor ihr Großvater etwas sagen konnte, marschierte Megan energisch zur Tür und riss sie auf, genau in dem Augenblick, als Catch auf den Treppenabsatz trat.

Nur ganz kurz flackerte Erstaunen in seinen grauen Augen auf.

»Sie haben wirklich Nerven«, begrüßte sie ihn eisig.

»Das hat man mir schon öfter gesagt«, stimmte er gelassen zu. »Sie sind noch hübscher als vor einer Stunde.«

Mit einem Finger fuhr Catch über ihre Wange. »Dieser Hauch von Rot unter der gebräunten Haut steht Ihnen wunderbar.«

Er strich noch über ihr Kinn und ließ seine Hand dann sinken. »Wohnen Sie etwa hier?«

»Sie wissen genau, dass ich hier wohne«, erwiderte sie kalt. »Sie sind mir gefolgt.«

Catch grinste jungenhaft. »Tut mir leid, Ihre Hoffnungen zu enttäuschen, Meg, aber Sie hier vorzufinden, ist für mich nur ein Bonus. Ich wollte zu einem gewissen Timothy Miller. Ist er ein Freund von Ihnen?«

»Er ist mein Großvater.« Fast unmerklich positionierte sie sich so, dass sie den Eingang blockierte. »Was wollen Sie von ihm?«

Catch war die beschützende Haltung nicht entgangen.

Doch bevor er etwas dazu bemerken konnte, trat Pop hinter Megan.

»Warum bittest du den Mann nicht herein, Megan? Was immer er will, er kann es mir selbst sagen.«

»Im Grunde meines Herzens bin ich recht zivilisiert und weiß mich zu benehmen, Meg«, murmelte Catch.

Sie sah über ihre Schulter zu Pop, dann zurück zu Catch.

Der Blick, mit dem sie ihn bedachte, warnte ihn deutlich. Er sollte es ja nicht wagen, ihren Großvater aufzuregen.

Dabei fiel ihr selbst etwas auf, das sie stutzen ließ: Sie las Wärme und Verständnis in Catchs Blick. Das irritierte sie mehr als seine Arroganz.

Megan trat einen Schritt zurück und hielt in stummer Einladung die Tür auf.

Mit einem Lächeln ging Catch an ihr vorbei in die Küche hinein, nicht ohne ihr vorher sanft eine Strähne hinters Ohr zu streichen.

Für einen Moment verharrte Megan regungslos und fragte sich, warum die Geste eines Fremden sie so tief anrühren sollte.

»Mr. Miller?«, fragte Catch freundlich und bot Pop die Hand zur Begrüßung. »Ich bin David Catcherton.«

Pop nickte. »Sie haben mich vorhin angerufen.« Er sah an Catch vorbei zu Megan. »Meine Enkelin haben Sie ja schon getroffen, wie ich höre.«

»Durchaus.« Catchs Augen lachten Pop an. »Sie ist sehr charmant.«

Pop kicherte vergnügt und ging zum Herd. »Ich wollte gerade frischen Tee aufbrühen. Trinken Sie eine Tasse mit?«

Megan sah, wie Catch unmerklich eine Augenbraue hochzog. Tee war sicherlich nicht das, was er sich ausgesucht hätte.

»Danke, gern.« Catch ging wie selbstverständlich zum Tisch und setzte sich, so als fühle er sich hier wie zu Hause.

Nur zögernd und fast trotzig nahm Megan ebenfalls Platz. Als sie ihn ansah, standen unausgesprochene Fragen deutlich in ihrem Blick.

»Habe ich Ihnen eigentlich schon gesagt, dass Sie umwerfend schöne Augen haben?«, murmelte Catch.

Offenbar erwartete er keine Antwort von ihr, denn er griff sofort nach Pops Angelschachtel. »Sie haben da ein paar wirklich gute Köder präpariert«, sagte er zu Pop und nahm einen kleinen hölzernen Frosch in die Hand. »Machen Sie die selbst?«

»Das ist doch der halbe Sport.« Pop stellte die Becher auf den Tisch. »Angeln Sie auch?«

»Ab und zu. Ich nehme an, Sie kennen hier all die besten Plätze, oder?«

»Einige von ihnen«, gab Pop bescheiden zu.

Megan starrte mit gerunzelter Stirn in ihren Tee. Beim Thema Angeln fand Pop nur schwer ein Ende. Darüber konnte er stundenlang reden.

»Ich hatte mir schon überlegt, ob ich nicht ein wenig das Gelände auskundschaften soll, wenn ich schon hier bin«, erwähnte Catch leichthin.

Erstaunt erhaschte Megan den abschätzenden Ausdruck in seinen Augen.

»Nun …«, Pop schien sich für die Vorstellung zu erwärmen, »… ich könnte Ihnen da vielleicht den einen oder anderen Platz zeigen. Haben Sie eine eigene Ausrüstung?«

»Leider nicht mitgebracht, nein.«

Mit einer großzügigen Geste wischte Pop dieses kleine Problem beiseite. »Woher stammen Sie, Mr. Catcherton?«

»Für Sie Catch, bitte«, verbesserte Catch sofort und lehnte sich in den Stuhl zurück. »Ursprünglich aus Kalifornien.«

Aha, daher also das typische Beachboy-Aussehen, dachte Megan und nippte an ihrem Tee.

»Da sind Sie aber weit von zu Hause weg.« Pop machte es sich auf seinem Stuhl gemütlich und zog seine Pfeife hervor, die er sich für interessante Gespräche aufhob. »Wollen Sie länger in Myrtle Beach bleiben?«

»Kommt darauf an. Ich würde mich gern mit Ihnen über den Vergnügungspark unterhalten.«

Pop hielt ein Streichholz an den Pfeifenkopf und paffte mehrere Male, bis der Tabak vor sich hin schmauchte und der Duft von Kirscharoma in die Luft stieg. »Das sagten Sie bereits am Telefon. Megan und ich haben gerade darüber gesprochen, dass wir ein paar Hilfskräfte für den Sommer brauchen werden. Die Saison beginnt in sechs Wochen. Bis Ostern sind es sogar nur noch drei Wochen.« Er paffte und stieß den Rauch aus. »Haben Sie schon mal auf einer Kirmes oder in einem Kassenhäuschen gearbeitet?«

»Nein.« Catch probierte den Tee.

»Na ...«, tat Pop mit einem Schulterzucken diese Unerfahrenheit ab, »das kann man leicht lernen. Sie sehen mir wie ein intelligenter Mensch aus.«

Wieder fiel Megan dieses selbstsichere Grinsen bei Catch auf.

Sie setzte ihren Becher ab. »Einem Neuling können wir aber nicht mehr als das Minimum zahlen«, beeilte sie sich, zu sagen.

So ungern sie es sich auch eingestand – dieser Mann machte sie nervös. Vielleicht gelang es ihr ja, ihn zu entmutigen, und er zog weiter und versuchte sein Glück woanders.

Dennoch ... er sah nicht aus wie der Typ, der auf einer Kirmes die Achterbahn bediente oder einen Sommer lang auf einer Ranch die Mistgabel schwang. Ihn umgab eine Aura von Autorität. Seine Haltung strahlte Selbstsicherheit und Macht aus, auch wenn sein Charme eher als rau zu bezeichnen war.

So schien ihre Bemerkung auch keinerlei dämpfende Wirkung auf ihn zu haben. »Das ist nur vernünftig. Arbeiten Sie auch im Park mit, Meg?«

Sie verkniff sich eine bissige Bemerkung über seine Vertraulichkeit. »Oft«, erwiderte sie nur.

»Megan ist der Kaufmann in der Familie«, warf Pop ein. »Sie hält mich mit den Beinen auf dem Boden.«

»Ich hätte gedacht, Sie arbeiten als Model.« In Catchs

Stimme lag weder Spott noch ein flirtender Ton. »Sie haben das Gesicht dafür.«

»Megan ist Künstlerin.« Pop zog stolz an seiner Pfeife.

»So?«

Catchs Musterung mit zusammengekniffenen Augen irritierte Megan.

»Wir weichen vom Thema ab«, sagte sie spröde. »Wenn Sie wegen eines Jobs hier sind …«

»Das bin ich aber nicht.«

»Aber Sie sagten doch …«

»Nein«, wiederholte er mit einem Lächeln und wandte sich an Pop. Megan fiel die Veränderung in ihm auf. »Ich brauche keinen Job in Ihrem Park, Mr. Miller. Ich möchte den Park kaufen.«

Die beiden Männer taxierten einander genau.

Pop war überrascht, aber der Vorschlag schien auch sein Interesse geweckt zu haben. Megan war für die beiden anscheinend vergessen.

Sie starrte Catch an. Plötzlich kam sie sich sehr jung und verletzlich vor. Zu gern hätte sie gelacht und die Idee als albernen Witz abgetan, doch irgendwie wusste sie es besser.

Catch meinte es ernst.

Unter seinem lässigen Äußeren hatte sie die Autorität erkannt. Im Moment ging es hier wirklich um eine rein geschäftliche Angelegenheit, sie konnte es an seiner Miene sehen.

In ihrem Magen flatterte es ungut, als sie zu ihrem Großvater sah.

»Pop?« Sie klang hilflos wie ein kleines Mädchen, und ihr Großvater schien sie auch nicht gehört zu haben.

»Sie überraschen mich, junger Mann.« Pop paffte seelenruhig an seiner Pfeife und blies den Rauch in die Luft. »Warum ausgerechnet meinen Park?«

»Ich habe Informationen über die verschiedenen Freizeitaktivitäten hier in der Gegend zusammengetragen.« Auf nähere Details ging Catch nicht ein. »Ihr Park gefällt mir.«

Pop seufzte. »Nun, ich hatte eigentlich nicht vor, den Park zu verkaufen. Über die Jahre hat man sich an einen gewissen Lebensstil gewöhnt.«

»Mit dem Angebot, das ich Ihnen mache, wird es Ihnen nicht schwerfallen, sich einen anderen Lebensstil zuzulegen.«

Pop lachte leise auf. »Wie alt sind Sie, Catch?«

»Einunddreißig.«

»Genauso lang bin ich in diesem Geschäft, mein Junge. Wissen Sie, wie man einen Vergnügungspark leitet?«

»Bestimmt weiß ich nicht so viel darüber wie Sie.« Catch grinste. »Doch mit dem richtigen Lehrer könnte ich es mit Sicherheit schnell lernen.«

Megan fühlte sich von dem Gespräch ausgeschlossen und ärgerte sich darüber. Ihr Großvater brachte so etwas auf sehr subtile, aber höchst effektive Art und Weise fertig, und David Catcherton hatte offensichtlich die gleiche Fähigkeit.

So blieb ihr nichts anderes übrig, als still dazusitzen und zuzuhören.

»Was interessiert Sie ausgerechnet an einem Vergnügungspark?«, fragte Pop, und Megan wusste sofort, dass David Catcherton ihm gefiel.

Eine Alarmsirene ging in ihrem Kopf los. Pop durfte sich nicht mit Catch einlassen. Dieser Mann brachte Unruhe mit sich, dessen war Megan sich sicher.

»Es ist ein gutes Geschäft«, antwortete Catch schließlich. »Und es macht Spaß.« Er lächelte. »Ich mag Dinge, die das Leben ein wenig aufheitern.«

Er sagte genau das Richtige, um Pop zu überzeugen, wie Megan ihm unwillig zugestand.

»Ich würde mich freuen, wenn Sie es sich wenigstens überlegen würden, Mr. Miller. Wir können uns in ein paar Tagen ja noch einmal unterhalten.«

Und Catch weiß eindeutig, wann man sich zurückziehen muss, um sein Ziel zu erreichen, fügte Megan in Gedanken hinzu.

»Nun, das kann ich Ihnen nicht abschlagen.« Dennoch schüttelte Pop den Kopf. »Aber vielleicht sollten Sie sich noch weiter umschauen. Megan und ich leiten *Joyland* jetzt schon seit vielen Jahren. Es ist unser Zuhause.«

Er sah schmunzelnd zu seiner Enkelin. »Wolltet ihr beide nicht ausgehen?«

»Nein!« Sie warf ihm einen bösen Blick zu.

»Genau das wollte ich gerade vorschlagen«, mischte Catch sich gewandt ein. »Kommen Sie, Meg, ich spendiere Ihnen einen Hamburger.«

Er erhob sich und zog sie an der Hand von ihrem Stuhl hoch.

Ihr Temperament meldete sich nun lautstark. Angestrengt bemühte sie sich, es unter Kontrolle zu halten. »Ich schlage nur ungern eine solch charmante Einladung aus, aber …«

»Dann tun Sie es auch nicht«, schnitt Catch ihr das Wort ab und wandte sich an Pop. »Möchten Sie mitkommen?«

Leise lachend schob Pop die beiden zur Tür. »Geht nur. Ich muss sowieso noch meine Ausrüstung für morgen früh zusammensuchen.«

»Können Sie bei Ihrem Ausflug einen Begleiter gebrauchen?«

Über seine Pfeife hinweg studierte Pop lange Catchs Gesicht.

»Ich breche um halb sechs auf«, meinte er schließlich. »Eine zweite Angel habe ich auch.«

»Gut! Bis um halb sechs dann also.«

Megan war so verdattert, dass sie sich ohne den leisesten Protestlaut von Catch zur Tür hinausführen ließ.

Pop lud nie jemanden auf seine morgendlichen Angeltouren ein! Für ihn war das Alleinsein Entspannung pur, er genoss die Ruhe und die Einsamkeit.

»Er nimmt sonst nie jemanden mit«, murmelte sie vor sich hin.

»Dann fühle ich mich noch mehr geschmeichelt.«

Erst jetzt bemerkte sie, dass Catch weiterhin ihre Hand hielt.

»Ich gehe nicht mit Ihnen aus«, sagte sie bestimmt und blieb stehen. »Pop können Sie mit Ihrem Charme vielleicht einwickeln, aber mich …«

»Aha, Sie halten mich also für charmant?« Er grinste herausfordernd und nahm auch noch ihre andere Hand.

»Nicht im Geringsten«, lautete ihre Antwort, aber sie musste sich ein Lächeln verkneifen.

»Warum wollen Sie nicht mit mir zu Abend essen?«

Sie sah ihm gerade in die Augen. »Weil ich Sie nicht mag.«

Sein Lächeln wurde breiter. »Ich würde gerne Ihre Meinung über mich ändern.«

»Das wird Ihnen nicht gelingen.« Sie wollte ihm ihre Hände entziehen, doch sein Griff wurde nur noch fester.

»Wetten?«, forderte er sie heraus, und er sah wieder das verdächtige Zucken um ihre Mundwinkel. »Wenn ich es schaffe, dann bummeln Sie am Freitag mit mir durch den Vergnügungspark.«

»Und wenn nicht?«

»Dann werde ich Sie nicht mehr belästigen.«

Er klang sehr überzeugt und selbstsicher. Megan überlegte, ob sie es nicht auf den Versuch ankommen lassen sollte.

»Sie brauchen nichts weiter zu tun, als mit mir essen zu gehen«, fuhr er unbeirrt fort. »Zwei Stunden, mehr nicht.«

»Na gut«, stimmte sie impulsiv zu, »abgemacht.«

Wieder versuchte sie, ihre Hände zurückzuziehen, doch vergebens. »Ich würde die Abmachung wirklich gern mit einem Handschlag besiegeln, aber Sie lassen mich ja nicht los.«

»Stimmt. Also besiegeln wir das Ganze auf meine Art.« Und damit zog er sie zu sich heran.

Bevor sie auch nur einen Ton sagen konnte, lagen seine Lippen schon auf ihren.

Er küsste sie mit gekonnter Gründlichkeit. Hinterher hätte Megan nicht sagen können, ob sie ihre Lippen instinktiv von sich aus geöffnet oder ob er sie mit seinen lockenden Liebkosungen dazu gebracht hatte.

In dem Moment, als sie seinen festen Mund spürte, schien ihr Kopf mit einem Mal wie leer zu sein. Die Empfindungen ihres Körpers hatten die Führung übernommen, befahlen ihr, sich der Umarmung zu ergeben und das Gefühl seiner Berührungen zu genießen.

Etwas anderes existierte nicht mehr, an nichts konnte sie sich noch festhalten, um dem Strudel zu entkommen, der sie in wilde Wasser zog, weiter und weiter.

Mit einem leisen Protestlaut machte sie sich schließlich von ihm los.

Seine Augen waren dunkel und verhangen. Wie hatte sie sich je einbilden können, er sei leicht durchschaubar? Wie hatte sie nur denken können, sie würde ohne Weiteres mit ihm fertigwerden können?

Nichts von dem, was sie vor wenigen Minuten über ihn gedacht hatte, stimmte noch.

Zitternd holte sie Luft und versuchte, sich zu sammeln.

»Du bist so warm und anschmiegsam«, sagte Catch leise. »Ein Jammer, dass du dich so kühl und unnahbar gibst.«

»Ich bin nicht anschmiegsam, und ich gebe mich auch nicht unnahbar.« Sie schüttelte den Kopf, als könne sie damit ihren hämmernden Puls beruhigen.

»Doch, das bist du, und ja, das tust du.« Er drückte ihre Hände und gab dann eine frei, während er Megan an der anderen zu seinem Wagen führte.

Panik stieg in ihr auf, die sie verzweifelt zu unterdrücken suchte. Du bist vorher schon so geküsst worden, sagte sie sich. Es ist einfach nur unerwartet gekommen.

Und noch während sie das dachte, wusste sie, dass es eine Lüge war. Nein, so war sie noch nie geküsst worden.

Und sie hatte die Situation nicht mehr unter Kontrolle.

»Ich glaube, ich komme besser nicht mit«, hob sie an.

Mit einem Lächeln hielt er ihr die Wagentür auf.

»Abgemacht ist abgemacht, Meg.«

3. Kapitel

Catch fuhr einen schwarzen Porsche. Was Megan nicht besonders überraschte. Einen gewöhnlichen Wagen hätte sie bei ihm auch gar nicht erwartet. Man musste kein Genie sein, um zu erkennen, dass David Catcherton sich das Beste vom Besten leisten konnte.

Wahrscheinlich hat er sein Geld geerbt, entschied sie, während sie sich in den grauen Ledersitz zurücklehnte. Sicherlich hatte er in seinem ganzen Leben noch keinen einzigen Tag gearbeitet.

Dann erinnerte sie sich an die kräftigen, schwieligen Hände. Er musste eine Sportskanone sein, so fiel ihr herablassendes Urteil aus. Tennis, Squash, Segeln … ein Mann, der nichts Produktives leistete, sondern nur seinem Vergnügen nachjagte. Und es bestimmt auch mühelos fand.

Abrupt sah sie zu ihm hin. Sein scharfes Profil war äußerst attraktiv, vor allem da sich Locken um sein Ohr und im Nacken ringelten.

»Gefällt dir, was du siehst?«

Das Blut schoss ihr in die Wangen, vor Verlegenheit und Ärger, dass sie ertappt worden war. »Du müsstest dich mal wieder rasieren«, meinte sie spröde.

Catch warf einen Blick in den Rückspiegel und strich sich übers Kinn. »Du hast recht. Bei unserer nächsten

Verabredung denke ich daran. Nein, sag nichts«, setzte er sofort nach, als er spürte, wie sie sich versteifte. »Hat deine Mutter dir nicht beigebracht, dass man besser schweigt, wenn einem nichts Nettes einfällt?«

Megan verkniff sich die Antwort.

»Wie lange lebst du eigentlich schon hier?«, fuhr er im Plauderton fort.

»Schon immer.« Durch das offene Fenster drangen Straßengeräusche und Musik aus den verschiedenen Autoradios herein und mischten sich zu einem melodischen Ganzen.

Megan gefiel diese seltsame Harmonie. Sie spürte, wie die Anspannung langsam von ihr wich.

Sie lockerte ihre Schultern und drehte sich im Sitz zu Catch. »Und was machst du so?«

Der leicht verächtliche Ton war ihm nicht entgangen. »Ich besitze … Dinge.«

»Tatsächlich? Welche Art von Dingen?«

Catch hielt vor einer roten Ampel und sah sie an. »Alles, was mir gefällt.«

Die Ampel wurde grün. Zügig fuhr er los, um bald darauf auf den Parkplatz eines exklusiven Restaurants einzubiegen.

»Da können wir auf keinen Fall rein«, protestierte Megan.

»Wieso nicht?« Catch stellte den Motor ab. »Das Essen ist wirklich gut.«

»Ich weiß, aber wir sind nicht passend angezogen, und …«

»Muss bei dir immer alles passend sein, Meg?«

Die Frage ließ sie innehalten. Sie suchte in seiner Miene nach einem Anzeichen, ob er sich über sie lustig machte, aber sie fand keine Antwort.

»Ich sag dir was.« Er stieg aus und steckte den Kopf zum offenen Fenster durch. »Denk in Ruhe darüber nach. Ich bin gleich zurück.«

Megan sah ihm nach, wie er in dem eleganten Restaurant verschwand. Sie schüttelte den Kopf. Die Mitarbeiter werden ihn hochkant hinauswerfen, dachte sie. Dennoch schlich sich so etwas wie Bewunderung für seine Dreistigkeit in ihre Gedanken.

Diese Selbstsicherheit, die er an den Tag legte, war bemerkenswert. Sie verschränkte die Arme vor ihrer Brust.

»Und trotzdem mag ich ihn nicht«, murmelte sie vor sich hin.

Eine Viertelstunde später mochte Megan ihn noch weniger. Er war einfach absolut unmöglich!

Vor Wut schäumend stieg sie aus dem Wagen und knallte die Tür zu.

Da ließ dieser Rüpel sie doch tatsächlich hier ewig lang sitzen und warten!

Sie würde zur nächsten Telefonzelle marschieren und Pop anrufen, damit er sie abholte! Doch vergeblich suchte sie in ihren Jeans nach einer Münze. Nicht einen Penny hatte sie dabei.

Sie würde sich Kleingeld leihen müssen. Oder im Restaurant um Erlaubnis bitten, einen Anruf zu machen.

Megan holte tief Luft. Selbst das war besser, als hier zu sitzen und zu warten!

Als sie die Tür zum Restaurant aufzog, kam Catch ihr entgegen.

»Danke«, meinte er unbewegt und schlenderte lässig an ihr vorbei.

Megan starrte ihm perplex nach. Er trug den größten Picknickkorb, den sie je gesehen hatte.

Nachdem er den Korb auf die Rückbank gestellt hatte, sah er zu ihr hin.

»Na, komm endlich. Ich bin halb verhungert.«

»Was ist da drin?«, fragte sie misstrauisch.

»Unser Abendessen natürlich.« Er bedeutete ihr, in den Wagen einzusteigen.

Megan blieb vor der geschlossenen Beifahrertür stehen und rührte sich nicht. »Wie hast du sie dazu bewegen können?«

»Ich habe gefragt. Hast du Hunger?«

»Ja, aber wie …«

»Dann lass uns losfahren.« Catch glitt hinters Steuer und startete den Wagen.

Kaum dass Megan eingestiegen war, brauste er auch schon los. »Hast du einen Lieblingsplatz?«

»Einen Lieblingsplatz?«, wiederholte sie verständnislos.

»Du willst mir doch nicht sagen, dass du dein ganzes Leben hier verbracht hast und keinen Lieblingsplatz hast? Irgendeinen Ort, an dem du dich eben besonders gern aufhältst!« Catch lenkte den Wagen in Richtung Meer. »Jeder hat so einen Platz. Also, wo liegt deiner?«

»Das nördlichste Ende des Strandes«, teilte sie ihm mit. »Da gehen nur wenige Menschen hin, und wenn, dann nur in der Hochsaison.«

»Gut. Ich möchte nämlich mit dir allein sein.«

Die schlichte Direktheit seiner Worte ließ Schmetterlinge in ihrem Bauch aufflattern. Langsam drehte sie sich zu ihm hin und sah ihn an.

»Ist etwas verkehrt daran?« Das Lächeln war wieder da, unverbrüchlich und ansteckend.

Megan seufzte. Sie hatte das Gefühl, am Beginn einer wilden Achterbahnfahrt zu stehen. »Gut möglich«, murmelte sie.

Außer einigen Schreimöwen war der Strand leer und verlassen.

Megan verharrte für einen Moment und schaute nachdenklich Richtung Westen, wo die Sonne wie ein glutroter Ball am Horizont versank.

»Ich liebe diese Tageszeit«, sagte sie leise. »Alles ist so ruhig. So als würde der Tag den Atem anhalten.«

Sie zuckte zusammen, als sie Catchs Hände auf ihren Schultern spürte.

»Hey, entspann dich.« Er massierte ihre verkrampften Schultern und sah über ihren Kopf hinweg in den Sonnenuntergang.

»Ich mag das Morgengrauen, wenn die ersten Vögel ihren Gesang anstimmen und das Licht noch ganz weich ist.« Er streichelte langsam über ihren Nacken. Irgendwann wurde die Liebkosung fordernder.

Als Megan sich ihm entziehen wollte, drehte Catch sie an den Schultern zu sich herum, sodass sie ihn ansehen musste.

»Nein«, sagte sie hastig und legte beide Hände auf seine Brust. »Nicht.«

»Na schön.« Abrupt beugte er sich in den Wagen und holte den Picknickkorb und eine weiße Leinendecke hervor. »Zeit fürs Essen«, meinte er brüsk.

Megan nahm ihm die Tischdecke ab und fragte sich, wie er es geschafft hatte, dass das Restaurant ihm derart feine Tischwäsche überlassen hatte.

»Hier.« Den Kopf über den Picknickkorb gebeugt, kramte er zwei Gläser hervor.

Kristall, erkannte Megan fassungslos, als er ihr die eleganten Weinkelche reichte. Und Porzellan. Und Tafelsilber. »Wieso haben sie dir das alles mitgegeben?«

»Die Pappteller waren ausgegangen.«

»Champagner?«, rief sie aus und las das Etikett, als Catch die perlende Flüssigkeit in die Gläser schenkte. »Du musst verrückt sein!«

»Magst du etwa keinen Champagner?«

»Natürlich mag ich Champagner, obwohl ich bisher nur amerikanischen getrunken habe.«

»Dann trinken wir also auf die Franzosen.« Catch hob sein Glas und stieß mit ihr an.

Megan nippte an ihrem Glas und seufzte zufrieden. »Mmh, der ist wunderbar.« Sie nahm noch einen Schluck. »Aber du hättest nicht so viel Aufwand betreiben sollen.«

»Irgendwie hatte ich plötzlich keine Lust mehr auf Hamburger.« Catch verankerte die Flasche sicher im Sand und holte eine kleine Dose aus dem Korb, die er auf die Decke stellte.

»Was ist das?« Megan zog den Deckel auf und starrte auf die glänzende schwarze Masse, während Catch Toast auf Tellern arrangierte. »Ist das etwa ...?« Ungläubig riss sie die Augen auf. »Kaviar?«

»Ja. Gib mir was davon. Ich habe nämlich wirklich Hunger.« Er nahm ihr die Dose ab und verteilte großzügig Kaviar auf einer Toastscheibe. »Willst du nichts?«

»Ich weiß nicht recht.« Sie beäugte seinen Toast kritisch. »Ich habe noch nie Kaviar gegessen.«

»Nicht?« Er hielt ihr den Toast vor den Mund. »Hier, probier mal.«

Als sie zögerte, lächelte er. »Komm schon, Meg, sei mutig, beiß ein Stückchen ab.«

»Salzig«, sagte sie überrascht und kaute vorsichtig. Dann nahm sie ihm den Toast aus der Hand und biss noch einmal hinein. »Und gut!«

»Du hättest mir nicht alles wegessen müssen«, beschwerte er sich, als Megan sich das letzte Stück in den Mund schob.

Lachend bestrich sie einen zweiten Toast und reichte ihn Catch.

Er nahm die Scheibe von ihr entgegen. »Ich habe mich schon gefragt, wie es klingen mag.«

»Was?« Lächelnd leckte sie sich einen Klecks Kaviar vom Daumen.

»Dein Lachen. Ich habe mich gefragt, ob es genauso anziehend ist wie dein hübsches Gesicht.« Ohne den Blick von ihr zu nehmen, biss er in den Toast. »Und ja, es ist so anziehend.«

Megan versuchte, ihren flatternden Puls zu ignorieren, und rutschte etwas von ihm weg. »Du musst nicht Champagner und Kaviar auftischen, um mich lachen zu hören. Ich lache eigentlich ziemlich oft.«

»Nicht oft genug.«

Fragend schaute sie ihn an. »Warum sagst du das?«

»Deine Augen … sie schauen immer so ernst. Und um deinen Mund liegt ein so strenger Zug. Vielleicht wollte ich dich deshalb so sehr zum Lachen bringen.«

»Erstaunlich. Du kennst mich doch kaum.«

»Ist das wichtig?«

»Bisher hielt ich es immer für wichtig«, murmelte sie und sah zu, wie er in dem Korb kramte.

Als er mit Hummerschwänzen und frischen Erdbeeren aufwartete, war sie nicht überrascht.

Lachend strich sie sich das Haar aus dem Gesicht und rückte wieder ein bisschen näher heran.

Während sie schlemmten, versank die Sonne im Meer. Der Mond ging auf und schickte silberne Strahlen auf das dunkle Wasser.

Megan kam sich vor wie in einem Traum. Porzellan, Silber und Kristall schimmerten im Mondlicht, ihr Gaumen erfreute sich an erlesenen Köstlichkeiten, und der Fremde neben ihr wurde ihr mit jeder Minute, die verstrich, ein wenig vertrauter.

Schon jetzt erschienen ihr seine Gesichtszüge bekannter, wenn er lächelte, und sie hörte die unterschiedlichen Nuancen in seiner Stimme heraus.

Sie kannte den genauen Fall der Locken in seinem Nacken. Und verzaubert von Mondlicht und Champagner, musste sie sich mehr als einmal zusammennehmen, um nicht mit den Fingern in diese Locken zu fahren und zu fühlen, wie weich sie wohl sein mochten.

»Isst du keinen Käsekuchen?« Mit seiner vollen Gabel zeigte Catch auf die Platte, bevor er sich den Bissen in den Mund schob.

»Ich kriege absolut nichts mehr hinunter.« Megan zog die Knie an und stützte ihr Kinn auf.

Fasziniert schaute sie ihm zu, wie er das Dessert genoss. »Wie schaffst du das nur?«

»Engagement und Hingabe.« Er kaute den letzten Bissen. »Ich versuche immer, jedes Projekt zu Ende zu bringen.«

»Ein solches Picknick habe ich noch nie erlebt.« Mit einem zufriedenen Seufzer lehnte sie sich auf die Ellenbogen zurück und sah in den sternenübersäten Himmel hinauf. »Und ich habe auch noch nie etwas so Gutes gegessen.«

»Ich werde dein Lob an Ricardo weitergeben.« Catch setzte sich neben sie. Er betrachtete ihr Profil, die weiche Linie ihres Halses.

»Wer ist Ricardo?«, fragte sie abwesend und empfand es nun als das Natürlichste von der Welt, dass Catch ihr eine Strähne hinters Ohr strich.

»Der Chefkoch. Er liebt Komplimente.«

Megan lächelte. Es gefiel ihr, wie sich seine Stimme mit dem leisen Rauschen der Wellen vermischte. »Woher weißt du das?«

»So habe ich ihn in Chicago abgeworben.«

»Abgeworben?«, fragte sie, doch dann verstand sie plötzlich. »Das Restaurant gehört dir?«

»Ja.« Er musste über ihr ungläubiges Gesicht lächeln. »Ich hab's vor zwei Jahren gekauft.«

Sie sah auf das feine Porzellan und das Tafelsilber. Jetzt fiel es ihr auch wieder ein. Vor etwas mehr als zwei Jahren hatte das Restaurant kurz vor dem Bankrott gestanden. Die Preise waren überhöht gewesen und der Service miserabel.

Dann war es komplett renoviert worden, einschließlich einer Spiegeldecke, wie sie gehört hatte. Seit der Neueröffnung hatte es sich den besten Ruf erarbeitet. Und das in einer Stadt, die stolz war auf den Standard und die Qualität ihrer Restaurants.

»Überrascht dich das?«, fragte er.

Sie musterte ihn, wie er im Schneidersitz neben ihr saß. Das wirre Haar, verwaschene Jeans, ausgetretene Turnschuhe. Ganz sicher entsprach er nicht der allgemein üblichen Vorstellung von einem erfolgreichen Geschäftsmann. Wo war der dreiteilige dunkle Anzug, der akkurate Haarschnitt?

Und doch … hatte sie es nicht schon vorher in seinem Gesicht erahnen können?

»Nein«, sagte sie schließlich, »eigentlich nicht. Hast

du es aus dem gleichen Grund gekauft, aus dem du *Joyland* kaufen willst?«

»Ich sagte doch schon, ich besitze Dinge.«

»Aber dabei geht es dir nicht so sehr um das Besitzen als solches, oder?« Seine belanglose Antwort reichte ihr nicht. »Es reizt dich, mit diesen Dingen Erfolg zu haben.«

»Stimmt genau. Findest du es nicht auch befriedigend, wenn du erreichst, was du dir vorgenommen hast?«

Sie setzte sich auf. »Aber *Joyland* kannst du nicht haben. Der Park ist Pops Leben. Du verstehst nicht ...«

»Möglich, dass ich es nicht verstehe«, stimmte er zu. »Du kannst es mir später erklären, nicht jetzt.«

Er nahm ihre Hand. »Die heutige Nacht ist nicht fürs Geschäftliche gemacht.«

»Catch, du musst ...«

»Sieh dir die Sterne an, Meg.« Er sah in den Himmel auf. »Hast du jemals versucht, sie alle zu zählen?«

Sie konnte nicht verhindern, dass ihre Augen ebenfalls nach oben wanderten. »Als ich klein war, ja. Aber ...«

»Sternezählen ist nicht nur etwas für Kinder.« Wärme und Humor schwangen in seiner Stimme mit. »Kommst du öfter nachts hierher?«

Die Sterne glitzerten hell am samtschwarzen Firmament. »Manchmal«, gestand Megan. »Wenn mir etwas im Atelier nicht von der Hand geht und ich meine Gedanken klären muss. Oder einfach nur, um allein zu sein.«

»Was genau machst du eigentlich?« Er strich über ihre Finger. »Malst du? Landschaften? Porträts?«

Lächelnd schüttelte sie ihren Kopf. »Nein, ich bin Bildhauerin.«

»Ah.« Er nahm ihre Hand, drehte sie und begutachtete die Handfläche. »Ja, ich kann es sehen. Du hast wirklich starke, fähige Hände.«

Und als er seine Lippen auf ihre Handfläche presste, fühlte sie den Stromstoß in ihrem ganzen Körper.

Behutsam entzog sie ihm ihre Finger, zog die Beine wieder an und schlang die Arme darum. Sie konnte Catchs Lächeln mehr fühlen, als dass sie es sah.

»Mit welchem Material arbeitest du? Ton, Holz, Stein?«

»Mit allen dreien.« Lächelnd sah sie ihn an.

»Wo hast du das gelernt?«

»Im College habe ich Kurse belegt.« Sie zuckte achtlos mit den Schultern. »Aber mir bleibt nie viel Zeit dafür.«

Sie blickte wieder zum Himmel auf. »Der Mond strahlt so hell heute. Ich komme gern bei Vollmond her, wenn das Licht so wunderschön silbern ist.«

Als seine Lippen ihre Schläfe berührten, zuckte sie zurück. Doch er legte ihr einen Arm um die Schultern und hielt sie fest.

»Entspann dich, Meg«, flüsterte er an ihrem Ohr. »Wir sind allein, nur wir mit dem Mond und dem Meer.«

Catch ließ seine Lippen über ihre Wange zu ihrem Hals wandern, und bei dem erregenden Prickeln auf ihrer Haut hätte sie ihm fast alles geglaubt.

Sie fühlte sich wunderbar schwer, wie trunken von dem Champagner und Catchs warmen Berührungen. Ihr Puls begann, hart zu schlagen, und ein leises Stöhnen entrang sich ihr.

»Catch, ich sollte besser gehen.« Jetzt setzte er eine Reihe kleiner Küsse entlang der Linie ihres Kinns. »Bitte«, flüsterte sie schwach.

»Später«, murmelte er und knabberte an ihrem Ohr. »Viel, viel später.«

»Nein, ich ... bitte!« Sie drehte den Kopf, und ihre Stimme erstarb.

Seine Lippen waren nur Millimeter von ihrem Mund entfernt. Mit großen Augen starrte sie ihn an, sah, wie er den Kopf noch weiter vorbeugte.

Doch sein Mund verharrte einen Hauch von ihrem entfernt, voller Versprechen, voller Verlockung. Als er dann nur federleicht ihre Mundwinkel berührte, entfuhr ihr erneut ein leises Seufzen.

Megan spürte, wie ihr Widerstand schwand, Schritt für Schritt, bis nur noch Verlangen sie erfüllte.

Alle Zweifel, alle Bedenken über mögliche Konsequenzen zerstoben. Sie konnte nur noch fühlen. Sie war es, die seinen Mund in Besitz nahm, nicht scheu oder zögerlich, sondern fordernd und ungeduldig.

Sie verzehrte sich danach, es erneut zu erfahren – die köstliche Verwirrung, das dunkle Bewusstsein seiner Nähe.

Und noch immer berührte er sie nicht. Den Arm, den er ihr vorhin um die Schulter gelegt hatte, hatte er längst fortgezogen, mit den Händen stützte er sich auf.

Und so war es auch Megan, die die Arme um ihn schlang und sich an ihn schmiegte. Sie genoss den Laut, der seiner Kehle entfuhr, als sie den Kuss vertiefte.

Seine Finger lagen jetzt in ihrem Haar, doch er überließ ihr die Führung. Irgendwann, als sie meinte, ihr Herz müsse zerspringen, weil es so heftig klopfte, löste sie ihre Lippen von seinem Mund.

Doch Catch ließ nicht zu, dass sie sich zurückzog. »Noch ein Kuss?«, fragte er leise, und doch hallte die Frage in der Stille der Nacht wie Donner.

Es lag Megan auf der Zunge, abzulehnen. Sie wusste, sie bewegte sich auf gefährlichem Gebiet. Doch als seine Hand an ihrem Nacken sie leicht vorzog, war es um sie geschehen.

»Ja«, hauchte sie und sank in seine Arme.

Dieses Mal blieb er nicht passiv, sondern zeigte ihr, auf wie viele verschiedene Arten man küssen konnte. Leicht und kurz, lang und intensiv, ein erotischer Tanz von Lippen und Zungen.

Eng umschlungen lehnten sie sich in den Sand zurück. Und als sein Mund sich leidenschaftlich auf ihre Lippen presste, hieß sie ihn willkommen. Sie war nicht nur bereit, sondern sie sehnte sich wirklich danach, erwiderte den Kuss mit aller Inbrunst.

Doch dann spürte sie seine Hand auf ihrer bloßen Brust, und sie stieß ein protestierendes Murmeln aus. Sie hatte nicht einmal gemerkt, dass er den Reißverschluss ihrer Jacke und die Knöpfe ihrer Bluse geöffnet hatte.

Seine Finger waren so zärtlich, so verführerisch, und ihr Widerstand schmolz unter der Hitze der aufwallenden Leidenschaft dahin.

Sie spürte sein wachsendes Verlangen, konnte es schmecken in dem fiebrigen Kuss, ein Geschmack, berauschender als Champagner – und viel gefährlicher.

»Ich will dich«, flüsterte Catch heiser an ihrem Mund.

Megan fühlte, wie ihr die Kontrolle entglitt. Ihr Verlangen nach ihm war überwältigend, eine Gier, die herrisch danach verlangte, gestillt zu werden.

Verzweifelt bemühte sie sich, zurück in die Realität zu gelangen, sich daran zu erinnern, wer sie waren, wo sie waren. Namen, Orte, Verantwortungen. Es gab mehr als nur den Mond und das Meer.

Und Catch war ein Fremder, ein Mann, den sie kaum kannte.

»Nein.« Sie machte sich von ihm los und rappelte sich auf. »Nein«, wiederholte sie bebend. Mit fahrigen Fingern machte sie sich an den Knöpfen ihrer Bluse zu schaffen.

Catch stand auf und griff nach dem Blusensaum. Überrascht hob Megan den Blick. In seinen Augen tobte ein Sturm, doch seine Stimme klang geradezu bedrohlich ruhig. »Warum nicht?«

Megan schluckte. Von seiner lässigen Arroganz war nichts mehr zu bemerken, stattdessen glaubte sie, einen Blick auf eine gewisse Unerbittlichkeit in ihm erhascht zu haben. »Weil ich nicht will.«

»Lügnerin«, stellte er sachlich fest.

»Also gut.« Sie musste ihm recht geben. »Ich kenne dich nicht.«

Abwägend neigte Catch den Kopf ein wenig zur Seite, bevor er sie an der Bluse zu sich heranzog. Dann küsste er sie heiß und gierig.

»Du wirst mich auf jeden Fall noch kennenlernen«, versicherte er ihr. »Aber bis dahin warten wir.«

Sie bemühte sich, ruhig zu atmen und nicht zu schwanken. »Glaubst du wirklich, du bekommst immer alles, was du willst?«

»Ja«, antwortete er schlicht und grinste. »Natürlich.«

»Nun, dieses Mal wirst du eine Enttäuschung erleben.« Sie schlug seine Hände von ihrer Bluse und schloss die Knöpfe.

Diesmal zitterten ihre Finger nicht, der Ärger hatte ihr geholfen, sich zu beruhigen. »Du kannst *Joyland* nicht haben, und mich ganz bestimmt auch nicht. Weder der Park noch ich stehen zum Verkauf.«

Regelrecht grob packte er sie beim Arm. »Ich kaufe keine Frauen.« Er war wütend. Seine Augen waren dunkel geworden, und seine Stimme klang hart wie Stahl.

Die Künstlerin in Megan war fasziniert von den düsteren Schatten auf seinem Gesicht. Die Frau in ihr jedoch wurde bei seinen Worten unsicher.

Bemüht beherrscht sprach er weiter. »Das habe ich gar nicht nötig. Wir beide wissen, dass ich dich mit ein bisschen mehr Überzeugungskraft schon heute Abend hätte haben können.«

Sie riss ihren Arm aus seinem Griff. »Was heute Abend

passiert ist, bedeutet nicht, dass ich dir nicht widerstehen könnte.«

Mit einem Ruck zog sie den Reißverschluss ihrer Jacke hoch. »Ich werde es dir noch einmal sagen: Du bekommst weder *Joyland* noch mich.«

Catch musterte sie einen Moment lang, wie sie steif im Mondlicht dastand, den Rücken zum Meer.

Und dann erschien langsam das selbstsichere Lächeln wieder auf seinem Gesicht.

»Ich werde euch beide bekommen, Meg, dich und den Park«, versicherte er ihr. »Noch bevor die Saison anläuft.«

4. Kapitel

Die Nachmittagssonne schien ins Atelier. Megan bemerkte es kaum, genauso wenig wie sie das Zwitschern der Vögel vor dem Fenster vernahm. Sie war völlig in ihre Arbeit mit dem Ton vertieft, oder besser, darin, was sie aus dem noch formlosen Klumpen erschaffen würde.

Megan hatte ihre anderen Projekte unvollendet zur Seite gestellt, um ein neues zu beginnen – das war etwas, das sie sonst nie tat. Aber diese neue Inspiration hatte sie die ganze Nacht lang verfolgt.

In diesen schlaflosen Stunden war es ihr klar geworden: Sie würde eine Büste von David Catcherton anfertigen und ihn durch diese Arbeit ein für alle Mal aus ihren Gedanken vertreiben.

Schon jetzt sah Megan genau vor sich, was sie ausdrücken wollte: Stärke und Entschlossenheit, kaschiert durch eine oberflächliche Lässigkeit.

Noch immer scheute sie davor zurück, sich einzugestehen, dass Catch ihr gestern Nacht Angst gemacht hatte.

Nicht vor physischer Gewalt, nein, er war viel zu intelligent, um seine körperliche Überlegenheit ihr gegenüber auszunutzen. Aber seine entschlossene Persönlichkeit schüchterte sie ein.

Verärgert knetete sie den nassen Ton. Catch war offensichtlich ein Mann, der es gewohnt war, seinen Kopf immer durchzusetzen.

Doch dieses Mal, das schwor sie sich, würde er nicht bekommen, was er wollte.

Er würde herausfinden, dass sie sich nicht herumschubsen ließ. Genauso wenig, wie Pop sich manipulieren lassen würde.

Ihre Finger formten, glätteten, modellierten. Es verlieh ihr eine grimmige Befriedigung, die Kontrolle zu haben – wenn auch nur über sein Abbild aus Ton.

Fast unbewusst formte sie eine vorwitzige Locke über einer Augenbraue. Sie lehnte sich zurück und betrachtete ihr Werk. Es war ihr tatsächlich gelungen, eine Facette seines Charakters in dieser Büste einzufangen. Er war ein Windhund, ein Hallodri, entschied sie. Das altmodische Wort passte zu ihm.

Sie konnte ihn sich gut in einem Saloon vorstellen, in Cowboystiefeln, den Colt an der Seite, wie er Karten an einem Pokertisch ausgab.

Oder als Freibeuterkapitän, der seine Mannschaft säbelschwingend zum Entern anfeuerte. Er würde sich lachend den Wind ins Gesicht wehen lassen, würde Schätze und Frauen rauben, wo er nur konnte. Frauen …

Megans Gedanken wanderten zum gestrigen Abend zurück. Wie seine Lippen sich auf ihrem Mund angefühlt hatten, wie seine Hand auf ihrer bloßen Haut gelegen hatte …

Sie erinnerte sich an den Duft der See und das Rauschen des Meeres. Und an den Schimmer des Mondlichts auf seinem Haar. Wie weich und dicht es war. Sie hatte die Finger darin vergraben und …

Entsetzt über sich selbst sah sie auf ihre Hände hinunter. Ihre Finger hatten sich in den Tonhaaren verfangen.

Sie fluchte leise und hätte die Büste fast wieder zu dem unförmigen Klumpen zerdrückt, die sie einmal gewesen war. Doch sie beherrschte sich und trat ein paar Schritte von dem noch unfertigen Werk zurück.

Ich darf mich nicht durch Lappalien vom Wesentlichen ablenken lassen. Der Abend mit Catch gehörte in diese Kategorie – nur eine Lappalie, völlig unwichtig.

Dennoch konnte sie sich nicht wirklich davon überzeugen. Intuition und Gefühl sagten ihr, dass Catch wichtig war. Viel wichtiger, als ein Fremder einer vernünftigen Frau sein dürfte.

Und ich bin eine vernünftige Frau, ermahnte sie sich.

Megan holte tief Luft und trat an das Waschbecken, um sich den Ton von den Händen zu waschen.

Sie musste sich konzentrieren. Pop brauchte jemanden, der darauf achtete, dass die Rechnungen bezahlt wurden.

Ein Lächeln zog auf ihr Gesicht, während sie sich die Hände abtrocknete. Eigentlich war sie für ihren Großvater ebenso Retter und Beschützer, wie er es für sie war.

Zu Anfang war sie noch zu jung und völlig von ihm abhängig gewesen. Dann, als sie älter wurde, hatte sie die Pflichten übernommen, die Pop schon immer nur äußerst ungern erledigt hatte. Die Buchhaltung, die Termine mit der Bank, das Bezahlen der Rechnungen …

Oft hatte Megan ihre eigenen Wünsche zurückgestellt, um das zu erledigen, was sie als ihre Pflicht gegenüber dem Großvater betrachtete. Sie hatte sich mit trockenen Zahlen beschäftigt und gleichzeitig in der Welt ihrer Kunst gelebt.

Häufig fühlte sie sich, als würde sie zwischen zwei Stühlen sitzen. Sie hatte also genug, mit dem sie fertigwerden musste, ohne auch noch an David Catcherton zu denken.

Megan hatte nicht die geringste Ahnung, wie es diesem Fremden gelungen war, ihre sorgfältig im Gleichgewicht gehaltene Welt so durcheinanderzubringen.

Doch anstatt sich darüber den Kopf zu zerbrechen, sollte sie lieber die Büste vollenden. Vielleicht bot ihr die Arbeit daran ja das perfekte Ventil für ihre Frustration.

Die nächste Stunde verging wie im Flug. Megan vergaß das Bild, wie ihr Großvater im Morgengrauen mit Catch zusammen zum Fischen losgezogen war. Sie dachte auch nicht mehr an das anziehende Lachen, das sie gehört hatte, als sie um halb sechs zu ihrem Fenster hinausgelugt hatte und dann wieder müde ins Bett gefallen war, nur um keinen Schlaf mehr zu finden.

Die Tonbüste nahm immer mehr Catchs Züge an, als Megan einen Wagen draußen vorfahren hörte. Und dann erklang auch schon Catchs charakteristisches Lachen, gefolgt von der rauen Stimme ihres Großvaters.

Da ihr Atelier über der Garage lag, hatte Megan freie Sicht auf die Auffahrt und das Haus.

Sie beobachtete, wie Catch die große Kühltasche von der Ladefläche des Pick-ups hob und etwas zu Pop sagte, der daraufhin die weiße Mähne schüttelte und Catch lachend auf die Schulter klopfte.

Der Anblick wurmte Megan maßlos. Die beiden schienen sich ja prächtig zu verstehen!

Sie sah weiter zu, wie die Männer die Angelausrüstung abluden. Catch war genauso lässig gekleidet wie auch schon am Tag zuvor. Auf dem hellblauen T-Shirt, das er trug, stand ein Namenszug aufgedruckt, doch die Buchstaben waren zu verwaschen, um sie aus dieser Entfernung entziffern zu können. Zudem trug er Pops Angelhut, was Megan noch mehr aufstieß.

Allerdings gestand sie sich unwillig ein, dass die beiden ein gutes Bild zusammen abgaben. Natürlich waren die Unterschiede in Alter und Körperbau offensichtlich, aber ihrer beider Aussehen zeugte von enormer Männlichkeit.

Megan verglich die Ähnlichkeiten und Unterschiede und war so vertieft in ihre Betrachtungen, dass sie auch dann noch weiter konzentriert nach unten schaute, als Catch den Kopf hob und zu ihr hinaufblickte.

Lächelnd schob er sich den Hut in den Nacken. Das Fenster zu Megans Atelier war groß und tief eingesetzt. Man konnte Megans Knie sehen, was den Eindruck erweckte, als stünde sie in einem Bilderrahmen.

Wie immer, wenn sie arbeitete, trug sie ein altes Hemd von Pop als Kittel und hatte ihr Haar zu einem Pferdeschwanz zusammengebunden. Es ließ sie jünger erscheinen und ihre Augen noch größer wirken.

Ihre Blicke trafen sich. Einen Sekundenbruchteil lang glaubte Megan, etwas in Catchs Augen zu sehen, das sie auch gestern Abend im Mondlicht erkannt zu haben glaubte. Ein Prickeln fuhr ihr über die Haut.

Doch dann wurde Catchs Grinsen wieder arrogant, und seine Augen lachten.

»Komm runter, Meg.« Er winkte ihr zu. »Wir haben dir etwas mitgebracht.« Mit der Kühlbox ging er auf das Haus zu.

»Ich hätte aber lieber Smaragde«, rief sie ihm zu.

»Beim nächsten Mal«, versprach er leichthin und verschwand in der Tür.

Megan fand Catch in der Küche am Spülbecken, wo er gerade damit beschäftigt war, alles zum Säubern ihres Fangs vorzubereiten.

Als er sie bemerkte, legte er das Messer beiseite und zog sie schnell in seine Arme, um sie herzhaft zu küssen. Es überrumpelte sie völlig.

»Du kannst doch nicht einfach …«, setzte sie perplex an.

»Ich hab's gerade getan, oder? Du hast gearbeitet«, sagte er, als ob dieser brennende Kuss nie geschehen wäre. »Ich würde mir gern dein Atelier ansehen.«

Es war wohl besser, wenn sie auf seinen unbeschwerten Ton einging. »Wo ist mein Großvater?«

»Pop verstaut die Ausrüstung.«

Obwohl eigentlich jeder im Ort Pop zu Timothy Miller sagte, runzelte Megan die Stirn. »Du arbeitest dich schnell voran, was?«

»Immer. Meg, ich mag deinen Großvater. Gerade du solltest verstehen, wieso mir das so leichtfällt.«

Megan musterte ihn durchdringend. »Ich weiß nicht, ob ich dir trauen kann.«

»Besser nicht.« Grinsend versetzte er ihr einen Nasenstüber und klappte den Deckel der Kühlbox auf. »Hast du Hunger?«

Wider die Warnungen ihrer Vernunft ließ Megan sich von seinem Charme mitreißen und lugte in die Box.

»Vorhin hatte ich noch keinen. Aber vielleicht bekomme ich ja welchen. Vor allem wenn ich die nicht ausnehmen muss.«

»Pop hat mir schon gesagt, dass du zimperlich bist.«

»Hat er also, ja? Was hat er denn sonst noch über mich verraten?«

»Dass du Narzissen magst und einen großen Stoffelefanten namens Henry hattest.«

Megan stand vor Entrüstung der Mund offen. »Er hat dir von Henry erzählt?«

»Und dass du dir nach einem Gruselfilm immer die Decke über den Kopf ziehst, wenn du zu Bett gehst.«

Megan kniff die Augen zusammen. »Entschuldige mich einen Moment!« Sie schob Catch beiseite und stapfte empört zur Küche hinaus, während sein Lachen ihr folgte.

»Pop!« Sie fand ihren Großvater im Anbau neben der Küche, wo er seine Ausrüstung aufbewahrte.

Mit in die Hüften gestemmten Händen sah sie böse zu ihm hin.

»Hi, Megan.« Er lächelte ihr herzlich zu. »Lass dir von mir sagen, der Junge versteht was vom Angeln. Jawohl, das tut er!«

Seine offensichtliche Begeisterung für Catch ließ sie mit den Zähnen mahlen. »Das sind wirklich ganz wunderbare Neuigkeiten. Aber musstest du *dem Jungen* unbedingt von meinem alten Stoffelefanten erzählen und dass ich mir die Decke über den Kopf ziehe, wenn ich Angst habe?«

Pop kratzte sich verlegen am Kopf, doch das Grinsen verbarg er nicht. Megan runzelte die Stirn.

»Also ehrlich, Pop«, meinte sie entnervt. »Musst du über mich reden, als sei ich noch ein kleines Mädchen?«

»Du wirst immer mein kleines Mädchen sein.« Er küsste sie auf die Wange. »Hast du die Forellen gesehen? Das wird ein prächtiges Abendessen.«

»Ich nehme an«, sie verschränkte die Arme vor der Brust, »*er* soll sie mit uns zusammen essen?«

»Natürlich.« Pop blinzelte verständnislos. »Schließlich hat er die Hälfte gefangen.«

»Das kann ja heiter werden!«

»Wir hatten gehofft, du würdest vielleicht deine Blaubeertörtchen zum Nachtisch beisteuern.« Er lächelte treuherzig.

Mit einem Seufzer gab Megan sich geschlagen und kehrte in die Küche zurück. Catch war wohl mit der Kühlbox hinausgegangen, also holte sie die Zutaten für die Törtchen hervor.

»Blaubeertörtchen, pah!«, schnaubte sie und klapperte unnötig laut mit Pfannen und Backformen. »Männer!«

Gerade als sie das Backblech mit den Formen in den Ofen schob, hörte sie hinter sich die Fliegentür schlagen.

Sie richtete sich auf und sah das bereits vertraute Lächeln.

»Ah, deine Blaubeertörtchen. Davon habe ich schon gehört.« Catch legte den filetierten Fisch auf die Anrichte. »Pop sagt, er hat noch ein paar Dinge in der Garage zu tun. Wir sollen ihn rufen, wenn das Essen fertig ist.«

Megan starrte erbost in Richtung Garage. »So, sagt er das, ja?« Mit grimmiger Miene wandte sie sich zu Catch. »Wenn du dir einbildest, du kannst dich gemütlich hinsetzen und wirst bedient, muss ich dich enttäuschen.«

»Du glaubst doch nicht wirklich, ich würde dir erlauben, meinen Fisch zuzubereiten, oder?« Seine Miene war absolut ernst. »Den Fisch, den ich fange, brate ich grundsätzlich selbst. Wo sind die Pfannen?«

Ohne den Blick von ihm zu wenden, deutete sie mit der Hand auf den Schrank. Sie sah zu, wie Catch darin herumkramte, bis er eine schwere gusseiserne Pfanne gefunden hatte.

»Ich will ja nicht behaupten, dass du nicht kochen kannst«, sagte er und richtete sich auf. »Es ist nur so: Bei mir kann ich sicher sein, dass ich kochen kann.«

»Willst du damit sagen, ich wüsste nicht, wie man diese jämmerlichen kleinen Sardinen da zubereitet?«

»Belassen wir es doch dabei, dass ich einfach kein Risiko eingehen möchte, einverstanden?«

Er begann, die Küchenschränke nach den notwendigen Zutaten zu durchstöbern. »Warum kümmerst du dich nicht um den Salat und überlässt den Fisch mir?«

»Und warum nimmst du nicht deine Forellen und ...« Der Rest ihres unfreundlichen Vorschlags wurde vom Schrillen der Backofenuhr unterbrochen.

»Deine Törtchen!«

Nur mit Mühe beherrschte Megan sich, zog das Backblech aus dem Ofen und stellte es zum Abkühlen ab.

Oh ja, sie würde einen Salat machen. Den Salat des Jahrhunderts! Im Vergleich zu ihrem Salat würden seine Forellen bis zur Nichtigkeit schrumpfen!

Eine Zeit lang herrschte in der Küche absolutes Schweigen. Nur das Öl in der Pfanne brutzelte, als Catch die panierten Forellenfilets hineingab. Megan wusch Salatblätter, würfelte Tomaten, schnitt frische Champignons ...

Als sie die Möhren schälte, hing ein solch appetitliches Aroma in der Luft, dass ihr unwillkürlich ein Seufzer entfuhr. Mit einer fragend hochgezogenen Braue blickte Catch zu ihr hinüber.

»Du musst natürlich richtig gut kochen können, was?« Sie lächelte schwach.

Mit einem Schulterzucken stibitzte er ihr die geschälte Möhre aus der Hand. »Wäre es dir lieber, wenn es mir misslingt?«

Kopfschüttelnd griff sie nach der nächsten Möhre. »Es wäre sehr befriedigend gewesen, wenn du dich wenigstens ungeschickt angestellt hättest.«

Mit der Gabel prüfte Catch den Fisch in der Pfanne. »Soll das ein Kompliment sein?«

Megan schnitt die Karotte in feine Scheiben. »Ich weiß nicht. Wahrscheinlich würde man leichter mit dir umgehen können, wenn du nicht so fähig wärst.«

Ohne Vorwarnung fasste er sie bei den Schultern und drehte sie zu sich herum. »Ist es das, was du willst? Mit mir umgehen?«

Er zog sie zu sich heran, doch sie legte abwehrend die Hände auf seine Brust. »Mache ich dich etwa nervös?«

»Nein.« Viel zu heftig schüttelte sie den Kopf. »Nein, natürlich nicht.«

Catch hob stumm eine Augenbraue und zog sie enger an sich.

»Doch«, gestand sie ein. »Ja, du machst mich nervös!«

Sie machte sich frei und stapfte ungelenk zum Kühlschrank, um die Blaubeerfüllung herauszuholen. »Und du brauchst gar nicht so zufrieden darüber auszusehen.« Sie wünschte, sie könnte die Wut empfinden, die in einer solchen Situation angebracht wäre.

»Es gibt viele Dinge, die mich nervös machen.« Unwirsch füllte sie Blaubeerkompott in die Teigformen. »Schlangen, Karies, große Hunde …«

Als sie sein vergnügtes Lachen hörte, sah sie zu ihm hin und musste feststellen, dass sie selbst auch lächelte. »Wie soll ich dich nicht mögen, wenn du mich zum Lachen bringst?«

»Ist es denn unbedingt notwendig, dass du mich nicht

magst?« Er drehte den Fisch geschickt um und ließ dabei das Öl aufspritzen.

»Nun, das hatte ich mir zumindest vorgenommen«, gestand sie. »Es schien mir eine gute Idee zu sein.«

»Warum lassen wir uns nicht etwas anderes einfallen?«, schlug er vor und holte eine Servierplatte aus dem Schrank. »Was magst du gern? Außer Narzissen, meine ich.«

»Softeis«, erwiderte sie spontan und ehrlich. »Oscar Wilde. Barfuß laufen.«

»Wie sieht es mit Baseball aus?«, wollte er wissen.

Sie überlegte kurz und lächelte. »Ja. Baseball mag ich auch.«

»Ich wusste doch, dass wir etwas gemeinsam haben.« Er drehte das Gas unter der Pfanne ab. »Essen ist fertig. Ruf Pop herein.«

Es war unglaublich gemütlich, zu dritt in der Küche am Tisch zu sitzen und das Essen zu genießen, zu dem jeder von ihnen einen Teil beigesteuert hatte.

Megan konnte die wachsende Sympathie der beiden Männer füreinander spüren, und das beunruhigte sie. Sie war sicher, dass Catch sein Vorhaben, *Joyland* aufzukaufen, nicht hatte fallen lassen. Im Gegenteil, er schien ihr entschlossener denn je.

Aber Pop fühlte sich ganz offensichtlich wohl in seiner Gesellschaft, und das bedeutete, dass Megan ihren ursprünglichen Plan nicht beibehalten konnte. Weder konnte sie Catch feindselig gegenübertreten, noch konnte sie ihn komplett aus ihrem Leben verbannen.

Wie und auf welche Art er ihr Leben berührte, darüber wollte sie jedoch besser nicht nachdenken.

»Ich sag euch was.« Mit einem zufriedenen Seufzer lehnte Pop sich in seinem Stuhl zurück. »Da ihr gekocht habt, übernehme ich den Abwasch.« Er blickte von einem zum anderen. »Warum geht ihr beide nicht ein wenig spazieren? Megan geht gern am Strand entlang.«

»Pop!«

»Ich weiß doch, dass ihr jungen Leute lieber allein seid«, fuhr er unverblümt fort.

Megan öffnete den Mund, um zu protestieren, doch Catch kam ihr zuvor. »Liebend gern gehe ich mit einer schönen Frau spazieren, vor allem wenn mir damit der Küchendienst erspart bleibt.«

»Du hast eine so schmeichelhafte Art, die Dinge auszudrücken«, spöttelte Megan.

»Ehrlich gesagt, ich würde mir gern dein Atelier ansehen.«

»Dann geh mit Catch nach oben«, forderte Pop sie auf. »Den ganzen Tag hab ich ihm von deinen Kunstwerken vorgeschwärmt. Soll er sie sich ruhig ansehen.«

Megan zögerte, doch dann beschloss sie, dass es einfacher war, sich nicht zu sträuben. Schließlich machte es ihr nichts aus, Catch ihre Arbeit zu zeigen, oder? Und es war garantiert sicherer, ihn in ihrem Atelier herumstöbern zu lassen, als mit ihm am Strand spazieren zu gehen.

»Also gut.« Sie schob ihren Stuhl zurück. »Gehen wir nach oben.«

Als sie durch die Fliegentür nach draußen gingen, legte Catch den Arm um ihre Schultern. »Ich mag dieses Cottage.« Er ließ den Blick über den kleinen gepflegten Garten mit den farbenfroh blühenden Azaleen wandern. »Es ist so still und friedlich hier.«

Das Gewicht seines Armes empfand Megan als merkwürdig angenehm, während sie Seite an Seite zur Garage hinüberschlenderten. »Ich hätte nie vermutet, dass ›still und friedlich‹ dir gefallen würde.«

»Es gibt eine Zeit für die Hollywoodschaukel auf der Veranda und eine Zeit für die Achterbahn.«

An den Stufen zu ihrem Atelier blieb er stehen und sah auf Megan hinab. »Ich dachte, du wüsstest das.«

»Das weiß ich auch.« Sie merkte, wie ihr die Kontrolle über die Beziehung zu ihm immer mehr entglitt. »Ich ahnte nur nicht, dass es dir auch klar ist.«

In Gedanken versunken stieg sie die Treppe hinauf. »Das Studio ist ziemlich klein, also wenig beeindruckend. Eigentlich ist es mehr ein Arbeitsraum, in dem ich Pop nicht störe und er mich nicht stört.«

Megan öffnete die Tür und schaltete das Licht ein.

Dieser Raum gehörte ihr, ihr allein, und war deshalb für sie noch persönlicher als ihr Schlafzimmer im Haus nebenan. Werkzeuge lagen verstreut – hier erlaubte sie sich mehr Unordnung als in jedem anderen Bereich ihres Lebens –, Meißel, Messer, Schaber. Ihr Arbeitskittel war achtlos über eine Stuhllehne geworfen. Holz- und Sandsteinblöcke standen in einer Ecke sowie ein Marmorblock, den sie wie einen Schatz hütete.

Und überall, auf Regalen, Tischen und selbst auf dem Boden, waren ihre fertigen Werke verteilt.

Catch schob sich an ihr vorbei in den Raum. Seltsamerweise begannen Megans Nerven, zu flattern. Sie fragte sich, wie seine Reaktion ausfallen möchte. Ob er ihre Arbeit kritisieren oder, viel schlimmer, oberflächlich loben würde?

Jedes einzelne Stück hier war ihr wichtig. Und verblüfft stellte sie fest, dass seine Meinung ihr ebenfalls wichtig war.

Leise schloss sie die Tür und lehnte sich mit dem Rücken dagegen.

Catch war prompt auf eine kleine Studie aus Walnussholz zugegangen – ein Mädchen, das eine Sandburg baute. Megan war besonders stolz auf dieses Stück, denn es war ihr gelungen, genau die Stimmung einzufangen, die sie hatte erzielen wollen. In dem jungen Gesicht lagen mehr als nur Jugend und Unschuld. Das Mädchen fühlte sich als Prinzessin auf der Burg, das leise Lächeln ließ den Betrachter sofort an ein Märchen mit glücklichem Ende denken.

Doch als Catch die Figur jetzt in seinen Händen drehte und nachdenklich betrachtete, meldeten sich erste Zweifel in Megan. Seine Augen blickten durchdringend, und sein Mund war streng zusammengepresst.

»Ist das deine Arbeit?«

Weil das Schweigen sich so lange ausgedehnt hatte, zuckte Megan bei seinen Worten zusammen. »Ja …«

Während sie noch überlegte, was sie sagen sollte, wanderte Catch wieder energisch durch den Raum, nahm eine Statuette hier auf, blieb vor einer Büste dort stehen, betrachtete jedes einzelne Werk genau, ohne einen Ton von sich zu geben.

Je länger die Stille dauerte, desto nervöser wurde Megan. Wenn er doch nur etwas sagen würde, dachte sie. Unruhig nahm sie den Kittel auf und faltete ihn fahrig zusammen.

»Was tust du nur hier?«

Mit weit aufgerissenen Augen wirbelte sie herum. Wenn sie eine Reaktion nicht erwartet hatte, dann war es Ärger. Aber Ärger stand deutlich in seinem Gesicht zu lesen, funkelte in seinen Augen.

Aufgeregt wrang sie den Kittel. »Ich weiß nicht, was du meinst.«

»Warum versteckst du dich hier? Wovor fürchtest du dich?«

Verwirrt schüttelte sie den Kopf. »Ich verstecke mich nicht, Catch. Du redest Unsinn.«

»Ich rede Unsinn?«, wiederholte er fassungslos und eilte mit Riesenschritten auf sie zu, fing sich und begann, im Zimmer auf und ab zu marschieren.

»Macht es etwa Sinn, solche Werke zu schaffen und sie dann in einem Raum über einer Garage einzuschließen?« Er hob die Skulptur eines Paares in enger Umarmung aus Seifenstein hoch. »Wenn man ein solches Talent geschenkt bekommt, hat man auch eine Verpflichtung. Was gedenkst du, zu tun? Deine Arbeiten hier zu stapeln, bis es keinen Platz mehr gibt?«

Sie wusste nicht, wie sie mit der Situation umgehen

sollte. Unsicher sah sie sich um. »Nein, ich … manchmal bringe ich das eine oder andere Stück zu einer Galerie im Zentrum. Sie verkaufen sich recht gut, vor allem in der Hauptsaison, und …«

Catch fluchte so laut, dass sie abbrach. War dieser wütende Mann derselbe, der vor Kurzem noch in der Küche friedfertig Forellen gebraten hatte?

»Ich verstehe nicht, warum du so aufgebracht bist.« Verärgert über sich selbst, weil sie noch immer nervös den Kittel knetete, schleuderte sie ihn zu Boden.

»Verschwendung.« Er stellte die Statue zurück ins Regal. »Eine solche Verschwendung macht mich wütend.« Er kam zu ihr und packte sie bei den Schultern. »Wieso hast du nicht mehr mit deinen Arbeiten gemacht?«

Seine Augen drangen in ihre, ließen kein Ausweichen zu, verlangten nach Antwort.

»So einfach ist das nicht«, begann sie. »Ich habe andere Pflichten zu erledigen.«

»Du hast vor allem eine Pflicht dir selbst und deinem Talent gegenüber.«

»Bei dir hört sich das an, als hätte ich etwas schrecklich Falsches getan.«

Verwirrt suchte sie in seinem Gesicht nach seinen wahren Gefühlsregungen. »Ich tue, was ich kann. Ich begreife deine Wut nicht. Ich muss mich um den Park kümmern, um die geschäftliche Seite. Das ist meine Realität.«

Sie schüttelte nachdenklich den Kopf. »Ich kann ja schlecht meine Arbeiten mit der Schubkarre zur nächsten großen Galerie transportieren.«

»Das wäre auf jeden Fall besser, als sie hier zu horten.«

Abrupt ließ er sie los und begann wieder, auf und ab zu marschieren.

Er war offenbar doch erregbarer, als sie anfangs gedacht hatte. Unwillkürlich sah sie zu der unfertigen Büste hin, die mit einem feuchten Handtuch abgedeckt war. Neue Inspirationen strömten auf sie ein, und es juckte sie in den Fingern, sich sofort an die Arbeit zu machen.

»Wann warst du das letzte Mal in New York? In Chicago? In Los Angeles?«

»Wir können nicht alle Weltenbummler sein. Manche werden zu anderen Dingen geboren.«

Er nahm das Mädchen mit der Sandburg in die Hand, dann das Paar aus Seifenstein. »Ich will diese beiden Statuen. Verkaufst du sie mir?«

Es waren ihre gelungensten Werke, wenn auch mit völlig entgegengesetzten Themen.

»Ich ... ich ... Wenn du sie haben willst.«

»Ich gebe dir fünfhundert Dollar.«

Megan riss die Augen auf.

»Pro Stück.«

»Nein, so viel sind sie nicht wert ...«

»Sie sind sehr viel mehr wert, wie ich vermute. Hast du eine Kiste, in der ich sie sicher transportieren kann?«

»Ja, natürlich.« Sie blies sich die Ponyfransen aus der Stirn. »Aber Catch, eintausend Dollar?«

Er setzte beide Statuetten ab und kam auf sie zu. Er war noch immer verärgert, strahlte es aus jeder Pore aus.

»Was soll das? Hältst du es für sicherer, dich kleinzumachen, anstatt dich deinem eigenen Wert zu stellen?«

Sie setzte zu einem wütenden Protest an, doch dann überlegte sie es sich anders und warf nur hilflos die Hände in die Luft.

Catch drehte sich um und suchte auf eigene Faust nach Transportmaterial. Sorgfältig wickelte er die Statuen in Zeitungspapier ein, eine tiefe Falte auf der Stirn und ein aufgebrachtes Funkeln in den Augen. Dann fand er eine Kiste.

»Ich gebe dir später einen Scheck«, sagte er noch und verließ ihr Atelier.

5. Kapitel

Ein lang gezogener Schrei vibrierte durch die Luft. Die Achterbahn schoss in eine Kurve und legte sich fast waagerecht zur Seite. Überall blinkten Lichter, es herrschte lauter Trubel.

Das Klingeln und Pfeifen von Maschinen und Geräten war zu hören. Musik schallte blechern aus Lautsprechern, und das »Plopp« der Luftgewehre hallte aus den Arkaden.

Und dann war da noch das Lachen der vielen Menschen, ihre begeisterten Rufe, ihre fröhlichen Gespräche.

Es roch nach Popcorn und gebrannten Mandeln, nach Bratwürsten und Maschinenöl.

Megan lud eine weitere Runde Kugeln in das Luftgewehr und reichte es dem selbst ernannten Revolverhelden. »Fünf Punkte für die Kaninchen, zehn für die Enten. Für einen Hirsch gibt's fünfundzwanzig, und für Bären fünfzig.«

Der sechzehnjährige Scharfschütze legte an und schoss eine Ente und ein Kaninchen. Als Preis wählte er eine Gummischlange, die seiner Freundin angeekelte Schreie entlockte.

Lächelnd sah Megan dem Pärchen nach, wie es davonschlenderte. Der Junge legte dem Mädchen den Arm um die Taille und bewies seinen Sinn für Romantik, indem er der Freundin die Gummischlange vors Gesicht hielt, was ihm einen Ellbogenstoß in die Rippen einbrachte.

Allzu viel los war heute Abend nicht, aber die Saison hatte auch noch nicht richtig begonnen.

Und es gab so viele andere Parks in der Gegend, mit mehr Attraktionen, Bühnenshows und einer moderneren Auswahl an unzähligen Videospielen.

Im Moment hatte Megan nichts gegen die Flaute einzuwenden. Ihr gingen stattdessen die verschiedensten Dinge im Kopf umher seit dem Abend, an dem Catch ihr Atelier gesehen hatte. Seit drei Tagen hatte sie nichts von ihm gehört.

Zuerst hatte sie ihn unbedingt sehen wollen, hatte mit ihm über die Dinge reden wollen, die er zu ihr gesagt hatte.

Er hatte sie zum Nachdenken gebracht. Sie war gezwungen gewesen, sich dem Teil ihrer Persönlichkeit zu stellen, den sie eigentlich die meiste Zeit ihres Lebens unterdrückt oder ignoriert hatte.

Allerdings war das Bedürfnis nach einem Gespräch mit Catch mit jedem Tag geschrumpft.

Wer war er denn überhaupt, und welches Recht hatte er, ihr Leben zu kritisieren?! Wieso erlaubte er sich, sie zusammenzustauchen, sodass sie sich vorkam, als hätte sie ein unverzeihliches Verbrechen begangen?

Innerhalb von Minuten hatte er sie angeklagt und verurteilt. Und dann war er verschwunden.

Drei Tage war das her.

Megan reichte dem nächsten Schützen das geladene Luftgewehr. Drei Tage ohne einen Ton von Catch. Sie hatte auf ihn gewartet – sehr zu ihrem eigenen Unmut. Und als die Tage ohne eine Nachricht von ihm vergingen, hatte sie sich in Wut geflüchtet.

Denn nicht nur hatte er sie erbarmungslos abgekanzelt, nein, er hatte auch ihre beiden liebsten Stücke mitgenommen. Tausend Dollar, na klar, dachte sie gallig und schob die nächste Runde Patronen in die Trommel. Alles nur leeres Geschwätz!

Das war etwas, das er wirklich perfekt beherrschte – reden. Wahrscheinlich gehörte ihm das Restaurant auch gar nicht! Aber warum war er so?

Männer brauchen keinen vernünftigen Grund, beschloss sie. Ihnen ging es nur ums Ego!

»Männer«, entfuhr es ihr leise, als sie das Gewehr an den nächsten Kunden reichte.

»Ich weiß genau, was Sie meinen, Herzchen.« Mit einem verschwörerischen Blinzeln nahm die rundliche blonde Frau das Gewehr von Megan entgegen.

»Wer braucht sie schon?« Megan runzelte die Stirn.

»Das ist ja das Problem.« Die Frau legte das Gewehr an und zielte. »Wir brauchen sie.«

Und dann konzentrierte sie sich und erzielte hundertfünfundzwanzig Punkte.

»Tolles Ergebnis«, gratulierte Megan. »Sie dürfen sich etwas aussuchen, aus der zweiten Reihe.«

»Dann nehme ich das Nilpferd, Liebes. Es erinnert mich an meinen zweiten Mann.«

Lachend holte Megan das ausgestopfte Nilpferd aus der Reihe. »Hier, bitte. Viel Spaß damit.«

Mit einem lustigen Augenzwinkern klemmte sich die Frau das Stofftier unter den Arm und watschelte davon.

Während zwei halbwüchsige Jungen ihr Glück versuchten, zog Megan sich ein wenig weiter in den Stand zurück.

Dieser kleine Austausch mit der korpulenten Frau war ein typisches Beispiel für die lockere, freundliche Atmosphäre, die hier im Park allgemein herrschte.

Megan fühlte sich besänftigt und lächelte leise vor sich hin. Allerdings kennt die Frau Catch nicht, dachte sie und nahm den Vierteldollar von der Theke, um noch ein Gewehr zu laden. Und ich kenne ihn genauso wenig, erinnerte sie sich.

Als eine Dollarnote auf den Tresen gelegt wurde, griff sie automatisch in die Kasse, um drei Münzen zurückzugeben.

»Zehn Schuss pro Vierteldollar«, begann sie, ihr Sätzchen aufzusagen. »Fünf Punkte für Kaninchen, zehn für Enten ...«

Sie schob die Münzen über die Theke und griff nach einem Gewehr.

Die Hand, die die Münzen zu ihr zurückschob, erkannte sie sofort.

»Ich schieße für einen ganzen Dollar.«

Catch lachte in ihr verdutztes Gesicht, dann beugte er sich vor und presste einen schnellen Kuss auf ihre Lippen.

»Das bringt Glück«, behauptete er, als sie zurückzuckte.

Sie hatte kaum die Münzen in die Kasse zurückgelegt, als Catch auch schon jeden einzelnen der Bären abgeschossen hatte.

»Wow!« Die beiden Jungs waren begeistert. »Hey, Mister, schaffen Sie das noch mal?«

»Versuchen wir's.« Catch sah zu Megan. »Ich brauche die nächste Runde.«

Wortlos reichte sie ihm das geladene Gewehr.

»Dein Parfüm gefällt mir, Meg. Was ist es?«

»Waffenöl.«

Er lachte auf und zielte. Die unschuldigen Bären ereilte das gleiche Schicksal wie zuvor, und die beiden Jungs neben Catch ließen mit jedem Treffer simultan einen Begeisterungsschrei hören.

Immer mehr Schaulustige sammelten sich inzwischen um den Schießstand.

»Hey, Megan!«

Sie sah auf und erkannte die Bailey-Zwillinge. Beide Frauen nickten zu Catch.

»Sag, ist das nicht …«

»Ja«, schnitt Megan den beiden das Wort ab. Sie verspürte keine Lust auf eine Erklärung.

»Wirklich appetitlich«, murmelte Teri und schenkte Catch ein bezauberndes Lächeln, als er sich aufrichtete.

»Mmhh!«, stimmte Jeri ihrer Schwester zu und lächelte ebenfalls.

»Hier!« Brüsk drückte Megan Catch, der die Zwillinge anerkennend musterte, das Luftgewehr in die Hand. »Das ist dein letzter Vierteldollar.«

Catch legte an. »Wünschst du mir Glück?«

Sie hielt seinem Blick stand. »Sicher, warum nicht?«

»Ach Meg, ich bin verrückt nach dir.«

Sie ignorierte das Prickeln, das seine achtlos dahingesprochenen Worte ihr über den Rücken jagten, und sah zu, wie er zum vierten Mal alle Bären hintereinander umfallen ließ.

Die Menge, die sich inzwischen am Schießstand versammelt hatte, applaudierte.

Catch legte das Gewehr ab.

»Und was habe ich gewonnen?«, fragte er Megan.

»Du kannst es dir aussuchen. Alles, was du willst.«

Ein breites Grinsen zog über sein Gesicht, und Megan hasste sich dafür, dass sie rot anlief.

Sie trat einen Schritt zur Seite und deutete auf die Stofftierreihen.

»Ich nehme Henry.«

Als Megan ihn nur verständnislos anblickte, zeigte er auf den fliederfarbenen Elefanten, der ganz zuoberst saß und gut einen Meter groß war.

Sie holte den Stoffelefanten herunter und setzte ihn vor Catch auf die Theke.

»Und dich.«

»Nur die in den Regalen ausgestellten Artikel sind als Preise zu vergeben«, betonte sie reserviert.

»Ich liebe es, wenn du dich spröde gibst«, lautete sein Kommentar.

»Hör auf damit!«, zischelte sie ihm zu und wurde prompt wieder rot, als die Bailey-Zwillinge zu kichern begannen.

»Wir haben gewettet, weißt du noch?« Er lächelte und nahm ihre Hände. »Heute ist Freitagabend.«

Vergebens versuchte sie, ihm ihre Hände zu entziehen. »Wer sagt denn, dass ich verloren habe?«

Da die Menge sich noch nicht wieder zerstreut hatte, sprach sie nur leise und mit angehaltenem Atem.

Was Catch völlig ungerührt ließ. »Komm schon, Meg, du musst zugeben, ich habe fair gewonnen. Du willst dich doch wohl jetzt nicht herauswinden, oder?«

»So sei doch leise!«

Sie sah über seine Schulter hinweg zu den neugierigen Gesichtern.

»Ich winde mich nie heraus«, flüsterte sie wütend. »Und selbst wenn ich verloren hätte – ich sage nicht, dass ich verloren habe! –, kann ich den Stand nicht verlassen. Du findest sicher jemand anderen, der dir Gesellschaft leistet.«

»Ich will aber deine Gesellschaft.«

Nur mit Mühe hielt sie seinem Blick stand. »Ich kann jetzt hier nicht weg!«

»Megan!«

Eine der Zeitarbeitskräfte schlüpfte unter dem Tresen hindurch. »Pop hat mich geschickt, um dich abzulösen.«

Der junge Mann lächelte nur arglos, als sie ihm einen giftigen Blick zuwarf.

»Perfektes Timing«, murmelte sie böse. »Vielen Dank auch.«

»Sicher, keine Ursache, Megan.«

»Können Sie den solange hier aufbewahren?« Catch setzte den Stoffelefanten zurück auf die Theke und half Megan dann unter dem Tresen hervor. Sobald sie sich aufrichtete, zog er sie in seine Arme.

Ungeachtet der Zuschauer dauerte der Kuss ewig und fiel äußerst fordernd aus. Als Catch die Lippen von Megans Mund löste, lagen ihre Arme um seinen Nacken. Sie ließ sie dort und sah in sein Gesicht auf. Die grauen Augen waren dunkel geworden, wie sie bemerkte.

»Das wollte ich schon seit drei Tagen tun«, murmelte er und rieb seine Nasenspitze an ihrer.

»Was hat dich davon abgehalten?« Prompt wurde sie rot, als ihr klar wurde, wie hitzig und vorwurfsvoll diese Frage geklungen hatte.

»Tut mir leid, so meinte ich das nicht.« Sie hielt es für besser, sich von ihm loszumachen.

»Doch, du meintest es genau so, wie es sich anhörte.«

Dieses Mal gab er sie frei, doch legte er ihr freundschaftlich einen Arm um die Schultern. »Es ist nett hier, also verdirb uns diesen Spaziergang nicht.«

Er ließ den Blick über den Park schweifen. »Wie wäre es mit einer Führung?«

»Ich wüsste wirklich nicht, warum du eine brauchst. Wir verkaufen nicht.«

»Wir werden sehen.« Er klang schon wieder so nervenaufreibend selbstsicher.

»Aber wie auch immer ... es würde mich interessieren. Weißt du eigentlich, warum die Leute in einen Vergnügungspark kommen?«

»Weil sie Spaß haben wollen.«

»Richtig. Aber du hast zwei wichtige Dinge vergessen«, fügte er an. »Sie wollen nämlich auch träumen ... und vor allem sich selbst präsentieren.«

Sie blieben stehen und sahen zu, wie ein Mann mittleren Alters vor dem »Hau-den-Lukas« seine Jacke auszog und den Holzhammer aufnahm.

Der Mann schlug mit voller Wucht zu, doch der Anzeiger stieg gerade bis zur Hälfte der Messlatte auf. Das ließ der Mann nicht auf sich sitzen. Er spuckte sich in die Hände und hob zum zweiten Schlag an.

»Du hast recht.« Lächelnd warf Megan das Haar zurück. »Aber du musst es ja wissen.«

Er grinste sie verschmitzt an. »Soll ich den Lukas hauen und dir zeigen, wie es geht?«

»Muskeln beeindrucken mich nicht.«

»Wovon bist du dann beeindruckt, Meg?« Den Arm noch immer um sie gelegt, führte er sie weiter.

»Poesie«, beschied sie impulsiv.

»Hm ...« Nachdenklich rieb er sich übers Kinn. »Wie wär's mit einem Limerick? Ich kenn da ein paar ganz gute.«

»Das glaube ich dir aufs Wort.« Sie schüttelte den Kopf. »Aber nein danke, ich passe.«

»Feigling.«

»So? Lass uns mit der Achterbahn fahren, dann werden wir ja sehen, wer hier ein Feigling ist.«

»Abgemacht.« Er griff nach ihrer Hand und rannte los. Erst vor dem Kartenhäuschen bremste er ab, und Megan holte schnaufend Luft.

Ich sollte es mir endlich eingestehen, dachte sie, während sie sein Profil betrachtete. Ich bin gern mit ihm zusammen. Es ist unsinnig, es länger abzustreiten.

»Woran denkst du gerade?«, fragte er sie, nachdem er die Tickets bezahlt hatte.

»Daran, dass ich lernen könnte, dich zu mögen – in drei oder vier Jahren vielleicht. Und dann natürlich auch nur für jeweils kurze Zeitspannen«, fügte sie lächelnd hinzu.

Er nahm ihre beiden Hände und küsste sie. Der Stromstoß, der durch ihren ganzen Körper fuhr, überrumpelte Megan und entsetzte sie.

»Womit habe ich diese Ehre verdient?«, murmelte er und lachte sie an.

Die Intensität ihrer Gefühle erschreckte sie. Es war sehr wichtig für sie, dass sie die Beziehung zu ihm leicht und unbeschwert hielt, also versuchte sie, ihm ihre Hände zu entziehen.

»Nein, du musst meine Hand halten«, meinte Catch mit einem Kopfnicken in Richtung Achterbahn. »Ich habe Höhenangst.«

Megan lachte. Sie vergaß ihre guten Vorsätze und die Gefahr und ließ ihre Finger mit seinen verschränkt.

Catch gab sich nicht mit der Achterbahnfahrt zufrieden.

Er zog Megan von einem Karussell zum nächsten, von einer Bude zur anderen. Sie verliefen sich im Spiegelkabinett, genossen den wohligen Schauer in der Geisterbahn und lehnten sich entspannt in die offene Gondel des Riesenrads zurück.

Vom obersten Punkt aus sahen sie auf die Lichter des Parks hinunter und auf die dunkel daliegende See hinaus. Der Wind blies Megan das Haar ins Gesicht. Catch strich es ihr sanft hinter die Ohren.

Und als er sie küsste, fühlte es sich gut und richtig an. Hier oben, wohin der fröhliche Lärm nicht reichte, waren sie in ihrer eigenen Welt. Hier gab es nur den leichten Wind, der durchs Gestänge pfiff, die leise schaukelnde Gondel und ihrer beider Lippen, die sich sanft berührten.

Megan lehnte sich an Catch und seufzte zufrieden. Es war das Natürlichste der Welt, ihren Kopf an seine Schulter zu legen.

Über ihnen funkelten die Sterne, Wolkenfetzen zogen über den Mond, und der Wind trug den salzigen Duft der See heran.

»Wann hast du das zum letzten Mal gemacht?«, fragte Catch leise.

»Was?« Sie hob den Kopf und sah ihn an.

»Den Park genossen. Einfach nur Spaß gehabt.«

»Ich …« Das Riesenrad setzte sich wieder in Bewegung, hielt an, um neue Passagiere aufzunehmen und andere aussteigen zu lassen.

Megan konnte sich erinnern, dass sie früher oft mit den Karussells gefahren war, als kleines Mädchen. Wann hatte sie damit aufgehört? »Ich weiß es nicht mehr.«

Sie waren am Ende der Fahrt angekommen, und der Helfer entriegelte die Sicherheitsstange.

Als Megan jetzt mit Catch durch den Park schlenderte, sah sie sich mit einer neuen Aufmerksamkeit um. Sie erblickte mehrere Leute, die sie kannte.

Anwohner, die sich einen vergnüglichen Abend machen wollten, mischten sich mit den ersten Touristen.

»Du solltest das öfter machen.« Catch steuerte sie zum östlichen Teil des Parks. »Lachen, entspannen und einmal die Einschränkungen vergessen, die du dir ständig selbst auferlegst.«

Megan versteifte sich. »Für jemanden, der mich kaum kennt, scheinst du dir sehr sicher zu sein, was gut für mich ist.«

»Das ist auch nicht schwierig zu erkennen.« Er blieb vor einem Eiswagen stehen und bestellte zwei Softeis.

»Du bist nicht schwer zu durchschauen, Meg. Du hast keine Geheimnisse.«

»Oh, vielen Dank auch.«

Lachend reichte er ihr ein Eis.

»Du brauchst gar nicht eingeschnappt zu sein. Das war ein Kompliment.«

»Ich nehme an, du kennst natürlich sehr viele geheimnisvolle Frauen, was?«

»Eine.« Er schlang den Arm um ihre Taille, und sie gingen weiter. »Sie heißt Jessica und ist eine der schönsten Frauen, die ich je gesehen habe.«

»So?« Gespielt unbeteiligt leckte Megan an ihrem Eis.

»Sie ist dieser klassische blonde Typ. Du weißt schon –

sehr helle Haut, feine Gesichtszüge, wie gemeißelt, strahlend blaue Augen.«

»Wie interessant.«

»Oh ja, das ist sie auf jeden Fall. Zudem noch äußerst intelligent, und sie hat Humor.«

»Du scheinst sie sehr zu mögen.« Das Eis verlangte unbedingt ihre volle Aufmerksamkeit.

»Mehr als nur mögen. Jessica und ich haben jahrelang zusammengelebt.« Er blieb völlig sachlich, während er die Bombe platzen ließ.

»Jetzt ist sie verheiratet und hat zwei Kinder, aber wir treffen uns immer noch ab und zu. Vielleicht kann sie sich ja ein paar Tage freimachen und herkommen, dann könnt ihr euch kennenlernen.«

Megan blieb abrupt stehen. »Wenn du Publikum für dein Liebesleben brauchst, dann such dir jemand anderen. Wenn du meinst, ich will deine … deine …«

»Schwester«, teilte Catch ihr liebenswürdig mit. »Jessica ist meine Schwester. Sie würde dir gefallen. Dein Eis tropft, Meg.«

Sie gingen auf die Tore des Parks zu.

»Es ist ein sehr netter Park«, murmelte Catch. »Klein, aber schön aufgeteilt und bestens geführt. Ich habe nicht ein einziges gelangweiltes Gesicht gesehen.«

Er steckte die Hände in die Jackentaschen und zog mit gerunzelter Stirn ein Stück Papier hervor. »Dein Scheck. Ich hab vergessen, ihn dir zu geben.«

Megan stopfte sich den Scheck in die Tasche, ohne einen Blick darauf zu werfen. Sie wusste, woran Catch dachte.

»Mein Großvater hat diesem Park sein ganzes Leben gewidmet«, erinnerte sie ihn.

»Du auch«, ergänzte er.

»Warum willst du den Park kaufen? Um des Geldes willen?«

Lange schwieg er.

Gemeinsam überquerten sie den Kai und liefen über den leicht abfallenden Strand zum Wasser.

»Ist das etwa ein so schlechter Grund, Megan?«, antwortete er schließlich mit einer Gegenfrage. »Stört dich etwas am Geldverdienen?«

»Nein, natürlich nicht, das wäre lächerlich.«

»Ich habe mich gefragt, ob das vielleicht der Grund ist, weshalb du nichts mit deinen Skulpturen unternimmst.«

»Nein, das ist nicht der Grund. Ich habe meine Prioritäten, mit der verbleibenden Zeit tue ich, was mir möglich ist.«

»Vielleicht hast du deine Prioritäten falsch gesetzt.« Bevor sie etwas einwenden konnte, fuhr er fort: »Wie würde es sich auf den Park auswirken, wenn ihr moderne Geräte aufstellen und die Arkaden ausbauen könntet?«

»Dazu fehlt uns das Kapital.«

»Das war nicht meine Frage.«

Er fasste sie bei den Schultern und sah sie ernst an.

»Natürlich würde es das Geschäft beleben. Die Leute kommen, um sich zu amüsieren. Je größer und besser das Angebot, desto zufriedener die Gäste. Und desto mehr Geld würden sie ausgeben.«

Catch nickte. »Genau das denke ich auch.«

»Aber das Ganze ist müßig, weil wir das Geld für solche Investitionen nicht haben.«

»Wie?«

Obwohl er sie direkt ansah, spürte Megan, dass er mit seinen Gedanken nicht mehr beim Thema war.

»Woran hast du gerade gedacht?«, fragte sie ihn, als sein Blick wieder klar wurde.

Seine Hände begannen, ihre Schultern zu streicheln.

»Daran, wie außergewöhnlich schön du bist.«

Sie wich ein wenig zurück.

»Nein, das hast du nicht gedacht.«

»Ich denke es jetzt.«

Das Funkeln war in seine Augen zurückgekehrt, er legte ihr die Hände um die Taille. »Und ich habe es gedacht, als ich dich zum ersten Mal sah.«

»Du bist albern.«

Sie wollte sich losmachen, doch er ließ sie nicht gehen.

»Das bestreite ich gar nicht. Aber nicht weil ich dich schön finde.«

Der Wind strich ihr das Haar aus dem Gesicht, und Catch setzte einen zärtlichen Kuss auf ihre Stirn, der ihr die Knie weich werden ließ. Sie legte die Hände auf seine Brust – weil sie sich festhalten musste und gleichzeitig protestieren wollte.

»Du bist doch Künstlerin.« Er zog sie ein wenig näher zu sich heran. »Du hast ein geübtes Auge für Schönheit.«

»Nicht!« Es war nur ein schwacher Laut, ohne große Überzeugung.

»Nicht was? Ich soll dich nicht küssen?«

Langsam und unendlich zart ließ er seine Lippen über ihre Haut gleiten, hin zu ihrem Mund. »Aber ich muss, Meg ...«

Ihr Herz schien stehen zu bleiben, so überwältigend war seine Liebkosung, lockend, verführerisch, verlangend

Mit einem lustvollen Seufzer schmiegte Megan sich an ihn.

Und dann schien etwas in ihr zu explodieren, als der Kuss intensiver wurde.

Die Intensität ihrer Gefühle erschreckte sie zutiefst. Es waren Empfindungen von Verlangen und Sehnsucht, so machtvoll, dass sie sich an ihn klammerte, weil sie merkte, wie ihr die Kontrolle entglitt.

Panik erfasste sie. Sie wehrte sich, wollte sich aus seinen Armen lösen und rennen, so weit sie konnte, doch Catch hielt sie fest an sich gepresst.

»Was ist denn? Du zitterst ja.«

Sanft hob er ihr Kinn, bis sie ihn ansah.

Ihre Augen waren riesengroß, seine blickten ernst.

»Ich wollte dir keine Angst machen, Megan. Es tut mir leid.«

Seine Zärtlichkeit war zu viel für sie. Die Liebe, soeben erst entdeckt, verlangte danach, sich einen Weg in die Freiheit zu bahnen.

Megan schüttelte nur den Kopf. Als sie sprach, klang ihre Stimme heiser vor erstickten Tränen. »Nein, es ist nur ... ich muss zurück. Der Park schließt jetzt.«

An seiner Seite vorbei konnte sie sehen, wie die Lichter eines nach dem anderen erloschen.

»Meg.« Sein bittender Ton ließ sie innehalten. »Iss mit mir zu Abend.«

»Nein.«

»Ich habe ja noch nicht einmal einen Abend vorgeschlagen«, hielt er ihr milde vor. »Wie wär's mit Montag?«

»Nein.«

»Bitte.«

Ihr Vorsatz löste sich mit einem Seufzer in Luft auf. »Du spielst nicht fair«, murmelte sie.

»Nie. Um sieben?«

»Kein Picknick mehr am Strand«, verlangte sie.

»Versprochen, wir bleiben drinnen.«

»Einverstanden, aber nur ein gemeinsames Abendessen.« Sie trat von ihm ab. »Und jetzt muss ich zurück.«

»Ich begleite dich.« Catch küsste ihre Hand, bevor Megan ihn aufhalten konnte. »Schließlich muss ich noch meinen Elefanten abholen.«

6. Kapitel

Megan hielt Catchs Gesicht zwischen den Händen. In völliger Konzentration formte sie seine Wangenknochen. Als sie an jenem Morgen mit der Büste angefangen hatte, war sie überzeugt gewesen, diese Arbeit könne als eine Art Therapie fungieren. In gewisser Hinsicht hatte sie recht behalten.

Die letzten Stunden waren relativ friedlich vergangen, ohne die ruhelosen Grübeleien, mit denen sie sich die letzten zwei Nächte geplagt hatte.

Jetzt war sie ganz und gar von ihrer Arbeit eingenommen, da blieb kein Platz für Sorgen und Zweifel.

Sie formte und knetete, bis ihre Finger schmerzten und ihre Muskeln verkrampft waren. Ein Blick auf die Uhr sagte ihr, dass sie viel mehr Zeit mit der Büste verbracht hatte als eingeplant. Die Strahlen der späten Nachmittagssonne fielen bereits durchs Fenster.

Megan lockerte ihre Finger und musterte kritisch ihr Werk.

Der Kopf war ihr gut gelungen, sie hatte das richtige Maß an Kühnheit und Intelligenz getroffen. Die Lippen wirkten fest und sinnlich, die Augen aufmerksam und voller Wachsamkeit.

Die Dynamik jenes Gesichts, das Megan so sehr faszinierte, konnte in einer Büste natürlich nur zum Teil wiedergegeben werden.

Es war ein Gesicht, das einen dazu veranlasste, wider besseres Wissen und den gesunden Menschenverstand Vertrauen zu fassen.

Mit zusammengekniffenen Augen studierte sie Catchs Gesicht in Ton.

Es gab Männer, die betrachteten Frauen als eine Art Karriere. Sie eroberten sie, liebten sie, und dann verließen sie sie. Andere dagegen wurden sesshaft, heirateten und gründeten Familien.

Megan hatte nicht den geringsten Zweifel, in welche Kategorie Catch fiel.

Sie stand auf und wusch sich die Hände.

Schwärmerei, Faszination, ein kurzer Rausch, mehr konnte es nicht sein. Er ist anders, und deshalb finde ich ihn aufregend, dachte sie.

Es war auch durchaus menschlich, sich geschmeichelt zu fühlen, weil er Interesse an ihr zeigte. Und deshalb hatte sie überreagiert.

Während sie sich die Hände trocknete, versuchte sie, sich in stiller Zwiesprache mit sich selbst weiter zu überzeugen.

Niemand verliebte sich so schnell. Und wenn, dann war es weder etwas Ernstes noch konnte es von langer Dauer sein.

Megans Blick glitt zu dem Tonkopf. Catchs Lippen schienen spöttisch zu lächeln über ihre vernünftigen Argumente.

Frustriert schleuderte Megan das Handtuch zu Boden.

»Es ist schlichtweg unmöglich, dass es so schnell passiert!«, fauchte sie das Tongesicht an. »Nicht so, und schon gar nicht mir!«

Abrupt wandte sie sich ab. »Ich lasse es nicht zu.«

Es geht ihm nur um den Park, rief sie sich in Erinnerung. Wenn er erst begriffen hat, dass er ihn nicht bekommt, dann wird er wieder gehen.

Der Schmerz, der sie jäh durchzuckte, kam unerwartet und war höchst unwillkommen.

Das ist doch genau das, was ich will, dachte sie. Dass er geht und uns in Ruhe lässt. Dabei musste sie sich jedoch bemühen, nicht an die neue Welt zu denken, die Catch ihr in seinen Armen eröffnet hatte.

Megan zog das Band aus ihrem Haar und schüttelte heftig den Kopf. Morgen arbeite ich in Holz, beschloss sie und deckte das Tonmodell ab.

Und heute Abend genieße ich das Dinner mit einem attraktiven Mann. So einfach ist das.

Schwungvoll – obwohl sie sich alles andere als das fühlte! – zog sie den Arbeitskittel aus und verließ das Atelier.

»Hallo, Liebes.« Pop fuhr mit dem Pick-up an der Garage vor, gerade als Megan die Stufen hinunterkam.

Seine Bedrücktheit fiel ihr sofort auf, als er ausstieg.

Da sie wusste, wie ungern er über Probleme klagte, ging sie zu ihm und schloss ihn in die Arme.

»Selber hallo. Du warst lange weg.«

»Es gibt da ein paar Schwierigkeiten im Park«, erwähnte er wie beiläufig, während sie gemeinsam ins Haus gingen.

Das erklärte seine niedergeschlagene Miene.

Megan wartete, bis er sich an den Küchentisch gesetzt hatte. Dann ging sie zum Herd, um Wasser für frischen Tee aufzusetzen, bevor sie nachfragte.

»Was denn für Schwierigkeiten?«

»Reparaturen, nur Reparaturen, Megan. Die Achterbahn, der Oktopus und zwei von den kleineren Karussells.«

»Schlimm?«

Pop seufzte schwer.

Offenheit war immer besser als Ausweichen. »Zehntausend, vielleicht sogar fünfzehn.«

Megan schnappte unwillkürlich nach Luft. »Zehntausend Dollar!«

Sie rieb sich die Stirn. Ihn zu fragen, ob er sich auch nicht irrte, war unnötig. Pop hätte kein Wort erwähnt, wäre er sich nicht sicher.

»Nun, fünf bringen wir zusammen.« *Wenn sie den Scheck von Catch zu ihren Ersparnissen hinzurechnete.* »Allerdings werden wir genauere Zahlen brauchen, bevor wir einen Kredit bei der Bank beantragen können.«

»Banken sind nicht sonderlich erpicht darauf, Leuten in meinem Alter noch Kredite zu gewähren«, murmelte Pop.

Weil sie sah, wie müde und entmutigt er war, entschied sie sich bewusst für einen brüsken Ton.

»Jetzt sei nicht albern! Der Kredit wird schließlich auf den Park geschrieben, nicht auf dich.«

Den Gedanken an die hohen Zinsen und das knappe Geld verdrängte sie.

»Ich werde morgen mit ein paar Leuten sprechen«, versprach Pop und stopfte seine Pfeife – das Zeichen, dass die geschäftliche Unterredung beendet war.

»Du gehst heute Abend mit Catch aus?«

»Ja.« Megan stellte zwei Teebecher auf den Tisch.

»Ein netter junger Mann.« Pop paffte an der Pfeife. »Ich mag ihn. Er hat Stil. Und er versteht was vom Angeln.«

»Was ihn natürlich sofort zu einem Ehrenmann macht«, spöttelte Megan gutmütig.

»Na, auf jeden Fall ist das kein Negativpunkt auf meiner Liste.« Er lächelte. »Übrigens hab ich euch beide letztens zusammen beim Riesenrad gesehen. Ihr seid ein hübsches Paar.«

»Also wirklich, Pop.« Ihre Wangen begannen, zu brennen. Eiligst beschäftigte Megan sich mit dem Geschirr in der Spüle.

»An dem Abend scheint er dir aber gut gefallen zu haben.« Pop nippte an seinem Tee. »Du hast keine Einwände gehabt, als er dich küsste. Mir sah es sogar danach aus, als hättest du deinen Spaß daran.«

»Pop!« Empört schwang Megan zu ihm herum.

»Ich habe euch ganz bestimmt nicht nachspioniert, Megan«, beruhigte er sie mit einem Lächeln. »Aber schließlich wart ihr da oben gut zu sehen. Ich wette, ihr seid einer Menge Leute aufgefallen. Wie schon gesagt, ihr seid ein hübsches Paar.«

Megan setzte sich an den Tisch und suchte nach Worten. Sie hatte nicht die geringste Ahnung, was sie sagen sollte.

»Es war nur ein Kuss«, meinte sie schließlich. »Das hat nichts zu bedeuten.«

Pop nickte stumm und trank seinen Tee.

»Wirklich nicht«, bekräftigte sie.

Jetzt lächelte er sie milde an. »Aber du magst ihn, nicht wahr?«

Megan senkte die Lider. »Manchmal«, gestand sie murmelnd.

Pop drückte verständnisvoll ihre Finger. »Wenn man es zulässt, dann ist es wirklich das Einfachste auf der Welt, jemanden zu mögen.«

»Ich kenne ihn doch kaum.«

»Und ich vertraue ihm.«

Megan suchte im Gesicht ihres Großvaters. »Wieso?«

Mit einem Schulterzucken sog er an der Pfeife. »Das sagt mir mein Gefühl. Wenn man sein Lebtag mit so vielen Menschen zu tun hat wie ich, dann wird man ein guter Menschenkenner. Es sind seine Augen. Er ist integer. Sicher, er will seinen Kopf durchsetzen, aber er betrügt nicht, um sein Ziel zu erreichen. Und das ist wichtig.«

Ihr Tee kühlte immer mehr ab, dennoch trank Megan nicht.

»Er will den Park«, sagte sie leise.

Durch den Pfeifenrauch betrachtete Pop seine Enkelin nachdenklich. »Ja, ich weiß. Daraus hat er von Anfang an kein Hehl gemacht.«

Sein Blick wurde milder. »Im Leben bleibt nicht immer alles so, wie es ist. Die Dinge ändern sich, Megan. Das ist es ja, was das Leben lebenswert macht.«

»Was meinst du damit? Willst du sagen, du … Du denkst daran, ihm den Park zu verkaufen?«

Die unterschwellige Panik in ihrem Ton entging ihm nicht. Beruhigend tätschelte er ihre Hand. »Darüber denken wir im Moment noch nicht nach. Erst einmal müssen wir zusehen, dass wir die Geräte bis zu den Osterfeiertagen repariert bekommen. Warum trägst du heute Abend nicht das gelbe Kleid, das ich so gern an dir sehe, Megan? Das mit dem passenden kleinen Jäckchen. Da muss ich immer an den Frühling denken.«

Megan überlegte, ob sie nicht weiter nachhaken sollte, doch dann schob sie alle ihre Fragen beiseite. Es war praktisch unmöglich, etwas aus ihrem Großvater herauszubekommen, wenn er beschlossen hatte, ein Thema zu beenden.

»Also schön. Ich gehe nach oben und lasse mir ein Bad ein.«

»Megan.« Auf seinen Ruf hin drehte sie sich an der Tür zu ihm um. »Amüsier dich gut. Manchmal ist es besser, den Dingen ihren Lauf zu lassen.«

Nachdenklich sah Timothy Miller seiner Enkelin nach und strich sich über den weißen Bart.

Eine knappe Stunde später begutachtete Megan sich im Spiegel. Das Gelb des Kleides verlieh ihrer Haut einen warmen Schimmer, der schlichte Schnitt betonte ihre schlanke Figur, die dünnen Träger gaben Arme und Schultern frei.

Ausgiebig kämmte sie sich das Haar. Die kleinen goldenen Kreolen in den Ohrläppchen waren ihr einziger Schmuck.

»Hey, Megan!«

Mit der Bürste in der Hand hielt sie mitten in der Bewegung inne. Catch stand doch wohl nicht da draußen und rief nach ihr?!

»Meg!«

Ungläubig den Kopf schüttelnd ging sie zum Fenster.

Tatsächlich, da unten stand er und winkte zu ihr herauf. »Was machst du da?«, wollte sie von ihm wissen.

»Öffne das Fliegengitter.«

»Wozu?«

»Tu's einfach.«

»Soll ich etwa zu dir hinunterspringen? Vergiss es!« Dennoch lehnte sie sich neugierig aus dem Fenster.

»Hier, fang!«

Ihre Reflexe waren schneller als ihre Gedanken. Mit beiden Händen fing Megan den Strauß Narzissen auf, den er zu ihr hinaufwarf.

Lächelnd barg sie ihr Gesicht in den Blüten. »Sie sind wunderschön. Danke!«

»Gern geschehen. Bist du so weit?«

»Ja.« Sie warf das Haar zurück. »In einer Minute bin ich unten.«

Catch lenkte den Wagen zügig und geschickt, aber nicht zu den Restaurants in der Stadt, wie Megan vermutet hatte. Er schlug die Richtung zum Meer ein und fuhr dann gen Norden.

Megan lehnte sich entspannt zurück und genoss die Fahrt im vergehenden Dämmerlicht.

Sie kannte die Gegend. Hier waren die Häuser größer und beeindruckender.

Hohe Hecken schützten die Anwohner vor neugierigen Blicken, die Vorgärten waren gepflegt, Weiden warfen Schatten auf kurz geschnittene Rasenflächen, in den Auffahrten schimmerte der Asphalt.

Auf eine dieser Auffahrten bog Catch jetzt ein. Im Vergleich zu den anderen Villen dieser Gegend war das Haus eher klein, dazu gänzlich mit Holz verschalt.

Es war versetzt auf zwei Ebenen gebaut und gekrönt von einer Sonnenterrasse oben auf dem Dach.

Es gefiel Megan sofort. »Wo sind wir hier?«

»Ich lebe hier.« Er lehnte sich über sie und öffnete die Beifahrertür, bevor er selbst ausstieg.

»Du wohnst hier?«

Die Überraschung und der Argwohn in ihrer Stimme ließen ihn lächeln. »Irgendwo muss ich ja wohnen, oder?«

Auf dem gepflasterten Weg ging sie auf das Haus zu. »Der Gedanke ist mir nie gekommen, du könntest ein Haus gekauft haben. So etwas tut man doch nur, wenn man Wurzeln schlagen will.«

»Ich habe Wurzeln, Meg. Mir fällt es eben nur leicht, sie umzupflanzen.«

Sie betrachtete das großzügig gebaute Haus und den weitläufigen Garten. »Du hast wirklich den perfekten Ort für dich gefunden.«

Catch verschränkte seine Finger mit ihren. »Komm herein.«

»Wann hast du es gekauft?«, fragte sie, während sie nebeneinander die Außentreppe hinaufstiegen.

»Vor ein paar Monaten, als ich hier durchfuhr. Letzte Woche bin ich eingezogen. Allerdings hatte ich noch keine Zeit, Möbel auszusuchen.«

Er drehte den Schlüssel in der Tür. »Das eine oder andere habe ich mitgenommen, wenn ich es irgendwo sah, und ein paar Sachen habe ich mir aus meinem New Yorker Apartment schicken lassen.«

Das Innere des Hauses bestätigte seine Worte. Das Wohnzimmer war spärlich möbliert, aber die gemütliche Sitzecke, die Bücherregale und die hier und da platzierten Teppichläufer bewiesen Geschmack. Immerhin schien er Zeit gefunden zu haben, Grünpflanzen zu besorgen.

Der große Kamin an der einen Seite beherrschte das Zimmer, eine Treppe führte von dem offenen Raum hinauf in die zweite Etage.

Megan suchte nach ihren beiden Statuen, konnte sie jedoch nirgends entdecken. Sie fragte sich, was er wohl mit ihnen gemacht haben mochte.

»Es ist ein wunderbares Haus, Catch.«

Sie ging zum Fenster und sah auf die leicht abfallende und von einer hohen Hecke umrandete Rasenfläche.

»Kann man von der Dachterrasse aus das Meer sehen?«, fragte sie.

Als sie keine Antwort bekam, drehte sie sich zu ihm um. Das Lächeln erstarb auf ihren Lippen, als sie seinem intensiven Blick begegnete. Ihr Herz begann, schneller zu schlagen.

Das da war der Teil von ihm, vor dem sie sich fürchtete. Dieser eindringliche Mann hatte nichts mit dem galanten Verehrer gemein, der ihr Narzissen zum Fenster hinaufwarf.

Als er mit beiden Händen ihr Gesicht umfasste, lehnte sie den Kopf zurück. Er strich ihr übers Haar, und dann senkte er langsam seinen Mund auf ihre Lippen. Doch plötzlich hielt er kurz inne, um ihr in die Augen zu schauen, so als verspüre er eine plötzliche Unsicherheit.

Doch als er sie küsste, war sein Kuss leidenschaftlich und fordernd, und Megan erwiderte diesen Kuss mit aller Inbrunst.

Es war dumm von ihr gewesen, sich einreden zu wollen, sie sei nicht verliebt in Catch. Eine Närrin, die wirklich geglaubt hatte, ihr Herz mit Argumenten des Verstandes zum Schweigen zu bringen.

Als Catch die Lippen von ihr löste, legte sie die Wange an seine Brust und schlang die Arme um seine Hüfte. Er zögerte unmerklich, dann zog er sie enger an sich heran und drückte einen Kuss auf ihr Haar.

»Sagtest du etwas?«, murmelte er.

»Hm? Wann?«

»Vorhin.« Sanft massierte er ihren Nacken, und ein

angenehmer Schauer lief ihr über den Rücken. Sie versuchte, sich an die Welt zu erinnern, wie sie vor dem Kuss gewesen war.

»Ich glaube, ich fragte, ob man von der Terrasse aus das Meer sehen kann.«

»Ach ja.« Wieder legte er die Hände um ihr Gesicht und küsste sie lange und ausgiebig. »Kann man.«

»Zeigst du es mir?«

Seine Umarmung wurde fester, und schon schloss Megan in Erwartung des nächsten Kusses die Augen.

Doch Catch trat von ihr zurück und hielt sie nur bei den Händen.

»Nach dem Dinner.«

Megan lächelte. »Wir essen hier?«

»Ich hasse Restaurants.« Damit zog er sie mit sich Richtung Küche.

»Eine seltsame Einstellung für jemanden, der ein Restaurant besitzt.«

»Sagen wir einfach, es gibt Gelegenheiten, zu denen ich eine intimere Atmosphäre vorziehe.« Er stieß die Tür zur Küche auf, und Megan sah sich interessiert in dem Raum mit viel Holz und Edelstahl um.

»Und wer kocht dieses Mal?«

»Wir beide.« Er grinste jungenhaft. »Wie magst du dein Steak?«

Vollmundiger Rotwein gehörte zum Essen, ebenso wie ein Dutzend weiße Kerzen in Messingständern auf dem Sideboard hinter ihnen.

Megan fühlte sich wunderbar entspannt und gelöst, während der schwere Wein seine Wirkung tat und ihr leicht zu Kopf stieg. Und sie war völlig hingerissen von dem Mann, der ihr gegenübersaß. Als sie sich erhob, um den Tisch abzuräumen, schüttelte Catch den Kopf.

»Nicht jetzt. Heute Nacht ist Vollmond.«

Sie folgte ihm, ohne zu zögern, die Treppen hinauf und durch das große Schlafzimmer, von wo aus breite Flügeltüren auf einen kleinen Balkon führten. Von dort ging eine Treppe hinauf auf die Dachterrasse.

Megan hörte die Wellen, noch bevor sie beim Geländer angekommen war. Direkt hinter der Hecke sah sie die schäumende Brandung. Gischt krönte die Brecher, weiß schimmernd im Licht des Mondes und unzähliger Sterne.

Sie atmete tief durch und lehnte sich an die Holzumrandung der Terrasse.

»Es ist wunderschön hier oben. Mir wird es nie langweilig, den Wellen zuzuschauen.« Sie hörte das Klicken eines Feuerzeugs, und das Aroma von Tabak mischte sich mit der salzigen Luft.

»Hast du je daran gedacht, zu reisen?«

Megan zuckte mit den Schultern, es war eine rastlose, verlegene Geste. »Ja, natürlich. Aber im Moment ist das einfach nicht möglich.«

Catch zog an seiner Zigarette und betrachtete sie durch den Rauch. »Wohin würdest du fahren? Wenn du könntest, meine ich.«

Sie schloss die Augen und stellte sich vor, wohin sie reisen würde.

»Nach New Orleans«, sagte sie impulsiv. »Die Stadt wollte ich schon immer einmal sehen. Und Paris, natürlich. Als ich noch jünger war, malte ich mir aus, wie es wäre, in der Stadt zu leben, in der alle großen Künstler gelebt haben.«

Sie öffnete die Augen wieder. »Du warst wahrscheinlich schon dort, oder? In New Orleans und Paris.«

»Ja.«

»Wie ist es?«

»In New Orleans riechst du ständig den Fluss.«

Er streichelte mit einem Finger über ihre Wange. »Im Sommer ist es schwül und drückend, die ganze Stadt stöhnt vor Hitze. Aus den Clubs hörst du zu jeder Tages- und Nachtzeit Musik. Straßenmusikanten stehen an jeder Ecke. Diese Stadt ist ständig in Bewegung, genau wie New York, nur in einem gemächlicheren Tempo.«

»Und Paris?« Sie wollte diese Städte durch seine Erzählungen mit seinen Augen sehen und sie sich so besser vorstellen können. »Erzähl mir von Paris.«

»Eine wunderbare alte Stadt, sehr elegant, eine *grande dame*. Sehr sauber ist es dort nicht, aber das stört niemanden. Im Frühling ist Paris am schönsten, nirgendwo sonst riecht es wie in Paris im Frühling. Ich würde sehr gern mit dir dorthin fahren.«

Er fasste in ihr Haar und spielte mit einer Strähne. Der intensive Blick lag wieder auf ihr. »Ich möchte sehen, wie die Emotionen, die du so eisern unter Kontrolle hältst, endlich losbrechen. In Paris würdest du sie niemals zurückhalten.«

»Ich halte meine Gefühle nicht zurück.«

Wenn sich jetzt alles in ihrem Kopf drehte, so lag das nicht am Wein.

Er schnippte den Zigarettenstummel über das Geländer und zog Megan mit einem Arm zu sich heran. »Tust du das wirklich nicht?«

Sie hörte den Anflug von Ungeduld in seiner Stimme, während er ihr über die Schulter strich. Ihr Jäckchen glitt langsam nach unten. »Du bist leidenschaftlich, aber du verschließt diese Leidenschaft tief in dir. Nur in deinen Arbeiten zeigst du sie, doch selbst deine Werke hältst du unter Verschluss. Wenn ich dich küsse, spüre ich, wie diese Leidenschaft darum kämpft, an die Oberfläche zu kommen.«

Er hatte ihr die Jacke nun vollständig ausgezogen und legte sie über das Geländer. »Eines Tages wird diese Leidenschaft hervorbrechen, und ich gedenke, dabei zu sein, wenn es so weit ist.«

Er schob die dünnen Träger ihres Kleides von ihren Schultern und küsste die bloße Haut.

Megan erlaubte es ihm und warf den Kopf in den Nacken, als er mit den Lippen zart an ihrem Hals hinaufglitt. Mit der Zunge liebkoste er ihre Halsschlagader, dort, wo ihr Puls immer heftiger zu pochen begann, als er mit einer Hand die Rundung ihrer Brust umfasste. Und sobald sein Mund ihre Lippen in Besitz nahm, lösten Begierde und Leidenschaft die Sanftheit ab.

Megan stöhnte vor Lust leise auf. Ein erotischer Tanz ihrer Zungen begann.

Sie ließ Catch gewähren, als er ihr das Kleid bis zu den

Hüften hinunterstreifte, und hörte seine gemurmelte Bewunderung. Ihre nackten Brüste streckten sich seinen Berührungen entgegen.

Sie ließ sich mitreißen von der Flutwelle, die sich in ihrem Innern aufbaute. Ohne sich auf Erfahrung oder Wissen berufen zu können, folgte sie ihren Instinkten, während die Leidenschaft regierte.

Ihre Finger vergruben sich in seinem Haar, glitten zu seinem Nacken, fühlten die warme Haut. Seine Reaktion auf ihre Berührung berauschte sie.

Sie hatte nicht gewusst, welche Macht sie besaß, hatte sie bisher nie ausprobiert. Sie schob die Hände unter seinen Pullover, erkundete die Muskeln, wie sie sich anspannten und unter ihren Fingerspitzen zuckten.

Der Kuss wurde heftiger. Verlangen wurde zur drängenden Notwendigkeit, mehr, als Megan ertragen konnte.

Der Schmerz kam aus dem Nichts und erfasste sie mit unglaublicher Geschwindigkeit. Er war so scharf, wie er köstlich und unwiderstehlich war.

»Catch …«, ihre Stimme klang heiser, »… ich will heute Nacht bei dir bleiben.«

Für einen Augenblick fühlte sie sich an ihn gepresst, hart und fest, sodass ihr das Atmen schwerfiel.

Und dann, ganz langsam, lockerte er seinen Griff und schob sie von sich. Die Hände auf ihren Schultern, sah er hinunter in ihre Augen.

Unendlich behutsam zog er ihr Kleid hoch und schob ihr die Träger wieder auf die Schultern. »Ich bringe dich jetzt nach Hause.«

Die Zurückweisung traf sie wie ein Schlag.

Mit bebenden Lippen öffnete sie den Mund, schloss ihn wieder.

Um die aufsteigenden Tränen zurückdrängen zu können, griff sie hastig nach ihrer Jacke.

»Meg.« Er wollte sie bei der Schulter fassen und zu sich umdrehen, doch sie wich ihm aus.

»Nein. Fass mich nicht an.«

Ein Kloß saß ihr in der Kehle. Sie schluckte ihn mühsam hinunter. »Ich brauche nicht getröstet zu werden. Anscheinend habe ich etwas missverstanden.«

»Du hast nichts missverstanden«, knurrte er rau. »Und wein jetzt nicht, verflucht.«

»Ich habe nicht vor, in Tränen auszubrechen, keine Sorge. Ich möchte nur nach Hause.«

Als sie ihn ansah, schimmerten der Schmerz und die soeben verneinten Tränen in ihren Augen.

»Wir müssen reden.« Catch griff nach ihrer Hand, doch sie zog sie ruckartig zurück.

»Nein, müssen wir nicht.«

Sie reckte die Schultern und sah ihm geradewegs ins Gesicht. »Wir haben zusammen zu Abend gegessen, die Dinge sind ein wenig aus dem Ruder gelaufen. So einfach ist das. Und es ist auch vorbei.«

»Weder ist es einfach noch vorbei, Megan.« Er betrachtete sie eindringlich. »Aber für den Moment belassen wir es wohl dabei.«

Megan wandte sich stumm ab und stieg vor ihm die Treppe hinunter.

7. Kapitel

Bei Tageslicht verlor jeder Vergnügungspark seinen Zauber. Schmutz, abblätternde Farbe, Kratzer und Beulen waren dann deutlich zu sehen. Was bei künstlicher Beleuchtung ein Märchenland war, entpuppte sich im hellen Sonnenschein als gemeiner Tummelplatz.

Nur die ganz Jungen und die, die in ihrem Herzen jung geblieben waren, konnten dennoch Magie entdecken, wenn sie mit der schalen Realität konfrontiert wurden.

Zu diesen ewig Junggebliebenen gehörte auch Megans Großvater. Und dafür liebte Megan ihn umso mehr.

Mit einem Lächeln auf dem Gesicht ging sie die Gleise der Geisterbahn entlang. Sie bog in den dunklen Tunnel. Pop war hier irgendwo und reparierte ein paar Dinge. Seine Geister sind ihm lieb und teuer, dachte sie still. Und dabei wurde sie von ihren eigenen Dämonen verfolgt.

Zehn Tage war es jetzt her, seit Pop ihr von den notwendigen Reparaturen berichtet hatte. Zehn Tage, seit sie Catch das letzte Mal gesehen hatte.

Sie verbannte den Gedanken an Catch. Sie war alt genug, um Fantasie und Wirklichkeit auseinanderhalten zu können. Sie musste sich auf die Realität konzentrieren, und ihre Realität waren Pop und der Park.

»Hi«, rief sie, als sie Pop erblickte. »Wie kommst du voran?«

Bei ihren Worten drehte Pop sich mit einem vergnügten Grinsen zu ihr um.

»Bestens, Megan, schneller als erwartet. Bis Ostern ist längst alles erledigt.«

Er legte ihr einen Arm um die Schultern und drückte sie an sich. »Die kleinen Karussells laufen schon wieder. Und wie geht es dir?«

Gern ließ sie sich von ihm ans Tageslicht führen. »Wie soll's mir schon gehen? Wie immer.«

Sie blinzelte, als sie zusammen in die Helligkeit traten.

»Du hast diesen unglücklichen Ausdruck in den Augen, schon seit über einer Woche.« Er rieb ihr über die Schulter, so als müsse er sie trotz der schon kräftigen Frühlingssonne wärmen. »Du weißt, mir kannst du nichts verheimlichen. Dazu kenne ich dich zu gut.«

Sie wählte ihre Worte mit Bedacht. »Ich versuche gar nichts zu verheimlichen, Pop.«

Mit einem Schulterzucken sah sie zu der Crew hinüber, die an der Achterbahn arbeitete.

»Es ist unwichtig, es lohnt nicht einmal, darüber zu sprechen. Wie lange wird es dauern, bis die Bahn repariert ist?«

»Offenbar ist es dir immerhin so wichtig, dass es dich traurig macht.« Er fiel nicht auf ihr Ablenkungsmanöver herein. »Und das wiederum ist für mich wichtig. Bist du etwa zu alt, um mit deinen Problemen zu mir zu kommen?«

Sie sah ihn entschuldigend an. »Nein, natürlich nicht, Pop. Ich weiß doch, dass ich über alles mit dir reden kann.«

»Nun, ich bin hier und höre dir zu.«

»Ich habe einen Fehler gemacht, das ist alles.«

Sie wollte zu der Handwerkercrew hinüberlaufen, doch Pop hielt sie fest.

»Megan«, er legte beide Hände auf ihre Schultern und sah ihr ernst in die Augen, »ich werde dich jetzt offen heraus fragen: Hast du dich in ihn verliebt?«

»Nein«, stieß sie sofort und viel zu heftig aus.

»Ich habe nicht einmal einen Namen genannt«, stellte Pop mit einer hochgezogenen Augenbraue fest.

Megan stutzte. Sie hatte vergessen, wie listig ihr Großvater sein konnte.

»Ich dachte, ich sei verliebt«, setzte sie vorsichtiger an. »Aber es war ein Irrtum.«

»Und warum bist du dann so unglücklich?«

»Pop, bitte.« Sie wollte einen Schritt zurück machen, doch noch immer hielt er sie fest.

»Meg, du hast mir immer offen und ehrlich geantwortet. Auch wenn ich die Antworten manchmal mühevoll aus dir herauslocken musste.«

Wenn Pop in dieser Stimmung war, dann waren Ausflüchte und Halbwahrheiten sinnlos, das wusste Megan. Also ergab sie sich in ihr Schicksal.

»Na schön. Ja, ich bin verliebt in ihn, aber das macht keinen Unterschied.«

»Keine sehr intelligente Bemerkung von einem ansonsten recht intelligenten Mädchen«, lautete Pops tadelnder Kommentar. »Erkläre mir, warum die Liebe keinen Unterschied macht.«

»Nun, es funktioniert nicht, wenn die Liebe nicht erwidert wird«, murmelte Megan.

»Wer behauptet das denn?«, wollte Pop wissen.

Er klang so entrüstet, dass es ihren Schmerz ein wenig linderte.

»Pop, nur weil du mich liebst, heißt das nicht, dass andere mich auch lieben müssen.«

»Wieso bist du dir so sicher, dass er deine Liebe nicht erwidert? Hast du ihn gefragt?«

»Nein!« Sie war so schockiert, dass sie fast laut aufgelacht hätte.

»Und warum nicht? Eine direkte Frage vereinfacht die Dinge erheblich.«

Megan holte tief Luft und setzte zu einer Erklärung an, die ihr Großvater bestimmt verstehen würde. »David Catcherton ist nicht der Mann, der sich in eine Frau verliebt, zumindest nicht ernsthaft. Und ganz sicher nicht in eine Frau wie mich.«

Sie machte eine ausholende Geste, die alles andere als erklärend war. »Er war in Paris, er lebt in New York. Er hat eine Schwester, Jessica heißt sie.«

»Das sind natürlich gute Gründe«, stimmte Pop übertrieben verständnisvoll zu und entlockte Megan damit einen frustrierten Seufzer.

»Ich war noch nirgendwo.« Sie fuhr sich mit den Fingern durchs Haar. »Während des Sommers treffe ich Tausende von Leuten, wirklich Tausende, aber sie bleiben eigentlich alle schemenhaft. Die einzigen Menschen, die ich kenne, sind die, die hier leben. Weiter als bis nach Charleston bin ich bisher nie gekommen.«

Pop strich ihr das wirre Haar wieder glatt.

»Ich habe dich viel zu lange hier festgehalten«, murmelte er bedrückt. »Dabei habe ich mich immer damit beruhigt, dass noch Zeit genug für das andere sei.«

»Oh nein, Pop, so meinte ich das nicht.« Sie schlang die Arme um ihn und barg ihr Gesicht an seiner Schulter. »So sollte sich das nicht anhören. Ich liebe dich doch, und ich lebe gerne hier. Ich möchte es um nichts auf der Welt missen. Es war gedankenlos und niederträchtig von mir, so etwas zu sagen.«

Lachend klopfte Pop ihr auf den Rücken. Der schwache Duft ihres Parfüms machte ihm jäh bewusst, dass sie kein kleines Mädchen mehr war, sondern eine erwachsene Frau. Wo waren nur die Jahre so schnell hin?

»In deinem ganzen Leben hast du noch nichts Niederträchtiges getan, Liebes. Wir beide wissen, dass du gern mehr von der Welt gesehen hättest, aber du bist hiergeblieben und hast ein Auge auf mich gehalten. Doch, doch«, bekräftigte er, als sie widersprechen wollte. »Und ich war egoistisch genug, es dir zu erlauben.«

»Du warst in deinem ganzen Leben noch nie egoistisch«, erwiderte sie und trat einen Schritt zurück. »Ich wollte damit nur sagen, dass Catch und ich kaum Gemeinsamkeiten haben. Er lebt in einer ganz anderen Welt als ich. Da kann ich unmöglich mithalten.«

Pop schüttelte den Kopf. »Du hattest immer eine

starke Persönlichkeit, du wirst keine Schwierigkeiten haben. Aber na gut, lassen wir das Thema für den Augenblick fallen. Du bist nämlich auch ein ausgesprochener Dickschädel.«

»Ich bin konsequent«, verbesserte sie ihn und lächelte. »Das hört sich netter an, meinst du nicht auch?«

»Das ist doch nur ein hochgestochenes Wort für stur.« Aber seine Augen lachten. »Warum bist du mitten am Tag im Park und nicht in deinem Atelier?«

»Es lief nicht so gut«, gab sie zu und dachte an das halb fertige Gesicht, das sie ständig verfolgte.

»Außerdem«, sie hängte sich bei ihm ein, während sie weitergingen, »habe ich Vergnügungsparks schon immer gemocht.«

»Na, dieser hier wird nächste Woche tipptopp in Ordnung sein.« Pop sah sich befriedigt um. »Mit ein bisschen Glück haben wir eine gute Saison, und dann können wir schon einen dicken Batzen von dem geliehenen Geld zurückzahlen.«

»Vielleicht macht die Bank ja Werbung für uns und schickt uns mehr Gäste«, meinte Megan scherzhaft.

»Oh, das Geld habe ich nicht von der Bank bekommen, sondern …«

Pop unterbrach sich abrupt. Hüstelnd beugte er sich hinunter, um sich den Schuh zu binden.

»Du hast das Geld nicht von der Bank?« Verdutzt starrte Megan auf den weißen Schopf. »Von wem dann?«

Als Antwort erfolgte nur ein unverständliches Murmeln.

»Du kennst doch niemanden, der so viel Geld verleihen kann«, hob sie mit einem schwachen Lächeln an. »Wo um alles in der Welt …?«

Dann dämmerte es ihr. »Oh nein. Nein, das kannst du nicht getan haben.«

Noch während sie die Worte aussprach, wusste sie, dass sie ins Schwarze getroffen hatte.

»Etwa von *ihm*?«

»Das solltest du eigentlich gar nicht erfahren, Megan.« Die Besorgnis ließ sich aus seiner Stimme heraushören und in seinen Augen erkennen. »Er wollte auf keinen Fall, dass du es weißt.«

»Warum? Warum hast du das getan?«

»Es hat sich einfach so ergeben, Meg.«

Pop tätschelte auf die altvertraute Art beruhigend ihre Hand. »Er war zufällig hier, und wir kamen ins Gespräch. Ich habe ihm von den Reparaturen und den Kosten erzählt. Und da hat er es angeboten. Eigentlich war es die perfekte Lösung. Banken wollen immer alles Mögliche von dir wissen und brauchen ewig lang für den Papierkram, und er verlangt wesentlich weniger Zinsen von mir. Ich dachte, du würdest froh darüber sein …« Seine Stimme erstarb.

»Habt ihr das schriftlich festgehalten?«, fragte sie sehr ruhig. Sie hielt sich eisern unter Kontrolle.

»Natürlich.« Pop war leicht pikiert. »Catch sagte, das sei nicht nötig, aber ich weiß doch, wie übergenau du bist. Ich habe den Vertrag aufsetzen lassen, da hat alles seine Richtigkeit.«

»Nicht nötig, meinte er also«, wiederholte Megan. »Und was hast du als Sicherheit angegeben?«

»Na, den Park natürlich.«

»Natürlich.«

Stille Wut schäumte in dem einzelnen Wort. »Ich wette, er hat sofort angenommen.«

»Jetzt mach dir keine unnötigen Sorgen, Megan. Alles läuft bestens. Die Reparaturen sind bald erledigt, und wir können pünktlich zu den Feiertagen wieder aufmachen. Außerdem«, er seufzte leise, »solltest du ja gar nichts davon wissen. Er wollte es nicht.«

»Oh, das kann ich mir vorstellen«, sagte sie bitter.

Sie drehte sich auf dem Absatz um und eilte davon.

Pop sah ihr grinsend nach, äußerst zufrieden mit seiner Taktik. Das Mädchen hatte ein aufbrausendes Temperament, wenn sie denn tatsächlich einmal die Zügel schießen ließ. Das müsste jetzt eigentlich etwas in Gang setzen.

Megan stoppte ihr Motorrad auf der Auffahrt von Catchs Haus. Sie zog den Helm herunter und befestigte ihn auf dem Sitz.

Damit würde Catch nicht durchkommen, nicht, wenn sie auch nur ein Wörtchen mitzureden hatte!

Mit energischen Schritten marschierte sie auf die Haustür zu. Ihr Klopfen war eher ein Hämmern, trotzdem rührte sich nichts im Haus.

Mit gerunzelter Stirn stopfte sie ihre geballten Fäuste in die Jackentasche. Der schwarze Porsche war da, schließlich hatte sie ihr Motorrad dahinter geparkt.

Ohne Rücksicht auf das Gebot der Höflichkeit drehte sie am Türknauf. Und da die Tür nicht verschlossen war, zögerte sie auch nicht. Sie betrat das Haus.

Alles war still, niemand schien da zu sein. Dennoch ging Megan zum Wohnzimmer weiter, auf der Suche nach Catch.

Eine goldene Armbanduhr lag auf dem Messingtischchen, eine Kamera stand auf dem flachen Wohnzimmertisch, daneben eine Filmrolle. In einem Aschenbecher lag ein Zigarettenstummel. Turnschuhe, die wahrlich bessere Tage gesehen haben mussten, waren achtlos vor der Couch von den Füßen gestreift worden und lagen auf dem Boden, daneben ein aufgeschlagenes Buch.

In der gleichen Sekunde wurde Megan klar, was sie da tat: Sie war unbefugt in ein fremdes Haus eingedrungen.

Sie fühlte sich unwohl in ihrer Haut, war aber gleichzeitig fasziniert. Nach einem kurzen Kampf mit ihrem Gewissen ging sie zur Küche durch.

Nein, sie schnüffelte nicht herum, beruhigte sie sich, sondern wollte nur ganz sichergehen, dass Catch nicht zu Hause war. Immerhin stand sein Wagen vor der Garage, und die Tür war auch nicht abgeschlossen.

Im Spülbecken stand eine benutzte Tasse, auf der Anrichte eine halbe Kanne Kaffee, inzwischen kalt geworden. Catch hatte wohl beim Eingießen ein wenig Kaffee verschüttet, die Tropfen aber nicht weggewischt. Megan beherrschte den automatischen Drang, nach einem Lappen zu greifen und es nachzuholen.

Gerade als sie wieder gehen wollte, setzte draußen das Brummen eines Rasenmähers ein.

Sie ging zum Fenster und sah hinaus.

Catch, mit bloßem Oberkörper, die Jeans tief auf den Hüften sitzend, schob einen Benzinmäher vor sich her über den Rasen. Auf seiner Haut lag ein feiner Schweißfilm und ließ sie in einem goldenen Bronzeton schimmern.

Fasziniert schaute Megan eine Weile dem Muskelspiel seiner Arme zu, dann riss sie sich los und ging durch die Küchentür nach draußen.

Aus den Augenwinkeln heraus nahm Catch eine Bewegung und etwas Rotes wahr. Er wandte den Kopf und sah Megan, die in roter Bluse und weißen Jeans auf ihn zukam.

Catch blinzelte gegen das Sonnenlicht und wischte sich mit dem Handrücken den Schweiß von der Stirn. Dann stellte er den Motor ab.

»Hallo, Meg«, begrüßte er sie lässig, doch seine Augen blickten wachsam.

»Du hast wirklich Nerven, Catcherton«, setzte sie beißend an. »Selbst ich hätte nie gedacht, dass du das Vertrauen eines alten Mannes derart ausnutzen würdest.«

Er hob eine Augenbraue und stützte sich auf den Griff des Rasenmähers. »Fang noch einmal an«, meinte er. »Und etwas deutlicher, bitte.«

»Du bist genau der Typ, der seine Nase in anderer Leute Angelegenheiten stecken muss«, fuhr sie schneidend fort. »Du musstest natürlich ganz zufällig im Park sein, und mit deinem angenehmen Polster im Rücken musstest du auch unbedingt ein großzügiges Angebot machen, eines, das Pop nicht ausschlagen konnte.«

»Ah, es dämmert.« Er richtete sich auf. »Ich hatte schon vermutet, dass du nicht begeistert sein würdest. Ich hatte also recht.«

»Du hast gewusst, dass ich das niemals zulassen würde.«

»Ehrlich gesagt, das ist mir nie in den Sinn gekommen.« Er lehnte sich wieder auf den Rasenmäher, doch an seiner Ausstrahlung war nichts Lässiges mehr. »Soweit ich gesehen habe, bestimmst du nicht über Pops Leben, Meg. Und über meines erst recht nicht.«

Sie mühte sich, ihren Ton so ruhig wie möglich zu halten. »Ich habe ein nicht unerhebliches Interesse an dem Park und an allem, was damit zusammenhängt.«

»Sehr schön. Dann solltest du erfreut sein, dass das Geld für die Reparaturen so schnell zur Verfügung stand und zudem minimale Kreditzinsen anfallen.«

Er klang jetzt sehr sachlich und geschäftsmäßig.

»Warum hast du uns das Geld geliehen?«, verlangte sie, zu wissen.

Lange musterte er sie, dann sagte er schließlich kühl: »Ich bin dir keine Erklärung schuldig.«

»Dann werde ich dir eine geben«, fauchte sie. »Du hast eine Gelegenheit gesehen und sofort zugegriffen. Vermutlich ist das in deiner Welt völlig normal. Man nimmt sich, was man will, ohne an die Menschen zu denken, die davon betroffen sind.«

»Vielleicht bin ich heute etwas begriffsstutzig.« Seine Augen waren dunkel wie Gewitterwolken und undurchdringlich. »Ich war eigentlich der Meinung, ich hätte etwas gegeben anstatt genommen.«

»Geliehen«, korrigierte sie ihn kalt. »Mit dem Park als Sicherheit.«

»Wenn es das ist, was dich stört, dann solltest du dich mit deinem Großvater unterhalten und es mit ihm klären.«

Er beugte sich hinunter und griff nach der Schnur, um den Rasenmäher wieder anzuwerfen.

»Du hattest kein Recht, sein Vertrauen so zu missbrauchen. Pop vertraut jedem.«

Catch ließ die Starterschnur wieder zurückschnappen. »Zu schade, dass sich eine solche Eigenschaft nicht weitervererbt.«

»Ich habe nicht den geringsten Grund, dir zu vertrauen.«

»Und offenbar jeden, um mir von Anfang an zu misstrauen.«

Er kniff abschätzend die Augen zusammen. »Gilt das denn nur für mich oder generell für alle Männer?«

Diese Frage war keiner Antwort würdig.

»Du willst den Park«, sagte sie.

»Richtig, und das habe ich von Anfang an deutlich gesagt.«

Catch schob den Mäher beiseite, sodass jetzt nichts mehr zwischen ihnen stand. »Und ich habe auch noch immer vor, ihn zu bekommen. Allerdings ohne irgendwelche hinterhältigen Taktiken. Das Gleiche gilt übrigens für dich«, fügte er hinzu.

Megan wich zurück, doch er war schneller. Am Oberarm hielt er sie fest. »Möglich, dass es ein Fehler von mir war, dich an unserem letzten Abend gehen zu lassen.«

»Du wolltest mich nicht. Für dich ist das alles nur ein Spiel.«

»Ich – und dich nicht wollen?«

Sein Griff wurde fester, als sie sich erneut ergebnislos loszureißen versuchte. »Nein, du hast recht, ich wollte dich nicht.«

Mit einem Ruck zog er sie an sich und presste den Mund auf ihre Lippen. In ihrem Kopf begann sich alles zu drehen. »Genauso, wie ich dich jetzt nicht will.«

Bevor sie etwas darauf erwidern konnte, hatte er schon wieder Besitz von ihrem Mund ergriffen.

Er küsste sie hart, mit einer Grobheit, die er noch nie gezeigt hatte. »Wie ich dich seit Tagen nicht will.« Damit zog er sie mit sich auf den Rasen hinunter.

Sie bekam es mit der Angst zu tun und wehrte sich.

»Nein!«, stieß sie aus, doch sein Mund brachte sie zum Verstummen.

Die Sanftheit und lockende Zärtlichkeit, die sie bisher von ihm kannte, waren verschwunden. Dieser Kuss war Beweis für eine ursprüngliche Gier ohne Finesse, und Megan erwiderte ihn in der gleichen Art, mit der gleichen uneingeschränkten Begierde.

Catch würde sich nehmen, was er wollte, auf seine Art, und während er die weiche Höhle ihres Mundes plünderte, ließ sie sich willig von ihm in den wilden Strudel hineinreißen. Sie hatte das Gefühl, zu ersticken, als Hitze jäh in ihr aufschoss. Der Atem stockte ihr in der Kehle; kleine, lustvolle Laute entfuhren ihr.

Catchs Finger hinterließen eine heiße Spur auf ihrem vor Verlangen bebenden Fleisch.

Längst war sie an einem Ort jenseits von Angst, jenseits von allen Gedanken, murmelte unverständliche Laute, erschauerte unter den Wellen der Erregung, die über ihr zusammenschwappten.

Irgendwann hob Catch den Kopf, sein Atem ging rasselnd und strich heiß über ihr Gesicht.

Megan öffnete flatternd die Lider, ihre Augen waren verhangen vor Leidenschaft. Sie zitterte am ganzen Körper. Hätte ihre Stimme ihr gehorcht, so hätte sie Catch in diesem Moment ihre Liebe gestanden. Aller Stolz, alle Zurückhaltung waren geschmolzen, es existierten nur noch das Verlangen und eine Liebe, die schmerzhaft in ihrer Intensität war.

»Das ist nicht der richtige Ort«, sagte er heiser und rollte sich auf den Rücken. »Und ganz bestimmt nicht die richtige Art.«

Sie konnte keinen klaren Gedanken fassen, alles in ihrem Kopf wirbelte, das Blut rauschte in ihren Ohren. »Catch«, war das einzige Wort, das sie herausbrachte. Benommen setzte sie sich auf, sah, dass sein Blick durchdringend auf ihrem Gesicht lag. Sie wollte ihn berühren, doch sie wagte es nicht.

»Habe ich dir wehgetan?«, fragte er rau.

Sie schüttelte den Kopf. Nur das Verlangen, das schmerzte.

»Dann geh jetzt nach Hause, Megan.« Er stand auf und sah auf sie herunter. »Geh nach Hause, bevor ich es doch noch tue.«

Damit ließ er sie allein und ging ins Haus. Megan hörte, wie die Küchentür laut hinter ihm ins Schloss fiel.

8. Kapitel

Megan fiel es in diesen zwei Wochen schwer, mit dem Ansturm der Touristen und Sonnenanbeter fertigzuwerden. Wie jedes Jahr zu Ostern kamen sie in Scharen, ein Vorgeschmack auf die Sommersaison. Sie kamen, um sich am Strand die erste Bräune zu holen und so die Zuhausegebliebenen zu beeindrucken, sie kamen, um sich im Ozean zu tummeln, um sich zu amüsieren, um zu lachen, um Spaß zu haben.

Zum ersten Mal in ihrem Leben empfand Megan die vielen Menschen als störende Eindringlinge. Sie sehnte sich nach der Ruhe und dem Frieden, die außerhalb der Saison in dem kleinen Städtchen herrschten. Sie wollte ganz allein sein, in ihrem Atelier arbeiten. Sich nur auf sich selbst konzentrieren können.

Einzig in ihrer Kunst fand sie ein wenig Frieden. Mit ihrem Großvater konnte sie nicht über ihre Gefühle reden. Nicht wenn ihr selbst so vieles noch unklar war.

Und da Pop seine Enkelin und ihr Bedürfnis nach Privatsphäre kannte, stellte er auch keine Fragen.

Die Arbeit im Park erledigte sie mechanisch. Die Gesichter, denen sie begegnete, waren ihr alle fremd.

Sie neidete den Menschen die Unbeschwertheit, wo ihr eigenes Leben sich in einem solchen Aufruhr befand.

Nur in ihrem Atelier fand sie Ablenkung, und wenn das Licht dort lange bis nach Mitternacht brannte, so fiel ihr nicht einmal auf, wie spät es war.

Eine seltsame, scheinbar unerschöpfliche nervöse Energie trieb sie an und ließ sie rastlos weitermachen.

Es war Nachmittag. Megan stand als Aufsicht beim Kinderkarussell. Sie nahm Fahrmünzen entgegen und tat ihr Bestes, die verwegeneren Kinder davon abzuhalten, sich gegenseitig wegzuschubsen und andere zu drängeln.

Sobald die Feuerwehrautos, Rennwagen und Motorräder ihre Fahrgäste aufgenommen hatten, bediente sie den Hebel, und das Rondell setzte sich in Bewegung.

Kinder mit lachenden Gesichtern umklammerten die Lenkräder und jubelten um die Wette mit den Sirenen und Martinshörnern.

Einer der Kleinen zeigte als Feuerwehrhauptmann so viel Begeisterung, dass er mit seinen strahlenden Augen sogar Megan ein Lächeln entlockte.

»Entschuldigung?«

Megan wandte sich zu der Stimme um, darauf eingestellt, eine Frage der Eltern zu beantworten.

Sie sah in das schöne Gesicht einer blonden Frau.

»Sie sind Megan, nicht wahr? Megan Miller?«

»Ja. Kann ich etwas für Sie tun?«

»Ich heiße Jessica Delaney.«

Megan wunderte sich über sich selbst, dass sie die andere nicht sofort erkannt hatte.

»Sie sind Catchs Schwester!«

»Ja.« Jessica lächelte. »Catch hat mir schon erzählt, dass Sie ein scharfes Auge haben. Die wenigsten sehen die Familienähnlichkeit, es sei denn, Catch und ich stehen direkt nebeneinander.«

Megans geübtes Künstlerauge dagegen erkannte die Ähnlichkeit sofort, ebenso wie die offensichtlichen Unterschiede.

»Freut mich, Sie kennenzulernen.« Megan überlegte, was sie sonst noch sagen sollte. »Sind Sie zu Besuch bei Catch?«

Jessica wirkte nicht wie eine Frau, die ihr Amüsement in Vergnügungsparks suchte. Sie würde wohl eher in den Countryklub oder ins Theater gehen.

»Nur für ein, zwei Tage.«

Jessica deutete auf das Karussell.

»Meine Familie ist mit mir hier. Da ist Rob, mein Mann«, Megan lächelte dem attraktiven dunkelhaarigen Mann grüßend zu, »und unsere beiden Töchter, Erin und Laura.«

Die beiden blonden Mädchen, ungefähr vier und sechs Jahre alt, flogen begeistert die unvermeidlichen Runden in einem der Karussellflugzeuge.

»Hübsche Kinder«, meinte Megan.

»Ja, uns gefallen sie auch«, erwiderte Jessica trocken, dann lachte sie. »Catch konnte zwar nicht sagen, wo genau im Park wir Sie finden werden, aber er hat Sie uns sehr gut beschrieben.«

»Ist er auch hier?«, fragte Megan bemüht gleichgültig und suchte die umstehende Menge mit den Augen ab.

»Nein, er hatte etwas Geschäftliches zu erledigen.«

Die Glocke ertönte, die das Ende der Fahrt einläutete.

»Entschuldigen Sie mich einen Moment.« Dankbar für die Unterbrechung beaufsichtigte Megan das Ein- und Aussteigen der kleinen Fahrgäste. Die Letzten, die noch saßen, waren Erin und Laura.

Erin, die Ältere, lächelte Megan breit an, mit Augen in der gleichen Farbe wie die ihres Onkels.

»Ich bin der Pilot«, behauptete sie überzeugt. »Laura fliegt nur mit.«

»Stimmt gar nicht.« Wild drehte die jüngere Schwester am Steuer.

»Das liegt in der Familie«, sagte Jessica hinter Megan, die die Sicherheitsgurte löste. »Dickköpfigkeit. Ist Ihnen sicherlich schon aufgefallen.«

Megan drehte sich lächelnd zu Jessica um. »Ja, ein- oder zweimal ...«

Die nächsten Fahrgäste stürmten auf die Geräte.

»Ich weiß, Sie sind sehr beschäftigt«, sagte Jessica mit einem Blick auf das schon wieder voll besetzte Karussell.

Megan zuckte mit den Schultern. »Eigentlich muss ich nur darauf achten, dass jeder sicher sitzt und angeschnallt bleibt.«

»Meine beiden Engelchen werden darauf bestehen, sofort zum nächsten Abenteuer weiterzuziehen. Können wir uns unterhalten, wenn Sie hier fertig mit Ihrer Arbeit sind?«

Megan runzelte die Stirn. »Ja, sicher ... in einer Stunde werde ich abgelöst.«

»Wunderbar.« Jessicas Lächeln war ebenso charmant wie das ihres Bruders.

»Wenn Sie nichts dagegen haben, treffen wir uns doch in anderthalb Stunden in Ihrem Atelier.«

»In meinem Atelier?«

»Also abgemacht.« Jessica legte ihre Hand auf Megans Arm. »Catch hat mir den Weg dorthin beschrieben.«

Die Glocke läutete die nächste Fahrt ein und erinnerte Megan an ihre Pflichten.

Und während sie Sicherheitsgurte anlegte und überprüfte, fragte sie sich, warum Jessica sich wohl ausgerechnet im Atelier mit ihr treffen wollte.

In ihrem Schlafzimmer betrachtete Megan sich im Spiegel. Wie konnte ein Mann, der für die grazile Schönheit Jessicas schwärmte, überhaupt etwas an ihr finden? Achtlos die Schultern zuckend, legte sie die Haarbürste ab. Das war inzwischen völlig unerheblich. Wie die meisten anderen, die hierherkamen, war auch Catch offensichtlich nur an einem kurzfristigen Vergnügen interessiert.

Du bist eine solche Närrin, schalt sie die Frau im Spiegel und schloss die Augen, weil sie die Trauer darin nicht widergespiegelt sehen wollte. Weil du nicht loslassen kannst, fuhr sie in Gedanken fort. Weil es dir egal ist, aus welchem Grund er dich wollte. Wichtig ist dir nur, dass er dich wollte. Und weil du dir wünschst, er würde dich noch immer wollen.

Sie schüttelte vehement den Kopf und brachte ihr Haar damit wieder durcheinander. Sie musste aufhören, sich ständig im Kreis zu drehen. Jessica Delaney würde jeden Moment ankommen.

Warum? Megan starrte nachdenklich vor sich hin. Warum kam sie her? Was wollte sie hier?

Megan konnte es sich nicht erklären. Seit zwei Wochen hatte sie nichts von Catch gehört. Warum wollte seine Schwester jetzt plötzlich mit ihr reden?

Das Geräusch eines herannahenden Wagens unterbrach ihre Gedanken. Durch das Fenster sah sie Jessica aus Catchs schwarzem Porsche steigen.

Megan ging hinunter, um die andere zu begrüßen. Sie fühlte sich steif und verlegen.

»Hallo.« Sie zögerte kurz, bevor sie von der Tür wegtrat und Jessica einlud, hereinzukommen.

Jessica sah sich um. »Was für ein hübsches Haus.«

Ihr Kompliment klang echt, und ihr Lächeln glich so sehr dem von Catch, dass Megans Herz einen Schlag lang aussetzte. »Ich wünschte nur, meine Azaleen würden auch so prächtig gedeihen.«

»Pop, mein Großvater, hegt und pflegt sie. Es sind seine größten Schätze.«

»Ich habe schon so viele wunderbare Dinge von Ihrem Großvater gehört.« Die blauen Augen der Frau strahlten warm. »Ich würde ihn sehr gern kennenlernen.«

»Er ist noch im Park.«

Die Verlegenheit wich langsam. Charme schien ebenfalls zu den Eigenschaften zu gehören, die der Familie Catcherton zu eigen waren.

»Möchten Sie vielleicht einen Kaffee? Oder lieber Tee?«

»Später vielleicht. Können wir jetzt direkt in Ihr Atelier gehen?«

»Mrs. Delaney, ich würde Sie gern fragen, wieso ...«

»Jessica, bitte«, fiel sie Megan fröhlich ins Wort und erklomm bereits die Stufen neben der Garage.

»Also schön, Jessica«, stimmte Megan zu und begann erneut: »Jessica, woher wissen Sie, dass ich ein Atelier habe und dass es über der Garage liegt?«

»Oh, Catch hat es mir erzählt. Er erzählt mir überhaupt sehr vieles.«

Jessica blieb vor der Tür stehen und wartete darauf, dass Megan aufschloss. »Ich bin ja so gespannt darauf, Ihre Arbeit zu sehen. Ich versuche mich des Öfteren in Öl, aber das sind nur sehr amateurhafte Ansätze.«

»In Öl also.« Jetzt ergab Jessicas Interesse für Megan zumindest ein wenig mehr Sinn – eine verwandte Künstlerseele.

»Ja, leider mehr schlecht als recht. Die Ergebnisse sind Quell nie versiegender Frustration.«

Da war es wieder, das typische Catcherton-Lächeln.

Und es löste eine viel zu heftige Reaktion in Megan aus.

Um abzulenken, begann sie, hastig draufloszuplappern. »Ich habe auch kein Glück mit der Leinwand. Nichts kommt zum Schluss so heraus, wie ich es mir vorgestellt hatte. Es macht mich rasend, wenn ich nicht ausdrücken kann, was ich möchte. Manchmal versuche ich es auch mit Airbrushing, aber ...«

Jessica hörte gar nicht zu. Sie ging durch den Raum, in der gleichen Art, wie ihr Bruder es getan hatte – mit fließenden Bewegungen und konzentriertem Blick, ohne einen Ton zu sagen.

Sie hob eine Statue hier an, blieb vor einer Skulptur dort stehen. Schließlich nahm sie ein kleines Einhorn aus Elfenbein auf und studierte es so lange, dass Megan vor Nervosität von einem Fuß auf den anderen trat.

Was macht sie da nur?, fragte sie sich. Und warum?

Das Sonnenlicht warf Schatten auf den Boden. Staubdiamanten tanzten in den Strahlen.

Zu spät erinnerte Megan sich an Catchs Büste. Ein Sonnenstrahl fiel schräg auf das Werk, betonte die Gesichtszüge, die der Schaber bereits herausgearbeitet hatte. Wenn auch noch unvollendet, so war klar erkenntlich, dass dieses Gesicht Catch darstellte.

Weil sie sich plötzlich albern vorkam, stellte Megan sich vor den Tonkopf, damit Jessica ihn nicht sehen konnte.

»Catch hatte recht«, murmelte diese jetzt und strich vorsichtig mit dem Finger über das Einhorn. »Wie immer. Normalerweise treibt mich das zur Weißglut, doch diesmal nicht.«

In diesem Moment war ihre Ähnlichkeit mit Catch geradezu verblüffend.

Megan schoss der Gedanke durch den Kopf, wie gern sie eine Skizze von dieser Situation entwerfen würde. Währenddessen bemühte sie sich, dem schnellen Zickzackkurs von Jessicas Anmerkungen zu folgen.

»Recht womit?«, fragte sie.

»Er sprach von Ihrem außergewöhnlichen Talent.«

»Wie?« Megan riss die Augen auf.

»Catch erzählte mir von Ihrer Arbeit und wie bemerkenswert sie sei.«

Jessica setzte das Einhorn vorsichtig zurück auf seinen Platz. »Als er mir die beiden Skulpturen von Ihnen schickte, musste ich ihm zustimmen, aber ... es waren nur zwei Stücke. Nicht genug, um sich eine umfassende Meinung bilden zu können.«

Sie nahm einen Meißel zur Hand und tippte sich damit abwesend auf die Handfläche, während sie den Blick im Raum umherwandern ließ. »Absolut erstaunlich.«

»Er hat Ihnen die Skulpturen geschickt, die er mir abgekauft hat?«

»Ja, vor ein paar Wochen. Ich war sehr beeindruckt von den Stücken.«

Jessica ließ den Meißel klappernd zurück auf den Werktisch fallen und nahm die fast vollendete Skulptur einer Frau, die aus den Schaumkronen des Meeres stieg, in die Hände.

Es war das Stück, an dem Megan gearbeitet hatte, bevor sie mit Catchs Büste begann.

»Das ist einfach fantastisch!«, rief Jessica aus. »Das muss ich haben, und das Einhorn auch. Die Reaktion auf die beiden anderen Stücke von Ihnen war phänomenal.«

»Ich verstehe nicht ganz, wovon Sie reden.«

Sosehr sie sich auch bemühte – mit diesen Sprüngen konnte sie nicht mithalten. »Wessen Reaktion?«

»Die Reaktion meiner Kunden. Ich besitze eine Kunstgalerie in New York.«

Jessica lächelte Megan strahlend an. »Sagte ich etwa nicht, dass mir eine Galerie gehört?«

»Nein.« Megan schluckte. »Nein, das sagten Sie nicht.«

»Wahrscheinlich ging ich davon aus, dass Catch es Ihnen gegenüber bereits erwähnt hätte. Na, dann sollte ich wohl besser beim Anfang anfangen.«

»Das wäre mir sehr recht«, bemerkte Megan und wartete, bis Jessica es sich auf dem kleinen Holzschemel gemütlich gemacht hatte.

»Nun, Catch schickte mir vor ein paar Wochen Ihre Arbeiten«, begann Jessica zügig. »Er wollte meine professionelle Meinung einholen. Ich bringe vielleicht nicht viel auf der Leinwand zustande, aber mit Kunst kenne ich mich aus.«

Diese Selbstsicherheit war Megan bereits vertraut.

»Als ich erkannte, dass ich selbst nie viel als Künstler erreichen würde, spezialisierte ich mich also auf den Kunsthandel und eröffnete eine Galerie in Manhattan. *Jessica's*, so heißt sie. In den letzten sechs Jahren habe ich mir einen sehr guten Ruf und einen renommierten Kundenstamm erarbeitet. Deshalb hat mein unternehmungslustiger Bruder mich natürlich zurate ziehen wollen. Seine Instinkte funktionieren hervorragend, aber er holt sich immer die Meinung von Experten ein. Danach allerdings trifft er seine eigenen Entscheidungen. So wie man ihm damals gegen den Bau der Klinik in Zentralafrika geraten hatte, und er hat sie trotzdem gebaut. Er tut immer, was er für richtig hält.«

»Eine Klinik?« Megan hatte Mühe, dem neuerlichen Sprung in Jessicas Gedanken zu folgen.

»Eine Kinderklinik. Er hat eine Schwäche für Kinder.«

Es sollte sich amüsiert anhören, doch Liebe und Bewunderung für ihren Bruder klangen deutlich hindurch. »Er hat auch ein paar erstaunliche Dinge für die Waisen von Vietnamveteranen getan. Und dann ist da noch dieses Kinderdorf in New South Wales.«

Megan schwieg verblüfft. Redeten sie hier über denselben David Catcherton? Über den Mann, der sie so plump im Supermarkt angesprochen hatte?

Mit einem mulmigen Gefühl im Magen erinnerte sie sich daran, dass sie ihm vorgeworfen hatte, das Vertrauen ihres Großvaters zu missbrauchen. Sie hatte sich eingeredet, er sei ein Opportunist, verwöhnt durch Geld und gutes Aussehen. Sie hatte ihn als verantwortungslos, unzuverlässig und vergnügungssüchtig abgestempelt.

»Das wusste ich alles nicht«, murmelte sie.

»Oh, Catch überlegt immer sehr genau, mit wem er darüber spricht. Und wenn er solche Projekte verwirklicht, dann achtet er darauf, dass die Medien es nicht an die große Glocke hängen. Er verfügt über endlose Energie und besitzt natürlich ein mehr als gesundes Maß an Selbstsicherheit, aber im Grunde ist er ein sehr warmherziger Mensch.« Jessicas Blick glitt an Megan vorbei. »Aber Sie müssen ihn ja gut kennen.«

Für einen Moment sah Megan Jessica verständnislos an, dann drehte sie sich abrupt um.

Catchs Büste. Die hatte sie vollkommen vergessen! Langsam wandte sie sich wieder zu Jessica um.

»Nein, nicht wirklich. Um ehrlich zu sein, ich glaube,

ich kenne ihn überhaupt nicht. Er hat ein faszinierendes Gesicht. Daher konnte ich nicht widerstehen und habe mit der Büste angefangen …«

Verständnis blitzte kurz in Jessicas Augen auf. »Er ist ein faszinierender Mann.«

Megan senkte hastig die Lider.

»Entschuldigen Sie«, kam es sofort von Jessica, »ich mische mich schon wieder in Dinge ein, die mich nichts angehen. Reden wir also nicht über Catch, sondern lieber über Ihre Ausstellung.«

Megan hob erstaunt den Blick. »Meine was?«

»Ihre Ausstellung«, wiederholte Jessica. »Wann, meinen Sie, können Sie genügend Werke fertig haben? Was hier im Atelier steht, ist bereits ein sehr guter Anfang. Catch erwähnte etwas von einer Galerie in der Stadt, die auch ein paar Stücke von Ihnen zeigt. Meiner Meinung nach wäre der Herbst die beste Zeit.«

»Jessica, ich weiß wirklich nicht, wovon Sie reden.«

Panik war in Megans Stimme zu hören, ganz leicht nur, doch Jessica spürte es sofort.

Sie beugte sich vor und nahm Megans Hände in ihre.

»Megan, Sie haben hier etwas wirklich ganz Besonderes, etwas sehr Bedeutendes. Es wird Zeit, dass Sie es mit anderen teilen.«

Sie stand auf und zog Megan mit sich hoch. »Kommen Sie, lassen Sie uns bei einem Kaffee darüber reden.«

Eine Stunde später saß Megan allein in der Küche. Die Dämmerung brach herein. Es wurde immer dunkler im Raum, doch Megan schaltete kein Licht ein.

Zwei leere Kaffeebecher standen auf dem Tisch.

Megan schaute nur starr vor sich hin und versuchte, ihre Gedanken zu ordnen.

Eine Ausstellung im *Jessica's*, einer renommierten Kunstgalerie in New York. Ausschließlich mit ihren Arbeiten. Um sie öffentlich einem interessierten Publikum zu präsentieren.

Das ist alles gar nicht passiert, dachte Megan, das war sicher nur ein Tagtraum.

Doch dann fiel ihr Blick auf die zweite leere Tasse auf dem Tisch. Und der leichte Duft von Jessicas exquisitem Parfüm hing ebenfalls noch in der Luft.

Benommen nahm Megan die beiden Becher und spülte sie ab.

Wie war es Jessica nur gelungen, sie zu überreden?

Noch bevor sie richtig nachdenken konnte oder überhaupt eine klare Zusage gegeben hatte, hatte sie auch schon Daten und Details zugestimmt.

Gab es überhaupt jemanden, der Nein zu einem Catcherton sagte?

Sie sah auf ihre nassen Hände hinunter. *Ich muss ihn anrufen.* Dieser Gedanke half ihr nicht, ihre Panik zu beruhigen.

Ich muss mich bei ihm bedanken.

Die Kehle wurde ihr eng. Auf dem Weg zum Telefon rieb sie sich die Hände an den Jeans trocken.

Es ist ganz simpel. Sie räusperte sich. *Ich muss nur seine Nummer wählen und Danke sagen. Ein, zwei Minuten, länger dauert es nicht.*

Sie streckte die Hand nach dem Hörer aus, das Herz klopfte ihr bis in den Hals.

Die Nummer kannte sie auswendig. Immer wieder hatte sie sie in den letzten zwei Wochen gewählt, nur um den Hörer sofort wieder aufzulegen.

Sie gab die erste Zahl ein. Nur fünf Minuten, dann existierte kein Grund mehr, ihn nochmals zu kontaktieren.

Es war auch besser, wenn sie ihr letztes Treffen und überhaupt alles andere vergaßen.

Megan wählte die letzte Zahl. Der Rufton erklang.

Viermal, dann meldete sich jemand am anderen Ende.

»Catch?« Ihre Stimme war kaum noch hörbar. Sie schloss die Augen.

»Meg?«

»Ja. Ich …« Sie musste sich zusammennehmen, um einen Ton herauszubekommen. »Ich hoffe, ich störe nicht.«

Wie schrecklich banal!

»Ist alles in Ordnung mit dir?«

Er klang ehrlich besorgt.

»Ja. Ja, natürlich.«

Sie stolperte über die Worte, die ihr nicht über die Lippen wollten.

»Catch, ich möchte mit dir reden. Deine Schwester war hier und …«

»Ich weiß, sie ist gerade bei mir angekommen.«

Jetzt hörte man leichte Ungeduld in seiner Stimme. »Stimmt was nicht?«

»Nein, alles bestens.«

Wie konnte sie dieses verfahrene Gespräch jetzt nur am schnellsten beenden?

»Bist du allein?«

»Ja, ich ...«

»Ich bin in zehn Minuten bei dir.«

»Nein.« Frustriert fuhr Megan sich durchs Haar. »Nein, ich ...«

»In zehn Minuten«, wiederholte er und legte auf.

9. Kapitel

Megan starrte auf den Hörer in ihrer Hand. War es überhaupt möglich, dass sie mit ihrem Gestammel ein solches Durcheinander angerichtet hatte? Sie wollte nicht, dass er herkam. Sie wollte Catch nie wiedersehen.

Lügnerin!

Wie in Zeitlupe hängte Megan den Hörer ein.

Doch, ich will ihn sehen, gestand sie sich ein, aber ich habe schreckliche Angst davor, ihm gegenüberzutreten.

Mit zusammengekniffenen Augen sah sie sich in der Küche um. Inzwischen war es dunkel geworden. Tisch und Stühle waren nur noch als Umrisse zu erkennen.

Mit der Erfahrung von Jahren ging sie zum Schalter an der Wand und schaltete das Licht ein. So war es schon besser. Die Helligkeit verlieh ihr ein wenig mehr Zuversicht.

Kaffee, so beschloss sie, ich werde frischen Kaffee aufbrühen. Sie brauchte etwas, um sich zu beschäftigen.

Sehr sorgfältig ging sie die einzelnen Schritte des Kaffeemachens durch, in der Hoffnung, endlich ruhiger zu werden.

Wenn Catch hier ankam, würde sie ihm sagen, was sie zu sagen hatte, und dann würden sie sich voneinander verabschieden.

Doch als das Telefon klingelte, zuckte Megan so stark zusammen, dass ihr fast die Tasse aus der Hand gerutscht wäre.

Sie schalt sich in Gedanken und setzte den Becher umso vorsichtiger ab, um dann den Hörer abzunehmen.

»Hallo, Megan«, ertönte Pops Stimme am anderen Ende.

»Pop, bist du etwa noch immer im Park?«

Wie spät mochte es wohl sein?, fragte sie sich und sah auf die Uhr.

»Deshalb rufe ich ja an. George ist vorbeigekommen. Wir gehen zusammen in der Stadt essen. Ich wollte dir nur Bescheid sagen, damit du dir keine Sorgen machst.«

»Danke, das ist lieb von dir.« Sie lächelte vor sich hin, und die Spannung in ihrer Brust löste sich. »George und du, ihr habt bestimmt ein paar großartige Angelepisoden auszutauschen.«

»Seine Fische werden immer größer, seit er Rentner ist«, behauptete Pop lachend. »Hey, warum kommst du nicht mit, Liebes? Wir spendieren dir ein Abendessen.«

»Ihr beide sucht nur ein Publikum, das euch bei eurem Anglerlatein gehörig bewundert.« Als sie Pop vergnügt lachen hörte, wurde ihr Lächeln breiter. »Danke, aber heute werde ich die Einladung ausschlagen. Im Kühlschrank sind noch Reste von gestern.«

»Ich bringe dir etwas zum Nachtisch mit«, versprach Pop.

Das war Tradition. Jedes Mal wenn Pop ohne sie ausging, besorgte er etwas Gutes für sie, um sie zu verwöhnen.

»Was möchtest du?«

»Ein Eissorbet«, antwortete sie spontan. »Und viel Spaß euch beiden.«

»Oh, den werden wir haben, bestimmt. Arbeite nicht zu lange, Liebes.«

Während Megan einhängte, fragte sie sich, warum sie ihrem Großvater gegenüber nichts von Catchs bevorstehendem Besuch erwähnt hatte.

Sie hatte auch nichts von Jessicas Plänen für die Ausstellung in New York gesagt. Weil das warten soll, bis wir in Ruhe reden können, sagte sie sich. Denn nur wenn sie sich gegenübersaßen, würde sie seine Reaktion abschätzen können und wissen, wie er darüber dachte.

Zweifel begannen, an ihr zu nagen. Wahrscheinlich war es keine so gute Idee. Nein, eigentlich war es sogar eine komplett verrückte Idee. Wie konnte sie nach New York gehen und …

Ihre Gedanken wurden unterbrochen, als gleißendes Licht von Autoscheinwerfern durch das Küchenfenster auf die Wand fiel.

Megan riss sich zusammen und nahm sich die Zeit, sorgfältig die Schranktür zu schließen, bevor sie zur Hintertür ging und öffnete.

Catch stand auf dem Treppenabsatz vor dem Fliegengitter.

Für einen Moment sahen sie sich schweigend durch das Netz an. Dann stieß er den Rahmen auf und schloss ihn sofort wieder hinter sich, bevor Insekten ins Haus kommen konnten.

Stumm stand er vor Megan und legte ihr eine Hand an die Wange, während seine Augen in ihrem Gesicht suchten.

»Du klangst so aufgelöst am Telefon.«

Sie fuhr sich mit der Zungenspitze über die plötzlich trockenen Lippen. »Nein, mit mir ist alles in Ordnung.«

Sie wich einen Schritt zurück, um sich seiner Berührung entziehen zu können.

»Entschuldige, dass ich dich gestört habe ...«

»Megan, hör auf damit.«

Catch sprach ruhig und kontrolliert. »Hör auf, dich von mir zurückzuziehen. Hör auf, dich zu entschuldigen.«

Ihre Hände flogen hilflos in die Luft, bevor sie es verhindern konnte.

»Ich mache gerade Kaffee. Er ist gleich fertig.«

Sie wollte sich umdrehen, um mit Tassen und Löffeln zu hantieren, doch Catch hielt sie fest.

»Ich bin nicht hier, um Kaffee zu trinken.« Seine Finger an ihrem Handgelenk konnten ihren rasenden Puls fühlen.

»Catch, bitte, mach es mir nicht unnötig schwer.«

Etwas flackerte in seinen Augen.

Megan sah es, konnte aber nicht sagen, was es bedeuten sollte.

»Tut mir leid«, murmelte er schließlich.

»In den letzten zwei Wochen hatte ich selbst genug Schwierigkeiten, zu verarbeiten, was beim letzten Mal, als wir uns sahen, passiert ist.«

Er sah, wie ihr das Blut in die Wangen schoss, doch sie hielt seinem Blick stand.

»Megan, ich möchte es wiedergutmachen.«

Sie schüttelte nur stumm den Kopf und wandte sich nach der Kaffeekanne um.

»Du willst mir also nicht vergeben?«

Sie drehte sich wieder zu ihm, Verwirrung lag in ihrem Blick. »Nein … ich meine, natürlich.«

»Was? Natürlich willst du mir nicht vergeben?« Ein leises Lächeln spielte um seinen Mund.

Megan hatte das Gefühl, in seinen Augen zu ertrinken. »Doch, natürlich vergebe ich dir. Ist schon vergessen.«

Wieder wandte sie sich um, doch als sie seine Hände auf ihren Schultern spürte, zuckte sie zusammen.

»Wirklich?« Catch zog sie zu sich herum, sodass sie ihn ansehen musste. »Du kannst es offenbar nicht ertragen, von mir berührt zu werden. Megan, der Gedanke gefällt mir nicht, dass ich dich verängstigt habe.«

Bewusst versuchte sie, sich mehr und mehr zu entspannen. »Du hast mir keine Angst gemacht, Catch. Aber du verwirrst mich, eins ums andere Mal.«

Sie sah den grüblerischen Ausdruck in seinem Gesicht, als er über ihre Worte nachdachte. »Das war nie meine Absicht. Es tut mir leid, Megan.«

»Ja, ich weiß.«

Sein schlichter Ernst ließ sie lächeln.

Er zog sie näher zu sich heran. »Können wir uns wieder versöhnen? Mit einem Kuss?«

Sie wollte etwas dagegen einwenden, doch da lag sein Mund schon auf ihren Lippen, ganz sanft nur und zärtlich.

Ihr Herz begann, zu hämmern, obwohl er keine Anstalten machte, den Kuss zu vertiefen. Seine Hände hielten sie leicht bei den Schultern. Und entgegen allen Warnungen ihres Verstandes entspannte sie sich und ließ sich gegen ihn sinken, lud ihn ein, zu nehmen, was und so viel er wollte. Doch er forderte nicht mehr.

Sanft schob er sie von sich und wartete, bis sie die Lider hob. Stumm strich er ihr übers Haar, dann wandte er sich um und ging zum Fenster, um hinauszusehen.

Megan hatte Mühe, die plötzliche Leere in sich zu überspielen. »Ich wollte mit dir über deine Schwester reden«, setzte sie an und hantierte fahrig mit Kaffeekanne und Tassen. »Oder besser, über den Grund, weshalb Jessica hier war.«

Catch sah, dass sie Kaffee in die Becher füllte, und lief zum Kühlschrank, um die Milch herauszuholen. Er gab etwas Milch in beide Tassen. »Also gut.«

»Warum hast du mir nicht gesagt, dass du meine Arbeiten an deine Schwester schickst?«

»Ich hielt es für besser, erst auf ihre Meinung zu warten.«

Er setzte sich neben sie an den Tisch und hielt den Becher mit beiden Händen. »Ich vertraue ihr. Und ich dachte, ihr würdest du auch mehr vertrauen als mir. Wirst du die Ausstellung machen? Jessica und ich hatten keine Zeit, darüber zu reden, weil dein Anruf kam.«

Sie rutschte ein wenig auf dem Stuhl hin und her, starrte in ihren Kaffee, dann sah sie zu ihm hin. »Sie kann sehr überzeugend sein. Noch bevor mir klar wurde, was ich überhaupt tue, hatte ich schon zugestimmt.«

»Gut«, sagte er schlicht und trank einen Schluck.

»Ich möchte mich bei dir bedanken.« Ihre Stimme klang jetzt fester. »Dass du das arrangiert hast.«

»Ich habe überhaupt nichts arrangiert«, erwiderte er. »Jessica trifft ihre eigenen Entscheidungen, in persönlicher wie auch beruflicher Hinsicht. Ich habe ihr lediglich deine Skulpturen geschickt, mit der Bitte um ihre Expertise.«

»Dann danke ich dir dafür. Weil du den Schritt gemacht hast, gegen den ich schon fünf Minuten, nachdem sie aus dem Haus war, Hunderte von guten Gründen gefunden habe.«

Catch zuckte nur mit den Schultern. »Na schön, wenn du unbedingt dankbar sein willst …«

»Das bin ich. Und ich habe schreckliche Angst, wenn ich mir vorstelle, dass alle möglichen Leute meine Arbeiten begutachten werden.« Zitternd stieß Megan den Atem aus. »Wenn die Kritiker mich erst in der Luft zerrissen haben, werde ich dich wahrscheinlich aus tiefster Seele hassen, also solltest du meinen Dank besser jetzt annehmen.«

Er beugte sich zu ihr, und alles in ihr stellte sich darauf ein, von ihm in die Arme genommen zu werden. Doch er strich ihr nur leicht über die Wange. »Wenn du erst begriffen hast, was für einen Erfolg du haben wirst, kannst du mir noch mal danken.« Er lächelte sie an, und in diesem Moment schien die Welt heller zu werden. Megan war sich gar nicht bewusst gewesen, wie grau in grau alles bis jetzt für sie gewesen war.

»Ich bin froh, dass du gekommen bist«, flüsterte sie.

Und weil sie nicht widerstehen konnte, schlang sie die Arme um seine Hüften und barg ihr Gesicht an seiner Schulter. »Es tut mir so leid, was ich gesagt habe – ich meine, über den Kredit. Wenn ich wütend bin, gebe ich schreckliche Dinge von mir.«

»Heißt das, du bist jetzt an der Reihe mit Buße tun?«

Sie musste lachen und legte den Kopf in den Nacken. »Ja.«

Er küsste sie und machte sich von ihr los. Nur unwillig entließ sie ihn aus ihren Armen.

Dann stand er stumm da und studierte ihr Gesicht.

»Was machst du da?«, fragte sie leicht verlegen.

»Ich betrachte dich, damit ich jede Einzelheit von dir genau in Erinnerung behalten kann. Hast du schon gegessen?«

Sie schüttelte den Kopf. Wieso sollte es sie noch wundern, dass er sie immer wieder verblüffte? »Nein, ich wollte mich über die Reste von gestern hermachen.«

»Inakzeptabel. Wie wär's mit einer Pizza?«

»Ich liebe Pizza. Aber musst du dich nicht um deinen Besuch kümmern?«

»Jessica und Rob sind mit den Mädchen zum Minigolf. Man wird mich nicht vermissen.« Er hielt ihr seine Hand hin. »Komm, lass uns gehen.«

Sie schaute in seine lachenden Augen, und ihr Herz war verloren.

»Oh, warte«, fiel ihr ein, als sie ihre Hand in seine legte. Schnell kritzelte sie ein paar Worte für Pop auf einen Zettel.

Bin mit Catch aus.

Das würde reichen. Pop würde verstehen.

10. Kapitel

Catch nahm die Straße am Meer entlang, sodass sie die Urlaubsatmosphäre unter den Touristen und Sonnenanbetern miterleben konnten. Musik aus Autoradios schallte aus heruntergekurbelten Fenstern, überall war Gelächter zu hören. In der Ferne glitzerten die Lichter des Riesenrads.

Urlauber saßen auf den Balkonen ihrer Hotels und beobachteten den trägen Strom von Autos und Fußgängern. Farbenfrohe Strandlaken flatterten über den Geländern. Linker Hand blitzte das Meer zwischen den Gebäuden auf.

Satt und zufrieden nach Pizza und Chianti, kuschelte Megan sich tiefer in den bequemen Ledersitz des Porsches.

»Nach diesem Wochenende wird es wieder ruhiger werden«, merkte sie an. »Bis zum Memorial Day.«

»Kommt es dir manchmal so vor, als würde euer Städtchen von den vielen Menschen regelrecht besetzt?« Catch zeigte mit dem Kopf auf den stockenden Verkehr.

»Ich mag die Menschenmengen.« Sie lachte. »Und ich mag den Winter, wenn der Strand menschenleer daliegt. Irgendetwas an diesem Trubel reizt mich, vor allem da ich weiß, dass ich im Winter dann wieder monatelang Ruhe habe.«

»Und Zeit für dich hast und dich ganz deinen Skulpturen widmen kannst.«

Sie zuckte mit den Schultern, unter seinem forschenden Blick wurde ihr ein wenig unwohl. »Ich arbeite auch im Sommer im Atelier, wann immer ich kann. Den Zeitfaktor habe ich bei dem Gespräch mit Jessica völlig außer Acht gelassen. Ich weiß nicht, wie ich all die Dinge fertig kriegen soll.«

»Du machst doch jetzt keinen Rückzieher, oder?«

»Nein, aber …« Bei seinem Blick vergaß sie alle Ausflüchte.

»Nein«, sagte sie bestimmt, »kein Rückzieher.«

»Woran arbeitest du im Moment?«

»Ich, äh …« Sie dachte an die halb fertige Büste von Catch und sah angestrengt aus dem Fenster. »Es ist nur …« Sie lehnte sich vor und stellte einen neuen Sender im Radio ein. »Nur eine Studie in Holz.«

»Eine Studie wovon?«

Megan murmelte unverständlich vor sich hin, bis Catch sie breit angrinste.

»Eines Piraten«, entfuhr es ihr spontan, als das Licht der roten Ampel Schatten auf sein Gesicht warf. »Es ist nur ein Piratenkopf.«

Als sie ihn plötzlich mit zusammengekniffenen Augen intensiv musterte, meinte er: »Ich würde das Stück gern sehen.«

»Es ist noch nicht fertig«, beeilte sie sich, zu sagen. »Nicht einmal das Tonmodell ist komplett. Und wahrscheinlich werde ich das Stück beiseitelegen müssen, wenn ich die Sachen für deine Schwester zusammenstellen soll.«

»Meg, warum hörst du nicht auf, dir Sorgen zu machen, und genießt es einfach?«

Verständnislos sah sie ihn an. »Was soll ich genießen?«

»Die Ausstellung«, meinte er und wuschelte ihr durchs Haar.

»Ach so, ja.« Sie ordnete ihre wirren Gedanken und brachte sogar ein Lächeln zustande. »Das werde ich auch ... wenn alles vorbei ist. Wirst du zu der Zeit in New York sein?«

Der Verkehrsfluss lief jetzt ein wenig schneller. Catch legte den nächsten Gang ein. »Ich wollte es eigentlich so einrichten.«

»Es wäre mir sehr recht, wenn du es schaffen könntest.« Als er lachend den Kopf schüttelte, fügte sie an: »Jedes freundliche Gesicht ist eine Hilfe für mich. Und ich kann jede Hilfe gebrauchen, die ich bekommen kann.«

»Du wirst nichts anderes brauchen als deine Skulpturen«, meinte Catch überzeugt. Das Lachen stand noch in seinen Augen. »Glaubst du etwa, ich würde mir deine erste Ausstellung entgehen lassen? Schließlich will ich mich damit brüsten, dass ich dich entdeckt habe.«

»Hoffentlich werden wir beide es nicht bereuen«, murmelte Megan, und wieder lachte er auf. Sie fühlte sich unverstanden. »Ist dir eigentlich nie der Gedanke gekommen, du könntest einen Fehler gemacht haben?«

»Ist dir eigentlich nie der Gedanke gekommen, dass du ein Riesenerfolg sein könntest?«, benutzte er ihre Worte.

Sie öffnete den Mund, schloss ihn wieder.

Als sie erneut im Stau feststeckten, legte sie ihm eine Hand auf die Schulter. »Catch?«

»Hm?«

»Warum hast du diese Klinik in Afrika gebaut?«

Mit einem leichten Stirnrunzeln wandte er ihr das Gesicht zu. »Weil sie gebraucht wurde«, antwortete er schlicht.

»Einfach so?« Sie ließ nicht locker, auch wenn sie an seiner Miene sah, dass er nicht darüber reden wollte. »Jessica sagte, man habe dir abgeraten, und trotzdem …«

»Zufälligerweise steht mir ein recht ansehnliches Vermögen zur Verfügung, und ich kann damit tun und lassen, was ich will.« Er sah ihr verständnisloses Gesicht und schüttelte den Kopf. »Es gibt eben Dinge, die ich tun möchte, das ist alles. Mach keinen Heiligen aus mir, Meg.«

Sie entspannte sich und strich ihm unbewusst eine Locke hinters Ohr. »Das käme mir nie in den Sinn.«

Catch war eher ein Exzentriker denn ein Wohltäter. Und wie viel einfacher machte es das Wissen um dieses kleine Geheimnis, ihn zu lieben. »Man kann dich viel sympathischer finden, als ich zuerst dachte. Damals, als du im Supermarkt so aufdringlich warst.«

»Das habe ich dir doch gleich gesagt. Aber du warst ja zu beschäftigt damit, so zu tun, als wärst du nicht interessiert.«

»Das war ich ja auch nicht«, beharrte sie. »Nicht im Geringsten.«

Mit einem herausfordernden Grinsen drehte er ihr das Gesicht zu, und sie fiel in sein Lachen mit ein. »Na, nicht sehr, zumindest«, gestand sie ein.

Als er den Wagen in eine Seitenstraße lenkte, sah sie ihn fragend an. »Was machst du?«

»Lass uns am Kai spazieren gehen.« Gekonnt setzte er den Porsche in eine Parklücke. »Vielleicht kaufe ich dir ein Souvenir.« Er war schon ausgestiegen.

»Ich liebe Überraschungen.« Lachend folgte sie ihm.

»Ich sagte ›Vielleicht‹.«

»Den Teil habe ich nicht gehört. Und überhaupt«, sie verschränkte ihre Finger mit seinen, »will ich etwas ganz Besonderes haben.«

»Nämlich?« Sie schlängelten sich zwischen den langsam rollenden Autos hindurch auf die andere Straßenseite.

»Wenn ich es sehe, dann weiß ich es.«

Die Strandpromenade war überfüllt mit Menschen. Der Duft der Grillbuden und Süßwarenstände mischte sich mit der salzigen Brise, die vom Ozean hereinwehte.

Doch anstatt an den Schaufenstern der kleinen Läden vorbeizubummeln, die die Straße säumten, zog Catch Megan in eine Videospielhalle.

»Große Töne über Geschenke, dabei sind das alles nur leere Worte«, murmelte Megan abfällig, als Catch am Schalter Spielchips kaufte.

»Es ist noch früh. Hier.« Er drückte ihr ein paar Jetons in die Hand. »Versuch mal dein Glück. Vielleicht kannst du ja die Welt vor außerirdischen Invasoren retten …«

Mit einem übermütigen Grinsen suchte sie sich einen Automaten aus und steckte zwei Münzen in den Schlitz. »Das werden wir ja sehen.«

Und von da an starrte sie mit zusammengezogenen Augenbrauen konzentriert auf den Bildschirm und schoss mit ihrem Raumschiff gnadenlos einen Gegner nach dem anderen ab. Bei jedem Treffer explodierten Farben auf dem Monitor und drangen Geräusche aus den Lautsprechern des Automaten.

Catch trat einen Schritt zurück und beobachtete Megans Miene. Das war viel interessanter als die ausgeklügelte Grafik des Spiels. Sie kaute auf ihren Lippen, kniff die Augen zusammen, schreckte hoch, als sie nur knapp dem Bildschirmtod entkam, und stieß die Luft durch die Zähne. Irgendwann jedoch nahm ihr Gesicht den ruhigen, ja fast ernsten Ausdruck an, der so sehr Teil ihrer Persönlichkeit war. Geschickt wich sie den Angriffen der Aliens aus, doch schließlich ereilte sie das Schicksal.

Catch sah auf die erreichte Punktzahl. »Du bist gut«, meinte er anerkennend.

»Das muss man auch sein«, erwiderte sie trocken und wischte sich die Handflächen an den Jeans ab, »wenn man die letzte Hoffnung für den Planeten ist.«

Lachend schob er sie beiseite und stellte sich an den Automaten. Megan musste zugeben, dass er die kosmischen Feinde ebenso gekonnt ausschaltete wie sie – und dazu mit ein bisschen mehr Bravour.

Er geht gern Risiken ein, dachte sie und beobachtete, wie er nur knapp der Gefahr entkam, von Laserkanonen erwischt zu werden. Als die Punktzahl unablässig höher kletterte, rückte sie näher heran und nahm sich vor, seine Taktik genauer zu studieren. Unabsichtlich streifte ihr Arm dabei seinen, und Megan bemerkte die kurze Unterbrechung in seiner Konzentration. Höchst interessant!

Mit einem leicht boshaften Lächeln rutschte sie noch ein Stückchen näher. Wieder fiel ihr sein Stocken auf. Also drückte sie leicht die Lippen auf seine Schulter und vernahm prompt darauf den Explosionsknall, als sein Schiff getroffen wurde.

Catch sah jetzt gar nicht mehr auf den Bildschirm, sondern in ihr Gesicht. In seinen Augen blitzte etwas auf, etwas Wildes, Ungestümes, nur schwer unterdrückt. Dann schob er eine Hand in ihren Nacken.

»Du mogelst«, murmelte er rau.

Für einen langen Moment vergaß Megan alles um sich herum, das Klingeln und Pfeifen der Maschinen, die vielen Menschen, den Trubel. Sie schwebte in einer Welt, die nur aus seinen grauen Augen und aus dem Gefühl bestand, welche Macht sie hatte.

»Ich und mogeln?«, hielt sie ihm pikiert vor. »Ich weiß wirklich nicht, was du meinst.«

Der Druck an ihrem Hals wurde fester. Es überraschte und erregte Megan sehr, dass Catch um seine Beherrschung kämpfen musste.

»Ich denke, du weißt genau, was ich meine«, sagte er leise. »Und ich sollte wohl besser vorsichtig sein, jetzt, da du herausgefunden hast, was du mit mir anstellen kannst.«

»Catch«, ihr Blick glitt zu seinen Lippen, »vielleicht will ich ja gar nicht, dass du vorsichtig bist.«

Er strich ihr sanft über die Wange und ließ die Hand dann sinken.

»Umso mehr Grund, auf der Hut zu sein. Komm«, er nahm ihre Hand und zog sie von dem Automaten fort, »lass uns ein anderes Spiel spielen.«

Megan ließ sich von ihm mitziehen, zufrieden damit, mit ihm zusammen zu sein. Sie steckten Chips in Spielautomaten und lieferten sich einen harten Wettkampf – gegen die Maschinen und gegeneinander.

Dabei fühlte Megan sich so unbeschwert wie an dem Abend, als sie gemeinsam durch den Vergnügungspark gebummelt waren. Die Zeit mit ihm glich einer aufregenden Fahrt mit der Achterbahn. Scharfe Kurven, steile Anstiege, rasante Abfahrten. Und nichts liebte Megan mehr als eine Achterbahnfahrt.

Mit in die Hüften gestemmten Händen sah sie zu, wie Catch einen Coupon nach dem anderen beim Wurfball gewann.

»Verlierst du eigentlich nie?«, fragte sie ihn künstlich genervt.

Catch zielte und traf genau ins Schwarze. »Ich versuche es natürlich zu vermeiden. Willst du die letzten beiden Würfe übernehmen?«

»Nein.« Sie zupfte eine nicht vorhandene Fluse von ihrem Shirt. »Ich möchte dir ja den Spaß beim Angeben nicht verderben.«

Lachend warf Catch die beiden letzten Bälle und nahm

seine Coupons entgegen. »Für diese Bemerkung sollte ich es mir überlegen, ob ich die Coupons gegen ein Souvenir für dich eintausche.«

»Die da?« Megan beäugte die dünnen Kärtchen kritisch. »Hieß es nicht, du willst mir ein Souvenir *kaufen*?«

»Habe ich doch. Indirekt.« Mit einem jungenhaften Grinsen legte er ihr den Arm um die Schultern und führte sie zu dem Stand, wo die Preise ausgestellt waren. »Dann lass uns mal sehen ... ich habe zwei Dutzend Coupons. Wie wäre es mit dem Multifunktionstaschenmesser dort?«

»Für wen soll das Souvenir denn sein?« Megan ließ den Blick über die Regale mit den Gewinnen wandern, tippte dann aber mit dem Fingernagel auf die Glasvitrine, an der sie standen. »Die Anstecknadel hier, die Rose aus Emaille.«

»Einverstanden.« Catch gab der Frau hinter dem Schalter seine Coupons. »Dann bleiben noch vier übrig, und dafür bekommen wir noch ...«, er deutete mit dem Finger auf eines der Regale, »... das da.«

Nachdenklich betrachtete Megan die winzige Figur aus Muschelschalen, die die Frau aus dem Regal nahm. Das Figürchen sah aus wie eine Kreuzung zwischen einer Ente und einem Pinguin. »Was machst du jetzt damit?«

»Ich schenke es dir. Ich bin eben ein großzügiger Mann.«

»Das überwältigt mich.« Sie drehte das Figürchen in der Hand, während Catch ihr die Emaillerose ansteckte. »Aber ... was ist das?«

»Eindeutig eine Stockente.« Den Arm um ihre Schulter gelegt, führte er sie aus der Halle hinaus. »Es überrascht mich, dass ausgerechnet du als Künstlerin den ästhetischen Wert dieses Werks nicht erkennst.«

»Hmmm.« Megan betrachtete das Figürchen noch einmal und ließ es dann in ihrer Tasche verschwinden. »Nun, ich erkenne einen gewissen Unterhaltungswert. Und«, fügte sie hinzu und setzte einen Kuss auf seine Wange, »ich finde es süß, dass du alle deine Coupons für mich verbraucht hast.«

Lächelnd versetzte er ihr einen Nasenstüber. »Ein Kuss auf die Wange ist alles, was ich dafür bekomme?«

»Für einen Muschelpinguin gibt es nicht mehr.«

»Eine Stockente«, korrigierte er sie ernst.

»Was auch immer.« Sie schlang den Arm um seine Hüfte, und Seite an Seite schlenderten sie zum Strand hinunter.

Der Mond war nur eine schmale Sichel, doch Tausende von funkelnden Sternen standen am Himmel und spiegelten sich in der Wasseroberfläche.

Die Wellen schwappten ans Ufer. Liebespaare gingen Arm in Arm spazieren, unterhielten sich oder genossen schweigend die traute Zweisamkeit.

Kinder mit Taschenlampen rannten über den Strand, suchten im Sand nach magischen Schätzen.

Megan zog ihre Schuhe aus und rollte die Hosenbeine auf. Catch folgte ihrem Beispiel. Das Wasser lief ihnen kühl über die Zehen, während sie weiter den Strand hinaufliefen. Sie gingen Richtung Norden, bis das Stimmengewirr und das Lachen von der Promenade nur noch als leise Hintergrundmusik zu hören waren.

»Deine Schwester ist wunderbar«, setzte Megan schließlich an. »Wie du gesagt hast.«

»Jessica war schon immer eine Schönheit«, stimmte er zu. »Ein Dickschädel, aber auf jeden Fall eine Schönheit.«

»Ich habe auch deine Nichten kennengelernt.« Der Wind wehte Megan sanft das Haar aus dem Gesicht. »Sie waren über und über mit Schokolade verschmiert.«

»Typisch.« Er lachte und streichelte ihren Arm.

In Megans Adern begann das Blut zu rauschen.

»Den ganzen Nachmittag haben sie nach Würmern gebuddelt. Ich wurde nämlich abkommandiert, morgen mit ihnen fischen zu gehen.«

»Du magst Kinder.«

Er drehte den Kopf, um sie anzusehen, doch sie hielt das Gesicht dem Meer zugewandt. »Ja. Kinder sind ein nie endendes Abenteuer, nicht wahr?«

»Jedes Jahr sehe ich so viele Kinder im Park, und doch erstaunen sie mich immer wieder.« Mit einem Lächeln sah sie zu ihm auf. »Und ich sehe aber auch genügend völlig entnervte Eltern.«

»Wann hast du deine Eltern verloren?«

Verwirrung flackerte kurz in ihren Augen auf, bevor sie den Blick wieder auf den vor ihnen liegenden Strand richtete. »Ich war fünf.«

»Dann kannst du dich wohl gar nicht mehr richtig an sie erinnern?«

»Nein. Ich habe ein paar vage Bilder in meinem Kopf, eigentlich nur Eindrücke. Pop hat natürlich Fotos. Jedes Mal, wenn ich sie mir ansehe, überrascht es mich, wie jung die beiden noch waren.«

»Es muss schwer für dich gewesen sein. Ohne sie aufzuwachsen, meine ich.« Es lag unglaublich viel Mitgefühl und Zärtlichkeit in seiner Stimme.

Sie waren jetzt weit den Strand hinuntergelaufen, nur noch das Licht der Sterne erhellte die Nacht.

»Ohne Pop wäre es sicherlich schwer für mich gewesen. Aber er hat sehr viel mehr getan, als nur ihren Platz auszufüllen.« Sie trat weiter in das Wasser hinein, die Wellen schäumten um ihre Fußgelenke. »Ich habe eine wunderschöne Erinnerung an ihn, wie er versucht, die Rüschen an meinem rosa Lieblingspartykleid zu bügeln. Da muss ich acht oder neun gewesen sein.« Lachend spritzte sie Wasser mit dem Fuß auf. »Noch heute sehe ich ihn vor mir.«

Catch trat hinter sie und schlang die Arme um ihre Taille. »Ja, ich kann es mir gut vorstellen.«

»Er stand am Bügelbrett, das Bügeleisen in der Hand, und kämpfte mit dem Stoff, während er fluchte wie ein gestandener Seemann. Natürlich hatte er nicht gesehen, dass ich in der Tür stand. Schon allein dafür werde ich ihn immer lieben.«

Catch strich mit den Lippen über ihr Haar. »Und ich wette, kurz danach hast du ihn wissen lassen, dass dir nichts an Rüschenkleidern liegt.«

Erstaunt drehte sie sich in seinen Armen zu ihm um. »Woher weißt du das?«

»Ich kenne dich«, sagte er leise.

»Bin ich so leicht zu durchschauen?«, fragte sie ihn mit gerunzelter Stirn.

»Nein.« Mit einem Finger hob er ihr Kinn leicht an. »Sagen wir mal, ich habe es mir zur Aufgabe gemacht, dich kennenzulernen.«

Ihr Blut rauschte noch schneller. »Warum?«

Catch schüttelte den Kopf und fuhr sich mit einer Hand durchs Haar. »Keine Fragen heute Nacht«, wehrte er leise ab. »Ich kenne die Antworten selbst noch nicht.«

»Einverstanden, keine Fragen.« Sie stellte sich auf die Zehenspitzen und presste zaghaft die Lippen auf seinen Mund. Es war ein vorsichtiger, zurückhaltender Kuss – ein Kuss, der Erneuerung bringen sollte.

Megan empfand die Zartheit, mit der Catch ihn erwiderte, als unendlich angenehm. Er behandelte sie, als sei sie von unschätzbarem Wert für ihn, als sei sie etwas ganz Besonderes und Einzigartiges. Er hielt sie, als könne sie bei der leichtesten Erschütterung zerbrechen.

Sie war es, die den Kuss vertiefte, fordernder werden ließ. Sein kehliges Stöhnen erregte sie, und sie ließ ihre Finger in sein Haar gleiten, um den starken Nacken dort zu massieren, während das kühle Wasser um ihre Füße spülte.

Sie presste sich enger an ihn, wollte die Anspannung und die Zurückhaltung in ihm schwinden fühlen. Und als die Leidenschaft zu schwelen begann, wusste Megan, dass er sich ihrem Drängen ergeben hatte. Die Erkenntnis, diese Macht über ihn zu besitzen, traf sie wie ein Blitzschlag.

Sie spürte die wilde Ungezähmtheit in ihm, nur mit Mühe kontrolliert. Es lockte sie, ihn dazu zu bringen, die Kontrolle aufzugeben. Sie wollte erleben, wie seine Beherrschung bröckelte, so wie er sie dazu gebracht hatte, die Zügel schießen zu lassen. Sie wollte, dass er sie so brauchte, wie sie ihn brauchte. Dass er sie liebte, dazu konnte sie ihn nicht bringen, doch dass er sie begehrte … Wenn sein Verlangen alles war, was sie von ihm bekommen konnte, so würde sie sich eben damit zufriedengeben.

Sie fühlte, wie seine Selbstbeherrschung nachließ. Sein Kuss wurde fordernder, und seine Arme hielten sie fester, bis sie beide, zu einer Silhouette verschmolzen, im schwachen Mondlicht standen.

Catch schob die Finger in ihr Haar und bog ihren Kopf zurück. Er übernahm jetzt die Führung, ließ einen Feuerregen von Küssen auf ihre Wangen, ihren Hals, ihren Nacken niederprasseln.

Und Flammen schossen in ihr auf, leckten an ihrem Körper wie heiße Lava. Sie knabberte an seiner Unterlippe und vernahm das leise Aufstöhnen, das sich seiner Kehle entrang.

Und dann machte er sich plötzlich von ihr los. »Meg …«

Den Kopf in den Nacken gelegt, wartete sie darauf, was er sagen würde. Wusste nicht, was sie ihn sagen hören wollte. Seine Augen waren jetzt fast schwarz. Megan konnte fühlen, wie er in ihrem Gesicht suchte. Ebenso, wie sie seinen heißen Atem auf ihrer Wange fühlte.

»Meg.« Er wiederholte ihren Namen und legte ihr die Hände auf die Schultern. »Ich muss jetzt gehen.«

Couragierter, als sie es sich je zugetraut hätte, küsste sie ihn erneut, warm und fest und verlangend, und spürte seine prompte Reaktion.

»Ist es das, was du willst?«, hauchte sie an seinen Lippen. »Du willst jetzt von mir weggehen?«

Seine Finger klammerten sich um ihre Oberarme.

»Du kennst die Antwort darauf«, knurrte er heiser. »Willst du mich in den Wahnsinn treiben?«

»Vielleicht.« Verlangen tobte in ihr, stand in ihren Augen zu lesen. »Vielleicht will ich das wirklich.«

Er riss sie an sich, hart und fest, sodass sie seinen rasenden Herzschlag spüren konnte. Seine Selbstbeherrschung hing an einem seidenen Faden, das wusste sie. Ihrer beider Lippen waren nur Millimeter voneinander entfernt.

»Die Zeit wird kommen«, sagte Catch leise, »das verspreche ich dir. Und dann sind nur du und ich allein zusammen. Das nächste Mal, Megan, ganz sicher das nächste Mal. Denk daran.«

Es kostete sie keinerlei Mühe, seinen Blick zu erwidern. Die Kraft floss noch immer in ihr. »Soll das etwa eine Warnung sein?«

»Genau das ist es, glaube mir.«

11. Kapitel

Zwei Tage arbeitete Megan an Catchs Büste. Dann, als das Werk fast vollendet war, versuchte sie, sich von allen Gefühlen frei zu machen, um ein objektives Urteil fällen zu können.

Mit ihrer Entscheidung für Holz hatte sie die richtige Wahl getroffen. Holz war wärmer und lebendiger als Stein. Die Zunge zwischen den Lippen, suchte sie gewissenhaft nach kleinen Unebenheiten, die sie noch ausbessern musste.

Ohne eingebildet sein zu wollen, wusste sie doch, dass diese Büste zu ihren besten Arbeiten zählte. Vielleicht war es sogar das Beste, was sie je zustande gebracht hatte.

Das Gesicht war nicht stilisiert schön, aber es faszinierte durch seine Ausdruckskraft. Sein Humor ließ sich in Augenbrauen und Mund ausmachen.

Megan fuhr mit einer Fingerspitze über die Lippen aus Holz. Ein unglaublich ästhetischer Mund, dachte sie und rief sich Geschmack und Gefühl seiner Berührungen in Erinnerung. Sie wusste genau, wie dieser Mund sich verzog, wenn Catch amüsiert, verärgert oder erregt war. Sie konnte auch beschreiben, wie seine Augen sich je nach Stimmungslage veränderten – heller wurden, wenn er lachte, und dunkel wie Rauch, wenn er Wut oder Leidenschaft empfand.

Fast kenne ich sein Gesicht wie mein eigenes, dachte sie. Aber ich weiß nicht, was er denkt.

Also war er noch immer ein Fremder für sie.

Mit einem frustrierten Seufzer stützte sie die Ellenbogen auf den Tisch und legte ihr Kinn in die Hände. Ob er mir je erlaubt, ihn wirklich kennenzulernen?, fragte sie sich. Zärtlich zeichnete sie die Locken der Büste nach.

Jessica kannte ihn, wohl besser als jeder andere Mensch. Wenn er jemanden liebte …

Wie er wohl reagieren würde, wenn sie ihm gestand, dass sie ihn liebte? Was würde passieren, wenn sie sich einfach vor ihn stellte und sagte: »Ich liebe dich«? Ohne Forderungen, ohne Erwartungen.

Hatte er nicht eigentlich das Recht, es zu erfahren? War die Liebe nicht etwas so Wunderbares und Seltenes, dass man sie nicht verschweigen durfte?

Doch dann stellte Megan sich vor, wie Mitleid in seine Augen treten würde. »Nein, das könnte ich nicht ertragen«, murmelte sie und lehnte ihre Stirn an die Holzbüste. »Das würde ich nicht überleben.«

Ein Klopfen an der Tür unterbrach sie in der stillen Zwiesprache mit sich selbst. »Herein.«

Pop, den Anglerhut keck auf dem Kopf, betrat ihr Atelier. »Was hältst du von frischem Fisch zum Abendessen?«

Sein zufriedenes Lächeln verriet, dass seine heutige Angelexkursion erfolgreich verlaufen war.

Megan legte den Kopf leicht schief. »Nun, wahrscheinlich könnte ich mit Mühe und Not ein paar kleine Bissen herunterwürgen.«

Sie lachte, als seine Wangen vor Entrüstung rot anliefen, und eilte auf ihn zu, um die Arme um ihn zu schlingen, wie sie es früher als Kind getan hatte. »Ach Pop, ich liebe dich!«

»Na, na, na.« Er klopfte ihr leicht auf den Rücken, überrascht und erfreut zugleich. »Ich liebe dich auch, Kleines. Ich sollte wohl öfter frische Forelle mit nach Hause bringen, was?«

Sie hob den Kopf und sah ihn lächelnd an. »Ich brauche eben nicht viel, um glücklich zu sein.«

Pop wurde schlagartig ernst. »Nein, das hast du wirklich noch nie gebraucht.« Liebevoll legte er seine Hand an ihre Wange. »In den ganzen Jahren hast du mir so viel Freude bereitet, Megan. Du wirst mir fehlen, wenn du jetzt nach New York gehst.«

»Oh Pop.« Sie legte den Kopf an seine Brust. »Es ist ja nur für einen Monat, vielleicht zwei. Dann komme ich wieder nach Hause.«

In seiner Hemdtasche roch sie den vertrauten Pfeifentabak.

»Du könntest mitkommen, Pop. Die Saison ist dann vorbei …«

»Megan.« Er hielt sie leicht bei den Schultern. »Das ist ein ganz neuer Anfang für dich. Lege dir nicht von vornherein schon Beschränkungen auf.«

Nervös begann sie, im Raum auf und ab zu marschieren. »Ich weiß nicht, was du damit meinst …«

»Du wirst etwas aus dir machen. Etwas Wichtiges. Du hast ein seltenes Talent.« Sein Blick wanderte durch den

Raum und blieb auf Catchs Büste liegen. »Dir bietet sich ein neues Leben, und ich wünsche mir, dass du mit beiden Händen zugreifst.«

»Du sagst das so, als würde ich nicht wieder zurückkommen.«

Als sie sah, wo sein Blick ruhte, wrang sie nervös die Hände, auch wenn sie versuchte, ihre Stimme lässig klingen zu lassen. »Die habe ich gerade erst fertiggestellt. Sie ist mir gut gelungen, findest du nicht auch?«

»Ja, sehr gut sogar.« Erst jetzt sah er zu ihr hin. »Setz dich, Megan, ich möchte mit dir reden.«

Den Ton kannte sie. Ohne ein Wort des Widerspruchs gehorchte sie und setzte sich auf den Stuhl ihm gegenüber.

Pop wartete ab, bis sie saß und zu ihm sah. »Vor nicht allzu langer Zeit sagte ich zu dir, dass die Dinge im Leben sich ändern. Immer waren wir beide zusammen, wir brauchten einander und gaben uns gegenseitig Halt. Wir hatten den Park, der uns ein Dach über dem Kopf und unseren Lebensunterhalt garantierte.«

Sein Ton wurde mild. »Nicht eine Minute von den achtzehn Jahren, die du bei mir bist, möchte ich missen. Du hast mich jung gehalten. Ich habe dich aufwachsen sehen, habe jede Phase deines Lebens mit dir durchgemacht und hätte nicht stolzer auf dich sein können. Doch jetzt ist die Zeit für die nächste Phase gekommen.«

Megans Kehle war staubtrocken. Sie schluckte. »Ich verstehe nicht, was du mir sagen willst.«

»Es wird Zeit, dass du in die Welt hinausgehst, Megan. Zeit, dass ich dich loslasse.«

Pop zog einen Stapel gefalteter Blätter aus seiner Tasche und glättete sie sorgfältig, bevor er Megan die Papiere hinhielt.

Nur widerstrebend nahm sie die Papiere entgegen. Kaum hatte sie einen Blick darauf geworfen, wusste sie auch schon, worum es sich handelte. Dennoch las sie, Wort für Wort, Seite um Seite, bis zum bitteren Ende.

»Du hast ihm den Park also verkauft.« Ihre Stimme hörte sich seltsam tonlos an.

»Sobald ich meine Unterschrift daruntersetze. Und du deine.« Er sah die Verzweiflung in ihren Augen. Ihr Großvater nahm die Dokumente, legte sie auf den Tisch und griff Megans Hände. »Megan, hör mich an. Ich habe es mir genau überlegt. Catch ist nicht der Erste, der mir ein Angebot für den Park gemacht hat. Und es ist auch nicht das erste Mal, dass ich ernsthaft darüber nachgedacht habe, den Park zu verkaufen. Doch jedes Mal störte mich etwas. Jetzt passt jedes Teilchen an seinen Platz.«

»Was passt denn?« Sie spürte, wie ihr die Tränen in die Augen traten.

»Er ist der richtige Mann, Megan, und es ist der richtige Zeitpunkt.« Er hasste es, ihr so wehtun zu müssen. »Mir wurde es klar, als all die Reparaturen anfielen. Ich bin bereit, den Park zu übergeben. Soll ein Jüngerer übernehmen. Und ich kann dann in Ruhe angeln gehen. Mehr will ich nicht, Megan, ein Boot und eine Angelrute. Catch ist ein Nachfolger, so wie ich ihn mir wünsche.«

Er hielt inne und zog ein Taschentuch aus der Hosentasche. »Ich habe dir doch schon gesagt, dass ich ihm vertraue. Das gilt immer noch. Wenn ich für Catch den Park manage, bleibt mir reichlich Zeit fürs Angeln, und ich muss mir keine Kopfschmerzen mehr um alles machen. Und du«, er tupfte ihr die stillen Tränen von den Wangen, »musst endlich die Schnüre durchtrennen, die dich hier festhalten, und tun, was du immer tun wolltest. Das kannst du nicht, wenn du dich um die Buchhaltung und die Rechnungen kümmern musst.«

»Wenn es das ist, was du willst …«, setzte sie an, doch Pop unterbrach sie sofort.

»Nein, du musst es wollen. Aus genau diesem Grund ist die letzte Zeile ja noch leer.« Der Blick aus seinen ruhigen blauen Augen wanderte eindringlich über ihr Gesicht. »Ich werde nicht unterzeichnen, wenn du nicht einverstanden bist. Dieser Schritt muss für uns beide der richtige sein.«

Megan stellte sich ans Fenster und sah hinaus. Sie hätte nicht sagen können, was sie fühlte, was sie dachte, dazu war sie zu aufgewühlt.

Ihre Zusage zur Ausstellung in New York war ein riesiger Schritt fort von dem Leben, das sie bisher kannte. Und der Park gehörte zu diesem Leben. Wenn sie eine eigene Karriere verfolgen wollte, konnte sie sich nicht länger an *Joyland* binden.

Der Vergnügungspark war Sinnbild für Sicherheit. Ihr Zuhause, ihre Verantwortung, so wie der Mann dort ihr Vater und Mutter ersetzt hatte. Wie oft hatte sie nicht die

Sorgen in seinem Gesicht erkannt, wenn wieder einmal eine größere Summe für den Park nötig geworden war. Und wenn der Sommer kam, würde der Park endlose Stunden Arbeit fordern.

Ihr Großvater hatte ein Recht darauf, seinen Lebensabend so zu verbringen, wie er wollte, mit weniger Sorgen, weniger Verantwortung. Er sollte fischen gehen und sich um seine Azaleen kümmern können. Sie hatte nicht das Recht, ihm das zu verweigern, nur weil sie Angst hatte, das letzte Band zu ihrer Kindheit zu durchtrennen. Pop hatte recht. Die Zeit für die nächste Phase, für Veränderungen war gekommen.

Megan ging zu ihrem Arbeitstisch und nahm einen Kugelschreiber auf, den sie Pop hinhielt. »Unterschreib. Zur Forelle werden wir Champagner trinken.«

Pop nahm ihr den Stift ab, doch sein Blick ruhte unverwandt auf ihr. »Bist du dir sicher, Megan?«

Sie nickte. Ja, für ihn war sie so sicher, wie sie für sich unsicher war. »Absolut.«

Lächelnd sah sie das Aufleuchten in seinen Augen, bevor er sich über den Vertrag beugte.

Schwungvoll setzte er seinen Namen auf die Linie, reichte den Stift dann an sie. Megan unterzeichnete mit gestochen scharfen Lettern. Sie verbot es sich, ihre Hand zittern zu lassen.

»Ich sollte jetzt wohl Catch anrufen«, meinte Pop mit einem erleichterten Seufzer, als sei ihm eine enorme Last von den Schultern genommen. »Oder ihm die Papiere bringen.«

»Ich werde sie ihm bringen.« Sorgfältig faltete Megan den Vertrag zusammen. »Ich möchte mit ihm reden.«

»Das ist eine gute Idee. Nimm den Pick-up«, riet Pop. »Es sieht nach Regen aus.«

Megan war völlig ruhig, als sie bei Catchs Haus ankam. Sie parkte den Pick-up hinter seinem Wagen und stieg aus. Die Papiere steckten sicher in der Rücktasche ihrer abgeschnittenen Jeans.

Die Luft war drückend und schwül, am Himmel ballten sich dunkle Regenwolken. Megan klopfte an die Haustür, doch wie schon bei ihrem letzten Besuch erfolgte keine Antwort. Sie stieg die Stufen wieder hinab und ging um das Haus herum.

Auch im Garten war kein Hinweis auf Catch zu finden. Es war still, nur die See rauschte hinter der hohen Hecke. Catch hatte eine Weide gepflanzt, an dem Abhang, der zum Strand hinunterführte. Die Erde war frisch umgegraben und noch feucht. Megan konnte nicht widerstehen und ging zu dem jungen Baum, der kaum größer war als sie selbst. Sie wollte die zarten Blätter berühren.

Eines Tages würde dieser Baum mächtig sein, in seiner biegsamen Eleganz dem Wind trotzen und ein schattiges Plätzchen für heiße Sommertage bieten.

Instinktiv wusste Megan, dass sie Catch am Strand finden würde. Sie ging weiter. Catch stand da, die Hände in den Taschen, das Gesicht dem Meer zugewandt, und betrachtete die hereinlaufende Flut.

Als hätte er ihre Anwesenheit gespürt, drehte er sich zu ihr um.

»Ich habe an dich gedacht«, sagte er. »Habe ich dich mit meinen Gedanken herbeigerufen?«

Wortlos zog sie den Vertrag aus der Hosentasche und reichte ihn ihm. »Der Park gehört dir. So wie du wolltest.«

Er sah nicht einmal auf die Papiere, doch der Ausdruck in seinen Augen änderte sich. »Lass uns ins Haus gehen, Megan. Ich möchte mit dir reden.«

»Nein.« Sie machte einen Schritt zurück, unterstrich damit ihre Weigerung. »Es gibt nichts mehr zu bereden.«

»Du magst das so sehen, aber ich habe noch eine ganze Menge zu sagen. Und du wirst mir zuhören.« Ungeduld schwang in seiner Stimme mit.

Ein plötzlicher Windstoß kündigte das Gewitter an.

»Ich will aber nichts hören, Catch.« Sie drückte ihm die Papiere in die Hand, als der erste Blitz über den Himmel zuckte. »Pop will es so. Also nimm sie.«

»Megan, warte.« Er hielt sie am Arm fest, als sie sich umdrehen wollte.

Donnergrollen übertönte seine Worte.

»Nein, ich werde nicht warten!« Sie riss ihren Arm aus seinem Griff. »Und hör auf damit, mich ständig festzuhalten. Du hast, was du wolltest. Mich brauchst du jetzt nicht mehr.«

Fluchend stopfte Catch den Vertrag in die Tasche.

Megan war keine drei Schritte weit gekommen, bevor er sie einholte und zu sich herumwirbelte. »So dumm kannst du unmöglich sein!«

»Ich muss mir von dir nicht sagen lassen, dass ich dumm bin«, fauchte sie und wollte sich losmachen.

»Wir müssen reden, Meg. Es gibt Dinge, die ich dir sagen muss. Es ist wichtig.«

»Kannst du kein Nein akzeptieren?« Sie musste gegen den Wind und die rauschende Brandung anschreien. »Ich will weder reden noch zuhören. Mir ist egal, was du zu sagen hast.«

Im gleichen Augenblick öffnete der Himmel seine Schleusen. Innerhalb von Sekunde waren sie beide bis auf die Haut durchnässt.

»Pech für dich!« Er war jetzt genauso wütend wie sie. »Denn du wirst dir anhören, was ich zu sagen habe. Und jetzt lass uns zusehen, dass wir ins Haus kommen.«

Er wollte sie mit sich ziehen, doch sie riss sich von ihm los.

Der Regen prasselte auf sie herab, stand wie eine Wand zwischen ihnen. »Ich gehe nicht mit dir ins Haus!«

»Oh doch, das wirst du!«

»Was willst du tun, mich an den Haaren hineinschleifen?«

»Lass es besser nicht drauf ankommen.« Er fasste nach ihrer Hand, doch Megan zuckte abrupt zurück.

»Okay, das reicht jetzt!« Mit einer einzigen schnellen Bewegung packte er sie und hob sie auf seine Arme.

Megan wehrte und wand sich, rasend vor Wut. Doch das veranlasste Catch nur dazu, sie noch härter an sich zu pressen. Die Anhöhe schien ihm keinerlei Probleme zu bereiten, selbst nicht mit dem zusätzlichen Gewicht in seinen Armen. Blitze zuckten, und Donner grollte, während er sie über den Rasen trug.

»Oh, ich hasse dich!«, schrie Megan.

»Gut, das ist zumindest ein Anfang!« Mit der Hüfte stieß Catch die Hintertür auf. Ein Regenschwall folgte ihnen in die Küche hinein. Catch ging ins Wohnzimmer durch und ließ Megan ohne besondere Vorsicht aufs Sofa fallen.

»Setz dich, und halt endlich für eine Minute den Mund.« Er ging zum Kamin und hielt ein langes Streichholz unter die aufgeschichteten Holzscheite. Das trockene Holz fing fast augenblicklich Feuer.

Megan war wieder zu Atem gekommen. Sie sprang auf und marschierte zur Tür. Catch fing sie ab, bevor sie die Hand an den Türknauf legen konnte.

»Ich warne dich, Megan, meine Geduld hält nicht mehr lange. Reiz mich nicht noch mehr.«

»Du machst mir keine Angst.« Unwirsch wischte sie sich das nasse Haar aus dem Gesicht.

»Das war auch nie meine Absicht. Ich will lediglich mit dir reden. Aber du bist ja zu stur, um zuzuhören.«

Mit frisch aufschießender Wut riss sie die Augen auf. »Rede nicht so mit mir! Das muss ich mir nicht bieten lassen!«

»Du wirst mir zuhören!« Er fasste ihr in die Hosentasche und zog abrupt die Schlüssel für den Pick-up hervor. »Solange ich die nämlich habe, kommst du nicht weg von hier.«

»Ich kann laufen!«

»Bei diesem Gewitter?«

Fröstelnd rieb sie sich die Arme. »Gib mir sofort die Schlüssel zurück.«

Ohne ihr eine Antwort zu geben, zog er sie vor das flackernde Feuer. »Du frierst. Zieh die nassen Sachen aus.«

»Ganz bestimmt nicht! Wenn du meinst, ich ziehe mich in deinem Haus aus, täuschst du dich.«

»Mach, was du willst.« Er zog sich das tropfnasse T-Shirt über den Kopf und warf es achtlos beiseite. »Du bist das sturste und verstockteste Frauenzimmer, das ich kenne.«

»Vielen Dank auch!« Nur mit Mühe unterdrückte sie das Bedürfnis, zu niesen. »Ist das alles, was du mir sagen wolltest?«

»Nein, das war nur ein Vorgeschmack. Da kommt noch viel mehr. Setz dich.«

»Dann sollte ich vielleicht besser anfangen.« Schauer rannen ihr jetzt über den ganzen Körper, sie presste die Lippen zusammen, um nicht mit den Zähnen zu klappern. »Ich habe mich in dir geirrt, in vielerlei Hinsicht. Du bist weder verwöhnt noch verantwortungslos oder angeberisch. Und du warst immer sehr ehrlich.«

Sie wischte sich die Nässe von den Wimpern, eine Mischung aus Regentropfen und Tränen. »Du hast von Anfang an gesagt, dass du den Park haben willst, und es sieht auch so aus, als wäre es das Beste für alle. Das, was passiert ist, ist meine Schuld, weil ich dumm genug war, zuzulassen, dass du mir unter die Haut gehst.«

Sie schluckte, wollte sich einen letzten Rest von Stolz bewahren. »Aber schließlich bist du auch kein Mann, den man leicht ignorieren könnte. Jetzt hast du, was du wolltest. Die Sache ist also aus und vorbei.«

»Ich habe nur einen Teil von dem, was ich wollte.« Er kam zu ihr und nahm eine Strähne ihres nassen Haars zwischen seine Finger. »Nur einen Teil, Meg.«

Sie war zu ausgelaugt und erschöpft, um sich noch weiter mit ihm zu streiten. »Kannst du mich nicht einfach in Ruhe lassen, Catch?«

»Ich dich in Ruhe lassen? Weißt du eigentlich, wie oft ich um drei Uhr nachts am Strand entlanggelaufen bin, weil du mich nicht in Ruhe lässt? Weil das Verlangen nach dir mich wach hält und nicht schlafen lässt? Ahnst du überhaupt, wie schwer es mir gefallen ist, dich immer wieder gehen zu lassen, wenn ich dich in meinen Armen hielt?« Er schob die Finger in ihr Haar und zog sie näher zu sich heran.

Mit großen Augen starrte sie stumm in sein Gesicht. Was sagte er denn da überhaupt? Sie wollte nicht das Risiko eingehen und nachfragen, sie wollte nicht einmal darüber nachdenken.

Und dann ergriff sein Mund auch schon gierig Besitz von ihren Lippen. Die dünnen nassen Sachen boten kein Hindernis für seine Hände, die fiebrig die Rundungen ihrer Brust umfassten. Megan protestierte nicht, als er sie mit sich auf den Boden zog und sich fahrig an den Knöpfen ihrer Bluse zu schaffen machte.

Unter seinen Fingern begann ihre kalte Haut, zu glühen.

Holzscheite knackten im Kamin, Regen prasselte an die Fenster. Megan vernahm das leise Aufseufzen, als Catch den Kopf hob und tief Atem holte. »Entschuldige. Dabei wollte ich wirklich nur mit dir reden. Es gibt Dinge, die ich dir sagen muss. Aber ich brauche dich so sehr. Ich habe es mir viel zu lange verweigert.«

Brauchen. Sie klammerte sich an dieses Wort. »Brauchen« hatte eine ganz andere Bedeutung als »begehren«. Obwohl noch immer von »lieben« entfernt, so war es doch sehr viel persönlicher.

»Ist schon in Ordnung.« Sie wollte sich aufsetzen, doch Catch beugte sich über sie. Ein Prickeln überlief sie, als sie nackte Haut auf nackter Haut fühlte. »Catch …«

»Meg, hör mir bitte zu.«

Sein Ernst erstaunte und verwirrte sie. Was immer er ihr zu sagen hatte, es musste ihm wichtig sein. »Also gut, ich höre.«

»Schon als ich dich zum ersten Mal sah«, begann er, »wollte ich dich. Das weißt du.«

Seine Stimme klang tief und ruhig, doch unter der Oberfläche spürte Megan, wie es in ihm brodelte. »An unserem ersten gemeinsamen Abend hast du mich bezaubert und gereizt. Ich dachte, es würde einfach werden … eine nette, harmlose Affäre für ein paar Wochen.«

»Auch das weiß ich.« Sie bemühte sich, nicht verletzt zu klingen, auch wenn die Wahrheit schmerzte.

»Nein, du weißt nicht, was ich meine. Denn es war nicht einfach. Eigentlich hörte es sofort auf, einfach zu sein. An dem Abend, als du zum Dinner kamst und bleiben wolltest …« Sanft strich er ihr die nassen Strähnen aus dem Gesicht. »Ich konnte dich das nicht tun lassen, und ich konnte mir den Grund dafür nicht erklären. Ich begehrte dich, mehr, als ich je eine Frau begehrt habe. Aber ich konnte dich nicht in Besitz nehmen.«

»Catch …« Sie schüttelte den Kopf, wusste nicht, ob sie stark genug war, seine Worte zu ertragen.

Sie schloss die Augen, doch Catch wartete, bis sie die Lider schließlich wieder hob.

»Ich wollte Abstand zu dir halten, Meg. Ich habe versucht, mich davon zu überzeugen, dass ich mir das alles nur einbilde. Und als du damals über den Rasen auf mich zugestürmt kamst, schäumend vor Rage, da konnte ich nur denken, wie schön du bist. Du hast mir den Atem geraubt.« Er nahm ihre Hand und presste sie an seine Lippen.

»Nicht«, murmelte sie. »Bitte.«

Lange sah er sie an, bevor er ihre Hand freigab und fortfuhr: »Ich wollte dich. Brauchte dich. Und war maßlos wütend auf dich, weil es so war. Meg, ich wollte dir nie Angst einjagen, hatte nie vor, dich zu verletzen.«

Megan lag sehr still. Sie ahnte den Tumult, der in ihm vorging, und beobachtete schweigend das Lichtspiel, das die zuckenden Flammen auf sein Gesicht warfen.

»Ich konnte doch unmöglich so involviert sein, dass ich mich nicht zurückziehen konnte. Das wollte ich einfach nicht wahrhaben«, fuhr er fort. »Aber du gingst mir nicht mehr aus dem Kopf, warst in meinem Blut, suchtest mich in meinen Träumen heim. Es gab kein Entkommen. Und letzte Nacht, nachdem ich dich nach Hause gebracht hatte, gestand ich es mir endlich ein: Ich will gar nicht entkommen. Dieses Mal nicht, nicht vor dir.«

Er hielt inne und sah ihr in die Augen. »Ich habe etwas für dich. Aber zuerst will ich dich wissen lassen, dass ich die Entscheidung getroffen hatte, den Park nicht zu kaufen. Bis dein Großvater gestern zu mir kam. Ich wollte nicht, dass das zwischen uns steht, doch es war sein Wunsch. Er hält es für das Beste, für dich und für sich selbst auch. Aber wenn es dich zu sehr verletzt, zerreiße ich den Vertrag hier und jetzt.«

»Nein.« Megan seufzte schwer. »Ich weiß, dass es das Beste ist. Aber es ist, als würde man jemanden verlieren, den man sehr liebt. Man weiß, es ist besser so, dennoch tut es weh. Bitte, du sollst dich nicht entschuldigen. Ich bin es, die sich geirrt hat. Es war falsch von mir, so hier hereingestürmt zu kommen und dich anzuschreien. Pop hat jedes Recht der Welt, den Park zu verkaufen, und du hast das Recht, den Park zu kaufen. Irgendwie habe ich mich betrogen und übergangen gefühlt, aber ich weigerte mich auch, es genauer zu überdenken.«

»Und jetzt?«

»Jetzt schäme ich mich, weil ich mich wie eine Närrin verhalten habe.«

Sie brachte ein schwaches Lächeln zustande. »Ich würde jetzt gern nach Hause gehen. Pop macht sich sonst Sorgen um mich.«

»Noch nicht.« Catch richtete sich auf und holte etwas aus seiner Hosentasche hervor – ein kleines Kästchen. Er zögerte kurz, dann reichte er Megan das Etui.

Verwirrt über das unerwartete Geschenk und die Anspannung, die Catch ausstrahlte, ließ sie den Deckel aufschnappen. Der Atem stockte ihr in der Kehle.

Es war ein Ring mit einem großen viereckigen Smaragd, bestechend schön in seiner Schlichtheit. Ratlos starrte Megan auf den Ring, dann hob sie das Gesicht und schüttelte den Kopf. »Catch … ich verstehe nicht. Das kann ich unmöglich annehmen.«

»Bitte, sag nicht Nein, Meg.« Er nahm ihre Hand. »Zurückweisung habe ich noch nie gut verkraftet.«

Sein Ton war leicht, doch der Ausdruck in seinen Augen strafte die Unbeschwertheit Lügen.

Das Herz pochte hart in ihrer Brust, dennoch versuchte sie, ruhig zu bleiben und seinem Blick standzuhalten. »Ich bin nicht ganz sicher, was du mir mit diesem Ring sagen willst.«

Er drückte ihre Finger fest. »Ich bitte dich, mich zu heiraten. Megan, ich liebe dich.«

Die Gefühle überschlugen sich in ihr.

Er erlaubt sich einen schlechten Scherz, dachte sie, doch kein Anzeichen dafür war in seinem Gesicht zu erkennen. Miene und Augen waren so ernst, wie die schlichten Worte geklungen hatten. Wo waren die geistreichen Bemerkungen, wo der spielerische Charme geblieben? Erschüttert rappelte Megan sich auf, das Kästchen fest in der Hand. Sie musste unbedingt nachdenken.

Heirat. Nie hätte sie erwartet, Catch würde sie bitten, sein Leben mit ihm zu teilen. Wie würde dieses Leben aussehen? Wie eine Achterbahnfahrt. Die Antwort schoss ihr sofort in den Kopf. Schnell, wild, aufregend und voll unvorhergesehener Biegungen. Und mit vielen stillen Momenten, fügte sie sogleich hinzu. Unschätzbaren Augenblicken der Zufriedenheit, die die neuerliche wilde Fahrt umso erregender machen würden.

Vielleicht hatte er sie so schlicht gefragt, ganz entgegen seiner sonstigen Art, weil er ebenso verletzlich war wie sie. Welch Vorstellung!

Unwillkürlich fasste sie sich an die Schläfen. David Catcherton und verletzlich! Und doch ... sie hatte es in seinen Augen gesehen.

Ich liebe dich. Drei kleine Worte, Worte, die überall auf der Welt gesagt wurden, ganz gleich, wo, und die das ganze Leben veränderten.

Mit ernstem Gesicht hielt sie ihm das Kästchen entgegen. Sie sah die Verzweiflung in seinen Augen und beeilte sich, zu sagen: »Der Ring gehört an den Ringfinger der linken Hand.«

Im gleichen Moment fühlte sie sich hart an ihn gezogen und ungestüm geküsst. »Oh Meg«, murmelte er an ihren Lippen, »ich dachte schon, du würdest mich zurückweisen.«

»Wie sollte ich?« Sie schlang die Arme um seinen Nacken. »Ich liebe dich, Catch. Mit aller Macht, aus vollem Herzen. Ich hatte mich darauf eingestellt, einen langsamen Tod zu sterben, wenn du gehen würdest.«

»Niemand geht mehr irgendwohin.« Sie waren zurück auf den Boden gesunken, und Catch barg sein Gesicht in ihrem nassen Haar. »Oder doch«, verbesserte er sich dann, »wir fahren nach New Orleans, in die Flitterwochen. Und danach bereiten wir deine Ausstellung vor. Und im Frühjahr fliegen wir nach Paris.«

Er hob den Kopf und sah sie liebevoll an. »Ich habe mir oft vorgestellt, wie wir beide im Frühling durch die Straßen von Paris bummeln. Und uns danach lieben. Und wie dein Gesicht im sanften Licht des dämmernden Morgens aussieht.«

Megan legte ihre Hand an seine Wange. »Lass uns bald heiraten«, wisperte sie. »Ich will mit dir zusammen sein.«

Catch hob das Kästchen auf, das zu Boden gefallen war, nahm den Ring heraus und steckte ihn Megan an den Finger. Er zog ihre Hand an seine Brust und sah ihr ernst in die Augen. »Das ist für immer, Megan«, flüsterte er bewegt. »Jetzt kannst du nicht mehr wegrennen.«

»Das hatte ich auch überhaupt nicht vor«, sagte sie mit einem Lächeln und bot ihm ihren Mund, um seinen Kuss willkommen zu heißen.

Epilog

Vor Nervosität drehte Megan den Smaragdring unablässig an ihrem Finger, während sie die Champagnerflöte hielt, die Jessica ihr gereicht hatte. Sie meinte, das Lächeln sei ihr längst auf dem Gesicht eingefroren.

Niemals hätte sie so viele Leute erwartet. Wieso war sie nur hier, in einer Kunstgalerie in Manhattan, und gab vor, eine Künstlerin zu sein? Am liebsten hätte sie sich ein Mauseloch gesucht und sich verkrochen.

»Da bist du ja, Liebes.« Pop gesellte sich zu ihr. In seinem besten – und einzigen – schwarzen Anzug sah er ungewohnt vornehm aus. »Du solltest eines von diesen kleinen Dingern hier probieren. Die schmecken ausgezeichnet.« Er hielt ihr das Kanapee hin.

»Nein danke, ich habe keinen Hunger.« Im Gegenteil, ihr war sterbensübel. »Ich bin so froh, dass du fürs Wochenende hergeflogen bist.«

»Ich werde doch den großen Tag meiner Enkelin nicht verpassen!«

Mit einem verschmitzten Lächeln verschlang er das Schnittchen. »Und, was sagst du zu dieser ganzen Veranstaltung?«

»Ich komme mir vor wie eine Betrügerin.«

Sie sah einem Mann nach, der mit wehendem Cape zu

einer ihrer Marmorstatuen eilte, um das Werk aus der Nähe genauestens zu studieren.

Pop strich ihr beruhigend über den Arm. »Du hast nie schöner ausgesehen. Außer natürlich auf deiner Hochzeit.«

»Da hatte ich aber keine solche Angst.« Megan ließ den Blick über die Menge schweifen, erblickte jedoch nur fremde Gesichter. »Wo ist Catch?«

»Ich hab ihn mit einem Pärchen zusammenstehen sehen. Die beiden sahen nach sehr viel Geld aus. Hatte Jessica nicht gesagt, du sollst dich ein bisschen unter die Leute mischen?«

»Hat sie.« Megan gab einen erstickten Laut von sich. »Aber ich glaube, ich kann mich nicht bewegen.«

»Aber, aber, Megan. Seit wann bist du denn ein solcher Hasenfuß?«

Sie öffnete den Mund und wollte protestieren, doch da schlenderte Pop auch schon weiter. Hasenfuß?! Unmerklich reckte sie die Schultern und trank einen Schluck Champagner. Na schön. Sie würde sich also nicht weiter verstecken und aus ihrer Ecke herauskommen. Wenn man sie zur Exekution führte, dann wollte sie ihre Henker auch sehen! Sehr bedacht einen Fuß vor den anderen setzend, machte sie sich auf den Weg zum Büfett.

»Sie sind die Künstlerin, nicht wahr?«

Megan drehte sich zu einer eleganten älteren Frau in schwarzer Seide und glitzernden Diamanten um. »Richtig«, antwortete sie und hob unmerklich das Kinn.

»Ah.« Ein langer musternder Blick, dann sagte die Frau: »Wie ich bemerkt habe, ist die Statuette ›Das Mädchen mit Sandburg‹ nicht zu verkaufen.«

»Nein, sie gehört meinem Mann.« Auch nach zwei Monaten Ehe strömte allein bei dem Wort eine angenehme Wärme durch Megan hindurch.

Catch, mein Mann, dachte sie und blickte suchend über die Menge.

»Sehr schade«, lautete der Kommentar der Frau.

»Wie?«

»Ich sagte, dass es sehr schade ist. Ich hätte sie gern selbst erstanden.«

»Sie …«, Megan war fassungslos, »Sie wollten sie kaufen?«

»Ich habe bereits ›Die Liebenden‹ reserviert. Ein wunderbares Stück. Und ich möchte ›Das Mädchen mit Sandburg‹ bei Ihnen in Auftrag geben. Ich werde das über Jessica veranlassen.«

»Ja, natürlich.« Ein Auftrag? Benommen schüttelte Megan die Hand der anderen. »Danke.«

»Miriam Tailor Marcus«, flüsterte eine Stimme ihr ins Ohr, nachdem die Frau davongerauscht war. »Eine harte Nuss.«

Megan fasste nach Catchs Arm. »Catch, diese Frau, das war …«

»Miriam Tailor Marcus«, wiederholte er und setzte einen Kuss auf ihren vor Erstaunen offen stehenden Mund. »Die ganze Zeit bedanke ich mich schon für die Komplimente, weil ich der Kunstwelt eine solche

Entdeckung zugeführt habe. Herzlichen Glückwunsch, Liebling.«

»Es gefällt ihnen?«, flüsterte sie entgeistert.

»Wenn du nicht so beschäftigt damit wärst, dich unsichtbar zu machen, hättest du längst herausgefunden, dass du die Kunstwelt im Sturm erobert hast. Komm, gehen wir ein wenig herum.«

Er nahm sie bei der Hand. »Und dann sieh dir die vielen kleinen blauen Punkte an, die an deinen Werken kleben. Blau heißt nämlich ›Verkauft‹.«

»Die Leute kaufen meine Sachen?« Sie lachte verdutzt auf, als sie einen blauen Punkt nach dem anderen erblickte.

»Jessica hat Schwierigkeiten, mitzuhalten. Drei Leute wollten Jessica die Alabasterstatue abkaufen, die sie für sich selbst gekauft hat. Diese Leute haben sich gegenseitig überboten. Und wenn du dich nicht bald mit ein paar von den Kunstkritikern unterhältst, wird Jessica noch wahnsinnig.«

»Ich glaub's einfach nicht!«

»Glaube es ruhig, es stimmt.« Er zog ihre Hand an seine Lippen. »Ich bin so stolz auf dich, Meg. Du bist ein Riesenerfolg.«

Tränen schossen ihr in die Augen, wollten überfließen. »Ich muss hier raus, nur für eine Minute«, flüsterte sie. »Bitte.«

Wortlos steuerte Catch sie durch die Menge und führte sie in das kleine Hinterzimmer.

»Das ist so schrecklich albern«, entfuhr es Megan, kaum dass er die Tür hinter ihnen geschlossen hatte.

Die Tränen rannen jetzt ungehindert über ihre Wangen. »Ich bin eine solche Närrin. Da habe ich alles erreicht, was ich mir je erträumt habe, und dann heule ich in einem Hinterzimmer! Fehlschläge habe ich besser verkraftet als das hier!«

Lachend zog er sie in seine Arme. »Ach, Megan, ich liebe dich!«

»Das kann unmöglich wahr sein.« Ihre Stimme zitterte. »Nicht nur die Ausstellung, sondern überhaupt alles. Ich blicke auf deinen Ring an meinem Finger und frage mich, wann ich wohl aufwache. Ich kann nicht glauben, dass ...«

Catch brachte sie mit einem Kuss zum Verstummen, und tief aufseufzend schmiegte sie sich an ihn. Die Tränen versiegten, als ihr Blut warm durch ihre Adern zu fließen begann. Sie schob die Finger in sein Haar und zog ihn noch näher zu sich heran.

»Es ist wahr, glaube es«, murmelte er an ihren Lippen. »Es ist wahr, dass du jede Nacht in meinen Armen liegst und jeden Morgen in meinen Armen aufwachst.«

Zärtlich hielt er sie von sich ab und küsste ihre feuchten Wangen. »Heute Nacht«, flüsterte er verheißungsvoll, »werde ich den neuen Stern am New Yorker Kunsthimmel lieben. Und wenn sie dann am Morgen die Kritiken in den Zeitungen gelesen hat und die Euphorie in ihr überschäumt, werde ich sie wieder lieben.«

»Wie bald können wir uns davonschleichen?«

Lachend küsste er sie herzhaft auf den Mund. »Führ mich nicht in Versuchung. Jessica reißt uns beiden den Kopf ab, wenn wir nicht bis zum Schluss bleiben. Also richte dich wieder her, und dann nehme ein Bad in der Menge deiner Bewunderer. So was tut einer Künstlerseele immer gut.«

»Catch.« Sie hielt ihn auf, bevor er die Tür öffnen konnte. »Es gibt da noch ein Stück, das heute Abend nicht ausgestellt ist.«

Neugierig hob er die Augenbrauen. »So?«

»Ja, nun ...« Ein Hauch von Rot zog auf ihre Wangen. »Ich hatte doch solche Angst, dass es ein Reinfall werden würde. Mit der Kritik hätte ich irgendwie umgehen können, aber bei diesem Stück ... wenn jemand es verrissen hätte, das hätte ich nicht ertragen.«

Leicht verwirrt steckte er die Hände in die Jackentaschen. »Kenne ich es?«

Sie schüttelte den Kopf. »Nein. Ich wollte es dir eigentlich als Hochzeitsgeschenk geben, aber ... dann ist alles so schnell gegangen, und eigentlich war es auch noch nicht richtig fertig. Schließlich waren wir nur drei Tage verlobt ...«

»Zwei Tage länger als nötig, und das nur, weil du nicht in Vegas heiraten wolltest. Ich finde, ich habe sehr viel Geduld bewiesen.«

»Wenn du meinst ... Auf jeden Fall hatte ich erst später Zeit, das Stück fertigzustellen. Und dann war ich so nervös wegen der Ausstellung, dass ich es nicht über mich gebracht habe, es dir zu geben.«

Sie holte tief Luft. »Aber heute möchte ich es dir schenken. So lange ich mich noch wie eine richtige Künstlerin fühle.«

»Ist es denn hier?«

Megan drehte sich um und griff in das Regal, wo die Holzbüste, bedeckt von einem Tuch, stand. Wortlos reichte sie Catch ihr Werk. Er zog das Tuch herunter – und sah in sein eigenes Gesicht.

Megan hatte das Holz nur leicht poliert, der raue Charme und die Aura von Ungezähmtheit des Originals sollten nicht verloren gehen. Die Holzbüste spiegelte Catchs Kühnheit, seine Selbstsicherheit aber auch seine Wärme wider, eine Wärme, die die Künstlerin in ihr vor der Frau erkannt hatte. Inzwischen starrte er schon so lange wortlos auf die Büste, dass es in ihrem Magen nervös zu flattern begann. Und als er aufblickte, waren seine Augen dunkel, sein Blick durchdringend.

»Meg …«

»Ich wollte es nicht ausstellen. Es ist ein ganz persönliches Stück«, stieß sie hastig hervor. »Es gab Zeiten, als ich noch an dem Tonmodell gearbeitet habe, da hätte ich es am liebsten wieder zusammengedrückt.«

Mit einem unsicheren Lachen nahm sie ihm die Büste aus der Hand und stellte sie auf den Tisch. »Doch ich konnte es nicht tun. Anfangs sagte ich mir, dass ich nur an dich dachte, weil dein Gesicht ein so perfektes Modell war.« Als sie zu ihm hinsah, erkannte sie, dass er sie noch immer mit dem gleichen intensiven Blick betrachtete. »Ich habe mich in dich verliebt, während ich in meinem Atelier dein Gesicht in Ton nachformte.« Megan trat auf ihn zu und zeichnete mit den Fingerspitzen die Konturen seines Gesichts nach. »Ich dachte, ich könnte dich nicht mehr lieben, als ich es damals schon tat. Ich habe mich geirrt.«

»Meg.« Er zog ihre Hand an seine Lippen und küsste ihre Handfläche. »Ich weiß nicht, was ich sagen soll. Du machst mich sprachlos.«

»Liebe mich einfach.«

»Das werde ich immer tun.«

»Immer ist vielleicht gerade lang genug.« Mit einem zufriedenen Seufzer lehnte sie den Kopf an seine Schulter. »Solange ich das weiß, werde ich wahrscheinlich auch mit dem Erfolg umgehen können.«

Catch schlang seinen Arm um ihre Taille und zog die Tür auf. »Lass uns noch ein Glas Champagner trinken. Heute Abend haben wir allen Grund zum Feiern.«

– ENDE –

Nora Roberts

Pension der Sehnsucht

Roman

Aus dem amerikanischen Englisch von
Ingrid Hermann

HarperCollins

1. Kapitel

Der Frühling in Neuengland hielt immer erst spät Einzug. An vor der Sonne geschützten Stellen blieb der Schnee lange liegen, und das erste junge Grün an den kahlen Ästen der Bäume und Büsche zeigte sich nur zaghaft. Doch schon lag eine erwartungsvolle Stimmung über dem Land, und die Luft roch frisch und würzig.

Schwungvoll öffnete Nelly ihr Schlafzimmerfenster und sog die kühle Luft tief ein. Heute ist Samstag, dachte sie zufrieden und flocht ihr langes weizenblondes Haar zu Zöpfen. Das Hotel »Lakeside Inn« war nur zur Hälfte belegt. Erst in drei Wochen begann die eigentliche Saison.

Wenn alles nach Plan verlief, würden Nellys Pflichten als Hotelmanagerin sie an diesem Wochenende nicht sehr in Anspruch nehmen. Das Personal war Nelly treu ergeben, wenn auch vom Temperament her etwas schwierig. Im »Lakeside Inn« ging es zu wie in einer großen Familie. Man stritt, ärgerte und neckte sich, aber wenn es darauf ankam, hielt man zusammen wie Pech und Schwefel und ließ sich auch von Schwierigkeiten nicht unterkriegen. Und ich, dachte Nelly, bin das Oberhaupt dieser Familie.

Nelly zog sich uralte verwaschene Jeans an und kam gar nicht auf den Gedanken, wie wenig ihr Äußeres zu ihrer Stellung passte. Aus dem Spiegel blickte ihr eine zierliche, kindlich aussehende Frau entgegen. Die saloppe Kleidung verbarg ihre weiblichen Kurven. Die Zöpfe und die Stupsnase wirkten frech, der fein gezeichnete Mund verriet viel Sinn für Humor, und die großen grauen Augen funkelten schelmisch.

Nachdem Nelly in ausgetretene Tennisschuhe geschlüpft war, verließ sie ihr Zimmer. Vor ihrem Spaziergang wollte sie sich noch davon überzeugen, ob mit den Frühstücksvorbereitungen auch alles klappte. Als sie die große Diele durchquerte, hörte sie aus dem Speisesaal das Klappern von Besteck und einen hitzigen Wortwechsel. Sie stöhnte auf. Die beiden Kellnerinnen lagen sich also schon wieder in den Haaren.

»Wenn Männer mit Schweinsäuglein dein Typ sind, kann ich mir vorstellen, dass du sehr glücklich bist.« Liz zuckte abfällig die Schultern.

»Walt hat keine Schweinsaugen«, widersprach Maggie. »Du bist ja bloß neidisch.«

»Neidisch? Ha, dass ich nicht lache! Bildest du dir ernsthaft ein, ich sei neidisch auf einen Mann, der … ach, guten Morgen, Nelly.«

»Guten Morgen, ihr zwei. Liz, bei diesem Gedeck hast du zwei Löffel und ein Messer hingelegt. Ich glaube, statt des einen Löffels wäre eine Gabel angebrachter.«

Maggie lächelte hämisch, als Liz das Besteck auswechselte. »Heute Abend fährt Walt mit mir ins Autokino«, verkündete sie.

Nelly hörte Liz' Antwort nicht mehr, denn sie befand sich schon auf dem Weg in die Küche.

Dies war der einzige Platz in dem altmodisch eingerichteten Hotel, der daran erinnerte, dass man im 20. Jahrhundert lebte. Überall blitzte polierter Edelstahl. Regale und Schränke aus Kunststoff standen an den Wänden, und im Linoleumfußboden konnte man sich spiegeln. Es duftete nach frischem Kaffee.

»Morgen, Elsie.« Die rundliche Frau, die sich an der Arbeitsplatte zu schaffen machte, ließ ein undeutliches Gemurmel verlauten. »Wenn nichts Besonderes anliegt, mache ich jetzt erst einmal einen Spaziergang.«

»Betty Jackson will uns kein Brombeergelee mehr verkaufen.«

»Was? Du liebe Zeit, warum denn nicht?« Verärgert nahm sich Nelly ein frisch gebackenes Brötchen aus dem Korb und biss hinein. »Mr. Conners fragt immer extra nach ihrem Gelee, und wir haben das letzte Glas angebrochen.«

»Sie hat gesagt, wenn du keine Zeit hast, eine einsame alte Frau zu besuchen, dann hätte sie keine Lust, uns noch weiterhin damit zu versorgen.«

»Einsame alte Frau?«, brachte Nelly trotz ihres vollen Mundes heraus. »In ihrem Haus treffen sich mehr Leute zum Tratschen als im ganzen Ort zusammen. Verflixt noch mal, Elsie, wir brauchen das Gelee. Aber letzte Woche hatte ich so viel zu tun, dass ich wirklich keine Zeit aufbringen konnte, mir stundenlang den neusten Klatsch anzuhören.«

»Machst du dir Sorgen, weil am Montag der neue Besitzer kommt?«

»Unsinn.« Mit finsterer Miene vertilgte Nelly ein zweites Brötchen. »Aber als Managerin des Hotels will ich natürlich, dass alles in bester Ordnung ist.«

»Eddie hat mir erzählt, du hättest vor Wut mit den Türen geknallt, als du hörtest, dass er herkommt.«

»Habe ich nicht.« Nelly schenkte sich ein Glas Orangensaft ein. »Es ist Mr. Reynolds' gutes Recht, sich seinen neuen Besitz anzusehen. Aber zum Teufel, mich stören diese verschwommenen Andeutungen über irgendwelche Modernisierungen. Er soll bloß die Finger vom ›Lakeside‹ lassen und sich um seine anderen Hotels kümmern. Hier braucht nichts verändert zu werden. Wir haben alles, was wir benötigen.«

»Außer Brombeergelee«, wandte Elsie mürrisch ein.

Nelly holte tief Luft. »Na schön«, stöhnte sie und ging zur Tür. »Ich hole welches. Aber wenn Betty noch einmal anfängt, mir zu erzählen, Howard Beall wäre der ideale Ehemann für mich, dann fange ich an, zu schreien.«

Nachdem Nelly diese Drohung ausgestoßen hatte, verließ sie das Hotel. Draußen in der milden Frühlingssonne besserte sich jedoch ihre Laune. Sie schwang sich auf ihr altes klappriges Fahrrad und radelte munter los.

Mit geröteten Wangen erreichte Nelly die Ortschaft Lakeside, eine kleine Stadt mit alten, aber gepflegten Häusern in liebevoll angelegten Gärten. Im Osten erhoben sich hohe bewaldete Berge, und im Westen schimmerte die ruhige Wasseroberfläche des Champlain-Sees.

Lakeside war von dem Trubel und der Hektik der modernen Zeit unberührt geblieben. Für Nelly, die hier aufgewachsen war, hatte dieses friedliche verschlafene Städtchen nie seinen Reiz verloren. Sie war froh, dass es hier noch ein einfaches Leben gab.

Vor einem kleinen Haus mit grün gestrichenen Fensterläden stellte Nelly das Rad ab, entschlossen, mit allen Mitteln der Überredungskunst um das Brombeergelee zu kämpfen.

»Na so etwas, Nelly, das ist aber eine Überraschung!« Betty öffnete die Haustür und strich sich vorsichtig über das graue Haar. »Ich dachte schon, du seist nach New York gezogen.«

»Im Hotel gab es ungewöhnlich viel zu tun«, antwortete Nelly demütig.

»Ach ja, der neue Besitzer kommt.« Betty nickte wissend und ließ Nelly eintreten. »Ich habe gehört, dass er viele Änderungen vornehmen will.«

In der Gewissheit, dass man vor Betty Jackson nichts geheim halten konnte, weil ihr Nachrichtensystem perfekt funktionierte, nahm Nelly in dem kleinen Wohnzimmer Platz.

»Weißt du schon, dass Tom Myers an sein Haus noch ein weiteres Zimmer anbaut?« Betty nahm eine gehäkelte Schondecke von einem Sessel, ehe sie sich ebenfalls setzte. »Leonie scheint wieder mal in anderen Umständen zu sein.« Sie schnalzte mit der Zunge, um ihren Unmut über den zügellosen Lebenswandel der Myers zu bekunden. »Drei Babys in vier Jahren. Aber du magst ja Kinder, nicht wahr, Nelly?«

»Ich war schon immer sehr kinderlieb, Miss Jackson«,

antwortete Nelly und überlegte, wie sie das Gespräch auf das Brombeergelee bringen sollte.

»Mein Neffe Howard auch.«

Nelly unterdrückte den Wunsch, einen Schrei auszustoßen, und entgegnete ruhig: »Zurzeit haben wir bei uns im Hotel auch einige kleine Gäste.« Ihr kam eine Idee, und beherzt fuhr sie fort: »Kinder essen ja so gern Süßes. Unsere Marmeladen und Gelees haben sie buchstäblich verschlungen. Gestern mussten wir das letzte Glas anbrechen. Aber so gute Gelees können auch nur Sie kochen, Miss Jackson. Wenn Sie damit ein eigenes Geschäft eröffnen würden, hätten Sie in kürzester Zeit die großen Firmen vom Markt verdrängt.«

»Tja, das will gekonnt sein.« Betty sonnte sich sichtlich in dem Lob, und Nelly wähnte sich bereits als Siegerin.

»Ich müsste das Hotel wahrscheinlich schließen, wenn Sie mich nicht mit Gelee versorgten«, fuhr sie kühn fort. »Mr. Conners wäre tödlich beleidigt, wenn ich ihm irgendein im Laden gekauftes Zeug vorsetzte. Von Ihrem Brombeergelee schwärmt er geradezu. Es sei einfach göttlich, sagt er immer.«

»Einfach göttlich.« Betty nickte zufrieden.

Eine Viertelstunde später stellte Nelly einen Karton mit zwölf Gläsern Gelee in den Gepäckkorb ihres Fahrrads, winkte Betty zum Abschied zu und radelte davon.

»Ich kam, sah und siegte.« Stolz blickte sie zum Himmel hinauf. »Und ich brauchte nicht einmal zu schreien.«

»Hallo, Nelly!«

Nelly drehte sich um, als sie ihren Namen hörte, und fuhr an den Rand des Spielfelds, auf dem einige Jungen Schlagball spielten.

»Wie steht die Partie?«, fragte sie einen kleinen Knirps, der herbeigelaufen kam.

»Fünf zu vier. Juniors Mannschaft gewinnt.«

Nelly beobachtete Junior, einen hoch aufgeschossenen, schlanken Burschen, der an der Abschlagstelle stand und breit grinste.

»Eingebildeter Bengel«, murmelte sie. »Dem werde ich zeigen, was Schlagball ist.« Sie nahm dem kleinen Jungen die Schirmmütze ab, zog sie sich über den Kopf und marschierte auf das Spielfeld.

»Spielst du auch mit, Nelly?« Eine Gruppe Halbwüchsiger umringte sie. Nelly ließ sich ein Schlagholz geben und prüfte, wie es in der Hand lag.

»Aber nicht länger als eine Minute. Ich muss nämlich zurück.«

Junior kam langsam näher, die Hände lässig in die Hüften gestemmt, und sah Nelly herausfordernd an. »Wollen wir wetten, dass du nicht mal bis zur nächsten Ecke kommst?«

Sie warf ihm einen vernichtenden Blick zu. »Ich will dich nicht um dein Taschengeld berauben.«

Mit der Unbefangenheit eines Fünfzehnjährigen zog Junior kräftig an Nellys Zopf. »Wenn ich den Ball fange, ehe du an der ersten Ecke bist, musst du mir einen Kuss geben.«

»Geh an deinen Platz, du Möchtegern-Casanova, und werde erst einmal zehn Jahre älter.«

Geringschätzig lächelnd schlenderte Junior über das Spielfeld und nahm seine Stellung ein. Nelly zog sich die geborgte Mütze tiefer in die Stirn. »Seht euch diesen Ball noch mal gut an, Jungs«, prahlte sie, »denn der fliegt jetzt gleich bis nach New York.«

Mit lautem Knall traf das Schlagholz den harten Lederball. Nelly beobachtete kurz, welche Flugbahn der Ball nahm, dann spurtete sie los. Während sie mit angewinkelten Armen und gesenktem Kopf den Spielfeldrand entlangflitzte, hörte sie das Gejohle und die anfeuernden Rufe der Jungen. In gebückter Haltung, mit ausgebreiteten Armen, hielt sich Junior bereit, den Ball aufzufangen, als Nelly sich bäuchlings über die Markierungslinie warf. Eine Staubwolke wirbelte auf, und die Jungen schrien aufgeregt.

»Schade, du hast es nicht geschafft.«

»Was?« Nelly sprang hoch und baute sich vor Wilbur Hayes auf, der den Schiedsrichter spielte. Sie stand so dicht vor ihm, dass sich beinahe ihre Nasenspitzen berührten. Wütend funkelte sie ihn an. »Du spinnst wohl! Ich war schon an der Ecke, als der Ball noch stundenlang durch die Luft segelte. Vielleicht solltest du dir eine Brille kaufen.«

»Du hast es nicht geschafft«, wiederholte Wilbur würdevoll und verschränkte die Arme vor der schmächtigen Brust.

»Wir brauchen einen Schiedsrichter, der nicht auf beiden Augen blind ist.« Empört wandte sie sich an die Zuschauer. »Wer von euch ist unparteiisch?«

»Du hast es nicht geschafft.«

Nelly wirbelte herum, als sie die fremde Stimme hörte. Stirnrunzelnd betrachtete sie den Mann, der lässig am Rand des Spielfelds stand. Er lächelte spöttisch, strich sich die schwarzen Locken aus der Stirn und kam auf sie zu.

»Du hättest den Ball höher schlagen müssen.«

»Ich habe die Ecke erreicht«, widersprach Nelly hartnäckig und rieb sich die schmutzige Nase.

»Nein«, erwiderte Wilbur seelenruhig.

Nelly bedachte ihn mit einem vernichtenden Blick, ehe sie sich wieder dem Fremden zuwandte, der die hitzige Meinungsverschiedenheit amüsiert verfolgte. Sie betrachtete ihn mit einer Mischung aus Groll und Neugier.

Er war groß gewachsen und schlank, und das dunkle Haar schimmerte leicht im Sonnenlicht. Der beigefarbene Anzug wirkte leger, doch Nelly erkannte, dass er erstklassig geschnitten und mit Sicherheit sehr teuer war. Das Lächeln des Mannes vertiefte sich, als er merkte, wie kritisch Nelly ihn musterte. Ihre Abneigung gegen ihn wuchs.

»Ich muss jetzt zurück«, verkündete sie und klopfte sich den Staub von den Jeans. »Und Wilbur, mach dich darauf gefasst, dass ich deiner Mutter sage, sie soll mal mit dir zum Augenarzt gehen.«

»He, warte mal.«

Nelly, die sich bereits auf ihr Fahrrad geschwungen hatte, stieg noch einmal ab. Der Fremde kam auf sie zu.

»Wie weit ist es noch bis zum ›Lakeside Inn‹?«

Offenbar hielt er sie für eine Spielgefährtin der Jungen. Nelly packte der Übermut. »Meine Mami hat mir verboten, mit fremden Männern zu sprechen«, antwortete sie mit kindlicher Stimme.

»Das ist auch richtig so. Aber ich will ja nur wissen, wie weit es bis zu dem Hotel ist. Ich schenke dir keine Bonbons, um dich in mein Auto zu locken.«

»Tja.« Sie zog die Stirn kraus und tat so, als dächte sie angestrengt nach. »Fahren Sie einfach der Straße nach. Es sind noch ungefähr fünf Kilometer.«

Er sah sie nachdenklich an. »Vielen Dank, mein Kind. Du hast mir sehr geholfen.«

»Keine Ursache.« Sie schaute ihm nach, als er zu einem metallicblauen Mercedes zurückging, und konnte sich nicht verbeißen, ihm hinterherzurufen: »Und ich habe es doch geschafft. Sie brauchen auch eine Brille.« Dann gab sie dem kleinen Knirps die Mütze wieder, die sie sich ausgeborgt hatte, und radelte quer über eine Wiese zum »Lakeside Inn« zurück.

Schon bald tauchte das viergeschossige rote Backsteinhaus mit seinen Erkern und Giebeln vor Nelly auf. Sie hatte eine Abkürzung gewählt, und als sie die breite geschwungene Zufahrt hinauffuhr, stellte sie voller Genugtuung fest, dass sie noch vor dem Mercedes angekommen war.

Sie stellte das Fahrrad ab und hob den Karton mit dem kostbaren Brombeergelee aus dem Korb.

»Guten Morgen.« Lächelnd begrüßte sie das frisch getraute Ehepaar, das über den Rasen geschlendert kam.

»Ach, guten Morgen, Miss Clark. Wir wollen einen Spaziergang am See machen«, erklärte der junge Mann freundlich.

»Dafür ist das herrliche Wetter wie geschaffen«, erwiderte Nelly. Sie betrat das kleine Foyer und stellte den Karton auf dem Rezeptionspult ab.

Danach sortierte sie die eingegangene Post. Als sie einen Brief von ihrer Großmutter entdeckte, riss sie hocherfreut den Umschlag auf und begann sogleich, zu lesen.

»Du hast dich aber beeilt.«

Nelly schaute überrascht auf, legte den Brief zur Seite und begegnete dem Blick des Mannes mit dem Mercedes. Er hatte dunkelbraune Augen.

»Ich kenne eine Abkürzung.« Sie ließ sich von seiner gepflegten Erscheinung nicht einschüchtern, richtete sich zu ihrer vollen Höhe auf und hob das Kinn. »Kann ich etwas für Sie tun?«

»Ich glaube nicht. Du könntest mir höchstens sagen, wo ich den Manager finde.«

Sein herablassender Tonfall ärgerte sie. Sie zwang sich jedoch zur Höflichkeit. »Gibt es irgendwelche Probleme? Wenn Sie ein Zimmer suchen, können Sie eins bekommen.«

»Sei so gut, und hol mir die Managerin.« Er sprach zu ihr wie zu einem schwierigen Kind. »Ich habe etwas Wichtiges mit ihr zu klären.«

Nelly straffte die Schultern und verschränkte die Arme über der Brust. »Die Managerin steht vor Ihnen.«

Er zog die Brauen hoch und sah sie ungläubig an.

»Hilfst du nach der Schule und am Wochenende hier aus?«

Nelly schoss das Blut in die Wangen. »Ich helfe nicht aus. Seit fast vier Jahren bin ich für die Leitung dieses Hotels zuständig. Wenn Sie ein Problem haben, das Sie mit mir erörtern wollen, können wir das hier oder in meinem Büro tun. Suchen Sie jedoch nur ein Zimmer, dann tragen Sie sich bitte hier ein.« Sie deutete auf das aufgeschlagene Gästebuch.

»Sie sind Nelly Clark?«, fragte er stirnrunzelnd und sah sie ungläubig an.

»Richtig.«

Er nickte kurz, nahm den Kugelschreiber aus dem Halter und schrieb seinen Namen und seine Adresse in das Buch. »Nehmen Sie es mir bitte nicht übel, aber ich habe mich durch Ihre sportlichen Übungen auf dem Spielplatz und Ihre ziemlich jugendliche Erscheinung täuschen lassen.«

»Was ich in meiner Freizeit tue«, gab Nelly schnippisch zurück, »wirkt sich in keiner Weise abträglich auf das Geschäft aus. Das werden Sie während Ihres Aufenthalts bei uns bestimmt feststellen, Mr. …« Nelly drehte das Gästebuch herum, damit sie den Namen lesen konnte, und erschrak.

»Reynolds«, stellte er sich vor und lächelte, als er Nellys Verblüffung bemerkte. »Percy Reynolds.«

Nelly rang um Fassung und bemühte sich um eine möglichst geschäftsmäßige Haltung. »Wir hatten Sie erst am Montag erwartet, Mr. Reynolds.«

»Ich habe meine Pläne geändert.«

»Ja, na schön ... ich heiße Sie im ›Lakeside Inn‹ herzlich willkommen.« Sie lächelte gezwungen und warf die Zöpfe zurück.

»Danke. Solange ich hier bin, benötige ich ein Büro, in dem ich arbeiten kann. Lässt sich das einrichten?«

»Unser Platz ist begrenzt, Mr. Reynolds.« Nelly nahm den Schlüssel zum besten Zimmer des Hotels vom Haken und trat hinter dem Pult hervor. »Aber selbstverständlich können Sie mein Büro mitbenutzen. Ich glaube, damit werden Sie auskommen.«

»Mal sehen. Ich möchte ohnehin die Geschäftsbücher und die Akten überprüfen.«

»Natürlich«, stimmte sie zähneknirschend zu. Es ging ihr gegen den Strich, dass sich plötzlich ein Fremder in die Angelegenheiten des Hotels einmischte. »Kommen Sie bitte mit.«

»Nelly, Nelly!« Eddie kam die Treppe zum Foyer heruntergepoltert. Die Brille war ihm auf die Nasenspitze gerutscht, und das braune Haar, das dringend geschnitten werden musste, flog um seinen Kopf herum.

»Nelly«, wiederholte er atemlos, »mitten in einem Zeichentrickfilm ging Mrs. Pierce-Lowells Fernsehgerät kaputt.«

»Verflixt. Bring ihr meins, und ruf Max, damit er ihren Apparat repariert.«

»Er ist übers Wochenende weggefahren.«

»Macht nichts, ich werde es schon überleben.« Nelly klopfte ihm aufmunternd auf die Schulter und bugsierte ihn zur Tür. »Erinnere mich daran, ihm am Montag Bescheid zu sagen.« Dann wandte sie sich an den neuen Besitzer des Hotels. »Entschuldigen Sie, aber Eddie neigt dazu, alles zu dramatisieren, und Mrs. Pierce-Lowell ist süchtig nach Zeichentrickfilmen. Sie gehört zu unseren ältesten Stammgästen, und unser Haus rühmt sich, möglichst jeden Wunsch der Gäste zu erfüllen.«

»Aha, ich verstehe«, entgegnete Reynolds.

Nelly öffnete die Tür ihres Büros und ließ Percy Reynolds den Vortritt.

»Groß ist es nicht«, meinte sie, während er sich in dem kleinen, vollgestopften Zimmer umsah. »Aber für die paar Tage, die Sie hier sein werden, wird es für uns beide reichen.«

»Ich bleibe zwei Wochen«, erklärte Reynolds. Er schlenderte zum Schreibtisch und nahm den Briefbeschwerer, eine grinsende Schildkröte aus Bronze, in die Hand.

»Zwei Wochen?«, wiederholte Nelly entsetzt.

»Sie haben richtig gehört, Miss Clark. Passt Ihnen das nicht?«

»Doch, selbstverständlich.« Reynolds' prüfender Blick machte Nelly nervös. Sie senkte die Lider und betrachtete das Durcheinander auf ihrem Schreibtisch.

»Spielen Sie jeden Samstag Baseball, Miss Clark?«

»Nein, natürlich nicht. Ich kam nur zufällig vorbei, und …«

»Ich fand es sehr mutig von Ihnen, wie Sie über die Ecklinie gehechtet sind.« Reynolds streckte unvermutet die Hand aus und strich Nelly mit dem Zeigefinger über die Wange. »Geschont haben Sie sich nicht, das sieht man Ihrem Gesicht an.«

Leicht verwirrt blickte sie auf seinen schmutzigen Finger. »Und ich war doch eher da als der Ball«, behauptete sie trotzig, während ihr das Herz auf einmal bis zum Hals klopfte. »Wilbur ist als Schiedsrichter untauglich.«

»Ich frage mich, ob Sie das Hotel ebenso energisch leiten, wie Sie Ball spielen. Heute Nachmittag gehen wir mal gemeinsam die Bücher durch.«

»Sie werden alles korrekt und ordentlich vorfinden«, entgegnete Nelly steif. »Der Hotelbetrieb läuft reibungslos, und wie Sie ja wohl wissen, erwirtschaften wir einen hübschen Gewinn.«

»Mit ein paar Änderungen könnte das Hotel noch viel mehr abwerfen.«

»Änderungen?«, wiederholte sie misstrauisch. »Welche Änderungen schweben Ihnen vor?«

»Ehe ich konkrete Pläne mache, muss ich mir das Hotel erst einmal genau ansehen. Jedenfalls steht fest, dass seine Lage einmalig günstig ist.«

Geistesabwesend wischte er sich den Schmutz vom Zeigefinger und schaute aus dem Fenster. »Was man aus diesem Hotel alles machen könnte! Ich denke da an einen Swimmingpool, Tennisplätze, an ein Fitnesszentrum ... Kurz und gut, man müsste den ganzen Bau von oben bis unten modernisieren und die verschiedensten Einrichtungen hinzufügen.«

»An diesem Haus gibt es nichts auszusetzen. Wir beherbergen keine Mitglieder der Schickeria, Mr. Reynolds.« Aufgebracht stemmte Nelly die Fäuste in die Hüften. »Das ›Lakeside Inn‹ ist ein Familienhotel mit allem, was dazugehört – gutbürgerlichem Essen, gemütlichen Zimmern und einer ruhigen, gediegenen Atmosphäre. Das wollen unsere Gäste, und deshalb kommen sie immer wieder zurück.«

»Wenn man hier einige sportliche Einrichtungen schafft, wird sich ein etwas anderer Personenkreis hergezogen fühlen. Vor allem, weil der Champlain-See buchstäblich vor der Haustür liegt.«

»In Ihren übrigen Hotels können Sie von mir aus Diskotheken und Trimm-dich-Keller einrichten«, brauste Nelly auf. »Aber wir sind hier in Lakeside, einer friedlichen, ruhigen Gegend, und nicht in Acapulco. In meinem Hotel wird nichts geändert, es bleibt genau so, wie es ist.«

Reynolds lächelte spöttisch. »Ihr Hotel, Miss Clark?«

»Stimmt. Sie haben sich nicht verhört. Rein rechtlich gesehen sind Sie der Eigentümer, Mr. Reynolds, aber ich kenne diesen Betrieb. Unsere Gäste kehren jedes Jahr zurück, weil sie bei uns etwas bekommen, das sie anderswo nicht finden. Sie werden hier keinen einzigen Stuhl oder Tisch umstellen, wenn ich es nicht will.«

»Miss Clark, wenn es mir beliebt, sämtliche Möbel auf den Sperrmüll zu werfen, dann werden Sie mich bestimmt nicht daran hindern. Egal, welche Entscheidungen ich treffe, Sie werden sich fügen müssen. Auch wenn

Sie hier Managerin sind, haben Sie noch lange kein Mitspracherecht.«

»Und der Umstand, dass Sie der Hotelbesitzer sind, bedeutet noch lange nicht, dass Sie Verstand haben«, schoss Nelly zurück. Mit wippenden Zöpfen verließ sie das Büro und schlug die Tür krachend hinter sich zu.

2. Kapitel

Zornig warf Nelly die Tür zu ihrem eigenen Zimmer ins Schloss. Sie war außer sich vor Wut. Dieser Mann war eine Zumutung! Warum musste er ausgerechnet hierherkommen und sich einmischen? Besaß er nicht schon genug Hotels, die er nach Herzenslust modernisieren konnte? Allein in Amerika gab es bestimmt hundert Betriebe, die zur Reynolds-Hotelkette gehörten. Dazu kamen noch die in den ausländischen mondänen Badeorten. Warum baute er sich nicht ein Hotel in der Antarktis?

Nelly erschrak, als sie zufällig in den Spiegel schaute. Ihr Gesicht war schmutzverschmiert. Sweatshirt und Jeans trugen die Spuren ihrer Bauchlandung auf dem Spielfeld. Die Zöpfe baumelten ihr halb aufgelöst über den Rücken. Du liebe Zeit, dachte sie entsetzt, ich sehe aus wie eine Zwölfjährige, die draußen herumgetobt hat.

»Verflixt noch mal.« Flink löste sie die Zöpfe. »Ich habe mich ja schön blamiert. Aber rauswerfen lasse ich mich nicht von ihm. Eher kündige ich selbst. Ich bleibe nicht hier und sehe mit an, wie er mein Hotel verschandelt.«

Eine halbe Stunde später bürstete Nelly sich das Haar, bis es ihr in duftigen Wellen über die Schultern fiel. Inzwischen hatte sie ein cremefarbenes Kleid mit einem weinroten Gürtel angezogen, der zu den winzigen Rubinen in ihren Ohrläppchen passte. Sie trug Schuhe mit hohen Absätzen und wirkte dadurch größer. Nelly betrachtete sich zufrieden im Spiegel und war davon überzeugt, dass sie nun nicht mehr wie eine Zwölfjährige aussah. Mit einem säuberlich beschriebenen Blatt Papier in der Hand verließ sie energisch ihr Zimmer, um den Löwen in seiner Höhle aufzusuchen.

Nelly klopfte leise und wartete nicht etwa auf eine Antwort, sondern drückte die Klinke nieder und betrat selbstbewusst ihr Büro. Hinter dem Schreibtisch saß Percy Reynolds. Wortlos legte sie ihm das Schriftstück auf die Tischplatte und begegnete ungerührt dem Blick aus den braunen Augen.

»Aha, ich nehme an, Sie sind Miss Clark. Welch eine Verwandlung.« Er lehnte sich zurück und musterte sie von Kopf bis Fuß. »Verblüffend, was sich unter einem Sweatshirt und ausgebeulten Jeans alles verbergen kann … Was ist das?« Mit spitzen Fingern hob er das Blatt hoch und wedelte damit herum.

»Meine Kündigung.« Nelly stützte sich mit den Händen auf der Tischplatte ab, beugte sich vor und machte ihrem aufgestauten Zorn Luft. »Und weil ich jetzt nicht mehr Ihre Angestellte bin, Mr. Reynolds, ist es mir ein Vergnügen, Ihnen mitzuteilen, was ich von Ihnen halte. Sie sind«, fuhr sie mit erhobener Stimme fort, »ein eiskalter, geldgieriger Geschäftsmann, der nur an Profit denkt. Sie haben ein Hotel gekauft, das seit Jahrzehnten für seine familiäre Atmosphäre und die ausgezeichnete persönliche Betreuung seiner Gäste bekannt ist. Nur um jährlich ein paar Dollar mehr herauszuschinden, wollen Sie dieses gemütliche Haus in ein Vergnügungszentrum verwandeln. Damit bringen Sie nicht nur eine Reihe von älteren Hotelangestellten, die zum Teil seit zwanzig Jahren hier beschäftigt sind, um ihre Arbeit, sondern Sie zerstören auch eine Gegend, die bis jetzt noch intakt ist. Lakeside ist kein Ort, der auf Massentourismus eingestellt ist, sondern ein ruhiges, verträumtes Städtchen. Unsere Gäste kommen hierher, weil sie die gesunde Luft und eine unverdorbene Landschaft genießen wollen, und nicht etwa, um die neueste Tennismode vorzuführen oder sich in einer Diskothek auszutoben.«

»Sind Sie endlich fertig, Miss Clark?«, schnitt Percy Reynolds ihr das Wort ab. Sein Ton war gezwungen ruhig.

»Nein, noch lange nicht.« Mutig schleuderte sie ihm entgegen: »Graben Sie sich hier ruhig Ihren Swimmingpool, von mir aus auch zwei, wenn Sie wollen, aber ich wünsche Ihnen, dass Sie darin ertrinken.«

Sie wirbelte auf dem Absatz herum und wollte den Raum verlassen, wurde jedoch unsanft zurückgerissen und mit dem Rücken gegen die Türfüllung gedrückt.

»Miss Clark«, begann Percy Reynolds, während er sie an den Schultern festhielt, »aus zwei Gründen habe ich Ihnen erlaubt, Ihre Wut an mir auszulassen. Erstens geben Sie einen entzückenden Anblick ab, wenn das Temperament mit Ihnen durchgeht. Das fiel mir schon auf, als ich Sie noch für einen frechen Teenager hielt. Zweitens bin ich für Ihre berufliche Meinung durchaus empfänglich, wenn auch nicht für Ihre Art und Weise, sie an den Mann zu bringen.«

Mit einem jähen Ruck ging die Tür auf. Nelly verlor das Gleichgewicht und wäre gestürzt, wenn Percy sie nicht geistesgegenwärtig festgehalten und an seine Brust gezogen hätte.

»Wir haben Julius' Mittagessen gefunden«, verkündete Eddie fröhlich und verschwand wieder.

»Sie haben sehr lebhaftes Personal«, bemerkte Percy trocken, während er sie immer noch umschlungen hielt. »Wer, um alles in der Welt, ist Julius?«

»Mrs. Franks Dänische Dogge. Sie nimmt das Tier überallhin mit.«

»Bewohnt der Hund ein eigenes Zimmer?«, spöttelte er.

»Nein, er hat im Hof einen kleinen Auslauf.«

Percy lächelte plötzlich. Sein Gesicht war ihrem ganz nahe. Ein seltsames Gefühl durchzuckte sie wie ein elektrischer Schlag. Sie riss sich von ihm los und glättete ihr zerzaustes Haar.

»Mr. Reynolds«, hob sie so würdevoll wie möglich an. Doch das Wort blieb ihr im Hals stecken, als er ihre Hand ergriff, sie zum Schreibtisch zurückzog und sie dort ohne viel Umstände auf einen Stuhl drückte.

»Seien Sie endlich still, Miss Clark«, bestimmte er und nahm ihr gegenüber Platz. »Darf ich jetzt vielleicht auch einmal etwas sagen? Was ich letzten Endes mit diesem Hotel tun werde, ist allein meine Angelegenheit. Aber ich bin gern bereit, mir Ihre Meinung anzuhören, denn Sie kennen sich in dem Betrieb und in der Umgebung aus.« Er nahm Nellys Kündigungsschreiben, riss es entzwei und ließ die beiden Hälften auf die Tischplatte fallen.

»Dazu haben Sie kein Recht«, platzte sie heraus.

»Ich habe es mir aber genommen.« Es klang gereizt.

Nelly kniff die Augen zusammen. »Macht nichts, ich schreibe eine neue Kündigung.«

»Verschwenden Sie nicht das teure Papier«, riet er ihr und lehnte sich zurück. »Im Augenblick denke ich nicht daran, Ihre Kündigung anzunehmen. Später können wir darüber reden. Wenn Sie allerdings nichts mehr hier halten kann«, setzte er achselzuckend hinzu, »steht es natürlich nicht in meiner Macht, Sie zurückzuhalten. Leider sehe ich mich dann gezwungen, das Hotel für ein paar Monate zu schließen, bis ich einen entsprechenden Ersatz für Sie gefunden habe.«

»Das kann doch nicht Monate dauern, bis Sie eine neue Managerin finden«, protestierte Nelly.

Percy legte den Kopf in den Nacken und blickte an die Zimmerdecke. »Ich rechne mindestens mit einem halben Jahr«, entgegnete er gedankenverloren.

»Ein halbes Jahr?« Sie furchte die Stirn. »Aber das geht nicht. Wir haben Reservierungen, demnächst beginnt ja schon die Sommersaison. Sie können doch die Gäste nicht enttäuschen. Und das Personal wäre dann arbeitslos.«

»Richtig.« Er lächelte und nickte. Fromm faltete er die Hände.

Sie riss die Augen auf. »Aber ... das ist ja glatte Erpressung!«

»Stimmt. Das ist der einzig passende Ausdruck dafür.« Er schmunzelte. »Sie sind sehr schnell von Begriff, Miss Clark.«

»Das kann nicht Ihr Ernst sein ...« Nelly verhaspelte sich vor Aufregung. »Sie schließen doch wohl nicht das Hotel, nur weil ich kündige.«

»Glauben Sie, das brächte ich nicht fertig?« Er schaute sie unergründlich an. »Wollen Sie es darauf ankommen lassen?«

Eine Zeit lang herrschte Schweigen. Ihre Blicke begegneten sich, und sie versuchten, einander einzuschätzen.

»Nein«, sagte Nelly schließlich mit dünner Stimme. Wesentlich lauter setzte sie hinzu: »Nein, das bringe ich nicht fertig. Und das wissen Sie. Trotzdem verstehe ich Ihre Handlungsweise nicht.«

»Sie brauchen mich auch nicht zu verstehen«, fiel Percy ihr schroff ins Wort.

Nelly seufzte und ermahnte sich, ihre Zunge im Zaum zu halten. »Mr. Reynolds, ich kann mir zwar nicht denken, warum Sie darauf bestehen, mich als Hotelmanagerin hierzubehalten, aber ...«

»Wie alt sind Sie, Miss Clark?«, schnitt er ihr erneut das Wort ab.

Verdutzt sah sie ihn an. »Was geht Sie das an?«

»Zwanzig, einundzwanzig?«

»Vierundzwanzig«, erwiderte Nelly. »Was hat mein Alter denn mit Ihrem Entschluss zu tun?«

»Vierundzwanzig«, wiederholte er, ohne auf ihre Frage einzugehen. »Ich habe Ihnen also acht Lebensjahre voraus und an beruflicher Erfahrung noch viel mehr. Ich eröffnete mein erstes Hotel, als Sie noch mit Puppen spielten.«

»Ich habe nie mit Puppen gespielt«, antwortete sie kühl.

»Ist ja auch egal.« Er hob die Schultern und ließ sie wieder sinken. »Rein rechnerisch bleibt der Unterschied bestehen. Der Grund, weshalb ich Sie wenigstens eine Zeit lang noch hierbehalten möchte, ist ganz einfach. Sie kennen das Personal, die Gäste, die Lieferanten und so weiter. Während dieser Übergangsperiode brauche ich Ihre Unterstützung. Ich möchte von Ihrer Erfahrung profitieren.«

»Na schön, Mr. Reynolds.« Nelly entspannte sich wieder, als sie merkte, dass ihr Gespräch sich nun auf beruflicher Ebene weiterbewegte. »Aber machen Sie sich darauf gefasst, dass Sie in allem, was darauf hinausläuft, den Charakter des Hauses zu verändern, von mir keine Hilfe erwarten dürfen. Ich sage Ihnen ganz offen, dass ich dann alles tun werde, um Ihnen Sand ins Getriebe zu werfen.«

»Worauf Sie sich bestimmt sehr gut verstehen«, entgegnete Percy fröhlich. Nelly wusste nicht, ob sein Lächeln gekünstelt oder echt war. »Und jetzt, da wir beide unsere Standpunkte klargelegt haben, Miss Clark, möchte ich mir gern das Hotel ansehen und mir einen Überblick verschaffen, wie der Betrieb läuft. Ich nehme an, dass zwei Wochen genügen, um mich gründlich zu informieren.«

»In zwei Wochen sind Sie ebenso schlau wie vorher«, schleuderte sie ihm entgegen. »Sie glauben doch wohl nicht im Ernst, dass vierzehn Tage genügen, um all das zu verstehen, was ich Ihnen vorhin zu erklären versuchte.«

»Ich begreife schnell, und ich bin ein Mann von raschen Entschlüssen«, erwiderte er. Er lächelte und blickte sie prüfend an. »Wenn mir etwas gehört, dann weiß ich auch, was ich damit anfangen will.« Sein Lächeln wurde breiter, als sie die Stirn runzelte. Dann erhob er sich. »Wenn Sie wollen, dass das Hotel so bleibt, wie es ist, dann behalten Sie Ihren Posten als Managerin und sorgen dafür, dass der Gewinn stimmt.« Er nahm ihren Arm und zog sie vom Stuhl hoch. »Lassen Sie uns jetzt einen Rundgang machen.«

Freundlich wie ein Regentag führte Nelly Percy durch das Erdgeschoss und beschrieb ihm in allen Einzelheiten Vorratsräume und Wäscheschränke. Die ganze Zeit über hielt er ihren Arm fest, als befürchte er, dass sie fortlief.

Der ständige körperliche Kontakt verwirrte sie, und sie atmete den herb-männlichen Duft seines Rasierwassers ein. Percy bewegte sich völlig ungezwungen. Trotzdem spürte sie seine Kraft und Energie. Seine Stimme klang tief und melodisch, und manchmal ertappte Nelly sich dabei, dass sie mehr auf den Tonfall achtete als auf das, was er sagte. Wütend auf sich, antwortete sie ihm noch frostiger als zuvor.

Wenn Percy doch nur klein und glatzköpfig wäre oder einen dicken Bauch und ein Doppelkinn hätte. Aber ein Mann, der so gut aussah wie er, befand sich im Streitfall einer Frau gegenüber immer im Vorteil.

»Wo sind Sie eigentlich mit Ihren Gedanken, Miss Clark?«

»Was?«

Sie gab sich einen Ruck und blickte zu ihm hoch. Im Stillen verwünschte sie ihn, weil er so dunkle, faszinierende Augen hatte. »Ich überlege gerade, ob es nicht Zeit fürs Mittagessen wäre.« Sie beglückwünschte sich zu ihrer Geistesgegenwart.

»Von mir aus gern, ich habe Hunger.« Er ließ sich von ihr in den Speisesaal führen.

Der große Raum war in rustikalem Stil eingerichtet. Die Holzbalken der Decke hatten Altersrisse, und die Tapeten waren ein wenig verblichen. Doch der Saal besaß eine gemütliche Atmosphäre. Lampenschirme aus gelbem Glas verbreiteten abends ein anheimelndes Licht, und wo Platz war, standen ausgesuchte Antiquitäten oder Gegenstände aus schwerem alten Silber.

Die Kaminwand bestand aus einem Gestein, das in der Gegend abgebaut wurde. Schürhaken und Schaufeln aus Messing zierten die leere Feuerstelle. Die Tische waren so angeordnet, dass sich die Gäste miteinander unterhalten konnten. Für die Besucher, die sich gern ein wenig abseits hielten, gab es eigens ruhigere Plätze. Aus dem Raum drangen Stimmenlärm und das Klappern der Bestecke. Der Duft frisch gebackenen Brotes wehte Nelly und Percy entgegen. Auf der Schwelle blieb er mit einem prüfenden Blick stehen. Jede Einzelheit erregte sein Interesse, und schweigend schaute er sich so lange um, als wolle er später aus dem Gedächtnis eine Skizze machen.

»Sehr hübsch«, stellte er dann nüchtern fest.

Ein kräftiger, wohlbeleibter Mann näherte sich ihnen. Theatralisch hob er den Kopf. »Wohlan denn, spielt auf, wenn Musik die Nahrung der Liebe ist«, rezitierte er.

»Gebt mir ein Übermaß davon, damit der Hunger mir vergehe und so schnell nicht wiederkehre«, erwiderte Nelly schlagfertig und strahlte ihn an.

Der Mann schmunzelte über Nellys Antwort und trabte trotz seines Übergewichts überraschend behände in den Speisesaal.

»Wer war das denn?«, erkundigte sich Percy. Nelly lachte. Gegen ihren Willen schmolz ihre Zurückhaltung.

»Das war Mr. Leander. Seit zehn Jahren ist er Stammgast bei uns. Früher war er Schauspieler an einer Provinzbühne. Er überrascht mich gern mit Zitaten aus irgendwelchen Schauspielen und wartet immer auf eine passende Antwort von mir.«

»Fällt Ihnen denn immer etwas Entsprechendes ein?«

»Zum Glück habe ich mich seit jeher fürs Theater interessiert, und um besser gerüstet zu sein, stöbere ich stets noch ein bisschen in den bekanntesten Dramen herum, wenn Mr. Leander bei uns reserviert.«

»Gehört das mit zum Service?«, fragte Percy spöttisch.

»Das könnte man sagen.«

Durch Erfahrung gewitzt, spähte Nelly durch den Raum, um zu sehen, wo das Ehepaar Dobson mit seinen Zwillingen saß. Dann dirigierte sie Percy an einen Tisch, der so weit wie möglich von dieser Familie entfernt stand.

»Nelly.« Liz eilte auf sie zu, und ihre Augen funkelten eifersüchtig, als sie Percy ausgiebig musterte. »Wilbur hat die Eier gebracht, und sie sind schon wieder so klein. Elsie droht, ihm etwas ganz Fürchterliches anzutun.«

»Schon gut, Liz, ich kümmere mich darum.« Sie übersah Percys fragenden Blick. »Liz, serviere bitte Mr. Reynolds das Mittagessen. Entschuldigen Sie mich jetzt, Mr. Reynolds, ich werde in einer wichtigen Angelegenheit gebraucht. Wenn Sie Fragen oder Beschwerden haben, schicken Sie nach mir. Ich wünsche Ihnen guten Appetit.«

Nelly benutzte die Eier als willkommene Gelegenheit, sich von Percy zurückzuziehen, und eilte in die Küche.

»Wilbur«, sagte sie schadenfroh, als die Tür hinter ihr zufiel, »diesmal bin ich der Schiedsrichter.«

Am Nachmittag erledigte Nelly tausend kleine Dinge. Die hohe Kunst der Diplomatie und die Fähigkeit, rasche Entscheidungen zu treffen, gehörten mit zu ihrem Beruf. Zum Glück wusste Nelly instinktiv, wie man Menschen behandelte und wen man mit wichtigen Aufgaben betrauen konnte.

Ohne die Ruhe zu verlieren, diskutierte sie ausführlich mit den Zwillingen der Dobsons darüber, ob es ratsam sei, einen Frosch in die Badewanne zu setzen, und tröstete gleich darauf ein Zimmermädchen, das sich in der Wäschekammer vor Liebeskummer die Augen ausweinte.

Während Nelly sich Gefühlsergüsse anhörte, Trostworte fand und Urteilssprüche fällte, kreisten ihre Gedanken unablässig um Percy Reynolds. Es war kein Problem, ihm aus dem Weg zu gehen, doch sein Bild folgte ihr überallhin. Ständig schien er bei ihr zu sein, was sie auch tat oder dachte. Er hatte sich in ihr Leben gedrängt, und sie konnte ihn nicht vergessen.

Verdrossen grübelte sie unentwegt darüber nach, wo er gerade sein mochte oder was er wohl tat. Vielleicht, dachte sie entmutigt, hockt er jetzt gerade in meinem Büro, geht mit der Lupe in der Hand meine Bücher durch und überlegt sich, wo er seine dummen Tennisplätze anlegen kann und ob er die Liegewiese lieber zubetonieren sollte.

Als es Zeit zum Abendessen war, beschloss Nelly, es ausfallen zu lassen und sich stattdessen einige ruhige Stunden zu gönnen. Erst spät suchte sie den Gesellschaftsraum auf. Fast alle Lampen waren ausgeschaltet, und die Dreimannkapelle, die immer am Samstagabend spielte, hatte bereits ihre Instrumente eingepackt. Nur eine Handvoll Leute saß noch bei ihren Drinks und unterhielt sich leise. Der Abend neigte sich dem Ende entgegen.

Nelly gestattete sich, ihre Gedanken wieder um Percy kreisen zu lassen. Ich habe zwei Wochen Zeit, um ihn zur Einsicht zu bringen, sagte sie sich. Eigentlich müsste das reichen, um selbst einen hartgesottenen Geschäftsmann von der Richtigkeit meiner Argumente zu überzeugen.

Zerstreut erwiderte Nelly die Gutenachtwünsche der Gäste, die sich allmählich in ihre Zimmer zurückzogen. Ich habe das Problem von Anfang an falsch angepackt, überlegte sie. Morgen beginne ich mit einer neuen Strategie noch einmal ganz von vorn. Ich werde mich beherrschen und meinen weiblichen Charme einsetzen. Ich kann sehr charmant sein, wenn ich will.

Nelly erprobte ihr Talent an dem älteren Herrn von Zimmer 224, und ihr Selbstvertrauen wuchs im gleichen Maß wie dessen Verwirrung. In gewissen Situationen, stellte sie fest, kommt man mit einem Lächeln weiter, als wenn man die Krallen zeigt. Ein bisschen Charme, ein gefälliges Aussehen und ein selbstbewusstes, entgegenkommendes Auftreten, dann kann eigentlich nichts mehr passieren. Mit dieser Strategie werde ich den Feind schlagen, ehe er überhaupt dazu kommt, den Krieg zu erklären.

Gut gelaunt wandte sie sich an den Barkeeper, der mit einem Tuch die Theke sauber wischte. »Geh jetzt nach Hause, Don, den Rest mache ich selbst.«

»Danke, Nelly.« Der junge Mann wartete auf keine zweite Aufforderung und verschwand gleich durch die Tür.

Nelly wanderte durch den Raum, um die Körbchen mit den Erdnüssen und die leeren Gläser einzusammeln. Zur Unterhaltung schaltete sie sich das kleine Fernsehgerät ein.

Im Hotel kehrte Ruhe ein. Jetzt endlich fand Nelly die Stille und Einsamkeit, nach der sie sich sehnte.

Aus dem Fernsehgerät erklang leise, Unheil verkündende Musik. Die Töne wehten und schwebten durch den matt beleuchteten Raum. Nelly blickte zum Bildschirm hinüber, und gleich darauf fesselte sie ein Gruselfilm. Sie zog sich die Schuhe aus und kuschelte sich in einen Sessel.

Der Film war alt und die Geschichte einfältig, doch die unheimlichen Bilder zogen sie in ihren Bann. Fasziniert beobachtete sie, wie dunkle Wolkenfetzen vor einem Vollmond dahinjagten. Geistesabwesend griff sie nach einem Körbchen mit Erdnüssen, nahm ihn auf den Schoß und knabberte davon. Das Fernsehbild zeigte inzwischen dichte Nebelschwaden in einem tiefen Wald, und Nelly erschauerte, als sie schwere, tappende Schritte und keuchende Atemzüge hörte. Der Nebel lichtete sich und enthüllte die Fratze eines zähnefletschenden Ungeheuers. Nelly hielt sich die Augen zu und wartete auf den Schrei, den die Heldin des Films beim Anblick des Monsters unweigerlich ausstoßen würde.

»Wenn Sie die Hände vom Gesicht nehmen, sehen Sie mehr.«

Nelly schnellte mit einem Aufschrei hoch, sodass die Erdnüsse nach allen Seiten flogen. »Machen Sie das nicht noch einmal!«, schimpfte sie und blitzte Percy wütend an. »Sie haben mich zu Tode erschreckt.«

»Das tut mir leid.« Mit dem Ellenbogen stützte er sich auf die Bartheke und zeigte auf das Fernsehgerät.

»Warum setzen Sie sich vor den Kasten, wenn Sie doch nicht hinschauen?«

»Ich sehe für mein Leben gern Gruselfilme, es ist eine richtige Sucht. Aber bei den spannenden Szenen muss ich einfach die Augen schließen. Schauen Sie sich das mal an, bald wird es ganz dramatisch, den Film kenne ich nämlich schon.« Mit einer Hand griff sie nach seinem Arm, mit der anderen zeigte sie auf den Bildschirm. »Die Heldin öffnet jetzt gleich die Tür und geht nach draußen. Ich frage Sie, welcher Mensch, der nicht komplett schwachsinnig ist, verlässt im Stockfinstern sein Haus, weil er ein unheimliches Kratzen an der Fensterscheibe hört? Normalerweise würde man sich in einer solchen Situation doch ganz anders verhalten. Wer schlau ist, versteckt sich unter seinem Bett und wartet darauf, dass das Monster verschwindet. Ach du liebe Zeit.« Unwillkürlich zog sie Percy näher an sich heran, und als das gebleckte Gebiss des Ungeheuers in Großaufnahme erschien, drückte sie ihr Gesicht gegen seine Brust. »Das ist ja schrecklich, ich kann gar nicht hinsehen. Sagen Sie mir Bescheid, wenn es vorbei ist.«

Plötzlich wurde Nelly bewusst, dass sie sich an Percy kuschelte. Sie hörte das Klopfen seines Herzens. Er streichelte ihr Haar, so wie man ein Kind tröstet. Sie verkrampfte sich und wollte sich aus seiner Umarmung lösen, doch er hielt sie fest.

»Nein, warten Sie einen Moment, das Monster schleicht immer noch um die Hütte. Da. Eine Bildstörung hat die Heldin gerettet.« Er klopfte ihr auf die Schulter und ließ sie los.

Nelly stand auf und versuchte, die verstreuten Nüsse und ihr seelisches Gleichgewicht wiederzufinden. »Heute Nachmittag war ich leider sehr beschäftigt, Mr. Reynolds. Ich muss mich bei Ihnen entschuldigen, weil wir unseren Rundgang durch das Hotel nicht beenden konnten.«

Er sah ihr zu, wie sie auf Händen und Knien über den Boden rutschte, wobei ihr das Haar wie ein Vorhang über das Gesicht fiel.

»Ja, leider. Aber ich habe mich auf eigene Faust ein bisschen umgesehen. Ich traf Eddie, der ausnahmsweise einmal nicht wie ein aufgescheuchtes Huhn durch die Gegend flatterte. Ich finde, er ist ein sehr sympathischer junger Mann.«

Sie kroch weiter, um die Erdnüsse aufzulesen, die unter einen Sessel gerollt waren. »In ein paar Jahren wird aus ihm einmal ein guter Hotelmanager. Was ihm jetzt noch fehlt, ist Erfahrung.«

»Ich lernte auch einige Gäste kennen. Sie scheinen hier allgemein beliebt zu sein, Nelly.« Percy kam zu ihr und strich ihr das Haar aus dem Gesicht. »Verraten Sie mir mal, was das für eine Abkürzung ist.«

»Was?« Seine Finger berührten ihre Wange, und sie konnte sich nicht mehr auf das Gespräch konzentrieren.

»Nelly.« Lächelnd sah er in ihre verstörten Augen. »Wie heißen Sie mit vollem Namen?«

»Ach so.« Sie erwiderte sein Lächeln, erhob sich und rückte ein Stück von ihm ab. »Das ist ein streng gehütetes Geheimnis. Ich würde es nicht mal meiner Mutter verraten.«

Die Bildstörung war offenbar behoben, denn die Heldin stieß einen lang gezogenen, schrillen Schrei aus. Nelly ließ die Nüsse, die sie aufgelesen hatte, wieder fallen und warf sich an Percys Brust. »Ach, entschuldigen Sie, aber damit hatte ich nicht mehr gerechnet.« Verlegen hob sie das Gesicht und wollte rasch einen Schritt zurücktreten.

»Na so etwas. Jetzt liegen Sie schon zum dritten Mal in meinen Armen.« Er umschlang ihre Taille, und mit der freien Hand streichelte er ihr Haar. Ehe sie protestieren konnte, senkte sich sein Mund auf ihre Lippen, und er küsste sie leidenschaftlich. Er zog sie so eng an sich heran, dass sie sich an ihm festhalten musste, um nicht das Gleichgewicht zu verlieren. Ihr Herz klopfte wild. Dann dachte sie an gar nichts mehr und überließ sich ganz ihren Gefühlen …

»Sie sind wunderbar«, sagte Percy leise und küsste sie. Seine Lippen glitten ihre Wange entlang zu ihrem Ohr und dann zu ihrem Mund zurück. »Ich probier es gleich wieder.«

Doch diesmal ließ Nelly sich nicht überrumpeln. Nur nicht die Fassung verlieren, ermahnte sie sich. In einer solchen Situation gibt man sich am besten kühl und überheblich. »Mr. Reynolds, ich bitte Sie, Ihre romantischen Annäherungen zu unterlassen.«

»Ich heiße Percy«, entgegnete er ungerührt und blickte lächelnd auf ihre kleinen Hände, die sich nicht sehr wirksam gegen seine breite Brust wehrten. »Heute Morgen, als Sie mich im Büro mit Ihrer Kündigung überfielen, nahm ich mir vor, Sie etwas näher kennenzulernen.«

»Mr. Reynolds …«

»Percy«, erwiderte er, und sein Gesicht näherte sich ihrem. »Im Übrigen stoße ich einen einmal gefassten Vorsatz niemals um.«

»Na schön, Percy«, gab sie nach. Mit Nebensächlichkeiten wollte sie sich jetzt nicht aufhalten, denn sie spürte, wie er sie trotz ihres Sträubens immer näher an sich zog. »Verfahren Sie eigentlich mit all Ihren Hotelmanagern so wie mit mir?« Nelly hoffte, ihn mit dieser bissigen Bemerkung zu verletzen, und sie kochte vor Wut, als er lediglich den Kopf in den Nacken legte und schallend lachte.

»Nelly, mein Vorsatz, Sie näher kennenzulernen, hat mit Ihrer Stellung in diesem Hotel nicht das Geringste zu tun. Ich gebe nur meiner Schwäche für Frauen nach, die mit Hängezöpfen ganz entzückend aussehen.«

»Wagen Sie ja nicht, mich noch einmal zu küssen«, drohte sie. Gleichzeitig wehrte sie sich so verzweifelt gegen seine Umarmung, dass er sie losließ.

»Sie müssen sich entscheiden, Nelly, zwischen der Rolle eines liebenswerten Mädchens oder einer Kratzbürste.« Seine Stimme klang leise, jedoch verärgert. »Egal, wie Sie sich mir gegenüber verhalten, das Spiel gewinne ich ohnehin. Aber ich wüsste nur gern, woran ich mit Ihnen bin.«

»Ich spiele Ihnen keine Rolle vor«, fauchte sie. »Ich bin weder ein liebenswertes Mädchen noch eine Kratzbürste. Für Sie bin ich Managerin dieses Hotels, und als solche wünsche ich auch behandelt zu werden.«

»Sie sind lieb und zugleich störrisch wie ein Kätzchen.« Er schob die Hände in die Taschen seines Jacketts und wippte auf den Absätzen. »Eine interessante Mischung«, spöttelte er. »Aber das wissen Sie vermutlich, sonst würden Sie sich nicht so geben.«

Nelly vergaß ihren Vorsatz, sich zu beherrschen, und trat einen Schritt auf Percy zu. »Ich weiß nur, dass mir absolut nichts daran liegt, Ihr Wohlgefallen oder Ihr Interesse zu erringen. Mein einziger Wunsch ist, dass Sie aus diesem hübschen ruhigen Familienhotel kein supermodernes Ferienzentrum machen.« Sie ballte die Hände. »Wenn Sie mir einen Gefallen tun wollen, dann fahren Sie nach New York in Ihre Eigentumswohnung zurück und lassen sich hier nie wieder blicken.«

Ohne seine Antwort abzuwarten, wirbelte sie herum und rannte aus dem Zimmer. Sie lief durch das dunkle Foyer, ohne sich noch einmal umzusehen.

3. Kapitel

Percy Reynolds hatte sich selbst zuzuschreiben, dass Nelly am letzten Abend so aus der Rolle gefallen war. Ab heute, dachte sie, während sie eine weiße Seidenbluse und einen grauen Blazer anzog, unterhalte ich mich nur noch über geschäftliche Dinge mit ihm.

Jetzt schämte sie sich, weil sie sich kindisch Schutz suchend an seine Brust geworfen hatte. Wenn sie sich weiterhin so benahm, konnte er sie ja gar nicht ernst nehmen. Anstatt Selbstbewusstsein auszustrahlen, hatte sie sich blamiert, indem sie sich von einem Gruselfilm aus der Fassung bringen ließ und auf seine zärtliche Annäherung wie ein dummes Schulmädchen reagierte.

Das soll mir nicht noch einmal passieren, schwor sich Nelly und steckte sich das Haar zu einer damenhaften Frisur hoch. Ich habe mich von ihm übertölpeln lassen. Kein Wunder, dass ich mich vor ihm lächerlich gemacht habe.

Doch noch während sie sich beschimpfte, kehrten ihre Gedanken wie von selbst zu der Umarmung zurück. Sie fühlte wieder seinen Mund auf ihren Lippen, den warmen Atem, der ihre Wange streifte. All das war neu für sie, ihre Knie wurden seltsam weich, und es kam ihr so vor, als ginge sie auf Watte.

Sie musste sich ständig ermahnen, wie wichtig es war, Percy Reynolds nicht als attraktiven Mann zu beurteilen, sondern als Besitzer des »Lakeside Inn«, der das Schicksal dieses Hotels bestimmte.

Eingebildeter Kerl, dachte sie, als sie sich an seine Drohung erinnerte, das Haus zu schließen, wenn sie kündigte. Das war glatte Erpressung. Er wusste, dass er alle Trümpfe in der Hand hielt.

Na schön, wie Sie wollen, Percy Reynolds, dachte sie schließlich, während sie sich den schwarzen Faltenrock glatt strich. Wenn ich will, kann ich auch gemein sein. Nachdem sie vor dem Spiegel mehrere Arten, zu lächeln, ausprobiert hatte – höflich, herablassend, gleichgültig –, verließ sie mit federnden Schritten das Zimmer.

Die Sonntagvormittage verliefen im Allgemeinen ruhig. Die meisten Gäste schliefen lange und frühstückten erst spät. Gewöhnlich verbrachte Nelly diese stillen Stunden mit Büroarbeit, denn sie wusste aus Erfahrung, dass sie dann ungestört arbeiten konnte.

In der Küche trank sie schnell eine Tasse Kaffee, ehe sie sich in den Papierkrieg stürzte.

»Welch ein Zufall.« Nelly zuckte zusammen, als Percys Hand sich unter ihren Ellenbogen legte und er sie zum Speisezimmer schob. »Jetzt brauche ich nicht allein zu frühstücken.«

Nelly unterdrückte eine schnippische Bemerkung und lächelte gekünstelt. »Wie nett von Ihnen, dass Sie mit mir frühstücken wollen. Haben Sie gut geschlafen?«

»Wie es in Ihrer Broschüre steht, bürgt die ruhige Atmosphäre des Hotels für einen guten Schlaf.«

Nelly steuerte auf einen freien Tisch zu, der etwas abseits von den anderen in einer Nische stand. »Sie werden feststellen, Mr. Reynolds, dass meine gesamte Werbung auf Tatsachen beruht.« Nelly nahm auf einem Stuhl Platz. Sie bemühte sich, hell und freundlich zu sprechen. Sie erinnerte sich immer noch an den Streit in ihrem Büro und an die ... persönlichere Begegnung im Aufenthaltsraum.

»Bis jetzt habe ich tatsächlich noch keine Unstimmigkeiten bemerkt.«

Verträumt vor sich hin lächelnd, stand Maggie am Tisch. Gewiss dachte sie an ihr Rendezvous vom vergangenen Abend.

»Ich bekomme Toast und Kaffee, Maggie«, sagte Nelly bestimmt, aber nicht unfreundlich, und riss Maggie aus ihrer Versenkung. Die Kellnerin lief rot an und kritzelte die Bestellung auf ihren Block.

»Ich gebe zu«, meinte Percy, nachdem er seine Wünsche geäußert hatte, »dass Sie von Ihrer Arbeit etwas verstehen.«

Nelly haderte mit sich, weil sie sich über dieses unverhoffte Lob maßlos freute. »Wie kommen Sie darauf?«, fragte sie mit falscher Bescheidenheit.

»Nicht nur Ihre Geschäftsbücher sind tadellos geführt, Sie wissen auch, wie Sie Ihr Personal behandeln müssen. Vorhin haben Sie mit einem einzigen Blick etwas ausgedrückt, wozu andere Leute eine zehnminütige Predigt gebraucht hätten.«

»Es ist eine große Hilfe, wenn man das Personal auch persönlich kennt.« Verschmitzt lächelnd zog sie die Brauen hoch. »Wissen Sie, zufällig ahne ich, dass Maggie im Geist immer noch bei dem Film weilt, den sie und ihr Freund gestern Abend aus bestimmten Gründen nicht gesehen haben.«

Percy lächelte.

»Das Personal hält zusammen wie eine große Familie«, fuhr Nelly so unpersönlich wie möglich fort. »Und unsere Gäste spüren das. Es gefällt ihnen, wie ungezwungen es hier zugeht, obwohl der Service durch und durch korrekt ist. Den Regeln unseres Hauses entsprechend geht das Personal auf die individuellen Wünsche der Gäste ein. Das ›Lakeside‹ ist kein Hotel für Leute, die Luxus suchen oder ständig Zerstreuung brauchen. Unsere Gäste legen Wert auf frische Luft, gutes Essen und eine gemütliche Atmosphäre. Und genau das bieten wir ihnen.«

Sie unterbrach sich, als Maggie ihnen das Frühstück brachte.

»Haben Sie Vorurteile gegen groß angelegte Ferienzentren, Nelly?«

Nelly überlegte und beobachtete Percys lange schmale Hände. Er war gerade dabei, Betty Jacksons Brombeermarmelade auf eine Scheibe Toast zu streichen. Etwas verwirrt stotterte sie: »Nein ... warum sollte ich etwas dagegen haben?« Sie dachte daran, dass diese Hände gestern Abend mit ihrem Haar gespielt hatten. »Nein«, wiederholte sie energisch und zwang sich dazu, Percy in die

Augen zu sehen. »Ferienzentren sind eine gute Einrichtung, aber mit Betrieben wie dem ›Lakeside Inn‹ kann man sie nicht vergleichen. Dazu ist das Publikum zu unterschiedlich. In einem Ferienzentrum herrscht ständig Betriebsamkeit, immer ist etwas los. Hier bei uns ist alles auf Entspannung und Erholung eingerichtet. Man kann angeln, segeln, rudern, im Winter Ski laufen, und darüber hinaus ist das Essen gut. Mit einem Wort: Das ›Lakeside Inn‹ ist vollkommen.« Es klang kampflustiger als gewollt, und sie bemerkte, wie Percy Reynolds die Brauen hochzog.

»Das muss sich erst noch herausstellen.« Er hob die Kaffeetasse an die Lippen.

Seine Stimme klang nicht unfreundlich, doch Nelly entdeckte in seinen Augen eine Spur von Ärger. Sie senkte den Blick und schaute auf ihren Teller, als gäbe es dort etwas Interessantes zu sehen.

»Lächelnd blickt der grauäugige Morgen auf die dahinscheidende Nacht«, hörte sie plötzlich eine vertraute Stimme.

Bei dem Zitat hob Nelly erschrocken den Kopf und schaute direkt in Mr. Leanders erwartungsvolles Gesicht. Sie forschte in ihrem Gedächtnis. »Färbt die Wolken im Osten mit zartem Licht …« Zum Glück ist mir die richtige Antwort eingefallen, dachte Nelly und sah Mr. Leander hinterher, der mit jugendlichem Schwung auf seinen Tisch zuging.

»Eines Tages überrascht er Sie mit einem Zitat, auf das Ihnen nichts mehr einfallen wird.«

»Das ganze Leben ist ein Risiko«, erwiderte sie schnippisch. »Damit findet man sich am besten schon in jungen Jahren ab.«

Er hob die Hand und strich ihr eine übermütige Haarsträhne hinter das Ohr. Bei dieser Berührung zuckte sie wie elektrisiert zurück.

»Ich glaube, dass Sie jede schwierige Situation als Herausforderung betrachten«, sagte er gedehnt. »Dadurch wirken Sie noch interessanter. Darf ich Ihnen Kaffee nachschenken?«

Nelly schüttelte verneinend den Kopf. Sie wollte das Frühstück nicht weiter als unbedingt nötig in die Länge ziehen.

Sonnenlicht strahlte durch die Sprossenfenster und malte geometrische Muster auf den Fußboden. Weit entfernt brummte ein Rasenmäher, irgendwo in der Nähe sang ein Vogel.

Nelly saß mit Percy in ihrem Büro und konzentrierte sich auf die Geschäftsvorgänge. Der Berg aus Rechnungen und Betriebsbüchern zwischen ihnen stärkte ihr Selbstbewusstsein. Wenn Nelly über die Leitung des Hotels sprach, befand sie sich auf sicherem Boden. Aber sie musste auch zugeben, dass Percy Reynolds sich in kaufmännischen Dingen bis ins letzte Detail auskannte. Gewissenhaft wie ein Buchhalter prüfte er die Bücher, und geschickt wie ein Kaufmann sortierte und studierte er die Rechnungen.

Glücklicherweise behandelt er mich nicht wie ein dummes Schulmädchen, das Soll und Haben nicht unterscheiden kann, dachte Nelly. Im Gegenteil, Percy hörte sich ihre Erklärungen aufmerksam und respektvoll an. Er hielt sie offenbar für intelligent, und deshalb hoffte sie, ihn schließlich doch noch von ihrer Meinung überzeugen zu können.

»Wie ich sehe, beziehen Sie Ihre Ware von vielen kleinen Einzelhändlern und den hiesigen Bauernhöfen.«

»Das stimmt.«

Percy zündete sich eine Zigarette an, und Nelly suchte in der untersten Schreibtischschublade nach einem Aschenbecher. »Das ist für alle von Vorteil. Die Produkte, die wir direkt vom Erzeuger bekommen, sind ganz frisch. Notfalls werden wir auch samstags und sonntags beliefert. Damit fördern wir die einheimische Wirtschaft.« Unter einem Stapel privater Briefe fand Nelly endlich den Aschenbecher und stellte ihn auf den Tisch.

»Das ›Lakeside Inn‹ ist für die Umgebung von großer Bedeutung. Wir schaffen Arbeitsplätze und sind ein Markt für einheimische Erzeugnisse.« Nelly fand die Antwort nicht sehr befriedigend und wollte alles noch ausführlicher erklären, als die Tür heftig aufgestoßen wurde.

»Nelly!« Auf der Schwelle stand Eddie, seine Unterlippe zitterte verdächtig. »Die Bodwins sind da.«

»Ich komme gleich.« Nelly unterdrückte einen Seufzer. Sie würde Eddie sagen, dass er künftig anzuklopfen hatte, ehe er ein Zimmer betrat.

»Wer sind die Bodwins? Eine Naturkatastrophe oder eine Virusepidemie?«, fragte Percy, nachdem Eddie wieder davongeeilt war.

»Nichts dergleichen.« Nelly stand auf. »Entschuldigen Sie mich bitte, in einer Minute bin ich wieder zurück.«

Sie schloss die Tür fest hinter sich und lief ins Foyer hinunter.

»Herzlich willkommen, Miss Patience, herzlich willkommen, Miss Hope.« Nelly begrüßte das ältliche Geschwisterpaar zuvorkommend.

Die Schwestern Bodwin, große, hagere, unverheiratete Damen, waren Stammgäste im »Lakeside«.

»Ich freue mich, Sie gesund und munter wiederzusehen.«

»Wir kommen immer wieder gern hierher zurück, Miss Clark«, antwortete Miss Patience, und Miss Hope nickte zustimmend. Meistens war Miss Patience diejenige, die sprach, und Miss Hope beschränkte sich auf einsilbige Kommentare. Das war einer der wenigen Unterschiede zwischen den beiden Schwestern. Davon abgesehen wirkten sie wie Zwillinge, hatten die gleichen Gewohnheiten, die gleiche Art, sich zu bewegen und zu kleiden. Sie trugen orthopädische Schuhe und altmodische Nickelbrillen.

»Eddie, sorge bitte dafür, dass das Gepäck hochgebracht wird«, ordnete Nelly an.

Miss Patience' Miene hellte sich auf, und Nelly bemerkte, wie ihr Blick sich auf einen Punkt heftete, der sich hinter ihrem Rücken befand. Sie drehte sich um und entdeckte Percy.

»Miss Patience, Miss Hope, das ist Mr. Reynolds, der Besitzer des Hotels.«

»Es ist mir ein Vergnügen, Sie kennenzulernen, meine Damen.« Percy verbeugte sich galant und gab ihnen die Hand. Miss Hopes faltige Wangen röteten sich.

»Sie sind ein Glückspilz, junger Mann.« Miss Patience musterte Percy eingehend, dann nickte sie zufrieden. »Ich nehme an, Sie wissen, dass Miss Clark ein Schatz ist. Hoffentlich würdigen Sie das entsprechend.«

Nelly knirschte mit den Zähnen. Lächelnd legte Percy die Hand auf ihre Schulter und entgegnete: »Ich bin davon überzeugt, dass Miss Clark ein Goldstück und mein Lob ganz unzureichend ist.«

Miss Patience nickte beifällig.

Nelly schüttelte Percys Hand ab und verhielt sich kühl und unpersönlich. »Sie bekommen denselben Tisch wie immer, Nummer zwei.«

»Wie schön.« Miss Patience kräuselte die Lippen und tätschelte Nellys Wange. »Sie sind ein liebes Mädchen, Miss Clark.«

Die Damen entfernten sich in ihr Zimmer.

»Na, hören Sie mal.« Spöttisch lächelnd wandte sich Percy an Nelly. »Sie wollen diesen beiden alten Jungfern doch wohl nicht den zweitbesten Tisch geben?«

»Im ›Lakeside‹«, entgegnete sie kühl, während sie wieder dem Büro zustrebte, »wird den Gästen im Rahmen des Möglichen jeder Wunsch erfüllt. Ich sehe keinen Grund, den Schwestern Bodwin dieses harmlose Ansinnen abzuschlagen. Mr. Campbell gab ihnen immer den Tisch Nummer zwei.«

»Mr. Campbell«, erwiderte Percy so ruhig, dass sie

zornig wurde, »ist nicht mehr der Besitzer dieses Hauses, sondern ich.«

»Das ist mir nicht entgangen.« Trotzig schob sie das Kinn vor. »Verlangen Sie von mir, dass ich die Schwestern Bodwin von ihrem Lieblingsplatz verscheuche und ihnen einen Tisch in der Nähe der Küche gebe? Sehen sie Ihnen nicht vornehm genug aus? Versuchen Sie mal, die beiden Frauen als Menschen zu sehen und nicht als kleine schwarze Zahlen auf Ihren Bankauszügen.«

Sie verschluckte sich beinahe, als er fest ihre Schultern packte.

»Leider«, begann er drohend, »haben Sie ein aufbrausendes Temperament und ziemlich merkwürdige Vorstellungen, was meinen Charakter angeht. Aber niemand hat mir vorzuschreiben, wie ich meine Betriebe leite. Kein Mensch, haben Sie mich verstanden? Wenn ich Ihren Rat brauche, dann frage ich Sie vielleicht danach, aber die Entscheidungen treffe ich allein, und ich allein ordne an, was zu geschehen hat.«

Stumm vor Schreck sah Nelly zu ihm hoch.

»Haben Sie mich verstanden?«

Nelly nickte. Dann nahm sie ihren Mut zusammen und fragte: »Was soll ich jetzt mit den Schwestern Bodwin machen?«

»Nichts. Diese Entscheidung haben Sie mir ja schon aus der Hand genommen. Aber jedes Mal, wenn Sie etwas tun, das mir missfällt, werde ich kein Blatt vor den Mund nehmen und es Ihnen zu verstehen geben.« Leise fuhr Percy fort: »Sie sind eine sehr raffinierte Frau. Sie haben mit mir zusammen gefrühstückt und im Büro gearbeitet, ohne mich ein einziges Mal mit meinem Namen anzusprechen. Mit geradezu akrobatischem Geschick haben Sie jede Gelegenheit vermieden, meinen Namen nennen zu müssen. Das hat mich, offen gestanden, fasziniert.«

»Seien Sie nicht albern.« Sie wollte die Schultern zucken, doch das gelang ihr nicht, denn seine Hände lagen noch immer fest darauf. »Ihre Fantasie geht mit Ihnen durch.«

»Aber vielleicht ...« Nelly wollte sich ihm entziehen, doch er zog sie noch näher an sich heran. »Vielleicht sagen Sie jetzt mal meinen Namen.« Sein Mund berührte fast ihre Lippen. Sie fühlte, wie ihre Knie nachgaben.

»Percy«, flüsterte sie kaum hörbar.

»Sehr schön. Und von jetzt an sagen Sie das öfter zu mir.« Um seine Mundwinkel huschte ein Lächeln. »Haben Sie Angst vor mir, Nelly?«

»Nein.« Es klang nicht sehr überzeugend. »Nein«, wiederholte sie energisch.

»Sie schwindeln ja.« Er lachte amüsiert auf und hauchte einen sanften Kuss auf ihren Mund. Sie stöhnte leicht und schlang die Arme um seinen Hals.

Nelly schien es, als stürze sie einen tiefen Schacht hinunter, in dem bunte Sterne umeinander kreisten. Unwillkürlich erwiderte sie seine Küsse. Percys Hände folgten dem weichen Schwung ihrer Hüften, und während ihre Sinne taumelten, erforschte er die intimeren Stellen ihres Körpers. Nellys Sehnsucht wuchs, und sie schmiegte sich immer enger an ihn. Sie konnte nicht mehr denken, die Welt rings um sie versank.

Doch plötzlich mischte sich Angst in ihre Leidenschaft, und sie befreite sich aus seiner Umarmung. Bestürzt und verwirrt rückte sie von Percy ab. »Ich ... Ich muss nachschauen, wie weit das Mittagessen ist.« Zitternd umschloss sie die Türklinke.

Percy schob die Hände in die Taschen seines Jacketts und wippte auf den Absätzen. »Natürlich ... lauf jetzt, und kümmere dich um deine Pflichten, aber mach dich darauf gefasst, dass ich dich früher oder später besitzen werde, Nelly. Wenn es sein muss, bringe ich eine Zeit lang sehr viel Geduld auf.«

Nelly fand die Sprache wieder. »Das ist doch der Gipfel! Ich bin kein Objekt, das du über deinen Makler erwerben kannst.«

»Nein, in diesem Fall kümmere ich mich ausschließlich selbst darum.« Er lächelte sie aufreizend an. »Ich weiß immer genau, ob mir etwas gehört oder nicht. Anschließend ist es dann nur noch eine Frage der Zeit.«

»Aber mich bekommst du nicht!« Außer sich vor Wut trat sie dicht vor ihn. »Ich bin kein Besitz, den du deiner Trophäensammlung einverleiben kannst. Du behauptest, du hättest Geduld. Dann warte ruhig bis zum Jüngsten Tag.«

Sein Lächeln schürte nur noch ihren Zorn. Nelly drehte sich um und verließ türenknallend das Büro.

4. Kapitel

Montags gab es für Nelly immer viel zu tun. Sie war davon überzeugt, dass größere Katastrophen sich nur an einem Montag ereigneten, denn das war der Tag, an dem sie sich am wenigsten in der Lage fühlte, mit Schwierigkeiten fertigzuwerden.

Percys Anwesenheit in ihrem Büro war eine zusätzliche Belastung. Seine Absicht, sie eines Tages zu erobern, ärgerte sie noch immer.

Frostig erklärte sie ihm jedes Telefongespräch, das sie führte, jeden Brief, den sie schrieb, jede Rechnung, die sie ablegte. Sie schwor sich, ihm keinen Grund zu der Behauptung zu geben, sie verweigere ihre Mitarbeit. Ich entziehe mich ihm als Frau, dachte sie schadenfroh, aber nicht als Managerin seines Hotels.

Percy verhielt sich korrekt und unpersönlich, was Nelly wiederum auch nicht gefiel. Sie hatte noch keinen Mann kennengelernt, der sich so in der Gewalt hatte wie er. Seine Ruhe war geradezu aufreizend. Sie liebäugelte mit dem Gedanken, ihm ihre Tasse Kaffee über den Kopf zu gießen, nur um ihm irgendeine Reaktion zu entlocken. Die Vorstellung erheiterte sie.

»Denkst du gerade an einen Witz?«, fragte Percy, als Nelly stillvergnügt vor sich hin kicherte.

»Was?« Gleich wurde ihr Ton wieder kühl. »Nein, ich habe nur gerade an etwas anderes gedacht. Und jetzt entschuldige mich bitte«, fuhr sie fort, »ich muss mich davon überzeugen, dass die Zimmer alle aufgeräumt sind. Wo möchtest du zu Mittag essen? Hier im Büro oder im Speisezimmer?«

»Im Speisezimmer.« Percy lehnte sich zurück und klopfte mit dem Kugelschreiber auf die Schreibtischplatte. »Leistest du mir Gesellschaft?«

»Es tut mir schrecklich leid«, heuchelte Nelly mit scheinheiliger Miene, »aber vor lauter Arbeit werde ich heute gar nicht zum Mittagessen kommen. Ich empfehle dir das Roastbeef. Meine Köchin bereitet es so zu, dass es auf der Zunge zergeht.« Zufrieden mit ihrer Ausrede, verließ sie das Büro.

Einfallsreichtum und Glück halfen Nelly, Percy den ganzen Nachmittag lang aus dem Weg zu gehen. Das Hotel war beinahe leer, denn die meisten Gäste gingen spazieren und genossen das milde Frühlingswetter.

Nelly huschte durch die stillen Gänge, ohne Percy zu begegnen. Sie fand sich zwar kindisch, genoss aber trotzdem das Versteckspiel. Sie hatte sich vorgenommen, jedes Zusammentreffen mit Percy bis zum Abendessen zu vermeiden.

In der Stunde vor dem Dinner war es ruhig im Haus. Vor sich hin summend, zählte Nelly den Bestand des Wäscheschranks im dritten Stockwerk. Da sie bezweifelte, dass Percy sie bis in diesen entlegenen Winkel verfolgen würde, entspannte sie sich und ließ ihren Gedanken freien Lauf. Sie stellte sich Bootsfahrten auf dem See vor, Spaziergänge im Wald und lange Sommerabende. In ihre schönen Tagträume mischte sich jedoch ein Gefühl der Unzufriedenheit. Sie vermisste irgendetwas oder, besser gesagt, irgendwen.

Mit wem sollte sie auf dem See Boot fahren? Wer würde sie auf ihren Spaziergängen begleiten? Für wen lohnte es sich, die langen Sommerabende wach zu bleiben?

»Ich brauche ihn nicht«, murmelte Nelly und legte einen Stapel frisch gebügelter Bettlaken in den Schrank zurück. »Er ist völlig überflüssig.« Sie verließ die kleine Kammer und zog die Tür leise hinter sich zu. Als sie sich umdrehte, prallte sie mit Percy zusammen, der offenbar in unmittelbarer Nähe gestanden hatte. Sie schrie auf.

»Bist du immer so nervös?« Tröstend legte er ihr den Arm um die Schultern und sah sie amüsiert an. »Selbstgespräche führst du auch. Vielleicht brauchst du Urlaub.«

»Ich … ich …«

»Einen langen Urlaub«, ergänzte er und tätschelte väterlich ihre Wange.

Inzwischen hatte Nelly sich wieder gefangen. »Kein Wunder, dass du mich erschreckst, wenn du wie ein Gespenst durch die Gänge schleichst.«

»Ich dachte, das wäre hier so üblich«, erwiderte er lächelnd. »Du hast es doch selbst den ganzen Nachmittag lang getan.«

Erbost, weil er ihre Taktik durchschaut hatte, entgegnete sie: »Ich habe keine Ahnung, wovon du sprichst. Entschuldige mich bitte, ich habe zu tun …«

»Weißt du eigentlich, dass du eine tiefe Falte zwischen den Augenbrauen hast, wenn du wütend bist?«

»Ich bin nicht wütend, sondern nur sehr beschäftigt.« So ein elender Kerl, dachte sie, weil sie seinem Lächeln nicht gewachsen war. »Wenn du mir etwas Geschäftliches zu sagen hast, dann tu es bitte gleich. Meine Zeit ist begrenzt«, fügte sie hinzu.

»Ich habe eine Nachricht für dich entgegengenommen«, erwiderte er, hob die Hand und fuhr mit einem Finger über ihre Stirnfalte. »Eine sehr wichtige Nachricht.«

»Ach?«, entgegnete sie leichthin und wünschte, er würde sich etwas von ihr entfernen. Sie stand zwischen ihm und der Kammertür und fühlte sich wie eine Gefangene.

»Ich habe sie mir notiert, damit ich sie auch richtig wiedergebe.« Er zog ein Blatt Papier aus der Tasche und las: »Der Anruf stammt von einer Miss Peabody. Sie wollte dich davon in Kenntnis setzen, dass Cassandra ihre Babys bekommen hat. Vier Mädchen und zwei Jungen. Sechslinge.« Er senkte das Schriftstück und schüttelte den Kopf. »Wirklich erstaunlich.«

»Nicht, wenn die Mutter eine Katze ist.« Nelly spürte, wie sie rot anlief. Warum musste ausgerechnet er den Anruf entgegennehmen? Warum hatte Cassandra mit ihrem Wurf nicht warten können? »Miss Peabody gehört zu unseren ältesten Stammgästen. Sie kommt zweimal im Jahr hierher.«

»Ach so«, meinte Percy. Um seine Mundwinkel zuckte es. »Jetzt, wo ich meine Pflicht erfüllt und die Botschaft weitergegeben habe, bist du an der Reihe.« Er nahm ihre Hand und führte sie durch den Korridor. »Die gute Landluft macht Appetit. Du weißt doch, was es heute zum Abendessen gibt. Was würdest du uns empfehlen?«

»Ich habe keine Zeit zum Essen«, versetzte sie borstig.

»Du musst aber essen«, widersprach er. »Stell dir vor, ich wäre dein Gast. Du rühmst dich doch, deinen Gästen im Rahmen des Möglichen jeden Wunsch zu erfüllen. Ich möchte, dass du mir beim Abendessen Gesellschaft leistest.«

Nelly fühlte sich durch ihre eigene Aussage in die Enge getrieben. Wenige Minuten später saß sie Percy am Esstisch gegenüber, nachdem sie ihm den ganzen Nachmittag erfolgreich aus dem Weg gegangen war.

Entgegen ihrer Erwartung verlief das Essen recht harmonisch. Gelegentlich ertappte sich Nelly sogar dabei, dass sie sich von Percys Charme regelrecht umnebelt fühlte. Doch jedes Mal, wenn sie merkte, dass ihre Feindseligkeit schwand, besann sie sich wieder und setzte eine verschlossene Miene auf.

Sie tranken ihren Kaffee, als Eddie sich dem Tisch näherte. »Mr. Reynolds?« Nelly atmete auf, als Eddie weder verlegen um den heißen Brei herumredete noch aufgeregt mit einer Neuigkeit herausplatzte, sondern ruhig und sachlich meldete: »Da ist ein Anruf für Sie, aus New York.«

»Danke, Eddie. Stellen Sie das Gespräch bitte auf den Apparat im Büro. Es dauert bestimmt nicht lange«, sagte er zu Nelly und erhob sich.

»Meinetwegen brauchst du dich nicht zu beeilen.« Nelly deutete ein Lächeln an. »Ich muss mich ohnehin gleich wieder um meine Arbeit kümmern.«

»Bis gleich dann.« Ihre Blicke begegneten sich, und unvermittelt bückte Percy sich und küsste Nelly auf die Wange.

Nelly öffnete den Mund, rieb sich die Stirn und wunderte sich, woher das plötzliche Schwindelgefühl kam. Sie zwang sich dazu, ruhig durchzuatmen, trank ihren Kaffee aus und begab sich dann eilig in den Aufenthaltsraum.

Die Montagabende im »Lakeside Inn« verliefen nach alter Tradition. Im Aufenthaltsraum wurde die Geselligkeit gepflegt. Auf der Schwelle blieb Nelly kurz stehen und blickte sich prüfend um.

In den Kutscherlampen brannten schon die Kerzen. Tische, Stühle und Sessel waren zur Seite gerückt, sodass eine Tanzfläche frei blieb. Nelly war mit der Atmosphäre zufrieden und trat an den Plattenspieler. Das viel benutzte, aber zuverlässige Gerät befand sich in einer Mahagonitruhe. Andächtig streichelte Nelly den polierten Deckel.

Die ersten Gäste trafen ein, während Nelly noch die Schallplatten aussuchte. Die gedämpften Stimmen im Raum waren Nelly so vertraut, dass sie kaum in ihr Bewusstsein drangen. Gläser klirrten, Eiswürfel klapperten, und gelegentlich erklang Gelächter.

Geschickt wie ein geübter Mechaniker setzte Nelly das leicht antiquierte Gerät in Gang und legte die erste

Platte auf. Die dicke schwarze Scheibe begann, sich zu drehen, Nelly setzte den Tonarm in die Rille, und eine Melodie ertönte, dünn, von kratzenden Geräuschen untermalt, jedoch stimmungsvoller als manches moderne Musikstück. Ehe die Platte zur Hälfte abgespielt war, bewegten sich drei Paare auf der Tanzfläche. Wieder hatte ein Montagabend begonnen.

Während der nächsten halben Stunde spielte Nelly eine alte Melodie nach der anderen. Sie hatte festgestellt, dass den meisten Gästen, unabhängig von ihrem Lebensalter, ein Ausflug in die musikalische Vergangenheit gefiel. Vielleicht, weil diese einfachen Melodien zu der Schlichtheit des Hotels passen, überlegte sie. Doch achselzuckend verzichtete sie darauf, weiter darüber nachzugrübeln, und schaute lächelnd einem älteren Paar zu, das zu einem Foxtrott über die Tanzfläche wirbelte.

»Was, in aller Welt, ist hier los?«

Nelly zuckte bei dieser zischenden Frage zusammen. Sie blickte Percy fest in die Augen. »Aha, wie ich sehe, hast du deinen Anruf beendet. Es war hoffentlich keine schlechte Nachricht?«

»Nichts Besonderes.« Er wartete, bis sie die Platten ausgewechselt hatte, dann wiederholte er seine Frage. »Nelly, ich will wissen, was hier los ist.«

»Hier wird getanzt«, entgegnete sie schnippisch. An dem vernehmlichen Kratzen der Platte merkte sie, dass die Nadel ausgewechselt werden musste. »Nimm irgendwo Platz, Percy, ich sage dann Bescheid, dass man dir was zu trinken bringt. Du liebe Güte, diese Stahlnadeln sind auch nicht mehr das, was sie mal waren.« Mit spitzen Fingern zog Nelly einen Ersatz aus dem Kästchen und machte sich an die Arbeit.

»Wenn du damit fertig bist, hättest du dann vielleicht die Güte, dich mir zu widmen?«

Nelly war von der Schwierigkeit ihrer Aufgabe so beansprucht, dass sie den beißenden Unterton überhörte. »Natürlich.« Sie setzte den Tonarm mit der neuen Nadel behutsam auf die Platte zurück. »Was möchtest du denn, Percy?« Sie hob den Kopf und blickte zur Bar hinüber.

»Zunächst eine Erklärung.«

»Eine Erklärung?«, wiederholte sie spöttisch. »Was soll ich dir denn erklären?«

»Nelly.« Sie merkte, dass er gereizt war. »Stellst du dich absichtlich so begriffsstutzig an?«

Nelly missfiel sowohl die Frage als auch der Ton. »Wenn du dich etwas deutlicher ausdrücken könntest, wäre ich vielleicht nicht so begriffsstutzig.«

»Bis jetzt hatte ich geglaubt, dass dieser Aufenthaltsraum über eine gut funktionierende Stereoanlage verfügt.«

»Diesen Glauben will ich dir nicht nehmen.« In Nelly regte sich der Widerspruchsgeist. »Aber ich begreife immer noch nicht, worauf du hinauswillst.«

»Warum wird die Stereoanlage nicht benutzt? Warum bedienst du diesen vorsintflutlichen Apparat?« Mit dem Kinn deutete er auf den Plattenspieler.

»Die Stereoanlage wird nicht benutzt, weil heute Montag ist.« Sie betonte jedes einzelne Wort.

»Ach so.« Percy blickte zur Tanzfläche hinüber, wo ein Paar einem anderen zeigte, wie man korrekt Tango tanzte. »Das erklärt natürlich alles.«

Seine Ironie brachte Nellys Blut in Wallung. Sie verbiss sich eine Reihe frecher, aber unkluger Bemerkungen und stöberte hektisch in dem Plattenvorrat. »Montagabends spielen wir immer alte Platten. Im Übrigen ist es kein vorsintflutliches Gerät«, fügte sie allen guten Vorsätzen zum Trotz hinzu, »sondern eine Antiquität, ein Museumsstück.«

»Nelly, warum spielst du montagabends alte Platten?« Er sagte es in einem Ton, als spräche er mit einer geistig behinderten Person.

»Darum.« Nelly kniff die Lippen zusammen.

Percy winkte ab, als sie zu einer Erklärung ausholen wollte. »Warte.« Rasch durchquerte er das Zimmer und sprach kurz mit einem der Gäste. Nelly schäumte vor Wut, denn sie beobachtete, wie er dabei sein charmantestes Lächeln aufsetzte.

Doch sein Gesicht war todernst, als er wieder zu ihr zurückkam. »Du wirst für eine Weile am Plattenspieler abgelöst. Und jetzt komm mal mit nach draußen.«

Ohne viel Umstände nahm er ihren Arm und schob sie zur Tür. Die kühle Nachtluft trug nicht dazu bei, Nellys Pulsschlag zu senken. Percy zog hinter sich die Tür zu und lehnte sich mit dem Rücken gegen die Hauswand. »Jetzt darfst du mir erzählen, was du auf dem Herzen hast.«

»Ach, du regst mich so auf, dass ich vor Zorn schreien könnte.« Nach dieser Drohung wanderte Nelly die Veranda auf und ab. »Warum musst du solch ein … ein …«

»Spielverderber sein?«, schlug Percy vor.

»Ja, genau das wollte ich sagen.« Nelly war aufgebracht, weil ihr das Wort selbst nicht eingefallen war. »Alles lief wunderbar, bis du kamst, um von deinem hohen Ross auf uns herabzublicken.«

Eine Zeit lang schwieg Nelly. Dann fuhr sie fort: »Die Leute da drinnen haben Spaß an der Sache.« Mit ausgestrecktem Arm deutete sie auf ein offen stehendes Fenster. Ein langsamer Walzer erklang. »Du hast kein Recht, diese Art von Vergnügen zu kritisieren. Nur weil wir keine Kapelle engagieren oder Schlager aus der Hitparade spielen, heißt das noch lange nicht, dass sich unsere Gäste nicht gut unterhalten. Ich verstehe wirklich nicht, was du daran auszusetzen hast …« Sie verstummte, als er ihren Arm ergriff.

»Schon gut. Reg dich wieder ab.« Percy drehte sie energisch zu sich herum, und das Haar fiel ihr ins Gesicht. Ungeduldig strich sie es sich aus der Stirn. »Ich schlage vor, wir fangen noch mal ganz von vorn an.«

»Weißt du was«, stieß sie mit zusammengebissenen Zähnen hervor, »mit deiner Ruhe machst du mich noch wahnsinnig.«

»Du bist zu temperamentvoll«, entgegnete er, »und neigst dazu, in deiner Erregung weit übers Ziel hinauszuschießen.« Ihr fiel auf, dass seine Stimme gefährlich leise klang. »Wenn du mir gegenüber nicht so viele Vorurteile hättest, bräuchtest du dich nicht durch jedes Wort von mir beleidigt zu fühlen.«

Wütend funkelte sie ihn an. Er fuhr fort: »Falls du dich erinnerst, begann dieses denkwürdige Gespräch mit einer ganz einfachen Frage von mir.«

»Und ich gab dir eine ganz einfache Antwort.« Sie stockte. »Wenigstens glaube ich das.« Verzweifelt warf sie die Arme hoch. »Du kannst nicht von mir verlangen, dass ich mich noch genau an das erinnere, was du sagtest und was ich darauf erwiderte. Du brauchst ja mindestens zehn Minuten, um überhaupt zum Thema zu kommen.« Sie atmete tief durch, als sie merkte, dass ihr Temperament schon wieder mit ihr durchging. »Na schön, fangen wir noch mal von vorn an. Wie lautete doch gleich deine ganz einfache Frage?«

»Nelly, du schaffst es, einen Heiligen zur Weißglut zu bringen. Bei dir braucht man wirklich eine Engelsgeduld.« Er stöhnte leise. »Ich möchte wissen, warum ich mitten in einen Nostalgie-Abend platzte, als ich vorhin den Aufenthaltsraum betrat.«

»Jeden Montagabend«, sagte sie forsch und nüchtern, »bieten wir unseren Gästen diese Form der Unterhaltung. Der Plattenspieler steht seit über fünfzig Jahren im Hotel und wird seither immer montags benutzt. Die Gäste, die schon einmal hier waren, freuen sich darauf. Natürlich«, fuhr sie leicht zerstreut fort, denn sie merkte, wie Percy sie näher an sich heranzog, »benutzen wir an anderen Abenden auch die Stereoanlage. Und in der Saison engagieren wir samstags und sonntags eine Tanzkapelle. Aber montags wird nach alten Melodien getanzt, und diese Tradition ist so alt wie dieses Haus.«

Die weichen, dunklen Klänge eines Blues wehten durch das offene Fenster. Nelly wiegte sich in diesem Rhythmus, und Percy begann, langsam mit ihr zu tanzen.

»Den Gästen macht es Spaß. Und ich habe festgestellt, dass das Alter dabei überhaupt keine Rolle spielt. Ob junge oder alte Leute, alle lassen sich für einen Abend gern mal in die Vergangenheit zurückversetzen.«

Ihre Stimme klang längst nicht mehr so forsch. Während sie sich zu der sanften Melodie des Blues bewegten, spürte sie, wie die Gedanken ihr entglitten.

»Das war eine vernünftige Antwort.« Percy zog sie näher an sich, und sie legte den Kopf in den Nacken, um ihm weiterhin in die Augen schauen zu können. »Ich fange an, mich selbst für diese Idee zu erwärmen.« Ihre Gesichter waren sich jetzt so nahe, dass sein Atem ihre Lippen streifte.

»Ist dir kalt?«, fragte Percy, als er spürte, wie sie zitterte. Obwohl sie den Kopf schüttelte, zog er sie noch enger in seine Arme, um sie mit seinem Körper zu wärmen. Ihre Wangen schmiegten sich aneinander, bis sie zu einer einzigen Kontur verschmolzen.

»Ich muss jetzt wieder hineingehen«, sagte Nelly leise, tat aber nichts dergleichen. Sie schloss die Augen und ließ sich von Percy und der Musik führen.

»Hm!« Sein Mund lag dicht an ihrem Ohr.

Die leisen Geräusche der Nacht mischten sich in die Melodie, die aus dem Fenster erklang. Blätter raschelten im Wind, ein Käuzchen schrie, Nachtfalter flatterten geräuschvoll gegen die erleuchtete Fensterscheibe.

Die Nachtluft streichelte Nellys erhitzte Wangen. Es duftete leicht nach Hyazinthen. Mondlicht sickerte durch das Geäst der hohen Ahornbäume und malte ein kompliziertes Muster auf den Boden.

Nelly lauschte, wie Percys Herz schlug. Sein Mund glitt ihre Schläfe entlang und über ihr Haar, seine Hände streichelten ihren Rücken.

Ihr eigener Wille schmolz, während ihre Sinne gleichzeitig immer empfindlicher reagierten. Trotz der Musik hörte sie Percy atmen, spürte durch die Kleidung seine Haut, genoss den herben Duft seines Rasierwassers. Was um sie herum geschah, nahm sie nicht mehr wahr. Nur noch sie und Percy existierten. Sehnsüchtige Gefühle stürmten auf sie ein, denen sie keinen Namen zu geben vermochte. Sie verlangte grenzenlos nach ihm.

»Nein, bitte.« Sie löste sich aus seiner Umarmung. »Ich will das nicht.« Sie stützte sich am Geländer der Veranda ab und sah ihn an.

Percy kam auf sie zu und streichelte sanft ihren Hals. »Doch, du willst.« Sein Mund senkte sich auf ihre Lippen. Nelly glaubte, den Boden unter den Füßen zu verlieren.

Ihre Gefühle überwältigten sie, bis sie meinte, nicht mehr atmen zu können. Percy zog sie noch näher an sich heran. Instinktiv wusste Nelly, dass sie sich sofort von ihm lösen musste, denn sonst brächte sie nie mehr die Kraft dazu auf.

»Nein!« Sie wehrte sich mit beiden Händen gegen ihn und befreite sich aus der Umarmung. »Ich will nicht«, keuchte sie, drehte sich um und hastete die Verandatreppe hinunter. »Woher weißt du, was ich möchte und was nicht?«, schleuderte sie ihm noch zu, ehe sie im Laufschritt um die Ecke des Gebäudes bog.

Bevor Nelly ins Haus zurückging, blieb sie stehen, um Atem zu schöpfen und darauf zu warten, dass ihr wild pochendes Herz sich wieder beruhigte. So aufregend war im »Lakeside Inn« noch nie ein Montagabend für sie verlaufen, gestand sie sich mit einem Anflug von Humor ein. Unbewusst summte sie die Bluesmelodie vor sich hin, doch als sie sich dabei ertappte, gab sie sich innerlich einen Stoß und betrat zielstrebig das Hotel. Sie steuerte auf die Küche zu, um Liz daran zu erinnern, am nächsten Morgen die Blumenvasen auf die Frühstückstische zu stellen.

5. Kapitel

An manchen Tagen ging eben alles schief. Ein klarer blauer Morgen brach an, doch die heitere Stimmung trog. Nelly trug ein schlichtes grünes Hemdblusenkleid und flache Schuhe, als sie die Treppen hinunterlief und sich predigte, heute nur »dienstlich« zu sein.

Sie nahm sich vor, ganz die Hotelmanagerin hervorzukehren, die dienstlich mit dem Besitzer des Hotels zu tun hatte. Es gab weder Mondschein noch Musik, die sie dazu verleiten konnten, ihre guten Vorsätze zu vergessen. Sie wollte Percy höflich, aber kühl einen guten Morgen wünschen und sich dann unter irgendeinem Vorwand in die Küche zurückziehen. Als sie jedoch den Speisesaal betrat, saß Percy bereits vor einem Berg Rührei und unterhielt sich angeregt mit Mr. Leander.

Er winkte Nelly zerstreut zu, ohne das Gespräch mit seinem Tischnachbarn zu unterbrechen.

Sie ärgerte sich, weil jetzt aus ihrem Vorsatz, Percy bewusst die kalte Schulter zu zeigen, nichts mehr wurde. Sie blickte Percy finster an, ehe sie in die Küche ging. Zehn Minuten später scheuchte Elsie sie wieder hinaus, weil sie ihr im Weg stand. Nelly blieb nichts anderes übrig, als in ihrem Büro ohne Publikum vor sich hin zu brüten.

Eine halbe Stunde lang beschäftigte sie sich mit ihren Akten, während sie mit einem Ohr ständig lauschte, ob Percy sie aufsuchen würde. Die angespannte Haltung machte ihrem Nacken und ihren Schultern zu schaffen. Je stärker die Schmerzen wurden, desto wütender war sie auf Percy. Sie gab ihm die Schuld für ihre schlechte Laune, obwohl sie nicht sagen konnte, was er ihr zuleide getan hatte. Allein die Tatsache, dass er existiert und dass er hier ist, stört mich, dachte sie. Dann brach die Spitze ihres Bleistifts ab.

»Nelly!« Sie stand wütend vor dem Papierkorb und spitzte den Bleistift, als Eddie ins Büro platzte. »Es ist was passiert.«

»Das merke ich«, antwortete sie trocken.

»Die Spülmaschine ist kaputt.« Eddie war betroffen, als handle es sich um einen Todesfall. »Mitten in einem Spülprogramm blieb sie auf einmal stehen.«

Nelly atmete nervös. »Ist gut, Eddie, ich rufe Max an. Wenn wir Glück haben, läuft sie vor dem Mittagessen wieder wie geschmiert.«

Doch das Glück ließ sie im Stich.

Eine Stunde später sah Nelly zu, wie Max, der für die Reparatur zuständig war, die defekte Spülmaschine inspizierte. Sein ständiges Murmeln und Seufzen ging ihr auf die Nerven. Die Zeit flog dahin, und Nelly hatte den Eindruck, dass Max unglaublich langsam arbeitete. Ungeduldig beugte sie sich über seine Schulter und musterte das Gewirr von Schläuchen und Drähten.

»Könnte der Fehler nicht da …«

»Nelly.« Max seufzte und entfernte die nächste Schraube. »Stör mich nicht, und lass mich meine Arbeit tun. Davon verstehst du nichts.«

Nelly entfernte sich ein wenig und streckte die Zunge heraus. Im nächsten Moment errötete sie bis in die Haarwurzeln, weil Percy an der Tür stand.

»Gibt es ein Problem?«, erkundigte er sich. Es klang nüchtern, doch sie merkte ihm an, dass er sich über sie amüsierte. Sein versteckter Spott reizte sie noch mehr.

»Ich werde schon damit fertig«, schnauzte sie Percy an. »Du brauchst dich nicht darum zu kümmern. Ich nehme an, dass du genügend mit anderen Dingen beschäftigt bist.«

»Für dich habe ich immer Zeit, Nelly.« Percy näherte sich ihr, und ehe sie seine Absicht erkannte, nahm er ihre Hand und zog sie galant an seine Lippen. Max räusperte sich vernehmlich.

»Was soll der Unsinn?« Sie zog ihre Hand zurück und wischte sie am Rock ab. »Es ist nicht nötig, dass du dich hiermit abgibst.« Mit dem Kinn deutete sie auf die Spülmaschine. »Max hat das Ding noch vor dem Mittagessen repariert.«

»Nein, das schaffe ich nicht.« Max hockte sich auf die Fersen und schüttelte den Kopf. Er hielt ein kleines Zahnrad in der Hand.

»Was heißt das, du schaffst es nicht?«, fragte Nelly aufgebracht. »Du musst es schaffen. Wir brauchen die Spülmaschine. Was meinst du, was hier mittags los ist?«

»Was du brauchst, ist so etwas hier.« Max hielt ihr das Zahnrad hin.

»Na und?« Nelly nahm ihm das Stück aus der Hand und betrachtete es stirnrunzelnd. »Dann tausch dieses Ding eben aus. Ich verstehe nicht, dass wegen so eines winzigen Rädchens die Maschine versagt.«

»Wenn dem Rädchen ein Zahn fehlt, dann kann es manchmal großen Ärger geben«, erklärte Max geduldig. »Das ist nämlich so, Nelly, in meinem Lager habe ich kein solches Zahnrad. Du musst es in Burlington besorgen.«

»Burlington?« Nelly erkannte die verzweifelte Situation und durfte in der Wahl ihrer Mittel nicht zimperlich sein. Mit einem flehenden Blick, der einen Stein zum Erweichen gebracht hätte, sah sie Max an. »Ach, Max, was soll ich denn jetzt tun?«

Max war zwar schon weit über fünfzig, aber dennoch längst nicht immun gegen einen bittenden Blick aus großen grauen Augen. Er trat von einem Fuß auf den anderen, seufzte ein paarmal und nahm Nelly dann das Rad aus der Hand. »Na schön, ich fahre für dich nach Burlington. Vor dem Abendessen läuft die Maschine wieder, aber früher bestimmt nicht. Hexen kann ich auch nicht.«

»Danke, Max, du bist ein Schatz.« Nelly stellte sich auf die Zehenspitzen und drückte ihm einen Kuss auf die Wange. »Ohne dich wäre ich verloren.«

Max packte sein Werkzeug zusammen und machte sich davon.

»Komm heute Abend mit deiner Frau zum Essen. Es geht auf Kosten des Hauses.« Mit einem selbstzufriedenen Lächeln sah Nelly Max hinterher. Dann fiel ihr plötzlich Percy wieder ein. Sie räusperte sich und wandte sich ihm zu.

»Für deine Augen brauchst du einen Waffenschein«, meinte er. »Jeder Mann ist dir ja hilflos ausgeliefert.«

»Ich weiß gar nicht, wovon du sprichst.« Gespielt gleichgültig rümpfte sie die Nase.

»Tu nicht so scheinheilig.« Percy lachte und nahm ihr Kinn zwischen Daumen und Zeigefinger. »Ich habe noch nie einen derart berechnenden Blick gesehen. Armer Max.«

»Vielleicht brauchst du eine Brille«, erwiderte sie schnippisch. Ihr Herz klopfte wieder einmal viel zu schnell. »Ich habe lediglich im Interesse des Hauses gehandelt. Schließlich ist es meine Pflicht, mich für den Betrieb einzusetzen.«

»Sehr richtig«, stimmte er zu. Dann beugte er sich über die defekte Spülmaschine. »Hast du schon einen Plan, wie du den Abwasch bewältigst, bis dieses Ding hier wieder funktioniert?«, fragte er dann.

»Natürlich.« Sie blickte auf die beiden Spülbecken aus blitzendem Edelstahl. »Kremple dir schon mal die Ärmel auf.«

Nelly wunderte sich überhaupt nicht darüber, dass sie wenige Minuten später Seite an Seite mit Percy vor der Spüle stand und Geschirr abwusch. Die gemeinsame banale Tätigkeit schien sie miteinander zu verbinden, denn sie vertrugen sich hervorragend. Sie unterhielten sich und scherzten miteinander, als hätte niemals eine Spannung zwischen ihnen bestanden. Als Elsie in die Küche kam, um mit den Vorbereitungen für das Mittagessen zu beginnen, nahmen sie kaum Notiz von ihr.

»Ich habe kein einziges Teil zerbrochen«, erklärte Percy stolz, während Nelly den letzten Teller in den Schrank stellte.

»Aber nur, weil ich zweimal im letzten Moment zugegriffen habe, als ich merkte, dass dir was aus der Hand rutschte.«

»Das ist eine ganz infame Unterstellung.« Percy legte den Arm um ihre Schultern und führte sie aus der Küche. »Mach dich bloß nicht unbeliebt bei mir. Stell dir vor, Max schafft es nicht, bis zum Abendessen die Spülmaschine zu reparieren. Was tust du dann?«

»Daran wage ich gar nicht zu denken. Trotzdem habe ich mir über diese Möglichkeit Gedanken gemacht.« In ihrem Büro ließ sich Nelly auf den erstbesten Stuhl fallen. »Ich kenne ein paar junge Leute hier im Ort, die ich im Nu mobilmachen könnte. Aber Max lässt mich schon nicht im Stich.«

»Dein Vertrauen möchte ich haben.« Percy setzte sich an den Schreibtisch.

»Du kennst Max eben nicht. Wenn er sagt, dass die Maschine vor dem Abendessen wieder läuft, dann funktioniert sie auch zu diesem Zeitpunkt. Im Zweifelsfall hätte er geäußert: ›Ich werd's versuchen‹, oder: ›Mal sehen, ob es geht‹, oder so ähnlich. Aber wenn Max etwas verspricht, dann hält er es auch. Das ist eben der Vorteil, wenn man jeden, mit dem man zu tun hat, persönlich kennt.«

Percy nickte zustimmend. Gleich darauf klingelte das Telefon. Nelly sprang auf und hob ab.

»Hotel Lakeside Inn. Ach, du bist es, Marilyn. Hallo. Nein, ich war den ganzen Vormittag über beschäftigt.« Sie hockte sich auf die Schreibtischkante und stöberte in einem Papierstapel herum. »Ja, deine Liste habe ich hier. Nein, tut mir leid, ich bin gerade erst ins Büro gekommen. Ich würde sagen, du wartest ab, bis du ganz genau weißt, wer alles kommt. Dann können wir mit dem Essen und den Getränken besser planen. Wir haben ja noch genug Zeit. Du heiratest doch erst in vier Wochen. Verlass dich ganz auf mich, ich habe schon mehr Hochzeitsfeiern ausgerichtet. Ja, ich kann verstehen, dass du besorgt bist. Nimm's nicht so tragisch. Von einer Braut erwartet man, dass sie nervös ist. Ruf mich an, wenn du weißt, wie viele Leute kommen. Du kannst jederzeit anrufen, Marilyn. Nein, du störst mich überhaupt nicht. Auf Wiedersehen.«

Nelly hängte ein und streckte ihren verspannten Rücken, ehe sie bemerkte, dass Percy sie erwartungsvoll ansah. »Das war Marilyn«, erklärte sie. »Sie wollte sich bei mir bedanken.«

»Ja, den Eindruck hatte ich auch.«

»Nächsten Monat heiratet sie.« Nelly rieb sich mit der Hand den verkrampften Nacken. »Hoffentlich bekommt sie nicht vorher einen Nervenzusammenbruch. Junge Leute sollten von zu Hause durchbrennen und irgendwo heimlich heiraten, dann würden sie sich und anderen das ganze Theater ersparen.«

»Ich bin davon überzeugt, dass viele Brautväter das Gleiche sagen, wenn sie erst die Kosten solch einer Hochzeit beglichen haben.« Percy stand auf, ging um den Schreibtisch herum und stellte sich vor sie hin. »Lass mich mal.« Mit leichten Bewegungen massierte er ihr den Nacken und die Schultern. Nellys Protestschrei verwandelte sich in ein hörbares Aufatmen. »Wird's schon besser?«, lächelte Percy.

»Mm. Ich spüre bereits, wie die Verspannung nachlässt.« Sie streckte sich unter seinen Händen wie ein zufriedenes Kätzchen. »Seit der Hochzeitstermin feststeht, ruft Marilyn mich mindestens dreimal in der Woche an, um irgendetwas wegen der Feier mit mir zu besprechen. Komisch, dass die Leute sich wegen einer Hochzeit so aufregen können.«

»Tja, nicht jeder ist so sachlich und nüchtern wie du.« Percys Finger berührten ihren Haaransatz. »Im Übrigen solltest du deine Idee mit dem Durchbrennen nicht so laut verkünden. Ich könnte mir vorstellen, dass Hochzeitsfeiern im Hotel einen guten Profit abwerfen.«

»Profit?« Nelly riss die Augen auf und versuchte, sich zu konzentrieren. Es fiel ihr schwer, denn seine massierenden Hände benebelten ihren Verstand. »Profit?«, wiederholte sie. Ein paarmal schluckte sie krampfhaft. »Ach so … ja, ja.« Sie glitt vom Schreibtisch herunter, um sich seinen Händen zu entziehen. »Ja, im Allgemeinen schon ... das heißt ... manchmal.« Sie lief im Zimmer auf und ab. Bei der gemeinsamen Tätigkeit in der Küche hätte sie beinahe vergessen, wer er war. »Das kommt natürlich ganz drauf an, weißt du, wer die Leute sind und so ...«

»Vielleicht könntest du das alles einmal in eine allgemein verständliche Sprache übersetzen«, schlug Percy vor.

Mit einem flauen Gefühl in der Magengrube beobachtete Nelly, wie er sich erneut hinter den Schreibtisch setzte. Jetzt geht's wieder los, dachte sie, sah ihn jedoch gefasst an.

»Das ist nämlich so: Gelegentlich richten wir Hochzeitsfeiern oder andere Gesellschaften kostenlos aus. Natürlich«, beeilte sie sich, hinzuzufügen, als er sie erwartungsvoll musterte, »berechnen wir das Essen und die Getränke, aber nicht die Benutzung des Gesellschaftszimmers ...«

»Warum nicht?«

Einige Sekunden lang war es absolut still im Zimmer.

»Warum nicht?«, wiederholte Nelly schließlich und blickte an die Zimmerdecke. »Tja, das hängt natürlich von gewissen Umständen ab und ist auch eher die Ausnahme als die Regel.« Weshalb lerne ich nicht, den Mund zu halten?, fragte sie sich. »In diesem Fall tun wir es, weil Marilyn die Cousine von Liz ist. Du kennst Liz, sie ist eine unserer Kellnerinnen«, erklärte sie, als Percy beharrlich schwieg. »In der Hochsaison hilft Marilyn gelegentlich auch bei uns aus. Wir beschlossen, wie es bei uns hin und wieder üblich ist, Marilyn als Hochzeitsgeschenk eine Feier auszurichten.«

»Wir?«

»Das Personal«, erläuterte Nelly. »Marilyn bezahlt das Essen, die Kapelle, die Blumen, und wir stellen ihr das Gesellschaftszimmer, unsere Zeit und unsere Arbeitskraft zur Verfügung.« Kaum hörbar fügte sie hinzu: »Die Hochzeitstorte bekommt sie auch von uns.«

»Ach so.« Percy lehnte sich zurück und verschränkte die Finger ineinander. »Das Personal stiftet also seine Zeit, seine Arbeitskraft und das Hotel.«

»Nur das Gesellschaftszimmer.« Unerschrocken hielt Nelly seinem vorwurfsvollen Blick stand. »Das kommt im Jahr doch höchstens ein paarmal vor. Ich kann das auch vom kaufmännischen Standpunkt her vertreten, denn es ist eine gute Reklame für unser Haus. Vielleicht könnte man den Aufwand sogar von der Steuer absetzen. Frag mal deinen Steuerberater.« Gereizt wanderte sie unruhig auf und ab. Percy blieb regungslos hinter dem Schreibtisch sitzen. »Ich verstehe gar nicht, was du daran auszusetzen hast. Das Personal opfert für diese Gesellschaften seine Freizeit. Seit Jahren ist das bei uns so Sitte. Es ist einfach ...«

»Geschäftspolitik«, ergänzte Percy. »Vielleicht solltest du mir eine Liste mit euren etwas exzentrischen Richtlinien zusammenstellen. Aber ich muss dich daran erinnern, Nelly, dass sie nicht unumstößlich sind.«

»Du hast doch nicht etwa vor, Marilyn um ihre Hochzeitsfeier zu bringen?« Nelly war entschlossen, sich für Marilyn einzusetzen wie eine Glucke für ihr Küken.

»Da ich die Verantwortung für Marilyns Nervenzusammenbruch nicht auf mein Gewissen laden möchte, bin ich einverstanden. Allerdings«, setzte er hinzu, ehe sich das zufriedene Lächeln auf Nellys Gesicht ausbreiten konnte, »glaube ich, dass wir zwei uns einmal ausführlich über Sinn und Unsinn von Reklame unterhalten sollten.«

»Jawohl, Sir«, antwortete sie frostig. Eine weitere Antwort erübrigte sich, weil das Telefon läutete.

Percy bedeutete Nelly, den Hörer abzuheben. »Ich werde uns inzwischen Kaffee holen.«

Sie nahm das Gespräch entgegen, und er verließ das Büro.

In dem Augenblick, als Nelly den Hörer erzürnt wieder auf die Gabel warf, kam Percy zurück. »Der Blumenhändler kann mir meine sechs Dutzend Narzissen nicht liefern«, herrschte sie ihn an.

»Das tut mir aber leid.« Percy stellte die Kaffeetassen auf den Schreibtisch.

»Das sollte dir auch leidtun. Dies hier ist dein Hotel, und es wären deine Narzissen gewesen.«

»Aber das war doch gar nicht nötig, Nelly. Es ist sehr lieb von dir, dass du mir Blumen schenken willst, doch gleich sechs Dutzend Narzissen finde ich ein bisschen übertrieben.«

»Sehr witzig«, zischte sie und hob ihre Tasse hoch. »Dir wird das Lachen noch vergehen, wenn keine Blumen mehr auf den Tischen stehen. Wie sieht das denn aus!«

»Warum hast du keine anderen Blumen bestellt? Es gibt doch sicher noch mehr Gewächse als Narzissen.«

»Für wie dumm hältst du mich eigentlich?«, wollte Nelly wissen. »In so großer Anzahl hat der Händler überhaupt keine Blumen vorrätig, frühestens erst wieder nächste Woche. Mit dem Treibhaus scheint irgendetwas nicht in Ordnung zu sein. Es ist wie verhext.« Sie nahm wütend einen großen Schluck Kaffee.

»Du liebe Zeit, Nelly, in Burlington gibt es bestimmt ein halbes Dutzend Blumengeschäfte. Lass dich doch von dort aus beliefern.« Achselzuckend tat Percy das Problem ab.

Nelly warf ihm einen Blick zu, als zweifle sie an seinem Verstand. »Ich soll die Blumen in Burlington bestellen? Hast du eine Ahnung, was die Narzissen dann kosten würden?« Sie erhob sich von ihrem Platz und nahm die Wanderung durch das Zimmer wieder auf, während sie ihm ihren Standpunkt auseinandersetzte. »Mit künstlichen Blumen kann ich mich einfach nicht anfreunden. Dann lieber gar keine Blumen auf den Tischen. Bleibt also nur noch Betty Jackson. Doch das geht mir gegen den Strich, denn es ist schon schlimm genug, sie um ihr Gelee anbetteln zu müssen. Jetzt muss ich sie auch noch um Blumen anflehen. Aber etwas anderes bleibt mir gar nicht übrig. Sie hat den größten Blumengarten im ganzen Ort.« Nelly ließ sich auf den Drehstuhl fallen.

»Bist du fertig?«

»Nein.« Nelly zog sich das Telefon heran. »Erst muss ich Betty die Blumen abschwatzen.« Sie biss die Zähne zusammen. »Drück mir die Daumen.«

Geduldig lehnte Percy sich zurück und schlug die Beine übereinander. »Ich drück ja schon«, sagte er kameradschaftlich und hob demonstrativ beide Fäuste.

Nachdem Nelly das Gespräch beendet hatte, schüttelte Percy ehrlich bewundernd den Kopf. »Bravo«, rief er und prostete ihr mit seiner Kaffeetasse zu. »So viel plumpe Schmeicheleien auf einmal habe ich noch nie gehört.«

»Mit Feinfühligkeit richtet man bei Betty Jackson nichts aus.« Selbstgefällig nahm Nelly das Lob entgegen, dann stand sie auf. »Ich gehe jetzt sofort die Blumen pflücken, ehe sie ihre Meinung ändert.«

»Ich fahre dich hin«, erbot sich Percy. Er nahm ihren Arm und ging mit ihr zur Tür.

»Danke, aber es ist wirklich nicht nötig. Du brauchst dir keine Umstände zu machen.« Die körperliche Berührung erinnerte sie daran, dass es ihr in seiner Nähe immer schwerfiel, einen klaren Kopf zu behalten.

»Es macht mir nichts aus«, entgegnete er und begleitete sie hinaus. »Ich muss unbedingt die Dame kennenlernen, die, wie du sagtest, mit der Hand eines Engels Blumen zum Erblühen bringt.«

»Habe ich mich wirklich so ausgedrückt?« Nelly lächelte amüsiert.

»Das war noch eines deiner harmlosesten Komplimente.«

»Verzweifelte Situationen erfordern verzweifelte Maßnahmen«, erklärte Nelly und setzte sich in Percys Mercedes. »Im Übrigen hat Miss Jackson tatsächlich den grünen

Daumen, wie man so schön sagt. Ihr Garten ist ein wahres Musterexemplar. Voriges Jahr gewann sie mit ihrem Rosenbusch einen Preis. Hier musst du links abbiegen«, rief sie, als sie eine Straßenkreuzung erreichten. »Ich finde, anstatt dich über mich lustig zu machen, solltest du mir lieber dankbar sein. Wenn es nach dir ginge, würde das Hotel allein für Lieferantenkosten ein Vermögen ausgeben.«

»Meine liebe Miss Clark«, entgegnete Percy gedehnt, »ich kann beim besten Willen nicht abstreiten, dass Sie eine erstklassige Managerin sind. Eine Gehaltserhöhung wäre durchaus vertretbar.«

»Wenn ich eine Gehaltserhöhung will, dann frage ich danach«, fuhr Nelly ihn an. Daraufhin blickte sie starr geradeaus auf die Straße. Sein Tonfall und die Art, wie er sie angeredet hatte, passten ihr nicht.

Aber schließlich standen sie in einem Dienstverhältnis zueinander. Nelly schloss die Augen und kaute an ihrer Unterlippe. Bis jetzt war der Tag so harmonisch verlaufen. Umso mehr störte sie seine Bemerkung.

Sie konnte ihren Gedanken nicht weiter nachhängen, denn sie erreichten Miss Jacksons Haus. Percy nahm Nellys Arm, und zusammen gingen sie durch das Gartentor.

Nelly vermutete, dass der metallicblaue Mercedes und Percys Hemd aus reiner Seide genügten, um Miss Jackson für die nächsten sechs Monate mit Stoff für Klatsch zu versorgen. Nellys Finger lag noch auf der Klingel, als die Tür auch schon geöffnet wurde.

»Guten Tag, Miss Jackson«, begann Nelly und wollte sich gleich überschwänglich bedanken. Sie unterbrach sich jedoch, als sie bemerkte, dass Betty über ihren Kopf hinwegblickte. »Miss Jackson, das ist Mr. Reynolds, der Besitzer des Hotels Lakeside. Percy, das ist Miss Jackson.« Während Nelly redete, riss Betty sich die Schürze von der Taille und die Metallklipse aus dem Haar.

»Miss Jackson, es freut mich, Sie kennenzulernen.« Percy ergriff Bettys linke Hand, da sie mit der rechten Schürze und Klipse hinter dem Rücken versteckte. »Ich habe schon so viel Gutes über Sie gehört, dass es mir vorkommt, als seien wir alte Bekannte.«

Betty errötete wie ein Teenager und war vermutlich zum ersten Mal in ihrem sechzigjährigen Leben sprachlos.

»Wir wollten die Blumen abholen«, warf Nelly ein und wunderte sich über Bettys offenkundige Verwirrung.

»Blumen? Ach ja, natürlich. Treten Sie doch bitte ein.« Aufgeregt hetzte sie ihre Gäste durch den Flur und ins Wohnzimmer.

»Entzückend«, rief Percy und betrachtete ausgiebig die bestickten Kissen und Häkeldeckchen. Er bedachte Betty mit einem charmanten Lächeln. »Ich kann Ihnen gar nicht sagen, Miss Jackson, wie dankbar wir Ihnen sind, dass Sie uns aus dieser Verlegenheit helfen.«

»Ach, das ist doch nicht der Rede wert«, zwitscherte Betty. »Nehmen Sie bitte Platz. Ich brühe uns inzwischen ein schönes Tässchen Tee auf. Komm mit, Nelly.«

Sie flatterte aus dem Zimmer, und Nelly blieb gar nichts anderes übrig, als ihr zu folgen.

In der Küche setzte Betty in Windeseile Wasser auf und holte die Teebüchse aus dem Schrank. »Warum hast du mir nicht gesagt, dass du ihn mitbringst?«, tuschelte sie Nelly zu, während sie die Kanne auf Hochglanz polierte.

»Ich hatte ja keine Ahnung …«

»Ach du meine Güte, in diesem Fall hätte ich mir wenigstens das Haar kämmen und ein bisschen Puder auflegen müssen.« Im Küchenschrank stöberte Betty nach ihrem besten Teeservice und wischte die Tassen mit einem Geschirrtuch aus.

Nelly verbiss sich ein Lächeln. »Tut mir leid, Miss Jackson, aber ich wusste selbst nicht, dass Mr. Reynolds mitkommen wollte.«

»Macht ja nichts.« Nervös winkte Betty ab. »Jetzt ist er jedenfalls hier. Ich brenne darauf, mich mit ihm zu unterhalten. Lauf schnell in den Garten, und schneid schon mal die Blumen.« Sie drückte ihr eine Gartenschere in die Hand. »Nimm dir, so viel du willst.« Sie scheuchte Nelly buchstäblich aus der Küche. »Du brauchst dich nicht zu beeilen.«

Ungefähr zwanzig Minuten später betrat Nelly wieder die Küche und hörte Betty ausgelassen kichern. Vorsichtig legte sie den riesigen Strauß aus Narzissen und frühen Tulpen auf dem Tisch ab und ging ins Wohnzimmer.

Percy und Betty saßen einträchtig nebeneinander auf dem Sofa und tranken Tee.

»Ach, Percy«, säuselte Betty kokett, »Sie erzählen mir ja Geschichten. Ich weiß gar nicht, ob ich Ihnen glauben soll.«

Verdutzt verfolgte Nelly das Geschehen. Sie war davon überzeugt, dass Betty Jackson seit dreißig Jahren nicht mehr so heftig geflirtet hatte. Und kopfschüttelnd bemerkte sie, dass Percy ebenso hemmungslos auf Bettys Annäherungsversuche einging. Nelly räusperte sich und trat an den Tisch. »Miss Jackson, Ihr Garten ist wirklich ein Gedicht.«

»Danke, Nelly, aber er macht mir auch viel Arbeit. Hast du alles gefunden, was du wolltest?«

»Ja, und noch einmal vielen Dank. Ich weiß gar nicht, was ich ohne Sie getan hätte.«

»Na schön.« Seufzend erhob Betty sich vom Sofa. »Ich hole dir einen großen Karton für die Blumen.«

Anschließend rang sie Percy das Versprechen ab, sie bald wieder zu besuchen. Eine Viertelstunde später saß Nelly neben ihm im Mercedes. Auf dem Rücksitz standen zwei Kartons. In dem einen befanden sich die Blumen, im anderen ein halbes Dutzend Gläser mit Gelee, die Betty Percy geschenkt hatte.

»Weißt du was«, begann Nelly mit gespielter Strenge, »du solltest dich schämen.«

»Ich?« Percy sah sie scheinheilig an. »Weswegen?«

»Das weißt du sehr genau. Noch zehn Minuten länger, und Betty wäre vor Entzücken ohnmächtig in deine Arme gesunken.«

»Ich kann doch nichts dafür, dass ich so unwiderstehlich bin.«

»Angeber. Du hast dieser Frau völlig den Kopf verdreht. Ein Wort von dir, und sie hätte ihren preisgekrönten Rosenbusch aus dem Boden gerissen und ihn vor unserer Eingangstür wieder eingepflanzt.«

»Unsinn«, protestierte Percy. »Wir haben uns nur ganz reizend unterhalten.«

»Wie hat denn der Tee geschmeckt?«, fragte Nelly spitz.

»Sehr gut. Du hast ihn gar nicht probiert, oder?«

»Nein.« Nelly rümpfte die Nase und verschränkte die Arme über der Brust. »Sie hat mir ja keinen angeboten.«

»Aha, jetzt geht mir ein Licht auf.« Seufzend stellte Percy den Motor ab, denn sie waren beim Hotel angekommen. »Du bist eifersüchtig.«

»Eifersüchtig?« Nelly lachte gekünstelt und strich ein paar Staubkörnchen vom Rock. »Sei nicht albern.«

»Oh ja, ich weiß Bescheid«, behauptete er genießerisch. »Du bist ein dummes Mädchen.« Er drehte sich zu ihr um und senkte, immer noch lächelnd, seinen Mund auf ihre Lippen. Nelly sträubte sich nur halbherzig dagegen. Doch als seine Küsse immer leidenschaftlicher wurden, bekam sie Angst und wehrte sich gegen ihn.

»Percy, lass mich los.« Sie atmete hastig und rang nach Fassung. »Percy, ich finde, es wird Zeit, dass wir eine Grenze ziehen.«

»Zwischen Mann und Frau gibt es keine Grenzen, und wenn es welche gäbe, würde ich mich nicht daran halten.« Es klang so arrogant, dass es Nelly einen Moment lang die Sprache verschlug. »Ich lasse dir jetzt deinen

Willen, weil es etwas kompliziert ist, dich bei hellem Tageslicht auf dem Vordersitz meines Wagens zu lieben. Aber irgendwann werden die Umstände bestimmt günstiger sein.«

Nelly kniff die Augen zusammen und fand die Sprache wieder. »Glaubst du etwa im Ernst, dass du dich mir aufdrängen kannst?«

»Wenn es so weit ist, Nelly, dann werde ich dich nicht mehr zu drängen brauchen.«

»Worauf du lange warten kannst«, fauchte sie und stieg aus. »Wir zwei werden uns nie einig werden.« Deftig schlug sie die Tür zu.

6. Kapitel

Nelly stand auf dem weitläufigen Rasen und genoss die warme Frühlingssonne. Sie hatte beschlossen, Percy Reynolds möglichst aus dem Weg zu gehen und sich auf ihre tausend kleinen Pflichten zu konzentrieren. Leider war das nicht so einfach, wie sie es sich vorgestellt hatte. Täglich mussten sie über irgendwelche geschäftlichen Dinge miteinander verhandeln.

Im Augenblick ging es im Hotel sehr ruhig zu, doch Nelly wusste, dass in drei Wochen, wenn die Saison begann, der eigentliche Betrieb erst richtig anfing. Liebevoll betrachtete sie das Haus. Die Ziegel hoben sich hell von den hohen Fichten ab, und die Fenster blitzten in der Sonne. Auf der rückwärtigen Veranda saßen zwei Gäste und spielten Karten. Nelly hörte, wie sie sich miteinander unterhielten, ohne jedoch ein Wort verstehen zu können.

Bald wäre es mit dem Frieden und der Beschaulichkeit vorbei. Dann würden sich auf dem Rasen wieder Kinder balgen und die Motorboote auf dem See die jetzt so angenehme Stille stören.

Doch selbst im Trubel der Hochsaison wirkte das »Lakeside« immer noch wie eine Oase der Ruhe und des Friedens. Alles war auf Entspannung und Erholung abgestimmt. Der weiche Rasen lud zum Barfußgehen ein, und im Winter konnte man dort herrlich Schlitten fahren und Schneemänner bauen. Eleganz mochte viele Leute anziehen, aber das Familienhotel besaß noch einen altmodischen Charme, der unter gar keinen Umständen zerstört werden durfte. Und wehe, wenn Percy Reynolds es wagen sollte, etwas daran zu ändern.

Mir bleiben noch zehn Tage, um ihn zu überzeugen, sagte sich Nelly. In zehn Tagen reist er wieder ab. Sie seufzte tief.

Der sorgenvolle Seufzer galt sowohl ihr als auch dem Schicksal des Hotels. Ich wünschte, er wäre nie hierhergekommen und ich hätte ihn nie kennengelernt, dachte sie. Mit finsterer Miene wanderte sie zum Haus zurück.

»Mit diesem Gesicht vergraulst du noch die Gäste.« Erschrocken hob Nelly den Kopf, als Percy ihr den Weg durch die Tür versperrte. »Für das Geschäft ist es bestimmt günstig, wenn ich dich für eine Weile unter meine Fittiche nehme.« Er kam auf sie zu, nahm ihre Hand und zog sie mit sich über den Rasen.

»Ich muss reingehen und unbedingt mit der Wäscherei telefonieren«, protestierte Nelly.

»Das hat bestimmt noch Zeit. Deine Pflichten als Fremdenführerin gehen vor.«

»Fremdenführerin? Würdest du mich jetzt bitte loslassen? Wo willst du denn hin?«

»Irgendwohin, wo wir Elsies berühmtes Picknick genießen können.« Percy zeigte ihr den Korb, den er in der anderen Hand hielt. »Ich will mir den See anschauen.«

»Deshalb brauchst du mich nicht mitzuschleppen. Du kannst ihn gar nicht verfehlen. Das ist diese große Wasserfläche, weißt du. Du brauchst nur ein Stück geradeaus zu gehen, und dann bist du da.«

»Nelly.« Er blieb stehen und sah sie an. »Seit zwei Tagen meidest du mich. Ich gebe zu, unsere Ansichten über das Hotel gehen ein bisschen auseinander, aber ...«

»Das hat doch damit nichts zu tun ...«

»Sei still«, schnitt er ihr das Wort ab. »Ich verspreche dir, keine größeren Änderungen vorzunehmen, ohne dich nicht vorher darüber zu informieren.« Es klang unpersönlich und geschäftsmäßig, doch er hielt sie noch immer fest. »Ich weiß deine Loyalität und Opferbereitschaft dem Hotel und dem Personal gegenüber zu schätzen.«

»Aber ...«

»Aber«, fuhr er ihr wieder über den Mund, »noch bin ich der Besitzer, und noch bist du meine Angestellte. Ich gebe dir jetzt ein paar Stunden frei. Du sollst nicht nur arbeiten, sondern dich auch amüsieren. Hättest du Lust zu einem Picknick?«

»Nein, ich ...«

»Wie schön. Ich selbst liebe Picknicks auch über alles.« Lächelnd ging er weiter und zog Nelly hinter sich her.

Der Pfad führte durch einen Wald, in dem der Frühling erst zögernd seinen Einzug hielt. Hin und wieder lugten aus dem halb vermoderten Laub Schneeglöckchen hervor. Eichhörnchen kletterten flink die Baumstämme hinauf, und Vögel trugen Material für den Nestbau zusammen.

»Erpresst du dir immer gewalttätig fremde Gesellschaft?«, fragte Nelly wütend. Sie musste rennen, um mit Percy Schritt zu halten.

»Nur, wenn es nicht anders geht«, erwiderte er.

Der Pfad führte Nelly und Percy an das grasbewachsene Seeufer. Kein Windhauch regte sich, das Wasser war eine spiegelglatte Fläche. Am gegenüberliegenden Ufer erhob sich eine wellige Bergkette. Die Stille wurde nur gelegentlich durch den Ruf eines Vogels unterbrochen.

»Wie bezaubernd«, sagte Percy nach einer Weile, ohne eine Spur von Ironie. »Schwimmst du hier manchmal?«

»Seit meinem zweiten Lebensjahr.« Nelly bemühte sich um einen leichten Ton. Sie wollte nur, dass er endlich ihre Hand losließ.

»Wirklich?« Er drehte sich zu ihr um. »Stimmt. Du stammst ja aus dieser Gegend, nicht wahr?«

»Ich habe fast mein ganzes Leben lang in Lakeside gewohnt.« Nelly nahm ihm den Korb ab, um ihre Hand zu befreien, und tatsächlich lockerte Percy seinen Griff. Sie hockte sich auf den Boden und breitete das ordentlich zusammengefaltete Tuch aus. »Als ich neunzehn war, zogen meine Eltern nach New York, und ungefähr ein Jahr lang blieb ich bei ihnen. Aber dann hielt ich es nicht mehr aus. Mitten im Semester ging ich dort vom College ab und trug mich hier neu ein.«

»Wie findest du New York?« Percy setzte sich neben sie ins Gras und krempelte sich die Ärmel seines weißen Hemdes auf. Bewundernd blickte Nelly auf die muskulösen gebräunten Arme.

»Ich finde New York laut und verwirrend«, erwiderte sie, während sie gegrillte Hühnerschenkel auf Pappteller legte. »Und ich lasse mich nicht gern verwirren.«

»Nein?« Er lachte sie an. Mit einer raschen Bewegung zog er ihre Haarschleife auf. »Jetzt siehst du aus wie meine kleine Nichte.« Nelly griff nach der Schleife, doch er warf kurzerhand das Band fort.

»Du bist unverschämt.« Zornig funkelte sie ihn an.

»Das stimmt«, pflichtete er ihr lächelnd bei, zog eine Weinflasche aus dem Korb und entkorkte sie mit der Geschicklichkeit eines gelernten Kellners. »Sag mal, wie kamst du eigentlich dazu, Managerin des ›Lakeside‹ zu werden?«

Die Frage überraschte sie. Sie sah zu, wie er den besten Weißwein, den das Hotel zu bieten hatte, in Pappbecher goss. Dann antwortete sie: »Es hat sich so ergeben.« Sie nahm ihm den Becher aus der Hand, den er ihr entgegenhielt, und merkte ihm an, dass er sich mit dieser vagen Antwort nicht zufriedengab. »Als ich noch zur Schule ging, half ich in den Sommermonaten im ›Lakeside‹ aus. Ich verrichtete alle möglichen Arbeiten, die in einem solchen Betrieb eben anfallen. Als ich vom College abging, war ich schon so etwas wie die Assistentin des damaligen Managers. Und als Mr. Blakely dann in den Ruhestand ging, empfahl er mich weiter, und ich übernahm seine Stelle.« Sie hob die Schultern und biss in eine Käsestange.

»Und wann hast du die Zeit gefunden, Schlagball spielen zu lernen wie ein Profi?«

»Meine sportliche Laufbahn begann, als ich vierzehn war«, erzählte sie, und während sie sich daran erinnerte, kicherte sie unwillkürlich. »Damals war ich bis über beide Ohren in einen älteren Mann verliebt. Er war schon siebzehn.« Sie setzte eine ernste Miene auf. »Er interessierte sich für sämtliche Sportarten, und ich eiferte ihm nach. Und wenn er mich dann seine Sportsfreundin nannte, kribbelte es mir bis in die Zehen.«

Percy lachte so laut auf, dass eine in der Nähe herumhüpfende Amsel erschrocken davonflog. »Nelly, du bist einmalig. Und was passierte mit deinem Sportplatz-Casanova?«

Sie lächelte. »Ach, jetzt ist er verheiratet, hat zwei Kinder und verkauft Gebrauchtwagen.«

»Sein Pech«, kommentierte Percy trocken und schnitt den Käse in Scheiben.

Nelly brach sich ein Stück von Elsies frisch gebackenem Brot ab und hielt es Percy hin, um eine Käsescheibe zu erwischen. »Verbringst du viel Zeit in deinen übrigen Hotels?«, erkundigte sie sich. Sie wollte dem Gespräch eine andere Wendung geben, denn sein Ton war ihr zu persönlich.

»Das kommt ganz darauf an.«

»Worauf?« Sie bemühte sich, ihm fest in die Augen zu sehen und seinem nachdenklichen Blick nicht auszuweichen.

»Ich sorge dafür, dass meine Manager sehr fähige Leute sind, mit dem Erfolg, dass in den Hotels eigentlich immer alles reibungslos läuft.« Er lächelte. »Und sollte ein besonderes Problem auftauchen, dann kümmere ich mich selbst darum. Wenn ich ein Hotel neu dazugekauft habe, mache ich mir erst mal ein Bild von dem Betrieb und entscheide dann später, ob irgendein Wechsel oder eine Veränderung angebracht wäre.«

»Dann kommst du sicher viel herum.« Die neue Richtung des Gesprächs war Nelly bedeutend sympathischer. Sie entspannte sich.

»Und ob. Weißt du, dass dein Haar mich an Weizenfelder erinnert, die ich mal in Kansas gesehen habe?« Er hob die Hand und griff spielerisch nach einer Strähne. Nelly schluckte überrascht. »Und deine Augen sind grauer als der Londoner Nebel.«

Nelly befeuchtete ihre spröden Lippen. »Wenn du jetzt nicht isst, wird dein Hähnchen kalt.«

Er schmunzelte über ihren Versuch, ihn abzulenken, spielte jedoch immer noch mit ihrem Haar. »Hähnchen kann man auch kalt essen.« Mit der anderen Hand schenkte er sich Weißwein nach. »Ach übrigens, da war ein Anruf für dich.«

Nelly zwang sich, ruhig zu bleiben, und trank einen Schluck Wein. »War es etwas Wichtiges?«

»Mm.« Percy blickte sie durchdringend an. »Es war ein gewisser Howard Beall. Du sollst zurückrufen. Er sagte, du hättest seine Nummer.«

»Ach so.« Nelly kräuselte die Stirn und dachte daran, dass wieder einmal die Zeit für ihr Pflichtrendezvous mit Betty Jacksons Neffen gekommen war. Unbewusst seufzte sie auf.

»Du liebe Zeit. Du strömst ja vor Begeisterung über.«

Percys trockener Kommentar zauberte ein Lächeln auf ihre Lippen. »Ach, das ist nur ein Bekannter.«

Über Nelly und Percy spannte sich ein postkartenblauer Himmel. Nicht ein einziges Wölkchen war zu sehen. Nelly legte sich auf den Rücken, verschränkte die Arme hinter dem Kopf und genoss den Anblick.

Das Gras war weich und duftete nach Frühling. Die dunklen Zweige der Ahornbäume schimmerten in einem grünen Hauch, das junge Laub begann, zu sprießen.

»Im Winter«, sagte Nelly verträumt, »wenn Schnee gefallen ist, herrscht hier absolute Stille. Alles ist dann weiß. Der Schnee liegt dick auf den Bäumen, und der See glänzt wie ein Spiegel. Das Eis ist so klar, dass man bis auf den Grund sehen kann. Man vergisst, dass es noch andere Orte auf der Welt gibt und dass es irgendwann wieder Frühling wird. Läufst du Ski, Percy?« Sie rollte sich auf den Bauch und stützte das Kinn in die Hände. Sie lächelte Percy zu. Das Gefühl der Feindseligkeit war verschwunden.

»Ja, ich hab's jedenfalls versucht.« Forschend betrachtete er ihr Gesicht, das von der Sonne und dem Wein gerötet war.

»Hier gibt es herrliches Gelände zum Skilaufen. Abends kommen viele Skiläufer zum Essen zu uns. Es gibt nichts Schöneres, als sich nach einem Tag im Schnee an Elsies Eintopf zu laben.« Nelly pflückte einen Grashalm und drehte ihn zwischen den Fingern.

Percy legte sich neben sie auf den Rücken. »Gibt's auch Glühwein?«, wollte er wissen.

Nelly lachte. »Selbstverständlich. Man kann auch einen steifen Grog bekommen oder heißen Kakao mit einem Schuss Rum.«

»Schade, dass ich die Skisaison verpasst habe.«

»Dafür bist du gerade zur Erdbeerzeit gekommen«, tröstete Nelly ihn. »Warte, bis du Elsies Erdbeertörtchen genossen hast. Und Fisch gibt es das ganze Jahr über. Wenn du willst, kannst du dir dein Abendessen selbst angeln.«

»Ich bin mehr für aktivere Sportarten.« Percy begann, ihren Arm zu streicheln.

Nelly bemühte sich, das angenehme Gefühl nicht zu beachten, das diese Berührung in ihr auslöste. »Tja.« Nachdenklich zog sie die Stirn kraus. »Ungefähr fünfundzwanzig Kilometer von hier entfernt gibt es einen fabelhaften Reitstall, im Yachthafen kann man Boote mieten, und ...«

»So etwas habe ich nicht gemeint. Hast du keine besseren Vorschläge?« Er schlang den Arm um sie und zog sie auf seine Brust.

»Man kann auch wandern.« Nellys Stimme klang belegt.

»Wandern«, wiederholte Percy. Mit einer schnellen Bewegung rollte er sich und Nelly herum, sodass sie unter ihm lag.

»Ja, der Sport wird immer beliebter.« Krampfhaft bemühte sie sich, einen klaren Kopf zu behalten. »Und im See kann man natürlich schwimmen.«

»Mm.« Zärtlich strich er mit dem Finger über ihre Wange.

»Ganz in der Nähe gibt's auch Campingplätze, wirklich sehr zu empfehlen.«

»Wirklich?«, flüsterte er dicht an ihrem Ohr.

»Ja, allerdings ist das wohl eher etwas für junge Leute.« Nelly stöhnte leise, als sich sein Mund auf ihren Hals legte.

»Und wie ist es mit dem Jagen?«, fragte Percy ironisch, während seine Lippen zu ihren Mundwinkeln wanderten.

»Ach so, ja sicher. Was hast du gefragt?« Nelly seufzte auf und schloss die Augen.

»Ich wollte wissen, ob man hier jagen kann.« Er küsste ihre Augenlider. Seine Hand glitt unter ihren Pullover und streichelte sanft ihre Taille.

»Weiter im Norden in den Bergen gibt es Luchse.«

»Fantastisch.« Mit den Lippen streifte er leicht über ihren Mund, während sich seine Finger zu ihrem Busen emportasteten. »Der Fremdenverkehrsverein wäre stolz auf dich.«

Nelly zitterte, als er mit dem Daumen ihre Brust umkreiste. »Percy«, flüsterte sie und schob die Hand in sein dichtes Haar. »Küss mich.«

»Gleich«, sagte er leise. Er bedeckte ihren Hals mit Küssen, und es kam Nelly wie eine Ewigkeit vor, bis sich sein Mund endlich auf ihren legte.

Nelly fühlte ein unbekanntes Verlangen in sich aufsteigen. Sie zog Percy enger an sich, bis er nicht mehr mit ihren Lippen spielte, sondern sein Kuss leidenschaftlicher wurde. Voller Hingabe erwiderte sie seine Zärtlichkeiten, fortgerissen von Empfindungen, die ihr völlig fremd waren.

Schließlich wurden Percys Hände dreister, die Liebkosungen fordernder. Blitzartig kam es Nelly zu Bewusstsein, dass sie beide sich sehr schnell einem Punkt näherten, an dem es kein Zurück mehr gab. Die Stärke ihrer Gefühle erschreckte sie, und unwillkürlich versteifte sie sich.

Percy spürte ihren Widerstand und hob den Kopf. Sein unregelmäßiger, warmer Atem streifte ihre Wange.

»Bitte, lass mich los.« Nelly hasste sich selbst dafür, dass ihr Tonfall nicht sehr überzeugend klang.

»Warum denn?«

Auf seinem Gesicht lag ein Ausdruck unverhüllten Begehrens. Nelly wusste, wenn er sie jetzt nehmen würde, könnte sie weder die Kraft noch den Willen aufbringen, sich ihm zu widersetzen.

»Bitte, Percy.«

Lange sah Percy sie an. Dann stieß er einen leisen Fluch aus und richtete sich auf.

»Die Zöpfe passen doch besser zu dir, als ich gedacht hatte.« Er zündete sich eine Zigarette an. »Frauen in deinem Alter sind normalerweise keine Jungfrauen mehr. Aber das macht nichts, ich werde eben etwas mehr Geduld aufbringen müssen.« Als er Nellys verständnislosen Blick auffing, setzte er lächelnd hinzu: »Ich sagte dir doch schon, dass ich immer bekomme, was ich will, Nelly. An den Gedanken solltest du dich gewöhnen.«

Empört sprang Nelly auf. »Ich denke nicht daran, deine neuste Errungenschaft zu werden. Vorhin, das war …« Ihr fiel kein passendes Wort ein, und sie brach hilflos ab.

»Das war bloß der Anfang«, ergänzte Percy. Er ergriff den Picknickkorb, stand auf und packte Nellys Arm. »Wir zwei sind noch lange nicht miteinander fertig. Im Augenblick will ich mich aber nicht mit dir streiten, Nelly.«

Gerade wollte Nelly etwas erwidern, als er sie warnte: »Wenn du nicht still bist, dann nehme ich mir vielleicht doch noch hier und jetzt, was du mir vorhin so bereitwillig angeboten hast.«

»Du eingebildeter, arroganter Kerl …«, fauchte sie.

»Das genügt, Nelly«, unterbrach Percy sie. »Sag lieber nichts, was du später bereuen könntest.« Mit festem Griff zog er Nelly mit sich zum Hotel zurück.

7. Kapitel

Beim »Lakeside« wünschte Nelly sich nichts sehnlicher, als sich aus Percys Armen zu befreien und sich in einen dunklen Winkel zu verkriechen. Leider wusste sie nur zu gut, dass sie es Percy sehr leicht gemacht hatte. Viel schlimmer noch – sie hatte sogar die Initiative ergriffen. Das verstand sie selbst nicht. Noch nie zuvor hatte sie Mühe gehabt, den romantischen Anwandlungen eines jungen Mannes zu widerstehen, oder hatte es überhaupt so weit kommen lassen. Doch wenn Percy sie berührte, setzte offensichtlich ihr Verstand aus.

Es muss mit irgendeinem Instinkt zu tun haben, schloss sie und sah Percy verstohlen von der Seite an, während sie sich der Veranda näherten. Ein Mann wie Percy Reynolds wirkte auf jede Frau attraktiv, er brauchte sie nur anzusehen. Und wenn er eine Frau streichelte, schwebte sie gleich im siebten Himmel. Er ist anders als alle Männer, die ich je kennengelernt habe, dachte sie. Und ich habe ihn auch noch gebeten, mich zu küssen. Als sie sich daran erinnerte, stieg ihr das Blut in die Wangen. Das muss am Wein gelegen haben. Es ist die einzige Erklärung.

Nelly wandte sich wieder an Percy, als sie das Haus durch einen Seiteneingang betraten. »Ich bringe den Korb in die Küche. Brauchst du mich noch?«

»Das ist eine gute Frage«, schmunzelte er.

Sie warf ihm einen vernichtenden Blick zu. »Ich muss arbeiten«, entgegnete sie resolut. »Und jetzt entschuldige mich bitte.«

Nellys Vorsatz, sich einen würdevollen Abgang zu verschaffen, erstarb im Keim, als sie die allgemeine Aufregung in der Eingangshalle bemerkte. Neugier besiegte ihren Stolz.

Am Empfang stand eine groß gewachsene, schlanke, dunkelhaarige Frau, umgeben von einer Anzahl grellrosa Gepäckstücken. Sie trug ein todschickes blaues Kostüm aus Rohseide. Der Duft eines exotischen Parfüms wehte Nelly entgegen.

»Wenn Sie sich jetzt bitte um mein Gepäck kümmern, Schätzchen, und Mr. Reynolds Bescheid sagen würden, dass ich angekommen bin, wäre ich Ihnen sehr dankbar.« Diese Wünsche richtete sie mit rauchiger Altstimme an Eddie, der den Mund aufsperrte und aussah, als könnte er nicht bis drei zählen.

»Hallo, Eliza. Was tust du denn hier?«

Die rassige Brünette drehte sich um. Nelly bemerkte, dass ihre Augen ebenso intensiv blau waren wie das Seidenkostüm.

»Percy.« Eliza schwebte auf hohen Absätzen durch die Halle und fiel ihm um den Hals. »Ich komme gerade aus Chicago. Du hast es doch sicher gern, dass ich mir diesen kleinen Betrieb hier einmal anschaue und dir ein paar Vorschläge mache.«

Percy befreite sich aus Elizas Umarmung und lächelte

zurückhaltend. »Wie umsichtig. Nelly, das ist Eliza Trainor. Eliza ist für die Innenausstattung meiner Hotels verantwortlich. Eliza, das ist Miss Clark, die Managerin des ›Lakeside‹.«

»Wie interessant.«

Eliza nahm Nellys Jeans und den Pullover zur Kenntnis und strich sich liebevoll über ihre perfekte Frisur. »Wenn mich nicht alles täuscht, gibt es hier für mich sehr viel zu tun.« Hochnäsig musterte Eliza die handgeknüpften Teppiche und die altmodischen Lampenschirme.

»Bis jetzt hat sich noch kein Gast über die Einrichtung unseres Hauses beschwert«, erklärte Nelly nachdrücklich.

»Na ja.« Eliza lächelte herablassend. »Aber finden Sie nicht auch, dass hier alles ein bisschen bieder und muffig wirkt? Herr und Frau Meier schätzen das vielleicht, aber Leute mit etwas Niveau legen Wert auf eine schicke Einrichtung. Percy, wenn du vorhast, diesen Raum zu vergrößern, sag es mir. Ich habe da schon verschiedene Ideen. Als Grundfarbe würde ich Rot nehmen, Rot ist immer ein Blickfang. Rote Samtvorhänge und einen roten Teppich stelle ich mir sehr dekorativ vor.«

Aus Nellys Augen schossen Blitze. »Wissen Sie was, nehmen Sie Ihre roten Samtvorhänge und stecken Sie sie sich …«

»Ich glaube, wir verschieben diese Diskussion auf später«, mischte sich Percy ein und hielt Nellys Arm noch fester. Sie beherrschte sich, um nicht laut aufzuschreien.

»Ich nehme an, Sie wollen jetzt Ihr Zimmer sehen.« Nelly biss die Zähne zusammen.

»Allerdings.« Mit flatternden Wimpern hatte Eliza Nellys Wutausbruch zur Kenntnis genommen. »Komm mit auf einen Drink, Percy. Hier gibt es doch hoffentlich einen Zimmerservice?«

»Selbstverständlich. Schicken Sie zwei Martini in Miss Trainors Zimmer«, wandte sich Percy an Eddie. »Welche Nummer hast du, Eliza?«

»Bis jetzt habe ich überhaupt noch kein Zimmer.« Eliza blickte Eddie schmelzend an, der wie betäubt dastand. »Wir haben nämlich einige Verständigungsschwierigkeiten.«

»Gib Miss Trainor den Schlüssel von 314, Eddie, und bring ihr Gepäck nach oben.« Nellys militärischer Befehl riss Eddie aus seinen Träumen, und er gehorchte beflissen. »Ich hoffe, das Zimmer genügt Ihren Ansprüchen.« Sie lächelte gekünstelt und wandte sich ihrem neuen, unwillkommenen Gast zu. »Wenn Sie irgendetwas brauchen, sagen Sie mir Bescheid. Ich sorge dafür, dass Sie Ihre Drinks bekommen.«

Percy hielt noch einen Moment lang ihren Arm fest. »Wir zwei sprechen uns später.«

»Aber gern«, erwiderte Nelly schnippisch. Percy ließ Nelly los, und sie spürte, wie das Blut langsam wieder pulsierte. »Ich stehe Ihnen jederzeit zu einem Gespräch zur Verfügung, Mr. Reynolds. Herzlich willkommen im Hotel Lakeside, Miss Trainor. Ich wünsche Ihnen einen angenehmen Aufenthalt.«

Für Nelly war es kein Kunststück, Percy aus dem Weg zu gehen, da er sich den Rest des Tages bei Eliza aufhielt. Nelly glaubte schon, die beiden würden das Zimmer 314 nie mehr verlassen. Um ihr Selbstvertrauen wiederzugewinnen, rief sie Howard an. Sie verabredeten sich für den kommenden Abend. Howard würde sich nie mit so einer aufgetakelten Person einschließen und literweise Martini trinken, dachte Nelly aufgebracht. Aber der Gedanke an Howards soliden Lebenswandel tröstete sie nicht.

Zum Dinner zog Nelly ein schwarzes, raffiniert schlichtes Kleid an. Der weiche Stoff schmiegte sich beinahe zärtlich an ihren sanft gerundeten Körper. Das Kleid war hochgeschlossen, doch gerade der strenge, klassisch einfache Schnitt betonte ihren kleinen festen Busen und ihren langen schlanken Hals. Die zierlichen Knöpfe wirkten wie Perlen. Nelly ließ das Haar offen, und es fiel wie eine duftige Wolke über ihre Schultern. Ehe sie ihr Zimmer verließ, um in den Speisesaal hinunterzugehen, tupfte sie sich noch etwas Parfüm hinter die Ohrläppchen.

Percy und Eliza saßen an einem Ecktisch, und Kerzenschein verbreitete eine intime, anheimelnde Atmosphäre. Als Nelly die beiden sah, furchte sie unwillkürlich die Stirn. Percy und Eliza waren zweifellos ein gut aussehendes Paar. Wie füreinander geschaffen, dachte sie grimmig. Eliza trug ein weinrotes Kleid mit einem tiefen Ausschnitt, der ihren üppigen Busen betonte. Percys dunkler Anzug saß wie angegossen und unterstrich seine breiten

Schultern. Nelly stockte der Atem, als sie sich ungewollt an die harten Muskeln seiner Arme erinnerte.

Percy musterte Nelly eingehend. Sie merkte, wie ihr das Blut in die Wangen stieg, doch ohne mit der Wimper zu zucken, hielt sie seinem Blick stand. Dann hob Percy eine Braue und winkte sie an den Tisch.

Entrüstet über diese Unverschämtheit, machte Nelly einen Umweg und blieb fast an jedem Tisch stehen, um einige Worte mit den Gästen zu wechseln.

»Guten Abend.« Teilnahmslos, aber höflich begrüßte sie Percy und seine Tischnachbarin. »Ich hoffe, es schmeckt Ihnen.«

»Das Essen ist wirklich ausgezeichnet wie immer.« Percy stand höflich auf und rückte für Nelly einen Stuhl zurecht. Er kniff leicht die Augen zusammen und blickte sie herausfordernd an. Aber Nelly wollte sich nicht ausgerechnet jetzt auf einen Machtkampf mit ihm einlassen.

»Sind Sie mit Ihrer Unterkunft zufrieden, Miss Trainor?«, fragte sie, während sie Platz nahm.

»Es geht, Miss Clark. Doch ich bin entsetzt über die Einrichtung des Zimmers.«

»Du trinkst sicher ein Glas mit uns«, bestimmte Percy, und ohne Nellys Antwort abzuwarten, winkte er eine Kellnerin herbei. Nelly blitzte Percy wütend an.

»Für mich das Übliche«, sagte sie knapp zu Liz. Damit meinte sie ein Glas Bier. Dann widmete sie sich wieder Eliza. »Und was genau hat Sie so schockiert, Miss Trainor?«

»Also wirklich, Miss Clark.« Eliza tat so, als wäre dieser Punkt nicht diskutabel. »Die Ausstattung ist doch hoffnungslos provinziell. Sicher, es gibt ein paar hübsche Antiquitäten, aber Percy und ich ziehen ein modernes Design vor.«

Nelly war erzürnt – und etwas eifersüchtig. Ironisch entgegnete sie: »Vielleicht könnten Sie mir, einem Mädchen vom Land, mal erklären, was Sie unter einem modernen Design verstehen. Weiter als bis zu der hiesigen Woolworth-Filiale bin ich nämlich noch nicht vorgedrungen.«

Liz brachte Nellys Bier und zog sich schleunigst wieder zurück, da sie die Anzeichen des drohenden Sturms erkannte.

Eliza achtete nicht auf Nellys Ironie. »Zunächst würde ich die gesamte Beleuchtung ändern. Diese gläsernen Lampenschirme mit der Kette, an der man ziehen muss, sind ja geradezu vorsintflutlich. Dann brauchen die Zimmer einen Teppichboden. Die handgeknüpften Läufer und die verblassten Perserbrücken müssten verschwinden. Und das Bad würde ich von Grund auf erneuern.« Seufzend hob Eliza ihr Glas an die Lippen und nippte an dem Champagnercocktail. »Badezuber mit Füßen gehören ins Museum, nicht in ein Hotel.«

Nelly musste sich mit einem Schluck Bier abkühlen, damit ihr Temperament nicht überschäumte. »Unsere Gäste fanden die Bäder immer ganz entzückend.«

»Kann sein«, erwiderte Eliza herablassend. »Ihre jetzigen Gäste mögen das ja schön finden, aber wenn erst einmal alles modernisiert worden ist, wird hier ein ganz anderes Publikum verkehren.« Aus einem Etui zog sie eine Zigarette und ließ sie sich von Percy anzünden.

»Hast du auch etwas gegen Badewannen mit Füßen und Lampen mit Ziehketten einzuwenden?«, fragte Nelly ihn und betonte jedes einzelne Wort. Ihre Augen gaben Sturmwarnung.

»Sie passen zum gegenwärtigen Stil der Einrichtung.« Er antwortete genauso artikuliert, doch er blickte sie kühl an.

»Vielleicht kann ich auch ein paar Ideen beisteuern, Miss Trainor, falls Sie hier Änderungen vornehmen.« Nelly setzte das Glas ab, und Percy zündete sich eine Zigarette an. »Ich finde, Spiegel gäben den Räumen gleich eine andere Atmosphäre, besonders wenn man sie an der Decke anbringt. Ein Hauch von Dekadenz spricht die meisten Leute an. Die Möbel müssten ganz aus Chrom und Plexiglas bestehen, das ist ja heutzutage gefragt. Auf Farben sollte man völlig verzichten und alles in Weiß halten. Hier und da vielleicht einige rote Tupfer als Blickfang. Ach ja, und die Zimmer bekommen große runde Betten mit Felldecken. Magst du Felldecken, Percy?«

»Ich kann mich nicht erinnern, dich in Fragen der Innendekoration um Rat gebeten zu haben, Nelly.« Percy zog lässig an seiner Zigarette. Der Rauch entschwebte in dünnen Schwaden zu den Holzbalken der Decke.

»Ich fürchte, Miss Clark«, bemerkte Eliza, ermutigt durch Percys Einwand, »dass Ihr Geschmack etwas vulgär ist.«

»Meinen Sie wirklich?« Nelly tat, als wäre sie überrascht. »Das liegt vielleicht daran, dass ich zu lange auf dem Land gelebt habe.«

»Verlass dich ganz auf mich, Percy. Was ich plane, wird dir bestimmt gefallen.« Eliza tätschelte vertraulich seinen Arm. »Aber du solltest mir etwas länger Zeit lassen als sonst, weil so außergewöhnlich viel geändert werden muss.«

»Nur keine Eile«, sagte Nelly großzügig und stand auf. »Aber lassen Sie ja die Finger von meinen Badezubern.«

Ihr Abgang war nicht ganz so würdevoll wie gedacht, weil sie beinahe mit Liz zusammengeprallt wäre, die diskret gelauscht hatte. »Eine Runde Arsen für Tisch drei auf Kosten des Hauses«, zischte Nelly der Kellnerin zu und rauschte mit wehendem Rock aus dem Speisesaal.

Nelly kam nicht dazu, sich in ihr Zimmer zurückzuziehen, um dort ihr erhitztes Gemüt wieder abzukühlen, denn sie musste sich um viele kleine, aber nervenaufreibende Einzelheiten kümmern. Erst nach zehn Uhr konnte sie aufatmend die Tür hinter sich schließen und ihrem Zorn Luft machen.

»Provinziell«, schimpfte Nelly. Sie blickte auf einen Tisch, der mindestens achtzig Jahre alt war. Die Person da unten zog wahrscheinlich schwarz-weiß karierte Plastikmöbel vor. Nacheinander betrachtete Nelly liebevoll die antike Aussteuertruhe, das alte Schulmeisterpult und den Ohrensessel, dessen grüner Bezug bereits an einigen Stellen zerschlissen war.

Jedes Zimmer des Hauses hatte eine besondere persönliche Note. Nelly schloss die Augen und stellte sich den Raum vor, den Eliza bezogen hatte. Nelly liebte die zart geblümte Biedermeiertapete, den glänzend gebohnerten Dielenfußboden und den gepolsterten Fenstersitz im Erker.

Das Prunkstück war jedoch eine altmodische hohe Walnusskommode mit tropfenförmigen Messinggriffen. Jeder Gast dieses Zimmers war davon bezaubert.

Eliza Trainor soll ja nicht wagen, mein Hotel auf den Kopf zu stellen, schwor sie sich. Nelly betrachtete sich in einem Spiegel und seufzte tief. Elizas Gesicht wirkt wie ein Juwel, dachte sie, und meins wie eine Reklame für Butter, Milch und Käse. Dann schloss sie sich in ihrem Zimmer ein.

Wie soll ich Percy davon überzeugen, dass das Hotel so bleiben muss, wie es ist, wenn sie ihm ständig Modernisierungen einflüstert? Ich glaube ohnehin nicht, dass sie ausschließlich seine Dekorateurin ist. Nelly runzelte wütend die Stirn. *Mir können sie nicht weismachen, dass sie sich einen ganzen Tag lang in ihrem Zimmer über Stoffmuster unterhalten haben.*

Ihr Privatleben geht mich natürlich nichts an, überlegte sie, aber wenn sie ohne meine Einwilligung die Tapeten von den Wänden reißen wollen, haben sie sich geirrt. Die beiden werden noch etwas erleben. Erschrocken drehte Nelly sich um, als plötzlich die Tür aufging und Percy ins Zimmer trat.

Erstaunt beobachtete sie, dass er die Tür absperrte und den Schlüssel wütend in seine Jackentasche steckte.

»Nur, weil du der Besitzer bist, hast du noch lange kein Recht, ohne triftigen Grund den Zweitschlüssel zu benutzen.«

»Mir scheint, ich habe mich nicht klar genug ausgedrückt«, erwiderte Percy mit trügerisch sanfter Stimme. »Bis auf Weiteres ließ ich dir bei der Führung dieses Betriebes freie Hand, denn ich hatte nicht die Absicht und habe sie auch jetzt noch nicht, die tägliche Routine zu stören. Aber …« Er trat einen Schritt näher, und Nelly rückte von ihm ab, bis sie an die Kante des Tisches stieß. »Ich lasse mir das Heft nicht ganz aus der Hand nehmen. Sämtliche wichtigen Entscheidungen treffe ich allein.«

»Du bist der geborene Tyrann …«

»Das hier ist keine Plauderei. Deine Meinung über meinen Charakter interessiert mich nicht«, schnitt er ihr das Wort ab. »Ich verbitte mir, dass du über meinen Kopf hinweg irgendwelche Befehle erteilst. Eliza ist meine Angestellte. Ich bestimme, was sie zu tun hat und wann sie es tun soll.«

»Du wirst doch wohl nicht zulassen, dass sie all diese schönen alten Stücke hinauswirft und durch Plastikmöbel ersetzt. Die Anrichte im Esszimmer ist reines Hepplewhite. Allein in deinem Zimmer stehen zwei Chippendale-Möbel, und …«

Nelly verstummte, als Percy ihren Nacken umfasste.

»Welche Anweisungen ich Eliza geben werde, ist allein meine Sache, die dich nicht das Geringste angeht.« Sein Griff wurde fester. »Und du behältst deine Ansichten für dich, es sei denn, ich frage dich ausdrücklich nach deiner Meinung. Misch dich nicht dauernd in meine Angelegenheiten, sonst könnte es dir noch leidtun. Hast du mich verstanden?«

»Vollkommen. Miss Trainors Einfluss hat dich meinen Argumenten gegenüber blind und taub gemacht.«

»Und wenn schon. Auch das geht dich nichts an.«

»Deine private Beziehung zu Miss Trainor ist mir vollkommen gleichgültig«, erwiderte sie, »aber alles, was dieses Hotel betrifft, geht mich sehr viel an. Ich gab dir meine Kündigung, aber du hast sie zerrissen. Inzwischen habe ich beschlossen, hier nicht von der Stelle zu weichen. Wenn du mich loswerden willst, musst du mich schon rauswerfen.«

»Reiz mich nicht bis zur Weißglut.« Er ließ die Hand sinken und berührte mit den Fingerspitzen den obersten Knopf ihres Kleides. »Ich habe meine Gründe, dich hierzubehalten, aber ich lasse mir von dir nicht alles bieten. Ich habe dir zwar versprochen, dich über jede Veränderung zu informieren, aber wenn du weiterhin so frech zu meinen anderen Angestellten bist, wirst du dich noch wundern.«

»Miss Trainor wirkt nicht, als sei sie auf den Mund gefallen«, entgegnete Nelly schnippisch.

»So?« Er lächelte. »Weißt du eigentlich, dass du mich am meisten reizt, wenn du wütend bist? Du siehst bezaubernd aus. Das Kleid ist so brav, dass es schon wieder verführerisch wirkt. War es Zufall oder Absicht, dass du es heute Abend angezogen hast?«

Wie nebenbei öffnete er einen Knopf nach dem anderen. Sie sträubte sich nicht.

»Was meinst du damit?« Nelly wollte sich losreißen, doch ihre Füße versagten den Dienst. »Verlass jetzt bitte mein Zimmer, Percy.«

»Du lügst ja«, warf er ihr sanft vor. Seine Hand schob sich in das offene Mieder ihres Kleides. Er streichelte ihre weiche Haut und berührte ihren Busen. »Sag mir noch mal, dass ich gehen soll.«

Der Boden schien wie ein Schiffsdeck unter Nelly zu schwanken. »Ich will, dass du jetzt gehst.« Ihre Stimme klang belegt.

»Das glaube ich dir nicht, Nelly. Dein Körper spricht eine andere Sprache.« Er massierte leicht ihren Rücken, ehe er sie eng an sich zog. »Du willst mich genauso, wie ich dich will.« Sein Mund umschloss ihre Lippen.

Nelly kapitulierte vor einer Macht, die stärker war als sie, schmiegte sich in Percys Arme und ließ sich bereitwillig von ihm küssen. Percy hatte ihr Herz erobert. Nelly war zugleich beseligt und verzweifelt. Dass sie sich in Percy verliebt hatte, war eine Katastrophe. Sie brauchte ihn, und das machte sie wehrlos und verletzlich. In seinen Armen zu liegen, bedeutete für sie höchstes Glück und tiefsten Kummer. Sie hatte sich im Netz ihrer eigenen Wünsche und Sehnsüchte verstrickt, und jeder Versuch, sich daraus zu befreien, musste scheitern.

»Gib's zu«, drängte er, während seine Lippen ihren zarten Hals entlangwanderten. »Gib zu, dass du mich willst. Sag mir, dass ich hierbleiben soll.«

»Ja, ich will dich.« Sie stöhnte auf und lehnte sich an seine Schulter. »Ja, ich will, dass du hierbleibst.«

Sie spürte, wie er zurückzuckte, und drückte ihr Gesicht tiefer in den Stoff seiner Jacke. Doch er zwang sie, ihn anzusehen. In ihren Augen glitzerten die mühsam zurückgedrängten Tränen, und ihr Mund zitterte. Nelly musste sich beherrschen, um nicht ihren Liebeskummer an seiner Brust auszuweinen. Eine Ewigkeit lang sah er sie unbewegt an. Sie verstand nicht, warum seine Züge sich verhärteten. Was er anschließend sagte, traf sie wie ein Fausthieb.

»Ich glaube, wir sind etwas vom Thema abgewichen.« Er trat einen Schritt zurück und vergrub die Hände in den Taschen seines Jacketts. »Ich habe mich doch unmissverständlich ausgedrückt, als ich meine Wünsche äußerte.«

Verwirrt schüttelte sie den Kopf. »Percy, ich …«

»Wir unterhalten uns besser morgen weiter.« Beim Klang seiner Stimme prallte sie zurück. »Ich verlange von dir, dass du Miss Trainor rücksichtsvoll und mit der gebotenen Höflichkeit behandelst. Vergiss nicht, dass sie auch ein Gast ist und entsprechend respektiert werden muss.«

»Selbstverständlich.« Nelly konnte die Tränen nicht länger zurückhalten. »Ich werde Miss Trainor die Wünsche von den Augen ablesen.« Nelly zog die Nase hoch, wischte sich übers Gesicht und fügte würdevoll hinzu: »Darauf gebe ich dir mein Ehrenwort.«

»Dein Ehrenwort?« Percy trat einen Schritt auf sie zu.

Nelly flüchtete sich ins Bad und verriegelte die Tür hinter sich.

»Verschwinde«, schluchzte sie. »Verschwinde endlich, und lass mich in Frieden. Ich habe dir mein Versprechen gegeben, und jetzt hast du nichts mehr bei mir zu suchen. Geh zu deiner Miss Innenarchitektin, und lass mich in Ruhe. Deine Befehle werde ich bis aufs i-Tüpfelchen genau ausführen, aber mach dich jetzt aus dem Staub.«

Percy schimpfte und knallte die Tür zu. Wie ein Häufchen Elend ließ Nelly sich auf den gekachelten Boden sinken und weinte herzzerreißend.

8. Kapitel

»Du lernst wohl nie dazu, was?« Nelly stand vor dem Spiegel und sprach mit sich selbst. Die Morgensonne enthüllte gnadenlos, dass ihre Augenränder vom Weinen immer noch geschwollen waren. »Du hast dich mal wieder unglaublich blamiert.«

Seufzend fuhr sie sich mit allen zehn Fingern durchs Haar, ehe sie sich vom Spiegel abwandte. Wie konnte es mir nur passieren, dass ich mich in ihn verliebt habe?, fragte sie sich, während sie die hellgrüne Bluse zuknöpfte. Aber gegen die Liebe war kein Kraut gewachsen. Sie kam angeflogen wie die Masern.

»Es ist wie verhext.« Nelly zog einen zur Bluse passenden Rock an. »Gegen meine Gefühle komme ich einfach nicht an. Er braucht mich nur zu berühren, und mein Verstand löst sich im Nu auf.«

Nelly schüttelte verständnislos den Kopf, als sie daran dachte, dass sie Percy am vergangenen Abend gebeten hatte, bei ihr zu bleiben. Was für eine Dummheit von ihr! Sie wusste doch, dass er lediglich eine flüchtige Affäre suchte. Und sie errötete vor Scham, als sie sich an seine Abfuhr erinnerte. Warum sollte er auch seine Zeit mit ihr verschwenden, wenn er die rassig-schöne Eliza besaß?

Während der nächsten zehn Minuten überhäufte Nelly sich mit den bittersten Selbstvorwürfen. Unnachgiebig und ernst betrachtete sie sich im Spiegel und schlang sich das Haar im Nacken zu einem lockeren Knoten zusammen. Anschließend straffte sie die Schultern und verließ zufrieden ihr Zimmer.

Von Eddie erfuhr sie, dass Percy bereits im Büro saß und Eliza noch nicht aufgestanden war. Nelly nahm sich vor, beiden aus dem Weg zu gehen, was ihr auch den ganzen Vormittag über gelang.

Die Mittagszeit verbrachte Nelly im Aufenthaltsraum, um die Bestände der Bar zu prüfen. Hier war es still. Die Geräusche aus dem Speisesaal drangen nicht herein. Die Ruhe war Balsam für Nellys Nerven.

»Das ist also der Aufenthaltsraum.«

Die rauchige Stimme riss Nelly aus ihrer Versunkenheit. Mit einem Ruck drehte sie sich um, wobei sie zwei Likörflaschen gegeneinander stieß.

Eliza schwebte herein. Das blassgelbe, klassisch geschneiderte Kostüm unterstrich ihre atemberaubende Schönheit. Die gepflegten schlanken Hände hielten einen Schreibblock und einen Bleistift. Eliza betrachtete die weiß gedeckten Tische, die briefmarkengroße Tanzfläche und den aus zweiter Hand erworbenen Flügel. Prüfend fuhr sie über die Wandtäfelung aus Kiefernholz und trat dann an die mit Eichenholz verkleidete Bar.

»Wie nüchtern das alles aussieht«, kommentierte sie, »viel zu langweilig. Dem Raum fehlt der Pfiff.«

»Danke«, erwiderte Nelly betont höflich, ehe sie die beiden Likörflaschen auf das Regal zurückstellte.

»Geben Sie mir bitte einen süßen Vermouth.« Eliza schwang sich anmutig auf einen Barhocker und legte den Schreibblock auf den Tresen.

Nelly wollte ihr eigentlich scharf antworten, doch noch rechtzeitig besann sie sich auf das Versprechen, das sie Percy gegeben hatte. Deshalb schwieg sie und schenkte Eliza den gewünschten Drink ein.

»Sie müssen berücksichtigen, Miss Clark«, lächelte Eliza zuckersüß, »dass ich hier lediglich meine Arbeit tue. Diese Äußerungen dürfen Sie nicht persönlich nehmen.«

Nelly versuchte, ihre Abneigung gegen Eliza zu bändigen, und antwortete versöhnlich: »Sie haben natürlich recht. Aber alles, was das ›Lakeside Inn‹ betrifft, geht auch mich etwas an. Für mich ist das Hotel mehr ein Zuhause als ein Arbeitsplatz.« Sie stellte das Glas Vermouth vor Eliza hin und zählte weiter die Flaschen.

»Ach ja, Percy erklärte mir, dass dieses Haus Ihnen sehr ans Herz gewachsen ist. Er fand das äußerst amüsant.«

»Wirklich?« Nellys Hände zitterten. »Percy scheint eine merkwürdige Auffassung von Humor zu haben.«

»Nun, man muss ihn sehr gut kennen, um solche Äußerungen richtig zu deuten.« In dem Spiegel, der sich hinter den Regalbrettern befand, trafen sich ihre Blicke. Eliza lächelte und hob das Glas. »Percy hält Sie für eine sehr tüchtige Angestellte. Sie könnten gut mit Leuten umgehen, meinte er.« Eliza lächelte erneut und nahm dann einen Schluck. »Von seinen Untergebenen verlangt Percy sowohl eine erstklassige Leistung als auch Gehorsam. Manchmal greift er auf recht ungewöhnliche Methoden zurück, um seine Leute dazu zu bewegen.«

»Ich dachte mir schon, dass Sie in dieser Hinsicht Ihre Erfahrungen gesammelt haben.« Langsam drehte Nelly sich um.

»Schätzchen, Percy und ich haben nicht nur beruflich miteinander zu tun. Ich verstehe aber, dass er sich manchmal sehr intensiv mit einem geschäftlichen Problem befasst.«

»Wie großzügig von Ihnen.«

»Wer mit Percy auskommen will, muss ihm ziemlich viel Spielraum lassen.« Sie fuhr mit dem Finger über den Rand ihres Glases. »Und für weibliche Gefühlsausbrüche oder hysterische Szenen hat er schon gar kein Verständnis.«

Nelly erinnerte sich an ihren Tränenschwall und daran, wie Percy heftig schimpfend das Zimmer verlassen hatte. »Endlich kann ich Ihnen einmal recht geben, Miss Trainor.«

»Die erste Warnung kommt immer in freundlicher Verpackung, Miss Clark.« Elizas Stimme klang so scharf, dass Nelly verdutzt zurückprallte. »Überspannen Sie den Bogen nicht. Ich schätze es nämlich nicht, wenn jemand in meinem Revier wildert.«

»Sprechen wir immer noch über Percy?«, erkundigte sich Nelly scheinheilig. »Oder ist mir entgangen, dass das Thema gewechselt wurde?«

»Nehmen Sie meinen Rat an.« Eliza beugte sich vor und packte schmerzhaft Nellys Arm. »Aber wenn Sie unbelehrbar sind, dann sorge ich dafür, dass Ihr nächster Arbeitsplatz ein Hundezwinger ist.«

»Lassen Sie mich sofort los«, drohte Nelly, denn Elizas lange Fingernägel taten ihr weh.

»Hauptsache, Sie verstehen, was ich meine.« Eliza strahlte Nelly an, zog ihre Hand zurück und widmete sich wieder ihrem Drink.

»Ich glaube, Sie sogar sehr gut zu verstehen.« Nelly nahm Eliza das Glas aus der Hand und stellte es ins Spülbecken. »Die Bar ist geschlossen, Miss Trainor.« Dann kehrte sie ihr den Rücken zu und zählte demonstrativ den Flaschenbestand weiter.

»Aber, aber, meine Damen.« Nelly erstarrte, als sie im Spiegel sah, dass Percy den Raum betrat. »Kaum zu glauben, dass ihr euch schon zu dieser frühen Stunde an der Bar aufhaltet.« Es war wohl heiter gemeint, doch er sah sehr ernst aus.

»Ich bin durchs Haus gegangen und habe mir Notizen gemacht«, erwiderte Eliza. Zornig beobachtete Nelly, wie ihre Hand vertraulich über seinen Rücken strich. »Ich fürchte, das einzig Gute an diesem Gesellschaftszimmer ist die Größe. Es wäre kein Problem, hier die doppelte Anzahl von Tischen aufzustellen. Aber ehe ich konkrete Pläne mache, muss ich wissen, ob du den Raum rustikal eingerichtet haben willst oder modern. Natürlich könnte man aus diesem Raum auch zwei machen und sie dann so gestalten, wie ich das in deinem Hotel in

San Francisco getan habe. Du musst nur sagen, was dir besser gefällt.«

Er sagte etwas Unverständliches und behielt Nelly im Auge, die sich am nächsten Regal zu schaffen machte.

»Wenn die Gäste mit dem Mittagessen fertig sind, sehe ich mir mal in aller Ruhe den Speisesaal an«, schmeichelte Eliza lächelnd. »Komm doch mit, Percy, dann kannst du mir besser erklären, welche Änderungen du dir vorstellst.«

»Wie bitte?«, fragte Percy zerstreut. »Ach so, nein, konkrete Vorstellungen habe ich noch gar nicht. Aber der Speisesaal ist jetzt leer. Du kannst ja schon mal hingehen und dich umschauen. Vielleicht komme ich später nach.«

Eliza zog die Brauen hoch, doch sie antwortete freundlich: »Wie du willst, Percy. Ich kann auch später mit meinen Notizen zu dir ins Büro kommen.«

Sie entfernte sich, und die Absätze klapperten leise auf dem Holzfußboden. Der Duft ihres schweren Parfüms schwebte im Zimmer.

»Wolltest du etwas trinken?«, fragte Nelly nüchtern und kehrte Percy noch immer den Rücken zu.

»Nein, ich wollte mit dir reden.«

Nelly hob eine Flasche hoch und überprüfte den Inhalt. »Haben wir denn nicht schon alles besprochen?«

»Nein, noch lange nicht. Dreh dich bitte um, Nelly. Ich habe keine Lust, mich mit deinem Rücken zu unterhalten.«

»Jawohl, du bist der Boss.« Sie wandte sich um und blickte in seine zornig blitzenden Augen.

»Provozierst du mich eigentlich absichtlich, Nelly, oder kannst du nichts dafür?«

»Das weiß ich nicht. Denk, was du willst.« Plötzlich kam ihr eine Idee. »Percy«, rief sie aufgeregt, »jetzt möchte ich mal mit dir verhandeln. Was hältst du davon, wenn ich dieses Hotel kaufe? Du hängst doch nicht so an diesem Betrieb wie ich. Bau dir ein Ferienzentrum weiter im Süden, das du dann ganz nach deinem Belieben einrichten kannst. Wenn du mir etwas Zeit gibst, bringe ich das Geld auf.«

»Sei nicht albern.« Sein Vorwurf dämpfte ihre Begeisterung. »Womit willst du denn ein solches Objekt bezahlen?«

»Das müsste ich mir noch überlegen.« Hinter dem Tresen wanderte sie auf und ab. »Ich würde es schon irgendwie zusammenkratzen. Ein Darlehen bekäme ich bestimmt, und den Rest müsste ich dann in Raten abtragen. Ich habe auch noch Ersparnisse …«

»Nein.« Er ging um den Tresen herum und versperrte ihr den Weg. »Ich habe nicht die Absicht, dieses Hotel zu verkaufen.«

»Aber, Percy …«

»Ich habe Nein gesagt. Schlag dir die Sache aus dem Kopf.«

»Warum bist du denn so eigensinnig? Willst du es dir nicht wenigstens einmal überlegen? Wenn du mir etwas Zeit gibst, dann machst du aus dem Handel vielleicht noch ein gutes Geschäft.« Unsicher brach sie ab.

»Ich sagte, ich wollte mit dir sprechen. Im Augenblick habe ich keine Lust, über dieses Hotel zu diskutieren.«

Er packte ihren Arm und berührte genau die Stelle, die von Elizas Griff noch schmerzte. Nelly schrie auf, und Percy ließ sie sofort erschrocken los. Mit dem Rücken prallte sie gegen die Regale und stieß dabei mehrere Gläser um, die auf dem Boden zerbrachen.

»Was, in aller Welt, ist in dich gefahren?«, wollte er wissen, während sie sich die schmerzende Stelle am Oberarm rieb. »Ich habe dich doch kaum angerührt. Wie kommt es eigentlich, dass du jedes Mal vor mir zurückschreckst wie ein verängstigtes Kaninchen? Ich habe dir nicht wehgetan. Hör auf damit.« Er zog ihre Hand fort und schaute verblüfft auf die blutunterlaufenen Flecken an ihrem Arm. »Du liebe Zeit, ich könnte schwören, dass das nicht meine Schuld ist.« Sein Selbstbewusstsein wankte. Er war so erschrocken und verunsichert wie noch nie zuvor.

»Nein, du bist nicht daran schuld. Die Flecken hatte ich schon vorher.« Nelly schlug die Augen nieder. »Der Arm tut mir nur ein bisschen weh, und du hast ausgerechnet die schmerzende Stelle berührt.«

»Wo hast du dir das denn geholt?« Er trat näher, um sich den Arm genauer anzusehen, doch Nelly wich ihm schnell aus.

»Ich habe mich wohl irgendwo gestoßen.« Sie bückte sich, um die Scherben aufzulesen.

»Lass das sein«, befahl Percy. »Sonst schneidest du dich noch.«

Er hatte es kaum ausgesprochen, als sich Nelly auch schon den Daumen an einer spitzen, scharfkantigen

Scherbe verletzte. Stöhnend vor Schmerz und Wut über ihre Ungeschicktheit richtete sie sich auf.

»Lass mich mal sehen.« Percy packte ihr Handgelenk und ließ es auch nicht los, als sie sich wehrte. »Ach, Nelly.« Seufzend zog er ein sauberes Taschentuch aus der Tasche und betupfte die Wunde. »Ich glaube wirklich, dich muss man an die kurze Leine nehmen.«

»Halb so schlimm«, sagte sie leise. »Lass mich los, Percy, sonst beschmierst du dich noch.«

»Eine Kriegsverletzung.« Er zog den blutenden Daumen kurz an seine Lippen, dann wickelte er das Taschentuch darum. »Musst du eigentlich immer dein Haar aufstecken?« Mit der freien Hand zog er ihr die Haarnadeln aus dem Knoten und warf sie auf den Boden zu den Scherben. Dann lächelte er sie an. »Wie kommt es bloß, dass du mich ständig bis zur Weißglut reizt? Im Augenblick siehst du so lieb aus wie ein Kätzchen.«

Percys Finger strichen über Nellys Haar und blieben dann auf ihrer Schulter liegen. Sie spürte, wie ihre Knie wieder nachgaben.

»Warum hast du gestern Abend geweint, Nelly? Tu das nie wieder. Gestern Abend war ich drauf und dran, die Tür zu deinem Badezimmer einzutreten. Deine Tränen bringen mich um den Verstand.«

»Normalerweise weine ich auch nicht.« Sie hob das Kinn und befürchtete, im nächsten Moment wieder die Fassung zu verlieren. »Es war deine Schuld.«

»Ja, das stimmt. Und es tut mir jetzt sehr leid.«

Sie wunderte sich über diese unverhoffte Entschuldigung. Er hauchte einen weichen Kuss auf ihre Lippen.

»Schon gut, wir wollen den Vorfall vergessen.« Sie versuchte, seinem Mund auszuweichen, doch hinter ihr befand sich der Tresen.

Anstatt sie in die Arme zu ziehen, fragte Percy: »Wollen wir heute gemeinsam zu Abend essen? Oben in meinem Zimmer, wo wir uns ungestört unterhalten können?«

Sie schüttelte den Kopf. Noch ehe sie ihre Ablehnung begründen konnte, stand er dicht vor ihr.

»Nelly, ich lasse nicht zu, dass du vor mir davonläufst. Wir müssen uns irgendwo in aller Ruhe aussprechen, ohne Zeugen. Du weißt, was ich für dich empfinde, und ...«

»Warum gibst du dich nicht mit deinen anderen Errungenschaften zufrieden?«, erwiderte sie schroff.

»Wie bitte?« Sein Lächeln schwand bei ihrem scharfen Ton, und er ließ die Hand, mit der er ihr Haar streicheln wollte, wieder sinken.

»Du wirst mich schon verstehen, wenn du ein bisschen darüber nachdenkst.«

»Es fiele mir bestimmt leichter, wenn du mir deine Andeutung näher erklären würdest.«

»Ich denke nicht daran. Und selbst auf die Gefahr hin, deine männliche Eitelkeit zu verletzen, möchte ich dir mitteilen, dass ich nicht vor dir davonlaufe, sondern heute Abend schon etwas anderes vorhabe. Ich bin nämlich verabredet.«

»Verabredet?« Er schob die Hände in die Taschen und wippte auf den Fersen.

»Du hast dich nicht verhört. Ich glaube, ich habe ein Recht auf ein bisschen Privatleben. Mein Arbeitsvertrag schreibt mir nicht vor, dass ich dir vierundzwanzig Stunden am Tag zur Verfügung stehen muss.« Vernichtend fügte sie hinzu: »Ich nehme an, dass Miss Trainor heute Abend bestens für deine Unterhaltung sorgen wird.«

»Ganz bestimmt«, pflichtete er ihr bei. Seine Gelassenheit brachte Nelly aus der Ruhe, und ihr Temperament ging mit ihr durch.

Wütend fauchte sie: »Na, dann ist ja alles in Ordnung. Ich wünsche dir einen vergnügten Abend, Percy. Auch ich werde mich köstlich amüsieren. Und jetzt entschuldige mich bitte, ich habe zu arbeiten.« Sie wollte an ihm vorbeirauschen, doch er hielt sie fest.

»Da wir beide heute Abend anderweitig beschäftigt sind, können wir vielleicht gleich erledigen, was mir auf dem Herzen liegt.«

Er küsste sie so leidenschaftlich, dass sie Angst bekam. Anfangs biss sie die Zähne fest zusammen, doch dann öffneten sich ihre Lippen unter dem Druck seines Mundes. Gerade, als ihr innerer Widerstand schmolz, ließ er sie los.

»Bist du fertig?«, fragte sie betont spöttisch. Sie sehnte sich danach, nochmals von ihm geküsst zu werden, und war gleichzeitig wütend auf ihre Empfindungen.

»Nein, Nelly.« Es klang aufreizend zuversichtlich. »Ich bin noch lange nicht fertig.« Eine freche Antwort lag ihr auf der Zunge, doch er ließ sie gar nicht zu Wort kommen. »Ich rate dir jetzt, den Daumen zu verbinden.«

Erzürnt stürzte Nelly aus dem Aufenthaltsraum. Für einen würdevollen Abgang war sie viel zu aufgeregt.

Um diese Tageszeit ging es in der Küche immer ruhig zu. Nelly betrat sie unter dem Vorwand, eine Tasse Kaffee zu trinken.

»Was hast du denn mit deinem Daumen gemacht?«, fragte Elsie beiläufig. Sie war damit beschäftigt, Obst auf Tortenböden zu schichten.

»Ach, das ist nur ein Kratzer.« Nelly blickte missbilligend Percys Taschentuch an und steuerte auf die Kaffeemaschine zu.

»Tu dir lieber etwas Jod auf die Wunde.«

»Das brennt bloß.«

Elsie schüttelte nachdenklich den Kopf und wischte sich die Hände an der Schürze ab, ehe sie in dem kleinen Medizinschrank herumstöberte. »Setz dich hin, und stell dich nicht so an.«

»Das ist doch weiter nichts. Es blutet nicht mal mehr.« Aber Nelly wusste, dass aller Widerstand vergebens war. Hilflos ließ sie sich auf einen Stuhl fallen und sah zu, wie Elsie ein Fläschchen und Verbandzeug holte. »Mach nicht so viel Wirbel um einen Kratzer. Verflixt noch mal, Elsie! Ich sagte dir doch, dass das ekelhafte Zeug brennt.«

»Na, siehst du.«

Zufrieden lächelnd befestigte Elsie den Verband mit einem Stück Heftpflaster. »Aus den Augen, aus dem Sinn.«

»Das sagst du so.« Nelly stützte das Kinn in die Hand und starrte trübsinnig in die Kaffeetasse.

»Diese Schnüffeltante wollte in meine Küche kommen«, verkündete Elsie naserümpfend.

»Wer? Ach, du meinst Miss Trainor.« Nelly vergaß ihren schmerzenden Daumen und wandte sich neugierig an die Köchin. »Erzähl schon, was ist passiert?«

»Ich habe sie natürlich hinausgeworfen, was dachtest du denn.« Selbstbewusst entfernte sie etwas Mehlstaub von ihrem üppigen Busen.

»Fabelhaft!« Nelly lehnte sich zurück und lachte schallend. Sie konnte sich lebhaft vorstellen, wie Elsie die vornehme Eliza aus ihrer Küche komplimentiert hatte. »War sie wütend?«

»Reif für die Zwangsjacke«, erwiderte Elsie vergnügt, und Nelly strahlte. »Du triffst dich heute Abend mit Howard?«

»Ja.« Nelly wunderte sich nicht im Geringsten, dass Elsie im Bilde war. »Ich nehme an, dass wir ins Kino gehen.«

»Warum verschwendest du deine Zeit mit diesem jungen Burschen, wenn Mr. Reynolds hier ist?«

»Na ja, erstens freut sich Betty Jackson, und …« Nelly unterbrach sich. »Was hat Percy … ich meine, Mr. Reynolds denn damit zu tun?«

»Ich verstehe nicht, wieso du mit Howard ausgehst, wenn du in Mr. Reynolds verliebt bist«, erklärte Elsie nüchtern, während sie sich eine Tasse Kaffee einschenkte.

»Das stimmt ja gar nicht«, protestierte Nelly. Sie nahm einen großen Schluck und verbrühte sich Zunge und Gaumen.

»Aber natürlich«, widersprach Elsie und goss sich reichlich Sahne in die Tasse.

»Nein, wirklich nicht.«

»Doch.«

»Von wegen. Das muss ich ja wohl am besten wissen. Wie kommst du eigentlich auf diesen absurden Gedanken?«

»Ich bin fünfzig Jahre alt, und seit vierundzwanzig Jahren kenne ich dich. Das dürfte wohl genügen«, antwortete Elsie überzeugt.

»Und du irrst dich wohl nie?«, meinte Nelly bissig.

Elsie überhörte die Frage und fuhr in aller Gemütsruhe fort: »Ich fände es richtig schön, wenn du heiraten und dich hier in der Nähe niederlassen würdest. Solange keine Kinder da sind, kannst du das Hotel weiterführen.«

»Bleib bei deinen Brathähnchen und Tortenböden, Elsie«, riet Nelly. »Als Wahrsagerin bist du nämlich eine Niete. Mr. Reynolds würde mich weder heiraten noch sich hier niederlassen. Außerdem bin ich für seinen Geschmack viel zu provinziell und unerfahren.«

»Unsinn.« Elsie rümpfte die Nase und schüttelte den Kopf. »Du solltest nur mal sehen, wie er die Augen nach dir verdreht.«

»Meine liebe Elsie, da du in deinen fünfzig Jahren ja sehr viel Weisheit und Lebenserfahrung gesammelt hast, kennst du bestimmt auch den Unterschied zwischen dem Wunsch nach einer oberflächlichen Affäre und dem Bedürfnis, zu heiraten und sesshaft zu werden. Selbst wenn man wie wir in der Provinz aufgewachsen ist, kennt man den Gegensatz zwischen Sex und Liebe.«

»Du liebe Zeit, Mädchen, was du dir da zusammenreimst, ist lächerlich«, entgegnete Elsie so nachsichtig, als hätte sie es mit einem launischen Kind zu tun. »Trink jetzt deinen Kaffee aus, und dann lass mich allein. Ich muss noch die Törtchen vorbereiten und die Sahne schlagen. Und wehe, du nimmst den Verband ab«, drohte sie Nelly hinterher, die bereits zur Tür ging.

Während Nelly sich für ihr Rendezvous zurechtmachte, gelangte sie zu dem Schluss, dass ihr Aussehen offenbar nicht dem Bild entsprach, das man sich von einer Respektsperson machte. Sie war immer noch darüber verärgert, dass Elsie sie abgekanzelt und aus der Küche vertrieben hatte. Dagegen muss ich etwas unternehmen, dachte sie.

Nelly stöberte in ihrem Kleiderschrank und holte das Geburtstagsgeschenk ihrer Großmutter hervor. Die weiße Seidenbluse betonte den zierlichen Busen, und die elegante schwarze Hose schmiegte sich eng an die sanft gerundeten Hüften und die schlanken, wohlgeformten Beine.

»Mir ist nicht klar, ob ich damit wie eine Respektsperson wirke«, murmelte Nelly, während sie sich vor dem Spiegel drehte. »Ich bin neugierig, wie Howard darauf reagiert.« Sie kicherte, als sie sich sein gutmütiges Gesicht vorstellte.

Er hatte treuherzige Augen wie ein junger Hund, und über der Oberlippe spross ein kümmerliches Bärtchen. Er sähe gar nicht so übel aus, wenn er nur ein markantes Kinn hätte, überlegte Nelly. Howards Gesicht verschmolz schon vom Mund abwärts mit dem Hals.

Aber er ist ein feiner Kerl, gestand Nelly sich ein. Howard war freundlich, sympathisch, unkompliziert und vor allem offen. Sie schlüpfte in leichte schwarze Sandalen, nahm ihre Handtasche und verließ das Zimmer.

Sie hoffte, ungesehen nach draußen entwischen zu können, wo sie auf Howard warten wollte, doch Eddie fing sie völlig aufgelöst in der Diele ab.

»Nelly! Nelly, warte mal!« Er rannte ihr bis zur rettenden Tür hinterher.

»Eddie, falls das Hotel abbrennt, sag es mir lieber erst morgen. Ich wollte nämlich gerade gehen.«

»Nein, Nelly.« Aufgeregt griff er nach ihrer Hand. »Liz hat Maggie erzählt, dass Miss Trainor das ganze Hotel umkrempeln will. Mr. Reynolds hat vor, hieraus ein Ferienzentrum zu machen, mit einer Sauna in jedem Zimmer und einem illegalen Spielcasino im Keller.« Verzweifelt klammerte er sich an sie und blickte Nelly durch seine starke Brille flehend an.

»Mr. Reynolds beabsichtigt keineswegs, ein illegales Spielcasino einzurichten«, erwiderte sie geduldig.

»Aber er besitzt doch eins in Las Vegas«, tuschelte Eddie.

»In Las Vegas darf gespielt werden. Ein Spielcasino zu betreiben, verstößt nicht gegen das Gesetz.«

»Aber Nelly, Maggie sagt, Miss Trainor will den Aufenthaltsraum ganz neu gestalten. Die Einrichtung soll in Rot und Gold gehalten werden, und an die Wände kommen Bilder mit nackten Frauen.«

»Das ist doch Unsinn.« Sie tätschelte seine Hand und amüsierte sich über Eddies Verlegenheit. »Bis jetzt ist noch gar nichts entschieden. Und wenn Mr. Reynolds dafür ist, dass der Aufenthaltsraum renoviert wird, dann bestimmt nicht in Rot und Gold und auch nicht mit Bildern von nackten Frauen.«

»Vielen Dank«, hörte sie hinter sich Percys Stimme. Nelly zuckte zusammen. »Eddie, ich glaube, die beiden Damen Bodwin haben nach Ihnen gerufen«, fügte er hinzu.

»Ich bin schon unterwegs, Sir.« Mit hochrotem Kopf eilte Eddie davon und überließ Nelly ihrem Schicksal.

»Nanu.« Percy musterte sie eingehend. »Dein Freund scheint ja einen sehr hohen Siedepunkt zu haben.«

Sie wollte ihm zufauchen, dass Howard überhaupt keinen Siedepunkt hätte, dann besann sie sich. »Gefalle ich dir?« Kokett strich sie das Haar über die Schultern zurück und lächelte Percy so verführerisch wie möglich an.

»Tja, unter anderen Voraussetzungen fände ich diese Bluse ausgesprochen entzückend«, antwortete er trocken und betrachtete sie eingehend.

Er war offensichtlich verstimmt. Übermütig strich Nelly kurz über seine Wange und schwebte zur Tür.

»Gute Nacht, Percy. Warte heute nicht mehr auf mich. Es kann sehr spät werden.« Triumphierend trat sie hinaus in den rosabewölkten Abend.

Howards Reaktion auf Nellys Kleidung war Balsam für ihre Seele. Er schluckte, blinzelte heftig und stammelte während der Fahrt in die Stadt unverständliche, abgehackte Sätze. Nelly sonnte sich in seiner Bewunderung.

Im Ort waren kaum Leute unterwegs, nur bei dem Kino im Außenbezirk ging es etwas lebhafter zu.

Howard parkte den Wagen präzise in einer Lücke, half Nelly beim Aussteigen und schloss das Auto ab. Dann umfasste er zu ihrer maßlosen Verwunderung Besitz ergreifend ihren Arm und führte sie zum Kino.

Eine Stunde später hatte Nelly den Eindruck, dass mit Howard irgendetwas nicht stimmte. Er verschlang weder sein Popcorn mit dem üblichen Heißhunger, noch rutschte er auf dem unbequemen Sitz hin und her. Seine geistesabwesenden Augen glänzten fiebrig und leicht verstört.

»Howard«, flüsterte Nelly und berührte seine Hand. Er zuckte zusammen, als hätte sie ihn gekniffen. »Howard, fühlst du dich nicht wohl?«

Statt einer Antwort ließ er die Popcorntüte fallen, riss Nelly an sich und küsste sie ebenso unbeholfen wie leidenschaftlich.

Nelly war entgeistert. Bisher hatte Howard sich darauf beschränkt, sie beim Abschied vor der Haustür brüderlich zu umarmen. Als die Leute in den Sitzreihen hinter ihnen kicherten, riss sie sich von ihm los.

»Howard, benimm dich!«

Er ergriff jedoch ihren Arm und zog sie aus dem Kino.

»Sag mal, Howard, hast du den Verstand verloren?«

»Ich hielt es da drinnen nicht mehr aus«, brummte er und drängte sie zu seinem Wagen. »Es war so stickig und voll.«

»Voll?« Sie blies sich eine verwegene Locke aus der Stirn. »Im ganzen Kino können nicht mehr als zwanzig Leute gewesen sein. Vielleicht solltest du zu einem Arzt gehen.« Sie klopfte ihm freundschaftlich auf die Schulter. Dann betastete sie prüfend seine Stirn. »Du fühlst dich ganz heiß an, vielleicht hast du ein bisschen Fieber. Ich schlage vor, du fährst gleich nach Hause, und ich nehme mir ein Taxi.«

»Nein«, widersprach Howard so heftig, dass Nelly zusammenfuhr.

Sie blickte ihn nachdenklich an, ehe sie sich ins Auto setzte. In der Dunkelheit konnte sie nicht viel erkennen, aber er raste in hohem Tempo über die kurvenreiche Landstraße. Eine Weile später blinkten die erleuchteten Fenster des Hotels auf.

Plötzlich lenkte Howard den Wagen an den Straßenrand, stellte den Motor ab und schlang die Arme um Nelly. Im ersten Moment war sie mehr überrascht als böse.

»Lass mich sofort los. Howard! Was, in aller Welt, ist denn nur in dich gefahren?«

»Nelly.« Seine Lippen suchten ihren Mund, und diesmal war sein Kuss weder unbeholfen noch brüderlich. »Du bist so schön.« Seine Hand tastete nach dem Ausschnitt ihrer Bluse.

»Howard, du solltest dich schämen!« Nelly stieß ihn energisch fort und rutschte ein Stück zur Seite. »Du fährst auf der Stelle nach Hause, nimmst eine kalte Dusche und legst dich ins Bett.«

»Aber, Nelly …«

»Keine Widerrede.« Sie öffnete die Tür und sprang aus dem Wagen. Draußen am Straßenrand strich sie sich das Haar aus der Stirn und glättete ihre Kleidung. »Ich laufe jetzt zum Hotel, bevor deine Gefühle noch mal mit dir durchgehen. Du kannst dich freuen, wenn ich deiner Tante nichts von deinem Wahnsinnsanfall erzähle.« Sie machte auf dem Absatz kehrt.

Zehn Minuten später stapfte Nelly keuchend den steilen Hügel hinauf. Sie trug die Sandalen in der Hand und verwünschte alle Männer. Über ihr raschelte das erste Laub der hohen Bäume. Ein einsames Käuzchen stieß einen Schrei aus. Doch Nelly befand sich nicht in der Stimmung, den Zauber der Nacht zu genießen.

»Du hältst den Schnabel«, beschimpfte sie den Vogel.

»Ich habe doch noch gar nichts gesagt«, antwortete eine tiefe Stimme. Nelly wollte schreien, doch Percys Hand verschloss ihr den Mund.

»Was, in aller Welt …?«

»Gehst du spazieren?«, erkundigte er sich freundlich. »Wolltest du noch ein bisschen frische Luft schnappen?«

»Sehr witzig.« Sie wollte weiterlaufen, doch er hielt sie am Handgelenk fest.

»Was ist los? Ging deinem Freund das Benzin aus?«

»Deine Ironie hat mir gerade noch gefehlt.« Erst jetzt merkte Nelly, dass ihr vor Schreck die Sandalen entglitten waren, und sie suchte auf dem dunklen Boden danach. »Ich bin nämlich gerade hundert Kilometer gelaufen, nachdem ich mich gegen einen Verrückten gewehrt habe.«

»Hat er dir wehgetan?« Percy musterte sie prüfend.

»Natürlich nicht.« Nelly schnaubte. »Howard könnte keiner Fliege etwas zuleide tun. Ich weiß auch nicht, was plötzlich in ihn gefahren ist. So merkwürdig hat er sich noch nie benommen.«

»Bist du wirklich so naiv, oder tust du nur so?« Percy packte sie bei den Schultern und schüttelte sie leicht. »Werd endlich erwachsen, Nelly. Schau mal in den Spiegel. Der arme Howard konnte ja gar nicht anders.«

»Sei nicht albern.« Sie befreite sich aus seinem Griff. »Howard und ich kennen uns von klein auf. Und so hat er sich noch nie benommen. Vielleicht hat er in letzter Zeit zu viele Liebesromane gelesen oder dergleichen. Du liebe Güte, als ich zehn Jahre alt war, haben wir noch zusammen nackt im See gebadet.«

»Hat dich noch niemand darüber aufgeklärt, dass du jetzt nicht mehr zehn Jahre alt bist?« Sein Tonfall verwirrte sie. »Keine Angst, Nelly, ich tue dir nichts.« Sie spürte, wie ihre Knie zitterten. »Ich käme mir vor wie ein Puma, der sich an einer Hauskatze vergreift.«

Einen Augenblick lang schauten sie sich nur an. Über ihnen schimmerten die Sterne, der Mond schien sie zu beobachten, und ein Nachtvogel stieß einen klagenden Ruf aus. Dann schmiegte sie sich in seine Arme.

Nelly stellte sich auf die Zehenspitzen, um Percy zu küssen. Die Bäume flüsterten, und sie seufzte hingebungsvoll. Vergangenheit und Zukunft waren ihr gleichgültig, sie gab sich ganz der Gegenwart hin. Sein Mund berührte ihren Hals, und sie stöhnte auf, schob die Finger in sein Haar und öffnete die Lippen, um seine Küsse zu empfangen.

Eng umschlungen standen sie im Schatten der hohen Bäume, umgeben von den Geräuschen der Nacht. Doch plötzlich ging die Eingangstür des Hotels auf, und ein breiter Lichtstrahl fiel über den Hof.

»Ach, Percy, da bist du ja. Ich habe schon auf dich gewartet.«

Niedergeschlagen löste Nelly sich aus Percys Armen. Lässig lehnte Eliza am Türrahmen. Ein Negligé aus schwarzer, hauchdünner Spitze umschmeichelte ihren faszinierenden Körper. Das dunkel glänzende Haar fiel lose über ihren Rücken.

»Warum?«, fragte Percy brüsk.

»Percy, Liebling, stell dich doch nicht so dumm«, schmollte Eliza.

Nelly war zumute, als hätte ihr jemand einen Kübel Wasser über den Kopf gegossen. Sie fühlte sich ausgenutzt. Percy hatte sie geküsst, während eine andere Frau schon auf ihn wartete. Sie bückte sich nach ihren Sandalen.

»Wo willst du hin?« Percy ergriff ihr Handgelenk, als sie hastig den Rückzug antreten wollte.

»In mein Zimmer, wohin denn sonst? Mir scheint, heute Abend hast du schon etwas vor.«

»Moment noch, eine Minute.«

»Lass mich bitte sofort los. Mein Bedarf an Ringkämpfen ist für heute Abend gedeckt.«

Der Griff um ihr Handgelenk wurde härter. »Am liebsten würde ich dir das Genick umdrehen.«

Dann ließ Percy sie los. Mit den Sandalen in der Hand stürmte Nelly die Treppe hinauf ins Haus, während Eliza triumphierend lächelte.

9. Kapitel

Nelly holte sich die Akten und Geschäftsbücher in ihr Zimmer. Dort konnte sie am ehesten ungestört arbeiten, ohne durch Percy abgelenkt zu werden. Sie vergrub sich in dem Papierwust und versuchte, sich darauf zu konzentrieren.

Draußen herrschte trübes Wetter. Nieselregen sprühte gegen die Fensterscheiben und bildete den passenden Hintergrund für ihre Stimmung.

Nelly schrak hoch, als die Tür plötzlich aufgestoßen wurde. Percy trat ein. Ihr stockte der Atem.

»Versteckst du dich?« Seine Lippen wurden zu einem schmalen Strich, und auch seine Laune hatte sich seit dem vergangenen Abend nicht gebessert.

»Nein.« Instinktiv hob sie das Kinn. »Ich finde es nur praktischer, in meinem Zimmer zu arbeiten, solange du das Büro beanspruchst.«

»Aha.« Drohend beugte er sich über den Schreibtisch, sodass sie sich klein und hilflos vorkam. »Eliza hat mir von eurem Streit gestern im Aufenthaltsraum berichtet.«

Überrascht öffnete Nelly den Mund. Sie wunderte sich, dass Eliza den Mut besaß, ihr Verhalten zu erklären.

»Habe ich nicht ausdrücklich gesagt, Nelly, dass du Eliza, solange sie in diesem Hotel wohnt, mit der gleichen Höflichkeit zu behandeln hast wie alle anderen Gäste?«

Nelly wunderte sich immer mehr. »Entschuldige, Percy, aber heute Morgen bin ich offenbar besonders begriffsstutzig. Würdest du mir diese Frage bitte einmal erläutern?«

»Sie erzählte mir, du seiest regelrecht unverschämt zu ihr gewesen. Du hättest dich dazu hinreißen lassen, ihr ein Verhältnis mit mir zu unterstellen, hättest dich geweigert, ihr etwas zu trinken zu geben, und außerdem das Personal angewiesen, ihr die Arbeit nach Möglichkeit zu erschweren.«

»So, das hat sie gesagt?« Nelly wurde zornig. Bedächtig legte sie den Bleistift zur Seite und erhob sich, obwohl Percy so bedrohlich nahe vor ihr stand. »Ist es nicht erstaunlich, wie unterschiedlich zwei Menschen ein und dieselbe Situation auslegen? Na schön.« Sie schob die Hände in die Taschen ihres Rocks und straffte die Schultern. »Jetzt will ich dir etwas sagen …«

»Wenn du mir deine Version von dem Streit erzählen willst, dann bitte«, forderte Percy sie auf. »Ich bin gespannt.«

»Ach du.« Sie verlor die Beherrschung und boxte Percy mit der Faust auf die Brust. Nachsichtig lächelnd betrachtete er die kleine Hand. »Wie großmütig von dir«, höhnte Nelly. »Du bildest dir wohl ein, du seiest besonders fair?« Sie wirbelte herum und wanderte unruhig auf und ab. Sie fragte sich, ob sie ihm ihren Streit mit Eliza wörtlich wiedergeben sollte oder nicht. Schließlich siegte ihr Stolz über ihren Wunsch, sich vor Percy zu rechtfertigen. »Nein danke, auf so viel Gnade verzichte ich. Es war meine Schuld.«

»Nelly.« Mit zwei Schritten war Percy bei ihr, umfasste ihre Schultern und drehte sie zu sich herum. »Musst du mich ständig reizen?«

»Und musst du ständig auf mir herumhacken?«, erwiderte sie.

»Ich hacke nicht ständig auf dir herum«, verteidigte er sich.

»Glaubst du. Dabei muss ich mich andauernd in irgendeiner Weise vor dir rechtfertigen. Ich habe keine Lust mehr, dir alles, was ich tue oder sage, zu erklären. Ich habe es satt, Blitzableiter für deine Launen zu sein. Wie komme ich dazu, mich ständig deinen Stimmungen anzupassen? Ich weiß ja nie, ob du mich im nächsten Moment küsst oder mich in die Ecke schiebst wie ein ungezogenes Kind. Ihr beide behandelt mich, als sei ich naiv, untüchtig und dumm. Ich bin es nicht gewohnt, mich zu ducken.«

Die Worte sprudelten aus ihr heraus, während Percy sie nachdenklich musterte.

»Und vor allem bin ich deine kostbare Eliza leid. Ich lasse mir nicht gefallen, dass sie an diesem Haus kein gutes Haar lässt und mich ständig betrachtet, als sei ich eine Magd, die gerade die Kühe auf die Weide getrieben hat. Ich wehre mich dagegen, dass sie dir Lügen über mich auftischt. Und dich hasse ich, weil du mich dazu benutzt, dich als Mann zu bestätigen, während Eliza schon halb nackt auf der Suche nach dir durch das Hotel rennt und darauf wartet, dass du ihr das Bett anwärmst. Und ...«

Das Telefon läutete und unterbrach ihren Redeschwall. Nelly riss den Hörer von der Gabel und fauchte: »Was los ist? Nichts ist los. Was gibt's, Eddie?« Während sie lauschte, rieb sie sich den Nacken, der bereits wieder schmerzte. »Ja, er ist hier.« Sie drehte sich um und hielt Percy den Hörer hin. »Für dich. Ein Paul Bailey.«

Percy nahm Nelly den Hörer ab. Als sie sich jedoch umdrehte, um das Zimmer zu verlassen, hielt er sie am Arm fest. »Du bleibst hier.« Er ließ sie erst los, nachdem sie zustimmend genickt hatte. Dann ging sie zum Fenster und starrte in den strömenden Regen hinaus.

Percy sagte nur wenig. Er wirkte konzentriert, und gelegentlich antwortete er einsilbig. Nelly fühlte sich bedrückt, leer und ausgebrannt, nachdem ihre größte Wut und ihr Groll verraucht waren. Sie erkannte erschrocken, welchen Fehler sie begangen hatte.

Jetzt bleibt nur noch die Arbeit im Hundezwinger übrig, dachte sie erbittert. Eliza wird sich freuen, wenn sie merkt, dass sie recht behalten hat. Verflixt noch mal!

Sie legte die Stirn gegen das kühle Fensterglas. Warum musste ich mich auch in diesen unmöglichen Mann verlieben, überlegte sie betrübt.

»Nelly!« Sie zuckte zusammen. Als sie sich umdrehte, sah sie, wie Percy gerade den Hörer auf die Gabel zurücklegte. »Pack deinen Koffer«, sagte er kurz angebunden und ging zur Tür.

Jetzt ist es passiert, dachte sie, aber damit musste ich ja rechnen. Sie versuchte, sich damit zu trösten, dass es besser wäre, wenn sie ginge, um mit Percy und seinem Hotel nie wieder etwas zu tun zu haben. Sie nickte stumm und sah aus dem Fenster.

»Nimm dir genug Sachen für drei Tage mit.« Er legte die Hand auf den Türgriff.

»Wie bitte?« Verdutzt drehte Nelly sich um und blickte Percy entgeistert an.

»Wir werden drei Tage unterwegs sein. In einer Viertelstunde erwarte ich dich.« Percys Züge entspannten sich, als er ihre traurige Miene sah. »Nelly, du bist nicht entlassen. Ein bisschen mehr Niveau solltest du mir ruhig zutrauen.«

Ihr fiel ein Stein vom Herzen. Percy lehnte sich gegen die geschlossene Tür.

»Der Anruf kam von dem Manager eines meiner Hotels. Er hat da ein Problem, um das ich mich selbst kümmern muss. Und du kommst mit.«

»Ich soll mitkommen?« Sie war fassungslos. »Warum das denn?«

»Erstens, weil ich darauf bestehe.« Er verschränkte die Arme über der Brust und sah sie streng an. »Und zweitens, weil ich will, dass meine Manager etwas herumkommen. Für dich ist es eine gute Gelegenheit, dich in einem anderen Betrieb von mir ein bisschen umzusehen.«

»Aber ich kann hier doch nicht so ohne Weiteres abreisen«, entgegnete sie. »Wer soll denn sonst für Ordnung sorgen und sich um alles hier kümmern?«

»Eddie. Es wird höchste Zeit, dass er mehr Verantwortung übernimmt. Er verlässt sich viel zu sehr auf dich. Das andere Personal übrigens auch.«

»Aber am Wochenende kommen fünf neue Gäste, und ...«

»Jetzt hast du nur noch zehn Minuten Zeit zum Packen, Nelly«, ermahnte er sie nach einem Blick auf seine Armbanduhr. »Und wenn du dich nicht beeilst, dann reist du mit den Kleidern ab, die du gerade trägst.«

Sie merkte, dass es keinen Sinn hatte, mit Percy zu diskutieren, und versuchte, nicht daran zu denken, was es für sie bedeutete, mit ihm zu verreisen. Es ist eine reine Geschäftsreise, sagte sie sich immer wieder. Absolut nichts Privates.

Als er ging, rief sie hinter ihm her: »Dann sag mir wenigstens, wohin wir fahren. Schließlich muss ich ja wissen, ob ich Skistiefel oder einen Bikini einpacken soll.«

Lächelnd drehte er sich um. »Bikinis. Wir fliegen nach Palm Beach.«

Nelly stellte fest, dass die Überraschungen an diesem Vormittag kein Ende nahmen. Percy ließ sie gar nicht erst ausreden, als sie Eddie mit Ratschlägen und Anweisungen überhäufte, sondern schob sie kurzerhand durch den strömenden Regen zu seinem Auto. Während der Fahrt zum Flughafen stellte sie sich im Geist alle möglichen Katastrophen vor, die in den nächsten drei Tagen passieren konnten. Sie öffnete den Mund, um Percy in ihre

Befürchtungen einzuweihen, doch sein Blick schüchterte sie so ein, dass sie lieber schwieg.

Die nächste Überraschung erlebte sie auf dem Flughafen. Sie sollten nicht mit einer Verkehrsmaschine, sondern mit Percys Privatflugzeug fliegen.

Es wartete schon startbereit auf der Piste. Regungslos betrachtete Nelly die schnittige Maschine, während Percy sich um ihr Gepäck kümmerte.

»Nelly, du brauchst doch nicht hier im Regen zu stehen. Geh schon rein.«

»Percy.« Sie achtete nicht auf den Regen, der sie durchnässte. »Ich muss dir etwas gestehen. Ich fliege nicht gern.«

»Halb so schlimm.« Er klemmte sich ihren kleinen Koffer unter den Arm und ergriff ihre Hand. »Das Meiste macht das Flugzeug ganz allein.«

»Percy, ich meine es ernst«, jammerte sie, als er sie in die Maschine zog.

»Wirst du luftkrank? Ich geb dir eine Pille.«

»Nein.« Sie schluckte krampfhaft und ließ die Schultern hängen. »Wenn ich fliege, bin ich wie gelähmt. Gelegentlich tragen mich die Stewardessen in den Frachtraum, damit die anderen Passagiere meinetwegen nicht in Panik geraten.«

Er zauste liebevoll ihr nasses Haar. »Endlich habe ich deine schwache Stelle entdeckt. Wovor hast du Angst?«

»Dass die Maschine abstürzt.«

»Das ist alles nur Einbildung«, behauptete er, während er ihr half, die Jacke auszuziehen. »Dafür gibt es einen medizinischen Fachausdruck.«

»Ja, sterben«, pflichtete sie ihm bei, worauf er lachte. Beleidigt, weil er sie nicht ernst nahm, wandte sie sich ab und sah sich in der luxuriösen Kabine um. »Hier sieht es aus wie in einem Salon, gar nicht wie in einem Flugzeug.« Andächtig streichelte sie den dunkelbraunen Samtbezug eines Sessels. »Jeder Mensch hat ein Recht auf Angst«, sagte sie leise.

»Das stimmt.«

Offenbar hätte er am liebsten gelacht. Sie wirbelte herum, um ihn abzukanzeln, doch sein Schmunzeln entwaffnete sie. »Dir wird das Lachen schon vergehen, wenn ich gleich als stöhnendes Häufchen Elend auf deinem kostbaren Teppich liege«, behauptete sie.

»Dann werde ich bestimmt ganz ernst.« Er kam auf sie zu, und sie verkrampfte sich unwillkürlich. »Nelly, wollen wir nicht Frieden schließen? Wenigstens für die Dauer unserer Reise?«

»Na ja, ich ...« Seine Stimme klang so sanft und einschmeichelnd, dass sie eingehend die Knöpfe seines Hemdes betrachtete, um ihm nicht in die Augen sehen zu müssen.

»Was hältst du von einem Waffenstillstand?«, schlug er vor. Er nahm ihr Kinn zwischen Daumen und Zeigefinger und zwang sie, ihn anzuschauen. »Wenn wir zurückkommen, können wir uns ja weiterstreiten.« Er lächelte, und ihr innerer Widerstand schmolz.

»In Ordnung, Percy, ich bin einverstanden.« Gegen ihren Willen erwiderte sie sein Lächeln.

»Dann setz dich jetzt in einen Sessel, und schnall dich

an.« Er küsste sie auf die Stirn, und ihr versagten wieder einmal die Knie.

Nellys Angst hielt sich während des Starts in Grenzen, weil Percy sich unablässig mit ihr unterhielt. Zum ersten Mal in ihrem Leben flog sie, ohne dass ihr vor Nervosität heiß wurde.

»Es ist so flach hier und so warm«, staunte Nelly, als sie mit Percy die Gangway hinunterstieg und sich dabei umsah.

Schmunzelnd führte er sie zu einem schnittigen schwarzen Porsche. Percy wechselte einige Worte mit einem Parkplatzangestellten, ließ sich die Wagenschlüssel geben und schloss auf.

»Wo steht dein Hotel?«, fragte Nelly.

»In Palm Beach. Hier sind wir in West Palm Beach. Wir müssen den Worth-See überqueren, um auf die Insel zu kommen.«

»Ach so.« Dann schwieg Nelly und betrachtete verzückt die hohen schlanken Palmen an der Straße.

Die Landschaft, durch die sie fuhren, war so anders als ihre Heimat in Neu England, dass sie sich vorkam wie in einer fremden Welt. Das Wasser des Worth-Sees, der Palm Beach vom Festland trennte, glitzerte in der Nachmittagssonne. Am Strand standen vornehme, elegante Hotels.

Nelly erkannte die Initialen »P.R.« an einem turmartigen weißen Gebäude, das sich zwölf Stockwerke hoch über den Atlantik erhob. Hunderte von Fenstern spiegelten das Sonnenlicht wider. Percy fuhr die halbkreisförmige Auffahrt entlang und hielt vor dem Hoteleingang.

Nelly kniff leicht die Augen zusammen und staunte über die gepflegte Anlage. Neben der Glastür, die in das Hotelfoyer führte, standen üppig wuchernde tropische Pflanzen in Marmorkübeln. Die unterschiedlichen Farben waren gut aufeinander abgestimmt. Alles an diesem Hotelkomplex wirkte harmonisch.

Percy ging um den Wagen herum und öffnete die Tür. »Komm.« Er half Nelly galant beim Aussteigen und führte sie an seiner Hand ins Hotel.

Das Foyer kam Nelly vor wie ein tropisches Paradies. Der Boden war gekachelt, in der Mitte befand sich ein künstlich angelegter Felsengarten mit einem Springbrunnen. Das Hotel war rund gebaut. Verschiedene architektonische Effekte erweckten den Eindruck einer Spirale, die nach oben strebte. Die Decke war blau und wirkte offen wie der Himmel. Einen krasseren Gegensatz zu der anheimelnden, familiären Atmosphäre des »Lakeside Inn« konnte Nelly sich nicht vorstellen.

»Guten Tag, Mr. Reynolds.« Ein schlanker, gut gekleideter Mann störte Nelly in ihren Betrachtungen. »Wie schön, dass Sie wieder einmal hier sind.«

»Paul.« Percy schüttelte ihm lächelnd die Hand. »Nelly, das ist Paul Bailey, der Manager. Paul, das ist Miss Nelly Clark.«

»Es ist mir ein Vergnügen, Sie kennenzulernen, Miss Clark.« Paul Bailey begrüßte Nelly und betrachtete sie interessiert.

»Kümmern Sie sich um unser Gepäck, ich bringe Miss Clark nach oben. Später komme ich dann zu Ihnen.«

»Selbstverständlich. Alles ist für Ihre Ankunft vorbereitet.« Die Zähne blitzten in dem tief gebräunten Gesicht auf. Er ging zur Rezeption und griff nach einem Schlüssel. »Ihr Gepäck wird gleich hochgebracht, Mr. Reynolds. Kann ich noch etwas für Sie tun?«

»Wie bitte?« Nelly betrachtete noch immer gedankenverloren das luxuriöse Foyer.

»Hast du irgendeinen Wunsch?« Percy lächelte und strich ihr eine Locke aus dem Gesicht.

»Ach nein, eigentlich nicht. Vielen Dank.«

Percy nickte Bailey zu, nahm Nellys Hand und führte sie zu einem der drei Aufzüge. In einem achteckigen gläsernen Gehäuse glitten sie aufwärts.

In der obersten Etage stiegen sie aus. Sie gingen den mit weichem Teppich ausgelegten Flur entlang, dann schloss Percy eine Tür auf. Nelly betrat den Raum und wandte sich gleich dem riesigen Fenster zu, das eine ganze Wand einnahm. Aus schwindelerregender Höhe blickte sie hinab auf den weißen Strand und das azurblaue weite Meer.

»Das ist ja eine fantastische Aussicht«, schwärmte sie. »Ich hätte Lust, gleich vom Balkon ins Wasser zu springen.« Sie drehte sich um und sah Percy an, der mitten im Zimmer stehen geblieben war und sie anblickte. »Es ist herrlich hier«, fügte sie endlich hinzu, um das Schweigen zu brechen.

Ausgiebig musterte Nelly das Zimmer und fragte sich, ob Eliza es eingerichtet hatte. Wenn das der Fall ist, dann besitzt sie tatsächlich einen hervorragenden Geschmack, dachte Nelly widerstrebend.

»Möchtest du etwas trinken?« Percy drückte auf einen Knopf. Die Spiegelwand hinter der Bar glitt zurück. Auf einem Regal waren Flaschen und Gläser angeordnet.

»Sehr geschickt«, lobte Nelly. »Ich hätte gern ein Sodawasser.« Mit dem Ellenbogen stützte sie sich auf den Tresen aus poliertem Ebenholz.

»Nichts Stärkeres?«, fragte Percy und goss das Sodawasser über die Eiswürfel. »Herein«, rief er, als es an der Tür klopfte.

»Ihr Gepäck, Mr. Reynolds.« Ein Page in einer schwarz-roten Livree brachte die Koffer. Nelly bemerkte seinen neugierigen Blick und errötete verlegen.

»Danke, es ist gut so.«

Der Page nahm das Trinkgeld entgegen, entfernte sich respektvoll und schloss leise die Tür. Percys eleganter grauer Koffer stand einträchtig neben Nellys altem braunen Gepäckstück.

»Warum hat er beide Koffer hiergelassen?« Sie setzte ihr Glas ab und sah Percy an. »Wäre es nicht besser gewesen, er hätte meinen Koffer gleich in mein Zimmer gebracht?«

»Das hat er ja getan.« Percy wandte sich der Bar zu und schenkte sich einen Whisky ein.

»Aber ich dachte, dies wäre deine Suite.«

»Das stimmt auch.«

»Aber sagtest du nicht gerade …« Nellys Stimme stockte, und sie errötete. »Du glaubst doch wohl nicht, dass ich …«

»Woran denkst du?«, erkundigte Percy sich amüsiert.

»Du sagtest, dass ich mir einen Eindruck von deinen anderen Hotels verschaffen sollte. Es war nicht abgemacht, dass ich ...«

»Du solltest dir angewöhnen, in vollständigen Sätzen zu sprechen, Nelly.«

»Ich werde nicht mit dir schlafen«, funkelte sie ihn wütend an.

»Ich kann mich nicht entsinnen, dass ich das von dir verlangt habe«, entgegnete er lässig, ehe er einen Schluck Whisky trank. »In dieser Suite gibt es zwei große Schlafzimmer. Ich glaube, in deinem wirst du dich ganz wohlfühlen.«

Sie errötete bis an die Haarwurzeln. »Ich bleibe nicht in dieser Suite. Jeder wird glauben, dass ich ... dass wir ...«

»Wie kommt es eigentlich, dass du so nervös bist?« Er machte sich offensichtlich über sie lustig, und genau das schürte ihren Zorn. »Dein guter Ruf ist ohnehin nicht mehr zu retten, Nelly. Da du mich hierher begleitet hast, nimmt natürlich jeder an, dass du meine Geliebte bist. Aber wir beide wissen es ja besser«, fuhr er fort. »Also kann uns auch egal sein, was die Leute reden. Solltest du allerdings den Wunsch verspüren, das Gerücht Wahrheit werden zu lassen, lasse ich mich gern von dir verführen.«

»Oh ...! Du eingebildeter, unverschämter, rücksichtsloser ...«

»Das klingt nicht gerade verführerisch.« Percy tätschelte ihren Kopf in einer Art und Weise, die sie wütend machte. »Gehe ich dann recht in der Annahme, dass du ein anderes Schlafzimmer beanspruchst?«

»Da jetzt keine Hauptsaison ist«, fauchte Nelly, »gibt es in diesem Hotel bestimmt noch freie Zimmer.«

Lächelnd streichelte er ihren Arm. »Hast du Angst, du könntest doch schwach werden, Nelly?«

»Natürlich nicht«, entgegnete sie hochmütig, obwohl ihre Haut unter seiner Berührung zu glühen schien.

»Dann wäre das also erledigt.« Er leerte sein Glas. »Falls du befürchtest, dass ich mitten in der Nacht lüstern in dein Zimmer eindringe, kann ich dich beruhigen. Die Tür zu deinem Schlafzimmer ist mit einem einbruchsicheren Schloss ausgestattet. Ich gehe jetzt hinunter zu Bailey. Zieh dich inzwischen um, und vertreib dir die Zeit am Strand. Dein Zimmer ist das zweite links, vom Flur aus gesehen.« Er ließ sie allein, bevor ihr eine passende Antwort einfiel.

Noch ehe Nelly den Koffer in ihr Zimmer trug, wusste sie einige bissige Kommentare auf Percys Herausforderung. Doch leider war es zu spät. Sie beruhigte sich langsam wieder und betrachtete die Lage in einem anderen Licht.

Anstatt sich aufzuregen, wollte sie die luxuriöse Umgebung lieber genießen. Darüber hinaus war die Suite tatsächlich geräumig genug für sie und Percy.

Sie zog sich knapp sitzende rehbraune Shorts und ein hellgrünes luftiges Oberteil an und machte sich auf den Weg zum Strand. Ihren Koffer konnte sie später immer noch auspacken.

Die Lage des Hotels faszinierte Nelly. Die gepflegte Anlage am Meer unter freiem Himmel war mit allem erdenklichen Komfort ausgestattet. Ein riesiges mosaikgekacheltes Schwimmbecken war für die Gäste bestimmt, die das gefilterte Wasser dem offenen Meer vorzogen. Auf ihrem Spaziergang zum Strand kam Nelly an einer Reihe von Tennisplätzen vorbei. In diesem Hotel fehlte es den Gästen an nichts. Die gesamte Hotelanlage war der Inbegriff von Vornehmheit und Eleganz. Nelly suchte nach einem passenden Vergleich zum »Lakeside«: Wie Eiernudeln und Kaviar, fiel ihr ein. Beides passt einfach nicht auf denselben Teller.

»Hallo.«

Überrascht drehte Nelly sich um, blinzelte im grellen Sonnenlicht und erblickte einen fabelhaft aussehenden jungen Mann.

»Hallo.« Sie erwiderte das Lächeln in dem ungemein attraktiven Gesicht. Zu der tief gebräunten Haut bildete das hellblonde Haar einen interessanten Kontrast.

»Wollen Sie das Meerwasser ausprobieren?«

»Heute noch nicht.«

»Das ist ungewöhnlich.« Er begleitete sie über den weichen Sand. »Normalerweise geht hier jeder Neuankömmling gleich am ersten Tag ins Wasser.«

»Woher wissen Sie, dass ich gerade erst eingetroffen bin?«, fragte Nelly.

»Weil ich Sie vorher noch nie gesehen habe. Sonst wären Sie mir bestimmt aufgefallen.« Er musterte sie mit typisch männlichem Kennerblick. »Und weil Sie immer noch eine Haut haben wie Milch und Honig und nicht aussehen wie ein gegrilltes Hühnchen.«

»Bei mir zu Hause hat die Sonne um diese Jahreszeit noch keine Kraft«, berichtete Nelly und bewunderte im Stillen die gleichmäßig gebräunte Haut des jungen Mannes. »Ich nehme an, Sie sind schon etwas länger hier.«

»Seit zwei Jahren«, antwortete er freundlich. »Ich bin Tennislehrer. Mein Name ist Chad Hardy.«

»Nelly Clark.« Sie ging auf den Weg zu, der zum Hotel zurückführte. »Wieso sind Sie am Strand und nicht auf den Tennisplätzen?«

»Heute ist mein freier Tag«, erklärte er. Zu ihrer Überraschung griff er in ihr Haar und wickelte sich eine Strähne um den Finger. »Aber wenn Sie gern eine Privatstunde hätten, ließe sich das leicht einrichten.«

»Nein, danke«, lehnte sie ab und trat den Rückweg an.

»Darf ich Sie zum Abendessen einladen?« Chad nahm ihre Hand und zog sie sanft, aber entschlossen an sich.

»Ich habe leider keine Zeit.«

»Dann möchte ich Sie jetzt wenigstens zu einem Drink einladen.«

Sie amüsierte sich über seine Hartnäckigkeit. »Vielen Dank, aber dafür ist es etwas zu früh.«

»Dann warten wir noch etwas ab.«

Lachend schüttelte Nelly den Kopf und entzog ihm die Hand. »Nein, das geht leider nicht, aber trotzdem vielen Dank für die Einladung. Auf Wiedersehen, Mr. Hardy.«

»Ich heiße Chad.« Er kehrte mit ihr zum Hotelgelände zurück. »Haben Sie denn morgen Zeit? Ich stehe Ihnen zur Verfügung. Wir können gemeinsam frühstücken, zu Mittag essen oder das ganze Wochenende in Las Vegas verbringen.«

Nelly lächelte. Diesem unbekümmerten Charme konnte sie nicht widerstehen. »Es wird Ihnen bestimmt nicht schwerfallen, eine andere Begleitung zu finden.«

»Im Gegenteil«, erwiderte er. »Haben Sie Mitleid mit mir.«

Nelly überlegte kurz und gab schließlich nach. »Na schön, dann laden Sie mich zu einem Glas Orangensaft ein.«

Eine halbe Minute später saß Nelly an einem Tisch neben dem Swimmingpool.

»So früh ist es doch gar nicht mehr«, meinte Chad, als sie auf ihrem Fruchtgetränk bestand. »Die meisten Gäste treffen jetzt ein, duschen sich den Sand ab und kleiden sich zum Essen um.«

»Ich trinke aber um diese Zeit nicht gern Alkohol.« Nelly nippte an dem eisgekühlten Saft. Sie betrachtete die tropischen Fächerpalmen und die Blütenpracht in den Marmorkübeln. »Sie haben Glück, dass Sie hier arbeiten können.«

»Ja, mir gefällt es«, bestätigte Chad und spielte mit seinem Glas. »Ich mag meine Arbeit, und ich mag die Sonne.« Er hob das Glas an die Lippen und lächelte ihr über den Rand hinweg zu. »Und dieses Leben ist äußerst reizvoll.« Ehe sie seine Absicht erkannte, hatte er ihre

Finger ergriffen und hielt sie fest. »Wie lange bleiben Sie?«

»Nur ein paar Tage.« Sie überließ ihm ihre Hand, denn sie fand es kindisch, sich zu sträuben. »Es ist eher ein Blitzbesuch als ein Urlaub.«

»Dann trinke ich auf Ihren Blitzbesuch«, erwiderte Chad und prostete ihr zu.

Chads Charme siegte, und unwillkürlich erwiderte Nelly sein strahlendes Lächeln. »Hofieren Sie eigentlich alle weiblichen Gäste auf diese Weise?«

»Nur wenn sie jung und hübsch sind und lange schlanke Beine haben.«

»Nelly!«

Sie hob erstaunt den Kopf und sah direkt in Percys finsteres Gesicht. »Ach, du bist's, Percy. Hast du deine Konferenz mit Mr. Bailey schon beendet?«

»Ich habe sie nur unterbrochen.« Sein Blick heftete sich auf Chads Hand, die immer noch Nellys Finger umschloss, und kehrte dann zu Nelly zurück. »Ich habe dich überall gesucht.«

»Ach, wirklich?« Aus einem unerklärlichen Grund fühlte sie sich plötzlich schuldbewusst. »Tut mir leid. Das ist übrigens Chad Hardy.«

»Das weiß ich. Hallo, Hardy.«

»Guten Tag, Mr. Reynolds«, entgegnete Chad betont höflich. »Ich wusste gar nicht, dass Sie im Hotel sind.«

»Ich bleibe auch nur ein paar Tage. Wenn du ausgetrunken hast«, wandte er sich frostig an Nelly, »kommst du besser nach oben und ziehst dich zum Dinner um.

Was du jetzt anhast, ist wohl kaum für den Speisesaal geeignet.« Er nickte Chad Hardy knapp zu und machte auf dem Absatz kehrt.

»Du liebe Zeit.« Chad ließ Nellys Hand los und lehnte sich zurück. Er betrachtete sie interessiert. »Warum haben Sie mir nicht gesagt, dass Sie die Freundin des Chefs sind? Ich möchte meinen Job hier nämlich nicht gern verlieren.«

Nelly schnappte ein paarmal nach Luft wie ein Fisch, ehe sie antwortete. »Ich bin nicht Percys Freundin«, widersprach sie scharf.

Chad grinste schief. »Das sollten Sie lieber ihm sagen. Schade.« Er seufzte übertrieben. »Ich hatte mir schon die schönsten Hoffnungen gemacht, aber ich werde mich hüten, mich auf gefährliches Gebiet zu begeben.«

Er stand auf und strahlte sie an. »Sollten Sie einmal allein hierherkommen, melden Sie sich bei mir.«

10. Kapitel

Herzhaft schlug Nelly die Tür zur Suite ins Schloss und klopfte energisch an Percys Tür.

»Suchst du mich?«, hörte sie eine trockene Stimme.

Sie drehte sich um. Percy lehnte mit dem Rücken gegen die Badezimmertür. Er hatte lediglich ein Handtuch um seine schmalen Hüften geschlungen. Das Haar fiel ihm in feuchten Strähnen ins Gesicht.

»Ja, ich …« Sie stockte und schluckte heftig. »Ja«, wiederholte sie fest und dachte an Chads Bemerkungen. »Vorhin hast du dich unmöglich benommen. Du hast bei Chad bewusst den Eindruck erweckt, als sei ich deine …« Sie zögerte, und ihre Augen verdunkelten sich zornig.

»Mätresse?«, half Percy nach.

Nelly blitzte ihn an. »Er gebrauchte zumindest den Ausdruck Freundin.« Sie übersah die kräftigen, muskulösen Arme und das dunkle Haar auf seiner Brust und näherte sich ihm, bis ihre Zehenspitzen sich beinahe berührten. »Du hast mich absichtlich wie deine Geliebte behandelt, und das lasse ich mir nicht gefallen.«

»Wirklich nicht? Angesichts der Tatsache, dass Hardy es innerhalb weniger Minuten geschafft hat, dich um den Finger zu wickeln, scheinst du für Männer seines Schlags leichte Beute zu sein. Ich hielt es für meine Pflicht, mich um dich zu kümmern.«

»Du als Beschützer. Dass ich nicht lache!«

»Und wie willst du dich dagegen wehren?« Er lächelte so arrogant, dass Nelly die Beherrschung verlor. »Wenn meine Verhaltensweise Hardy und seine Kumpane dazu veranlasst, die Finger von dir zu lassen, und dich daran hindert, dich zu blamieren, bin ich zufrieden. Du solltest mir dankbar sein, dass ich so gut auf dich aufpasse.«

»Dankbar soll ich dir sein?« Nelly hob die Stimme. »Dir soll ich gehören? Du hast Angst, ich könnte mich blamieren?«

Sie holte zu einem Schlag aus, doch er fing ihren Arm ab und presste ihn gegen ihren Rücken. Dann zog er sie an sich, bis sie seinen nackten Oberkörper berührte.

»Versuch das nicht noch mal«, warnte er sie sanft, aber eindringlich. »Das könnte Folgen haben.« Seine freie Hand legte sich auf ihre Taille. »Mir scheint, wir haben uns nicht an unseren Waffenstillstand gehalten.«

»Du hast ihn zuerst gebrochen«, beschuldigte Nelly ihn.

»Meinst du wirklich?«, flüsterte Percy, ehe er sie küsste.

Widerstandslos vertraute sie sich seiner Umarmung an. Dann ließ er sie los und streichelte ihren Rücken. Nelly verschränkte die Arme in seinem Nacken und wünschte sich nichts sehnlicher als seine Zärtlichkeit.

Unvermittelt ließ er sie frei. Sie verlor das Gleichgewicht und taumelte gegen die Wand.

»Zieh dich jetzt um.« Er wandte sich ab und umschloss den Türgriff.

Impulsiv streckte Nelly die Hand nach ihm aus. »Percy ...«

»Umziehen sollst du dich«, wiederholte er scharf und warf die Tür zu seinem Zimmer hinter sich zu.

Noch lange rätselte Nelly über Percys seltsames Benehmen. War es verletzter Stolz? Oder war er wütend auf sie? Sein Verhalten konnte sie sich beim besten Willen nicht erklären.

Der Morgen dämmerte. Die Sterne verblassten und erloschen ganz, als die Sonne sich dem Horizont näherte. Nelly stand auf und war froh, dass sie die Nacht überstanden hatte.

Das Dinner mit Percy war ein Fehlschlag wegen der gespannten Atmosphäre gewesen. Sie unterhielten sich betont höflich miteinander, und Nelly hatte den Eindruck gehabt, als säße sie mit einem wildfremden Mann am Tisch. Gleich nach dem Essen schützte sie Müdigkeit vor und zog sich in ihr Zimmer zurück. Die ganze Nacht lang fand sie keine Ruhe.

Sehr spät hörte sie, wie Percy die Suite betrat. Sie hielt den Atem an, damit er nicht wahrnahm, dass sie noch immer wach lag. Erst nachdem er die Tür zu seinem Zimmer leise ins Schloss gezogen hatte, atmete sie erleichtert auf.

Und nun, da der Morgen graute, fühlte sich Nelly wie zerschlagen. Bekümmert erinnerte sie sich an die

Ereignisse des vergangenen Tages und gestand sich offen ein, dass sie Percy liebte. Doch gleichzeitig wusste sie, dass sie nicht auf Gegenliebe stieß.

Sie zog sich einen Bikini an, griff nach einer Frotteejacke und schlich auf Zehenspitzen aus ihrem Zimmer.

Der Ausblick aus dem Fenster des Wohnraums zog sie magisch an. Sie beobachtete den Sonnenaufgang. Die ersten Sonnenstrahlen tauchten den Horizont bereits in ein goldenes Licht.

»Wirklich ein herrlicher Anblick.«

Erschrocken drehte Nelly sich um und wäre beinahe mit Percy zusammengeprallt, dessen Schritte sie auf dem dicken Teppichboden nicht gehört hatte.

»Ja, wirklich«, pflichtete sie ihm bei, »ich finde, es gibt nichts Schöneres als einen Sonnenaufgang.« Sie merkte, wie gekünstelt ihre Worte klangen.

Percy trug lediglich ausgefranste Jeans. »Wie hast du geschlafen?«, fragte er höflich.

Sie zuckte nur die Schultern und wich einer direkten Antwort aus. »Ich wollte schwimmen gehen, ehe der Strand überfüllt ist.«

Er nahm ihr Gesicht in die Hände und sah sie prüfend an. »Du hast Ringe unter den Augen.« Mit der Fingerspitze berührte er die zarten Stellen unter ihren Augen. »So müde habe ich dich noch nie gesehen. Normalerweise wirkst du immer ausgeruht und quicklebendig. Jetzt siehst du blass und zerbrechlich aus, gar nicht mehr wie das Mädchen mit den Hängezöpfen, das sich mit jungen Burschen auf dem Sportplatz prügelt.«

Sie fühlte, wie ihr die Knie weich wurden, und wandte sich ab. »Ich glaube, die erste Nacht in einem fremden Bett ist immer etwas ungemütlich.«

»Du meinst, es hätte am Bett gelegen?« Er zog die Brauen hoch. »Du bist sehr großzügig, Nelly.«

Sein Lächeln wirkte auf sie wie ein Lebenselixier, und plötzlich fühlte sie sich nicht mehr so matt. »Percy, ich möchte ... ich fände es schön, wenn wir Freunde sein könnten.«

»Freunde?«, lächelte er vergnügt. »Ach, Nelly, du bist süß, wenn auch ein bisschen naiv.« Er ergriff ihre Hände und zog sie, eine nach der anderen, an seine Lippen. »Na schön, meine Freundin, dann lass uns schwimmen gehen.«

Außer Nelly und Percy hielten sich nur Möwen am Strand auf. Breit und einladend lag der weiße Sand vor ihnen. Die Luft versprach einen heißen Tag, und Nelly schaute sich beglückt um.

»Mir kommt es vor, als wären wir ganz allein auf der Welt.«

»Menschenmassen scheinen dir nicht zu liegen, Nelly.«

»Nein, ich glaube nicht.« Sie hob die Schultern und ließ sie wieder sinken. »Ich mag Menschen, aber es muss ein persönlicher Kontakt bestehen. Ich möchte immer wissen, was sie von mir verlangen. Auf kleine Probleme verstehe ich mich gut. Ich kann hier einen Stein einmauern, dort einen Nagel einschlagen. Aber ich wäre nicht imstande, ein Gebäude dieses Ausmaßes zu errichten, so wie du es tust.«

»Ohne Leute, die Steine aufeinandersetzen und Nägel einhämmern, kann man aber kein Gebäude hochziehen«, entgegnete er. Sie freute sich über diese Bemerkung. Lachend zauste er ihr Haar. »Los, wir machen ein Wettrennen. Mal sehen, wer zuerst am Wasser ist.«

Nelly blickte Percy abschätzend an und schüttelte den Kopf. »Du bist viel größer als ich, also befindest du dich im Vorteil.«

»Ich weiß doch längst, wie schnell du rennen kannst.« Er senkte die Augen. »Du bist zwar sehr zierlich, hast aber trotzdem erstaunlich lange Beine.«

»Na schön.« Sie schürzte die Lippen und holte tief Luft. Ohne noch länger zu warten, lief sie los und stürzte sich ins Wasser.

Sie schwamm, was ihre Kräfte hergaben, doch plötzlich merkte sie, dass Percy ihr folgte und ihre Taille packte. Lachend wehrte sie sich, aber er tauchte sie unter.

»Percy, willst du mich ertränken?«, prustete sie, während sie wieder hochschnellte.

»Das hatte ich eigentlich nicht vor«, entgegnete er. »Halt still, dann passiert das nicht noch mal.«

Nelly sträubte sich nicht mehr gegen seinen festen Griff. In seinen Armen fühlte sie sich geborgen, und sie spürte das laue Wasser wie Seide auf ihrer Haut.

Seine Lippen küssten ihren nassen Scheitel und glitten dann ihren Hals bis zur Schulter entlang.

Erwartungsvoll öffnete sie den Mund. Sein Kuss war sanft und zärtlich, und sie wehrte sich nicht gegen seine

Leidenschaft. Seine Hand schob sich unter den Träger ihres Bikinis und liebkoste ihren Busen.

Nelly genoss träumerisch Percys Zärtlichkeiten, das wogende Wasser und die Hitze der aufgehenden Sonne. Am liebsten wäre sie noch lange so neben Percy auf dem Meer dahingetrieben. Sie zitterte vor Glück.

»Dir wird kalt.« Percy ließ Nelly los, um sie anzuschauen. »Komm, schwimm dich wieder warm.« Der Zauber verflog. »Wir paddeln zurück und legen uns in die Sonne.«

Nelly setzte sich in den bereits warmen Sand, und Percy streckte sich neben ihr aus. Sie versuchte, seinem Blick auszuweichen.

Er hat mir ja gesagt, wie es kommen würde, erinnerte sie sich. Leider hat er recht behalten. Ich kann mich nicht gegen ihn wehren, und bald werde ich eine neue Eliza in seinem Leben sein. Sie zog die Knie an, stützte ihr Kinn darauf und beobachtete den Horizont.

Aus irgendeinem Grund findet er mich attraktiv, dachte sie. Vielleicht, weil ich mich von den übrigen Frauen unterscheide, die er bisher kannte. Ich bin nicht so weltgewandt und erfahren wie sie, und vermutlich findet er gerade das reizvoll und amüsant.

»Wo bist du mit deinen Gedanken?« Percy richtete sich auf, schob seine Finger in ihr nasses Haar und sah ihr ins Gesicht.

Nelly erhob sich. Sie spürte, dass sie Percy eines Tages nachgeben würde, doch das Unvermeidliche wollte sie so lange wie möglich hinauszögern. Sie war ihm nicht gewachsen. Er war ihr weit überlegen, weil er offenbar viel Erfahrung im Umgang mit Frauen hatte.

»Ich habe Hunger«, rief sie. »Spendierst du mir ein Frühstück? Eigentlich müsstest du das, denn immerhin habe ich den Wettlauf gewonnen.«

»Meinst du?« Er erhob sich ebenfalls, während sie in die kurze Frotteejacke schlüpfte.

»Das meine ich nicht nur, das weiß ich«, bekräftigte sie. »Ich war der eindeutige Sieger.« Sie sah zu, wie er sich seinen blauen Pullover über den Kopf zog.

»Dann müsstest du mich zum Frühstück einladen. Der Gewinner gibt immer etwas aus.« Lächelnd reichte er ihr die Hand. Zögernd griff sie zu.

»Hast du Appetit auf eine Schüssel Cornflakes?«

»Cornflakes sind mir zu billig.«

»Tja«, bedauernd hob sie die Schultern, »da ich so überraschend nach Florida entführt wurde, sind meine finanziellen Mittel leider begrenzt.«

»Bei mir hast du Kredit.« Er ließ ihre Hand los und legte den Arm kameradschaftlich um ihre Schulter. Gemeinsam gingen sie zum Hotel zurück.

Gegen Mittag befand Nelly sich in Hochstimmung. Percy behandelte sie erstaunlich galant und zuvorkommend.

Er führte sie durch das Hotel. Nelly bewunderte den ganz in Silber und Kobaltblau ausgestatteten Aufenthaltsraum, stöberte entzückt in den beiden Boutiquen und besichtigte sachverständig die riesige Küche.

Im Spielsalon ließ sie sich von Percy Kleingeld geben, und er sah nachsichtig zu, wie sie sich begeistert mit den verschiedenen Automaten beschäftigte. Er stand neben ihr und beobachtete, wie sie per Computer das nächste Auto zu Schrott fuhr.

»Weißt du was«, bemerkte er, als sie die Hand aufhielt, um eine neue Münze entgegenzunehmen. »Wenn du an allen Automaten spielst, dann wird das ebenso teuer wie das Kleid, das dir in der Boutique so gut gefiel. Für diese lauten Apparate lässt du dir von mir Geld geben. Warum durfte ich dir dann nicht das hübsche Kleid kaufen?«

»Das ist etwas ganz anderes«, antwortete sie zerstreut, während sie sich darauf konzentrierte, das nächste Computerauto um die Hindernisse herumzusteuern.

»Warum?« Percy zog eine Grimasse, als sie haarscharf an einem nichts ahnenden Fußgänger vorbeifuhr und der Wagen schleudernd um die Ecke bog.

»Du hast mir noch gar nicht erzählt, ob ihr euer Problem gelöst habt«, warf Nelly ein und riss das Lenkrad herum, um einem Lastzug auszuweichen.

»Problem?«

»Ja, die Angelegenheit, deretwegen du hierhergeflogen bist.«

»Ach so, ja.« Er lächelte und strich ihr eine Haarsträhne aus der Stirn. »Alles hat sich zum Besten gewendet.«

Nelly schimpfte laut, als ihr Wagen gegen einen Telegrafenmast prallte, durch die Luft geschleudert wurde und geräuschvoll in Stücke zerschellte.

»Ich glaube, du hörst jetzt lieber auf.« Percy ergriff ihre Hand, die sie ihm hoffnungsvoll entgegenhielt. »Lass uns zu Mittag essen, ehe ich vollkommen pleite bin.«

Auf der Terrasse über dem Swimmingpool aßen sie Quiche Lorraine und tranken dazu einen Chablis. Einige Gäste tummelten sich in dem türkisblauen Wasser.

Nach dem Essen schaute Nelly versonnen auf die Schwimmer und Sonnenanbeter hinab. Als sie den Blick wieder hob, fiel ihr auf, dass Percy sie lächelnd beobachtete.

»Ist irgendwas?« Um ihre Verlegenheit zu überspielen, nahm sie einen Schluck Wein.

»Nein, es macht mir nur Spaß, dich anzusehen. Deine Augen wechseln ständig die Farbe. Einmal sind sie dunkelgrau wie der Rauch eines Torffeuers, im nächsten Moment hell wie das Wasser eines Sees. Solltest du jemals Geheimnisse haben, würden deine Augen sie sofort verraten.« Er lächelte breit, als sie errötete. Sie blickte in ihr Weinglas, in dem der Chablis golden funkelte. »Du bist eine unglaublich hübsche Frau, Nelly.«

Sie hob überrascht den Kopf. Er lachte leise, ergriff ihre Hand und führte sie an seine Lippen. »Aber ich glaube, das sollte ich dir nicht zu oft sagen. Sonst wirst du dir deines guten Aussehens bewusst und verlierst vielleicht deinen natürlichen Charme.«

Er stand auf und zog sie mit sich. »Jetzt bringe ich dich in das Fitnesszentrum. Es ist mit allem ausgestattet, was Körper und Seele guttut, und du sollst dir einen gründlichen Eindruck verschaffen.«

»Das interessiert mich schon, aber …«

»Ich werde Bescheid sagen, dass man dir das volle Programm bietet«, fiel er ihr ins Wort. »Und wenn wir uns um sieben zum Dinner treffen, will ich keine Ringe mehr unter deinen Augen sehen.«

Percy überließ Nelly der Obhut einer energischen dunkelhaarigen Frau, und das gesundheitsfördernde Programm begann. Man setzte Nelly zuerst in ein sauerstoffhaltiges Sprudelbad, dann in eine Sauna. Danach wurde sie massiert. Drei Stunden lang dauerte die Behandlung.

Einmal spielte sie mit dem Gedanken, sich wieder anzuziehen und sich heimlich fortzuschleichen. Als sie feststellte, dass ihre Kleidung nirgends zu sehen war, ergab sie sich jedoch in ihr Schicksal und bemerkte bald, wie sich die unbewusst aufgestauten Spannungen lösten.

Während der Massage dämmerte sie langsam in einen Halbschlaf hinüber. Wie aus weiter Ferne nahm sie die Unterhaltung der beiden Frauen wahr, die sich der gleichen Behandlung unterzogen wie sie.

»Vor zwei Jahren war ich schon einmal hier … er sieht fantastisch aus … eine blendende Partie … und das viele Geld dazu … Reynolds ist unermesslich reich.«

Als Percys Name fiel, öffnete Nelly die Augen und horchte auf.

»Erstaunlich, dass es noch keinem raffinierten Weibsbild gelungen ist, sich diesen attraktiven Junggesellen zu angeln.« Die rothaarige Frau strich sich eine schweißnasse Strähne hinter das Ohr und verschränkte die Arme unter dem Kinn.

»Herzchen, du kannst dich darauf verlassen, dass Dutzende es schon versucht haben.« Die dunkelhaarige Gesprächspartnerin unterdrückte ein Gähnen und lächelte vielsagend. »Er hat bestimmt nichts dagegen, dass die Frauen ihm hinterherlaufen. Ein Mann wie Reynolds sonnt sich gern in weiblicher Bewunderung.«

»Ich schwärme auch für ihn.«

»Hast du seine Begleiterin gesehen? Ich beobachtete sie gestern Abend und heute am Swimmingpool.«

»Mm. Ich habe ihre Ankunft miterlebt, aber ich muss gestehen, dass ich nur Augen für ihn hatte. Sie ist doch so eine zierliche Blondine, nicht wahr?«

»Ja, aber ich glaube nicht, dass sie von Natur aus so blond ist.«

Nelly war anfänglich über diese Unterstellung empört, doch dann amüsierte sie sich. Soso, überlegte sie, man hält mich also allgemein für Percys neueste Errungenschaft. Es kann nicht schaden, wenn ich mir die Meinung des Volkes einmal anhöre.

»Glaubst du, dass die Neue ihn halten kann? Wer ist sie eigentlich?«

»Genau das wollte ich herausfinden.« Die dunkelhaarige Frau verzog das Gesicht. »Es hat mich zwanzig Dollar gekostet, um zu erfahren, dass sie Nelly Clark heißt. Mehr war beim besten Willen nicht herauszubekommen. Nicht mal der gute alte Paul Bailey scheint etwas zu wissen. Es sieht so aus, als wäre sie vom Himmel gefallen.

Hier war sie jedenfalls noch nie. Und ob sie ihn auf die Dauer halten kann …« Sie hob die gleichmäßig gebräunten Schultern. »Man kann nie wissen. Er verschlingt sie buchstäblich mit den Augen. Unsereins könnte vor Neid erblassen.«

Skeptisch zog Nelly eine Augenbraue hoch.

»Ich glaube«, fuhr die Brünette fort, »er spricht auf große graue Augen und eine blonde Mähne an. Tatsächlich ist das Mädchen auch ausgesprochen hübsch, frisch und natürlich.«

Nelly stützte sich auf den Ellenbogen und lächelte die beiden Frauen an.

»Vielen Dank«, sagte sie fest. Dann legte sie wieder den Kopf auf die verschränkten Arme und schmunzelte über die plötzliche Stille.

11. Kapitel

Erfrischt und mit sich und der Welt zufrieden, kehrte Nelly in Percys Suite zurück. Unter dem Arm trug sie eine lange flache Schachtel. Trotz ihrer Auseinandersetzung mit der resoluten Verkäuferin war sie gut gelaunt.

Nach der dreistündigen Behandlung im Fitnesszentrum war Nelly in die Boutique zurückgegangen. Sie probierte das Kleid aus silberglänzender Seide an, das Percy so bewundert hatte, und richtete sich innerlich darauf ein, ihre Ersparnisse anzubrechen. Zu ihrer Verwunderung belehrte die Verkäuferin sie, dass Mr. Reynolds Nellys Rechnungen begleichen würde.

Verärgert über Percys Eigenmächtigkeit, stritt sie sich mit dem Mädchen, das sich jedoch nicht beirren ließ. Schließlich verließ Nelly die Boutique mit dem Kleid und schwor sich, das finanzielle Problem später mit Percy persönlich zu regeln.

Wenn sie schon als die geheimnisvolle Fremde galt, die Percy Reynolds umgarnte, benötigte sie auch die entsprechende Ausstattung.

Lächelnd ließ Nelly das Badewasser ein und fügte einen stark schäumenden Badezusatz hinzu. Sie genoss das heiße, duftende Wasser, als die Tür plötzlich aufging.

»Da bist du ja wieder«, sagte Percy und lehnte sich gegen den Türrahmen. »Hat's dir gefallen?«

»Percy!« Nelly rutschte tiefer ins Wasser und bedeckte sich mit Schaum. »Ich bade gerade.«

»Ja, das sehe ich. Aber es ist nicht nötig, dass du dich dabei ertränkst. Möchtest du etwas trinken?« Seine Stimme klang höflich und unpersönlich.

Nelly fiel die Unterhaltung der beiden Frauen wieder ein, und ihr Stolz regte sich. Es wird höchste Zeit, fand sie, es ihm mit gleicher Münze heimzuzahlen.

»Ja, gern.« Sie schaute ihn so unbekümmert wie möglich an. »Bring mir bitte einen Sherry, wenn's dir keine Mühe macht.«

Innerlich triumphierte sie, als er erstaunt die Brauen hochzog. »Es macht mir durchaus keine Mühe.« Er wandte sich ab und ließ die Tür halb offen. Nelly hoffte, dass der Schaum sich nicht auflöste, ehe sie aus der Wanne steigen und in ihren Bademantel schlüpfen konnte.

»Hier hast du deinen Sherry.« Percy kam mit dem Glas zurück.

Nelly lächelte strahlend und probierte das Getränk. »Danke. Ein halbtrockener Sherry, genau richtig. Ich bin gleich fertig, falls du ins Bad möchtest.«

»Du brauchst dich nicht zu beeilen«, erwiderte er. »Ich kann ja das andere Bad benutzen.«

»Wie du willst«, entgegnete sie liebenswürdig. Sie atmete auf, als Percy den Raum verließ und die Tür hinter sich schloss. Erleichtert stellte sie das Glas mit dem restlichen Sherry auf den Wannenrand.

Ganze fünf Minuten lang blickte Nelly in den großen Spiegel. Silberglänzende Seide umschmeichelte ihren Busen und wurde von schmalen Schulterträgern gehalten. Der Schnitt des Kleides ließ ihren Rücken bis zur Taille frei. Der Rock fiel gerade über die sanft geschwungenen Hüften und die schlanken Beine, und ein Schlitz, der bis zur Mitte des Oberschenkels reichte, verschaffte ihr die nötige Bewegungsfreiheit. Das Haar hatte sie sich in duftigen Locken hochgesteckt. Nur einige Strähnen fielen ihr wie unabsichtlich in die Stirn.

Eine fremde Frau blickte Nelly aus dem Spiegel entgegen, und sie fühlte sich unbehaglich. Selbstkritisch gestand sie sich ein, dass die echte Nelly Clark das Versprechen, das die Frau im Spiegel andeutete, nicht halten konnte.

»Bist du fertig?« Percy klopfte, und seine Frage riss sie aus ihren Betrachtungen.

»Ja, ich komme gleich.« Sie schüttelte den Kopf und lächelte sich aufmunternd zu. »Es ist ja nur ein Kleid«, hielt sie den beiden Nellys entgegen und wandte sich vom Spiegel ab.

Als sie das Wohnzimmer betrat, schenkte Percy sich gerade einen Aperitif ein. Seine Hand erstarrte mitten in der Bewegung. Er holte tief Luft.

»Na so was«, sagte er gedehnt, »du hast dir das Kleid also doch gekauft.«

»Ja.« Selbstbewusst näherte sie sich ihm. »Ich fand, meine jetzige Garderobe passt nicht zu einer Frau mit zweifelhaftem Ruf.«

»Könntest du mir das bitte näher erklären?« Er reichte Nelly ein Glas.

Mechanisch ergriff sie es. »Ach, zufällig hörte ich, wie sich zwei Damen im Massageraum unterhielten.« Sie blickte ihn spitzbübisch an, als sie das Glas auf die Bartheke stellte. »Percy, das war wirklich komisch. Du hast wahrscheinlich keine Ahnung, mit welchem Eifer die Gäste hier Anteil an deinen Affären nehmen.« Während sie das Gespräch wiedergab, kicherte sie leise.

»Ich kann dir gar nicht sagen, wie gut es für mein Selbstbewusstsein ist, als geheimnisumwitterte Frau zu gelten und beneidet zu werden. Hoffentlich spricht es sich nicht herum, dass ich nur die Managerin eines Familienhotels in der Provinz bin. Das würde meinem Ansehen schaden.«

»Selbst wenn es herauskäme, würde es ohnehin niemand glauben.« Percy schien die Angelegenheit nicht so amüsant zu finden wie Nelly. Ernst nippte er an seinem Drink.

Verwundert fragte Nelly: »Ärgerst du dich, weil ich mir daraufhin das Kleid gekauft habe? Im Schaufenster gefiel es dir doch noch.«

»Ich finde es immer noch schön.« Er nahm ihre Hand, und endlich lächelte er. »Jetzt müssen wir natürlich Champagner trinken. Zu diesem eleganten Kleid passt kein anderes Getränk.«

Percy und Nelly begannen das Essen mit Austern und Champagner. Ihr Tisch stand ganz oben in dem in mehrere Ebenen unterteilten Speisesaal, direkt vor einem Aquarium, das fast die ganze Wand einnahm. Als die klare Fleischbrühe serviert wurde, probierte Nelly den Wein und sah sich um. »Es ist wunderschön hier, Percy.«

»Ich lege auch Wert darauf, dass meine Gäste sich wohlfühlen.« Er sprach zuversichtlich wie ein Mann, dessen Leistung höchstes Lob verdient.

»Wer sich in diesem Paradies nicht wohlfühlt, ist selbst schuld. Das Personal ist so höflich und gut geschult, dass man es kaum bemerkt. Man sieht nicht, wie gearbeitet wird. Trotzdem klappt alles vorzüglich. Ich nehme an, dass während der Wintermonate hier jedes Zimmer belegt ist.«

»Das stimmt. Und wenn es sich einrichten lässt, vermeide ich es, meine Hotels während der Hochsaison zu besuchen.«

»In ein paar Wochen beginnt bei uns die Sommersaison«, begann sie.

Im nächsten Moment griff Percy nach ihrer Hand und hielt sie fest, während er gleichzeitig Champagner nachschenkte. »Es ist mir gelungen, dich den ganzen Tag über von deinem Lieblingsthema abzulenken. Mal sehen, ob wir es schaffen, auch den Abend über das Hotel Lakeside zu vergessen. Wenn wir morgen wieder zurück sind, können wir uns über Zimmerreservierungen und Stornierungen unterhalten. Ich rede nicht gern über Geschäftliches, wenn ich mit einer schönen Frau das Dinner genieße.«

Nelly lächelte nachsichtig. »Worüber sprichst du denn am liebsten, wenn du mit einer schönen Frau zusammen bist?«, entgegnete sie, vom Champagner beflügelt.

»Mehr über private Dinge.« Er streichelte ihren Handrücken. »Zum Beispiel mache ich ihr gern Komplimente. Ich sage ihr dann, dass ihre Stimme wie das Rieseln eines Bachs im Frühling klingt, dass ich glaube, in ihren Augen den Sonnenaufgang zu sehen, und dass ich sie am liebsten küssen möchte, wenn sie lächelt.« Er nahm Nellys Hand und drückte einen Kuss genau auf die Stelle, wo ihr Puls schlug.

Misstrauisch fragte sie: »Percy, machst du dich über mich lustig?«

»Nein.« Seine Stimme klang weich. »Ganz im Gegenteil, Nelly.«

Nelly lächelte glücklich und gestattete Percy, das Gespräch auf die angenehmen Dinge des Lebens zu lenken. Flackerndes Kerzenlicht, das gedämpfte Klirren von Kristall und Silber, leises Stimmengemurmel, dazu Percys verliebte Blicke ... Nelly wusste, dass sie diesen Abend nie vergessen würde.

»Lass uns einen Spaziergang machen.« Percy stand auf und zog ihren Stuhl zurück. »Sonst schläfst du noch über deinem Champagner ein.« Hand in Hand gingen sie zum Strand.

Sie schwiegen, genossen ihr Beisammensein und die laue Nacht. Orangenblüten dufteten betörend. Dieser Duft würde Nelly immer an den Mann erinnern, dessen Hand sie jetzt hielt. Konnte sie jemals wieder den Mond anschauen und im Sternenlicht spazieren gehen, ohne an ihn zu denken?

Morgen, dachte Nelly, dreht sich alles wieder ums Geschäft, und in ein paar Tagen wird Percy abreisen. Für mich ist er dann nur noch ein Name auf einem Briefkopf. Aber das »Lakeside« darf ich behalten, tröstete sie sich. Von irgendwelchen Änderungen war nicht mehr die Rede gewesen. Sie hätte dann ihre Heimat, ihre Arbeit und ihre Erinnerungen, was schon mehr wäre, als manche Menschen je besessen hatten.

»Frierst du?«, fragte Percy, weil sie erschauerte. Hatte er ihre Gedanken gelesen? »Du zitterst.« Er legte den Arm um ihre Schultern. »Dann gehen wir lieber zurück.«

Sie nickte stumm und zwang sich, nicht mehr an den nächsten Tag zu denken. Ihre Spannung löste sich. Der Champagner tat seine Wirkung, und sie beschloss, ihrer beschwingten Laune nachzugeben.

»Ach, Percy«, flüsterte sie, als sie das Foyer durchquerten. »Da ist eine der Frauen, die ich heute bei der Massage belauscht habe.« Nelly deutete auf die dunkelhaarige Dame, die sie mit unverhohlener Neugier musterte.

»Soso.« Percy drückte auf den Knopf, um den Aufzug herbeizuholen.

»Ob ich ihr zuwinken soll?«, fragte Nelly übermütig.

»Nein, ich habe eine viel bessere Idee.«

Ehe sie seine Absicht erkannte, zog er sie in die Arme und küsste sie mit einer Glut, die ihr beinahe den Atem nahm. Als Percy sie wieder losließ, sah Nelly, wie die

Brünette die Augen weit aufriss und staunend hinter ihr hersah.

Als die Tür der Suite hinter ihnen zufiel, lachte Nelly Percy an. »Wirklich schade, dass ich keine ruchlose Vergangenheit habe, die sie ausgraben könnte.«

»Mach dir darüber keine Gedanken. Sie wird dir schon eine andichten. Möchtest du einen Cognac?« Er trat an die Bar und ließ die Spiegelwand zurückgleiten.

»Nein, meine Nase ist ganz taub.«

»Ach so. Ist das ein Geburtsfehler oder ein vorübergehender Zustand?«

»Das ist«, erklärte Nelly, während sie sich auf einen Barhocker schwang, »das Signal, keinen Alkohol mehr zu trinken. Wenn meine Nase taub wird, habe ich schon mehr getrunken, als ich vertrage.«

»Aha.« Percy schenkte sich einen Cognac ein. »Dann wird also nichts aus meinem Plan, dich erst unter Alkohol zu setzen und dann zu verführen.«

»Leider nein.«

»Wofür hast du eine besondere Schwäche, Nelly?«

Für dich, hätte sie beinahe geantwortet. Doch sie besann sich noch rechtzeitig. »Ich habe eine Schwäche für schummrige Beleuchtung und sanfte Musik.«

»Tatsächlich?«

Ein Zauber tauchte den Raum plötzlich in gedämpftes Licht und leise Musik.

»Wie hast du das gemacht?«

Er setzte sich neben sie. »Hinter dem Regal befindet sich eine Schaltanlage.«

»Wunder der Technik.« Nellys Sinne waren hellwach, als Percy die Hand auf ihren Arm legte.

»Ich möchte mit dir tanzen.« Er zog sie vom Barhocker. »Dein Haar duftet nach Wiesenblumen. Lass es fallen, damit ich es berühren kann.«

»Percy, ich …«

»Pst.« Vorsichtig zog er eine Haarnadel nach der anderen heraus, bis die Locken weich über die Schultern fielen. Er streichelte ihr Haar, ehe er Nelly in die Arme schloss.

Langsam bewegten sie sich zum Rhythmus der Musik, wobei er Nelly fest an sich zog. Ihre anfängliche Nervosität legte sich, und sie fühlte sich beinahe schläfrig und wohlig entspannt. Zärtlich schmiegte sie die Wange an seine Schulter.

»Willst du mir nicht endlich verraten, wie du mit vollem Namen heißt?«, flüsterte er ihr ins Ohr.

»Das weiß keiner außer mir«, antwortete sie verträumt. »Selbst das FBI rätselt daran herum.«

»Dann werde ich mich wohl an deine Mutter wenden müssen.«

»Auch sie erinnert sich nicht mehr«, seufzte Nelly.

»Wie unterschreibst du denn amtliche Dokumente?« Er streichelte ihre Hüfte.

»Mit Nelly Clark.«

»Aber in deinem Reisepass muss doch der richtige Name stehen.«

Sie hob die Schultern. Dabei streiften ihre Lippen unabsichtlich seinen Hals. »Bisher habe ich noch nie einen Reisepass benötigt.«

»Aber du brauchst einen, wenn du nach Rom fliegst.«

»Ja, wenn ich demnächst meine Weltreise antrete, werde ich mich um einen Pass kümmern müssen. Dann unterschreibe ich natürlich mit Petronella.« Sie amüsierte sich köstlich, weil er nicht merkte, dass sie ihm ihren ursprünglichen Namen verraten hatte. Spitzbübisch lächelnd blickte sie ihn an, und er gab ihr einen Kuss.

»Nelly«, flüsterte er und presste sie an sich. »Ich möchte …«

»Küss mich noch einmal, Percy.« Champagner und Liebe umnebelten ihre Sinne. »Küss mich richtig«, flüsterte sie. Ohne auf die warnende Stimme der Vernunft zu achten, schloss sie die Augen.

Erneut flüsterte er ihren Namen. Dann stöhnte er leise und riss sie heftig an sich.

Nelly taumelte, als er sie leidenschaftlich wie nie zuvor küsste. Der Raum schien zu kreisen, und dann bettete Percy sie auf den weichen Teppich.

Während er ihr Gesicht und ihren Hals liebkoste, schob sich seine Hand unter die kühle Seide ihres Rocks und streichelte ihre glühende Haut.

Nelly erwiderte seine Zärtlichkeiten. Scheu tastete sie über seinen muskulösen Rücken. Er begehrte sie fordernd, seine Lippen und Hände erregten sie und erweckten ihre Sehnsucht und Erwartung.

Unvermittelt hob Percy den Kopf und sah ihr in die Augen, in denen sich ihre Wünsche, aber auch ihre Angst widerspiegelten. Dann stand er auf und zog sie mit sich.

»Geh jetzt ins Bett«, befahl er rau. Er trat an die Bar und schenkte sich noch einen Cognac ein.

Nelly erstarrte. Sie begriff nicht, dass er sie zurückstieß.

»Hast du mich nicht gehört? Ich sagte, du sollst jetzt ins Bett gehen.« Mit einem Zug leerte er das Glas und zog dann eine Packung Zigaretten aus der Tasche.

»Percy, das verstehe ich nicht. Ich dachte ...« Vor Scham und Enttäuschung kamen ihr beinahe die Tränen. »Ich dachte, du begehrst mich.«

»Das stimmt auch.« Er inhalierte den Rauch der Zigarette. »Und jetzt geh schlafen.«

»Percy.« Sie prallte vor seiner Wut zurück.

»Geh, sonst vergesse ich alle Anstandsregeln.«

Nelly straffte die Schultern und schluckte ihre Tränen mühsam herunter. »Na schön, du bist der Boss.« Ohne Rücksicht auf seinen Zorn fuhr sie fort: »Aber etwas solltest du dir merken. Was ich dir eben anbot, wird sich nicht wiederholen. Nie wieder lasse ich mich von dir in die Arme nehmen. Von jetzt an ist unsere einzige Verbindung das ›Lakeside‹.«

»Darüber reden wir später«, entgegnete er kurz und wandte sich ab, um sich den nächsten Cognac einzugießen. »Mach jetzt, dass du ins Bett kommst.«

Nelly lief hinaus und schloss die Tür zu ihrem Zimmer hinter sich ab.

12. Kapitel

Wie ein verletztes Kind, das sich in die Arme der Mutter wirft, flüchtete Nelly sich in die Arbeitsroutine. Auf dem Rückflug hatte sie mit Percy kaum drei Worte gewechselt. Er beschäftigte sich mit irgendwelchen Papieren, und sie vergrub sich hinter einer Zeitung.

Für sie war es kein Problem, Percy während der nächsten drei Tage aus dem Weg zu gehen. Und auch er mied jede Begegnung.

Hingebungsvoll baute Nelly um sich herum einen Schutzwall aus Hass und Groll auf, hinter dem sie sich verschanzen konnte, wenn Percy sie und das Hotel verlassen würde.

Zu ihrem größten Verdruss hielt Eliza sich immer noch im »Lakeside« auf. Obwohl Nelly bemerkte, dass Percy sich Eliza nur selten widmete, wirkte die Anwesenheit dieser Frau auf sie wie Salz in einer offenen Wunde. Jedes Mal, wenn sie Eliza sah, erinnerte sie sich kläglich und verwirrt an ihre Beziehung zu Percy.

Nelly begriff Percys Verhalten nicht. Sie war fest davon überzeugt, dass er sie in der letzten Nacht in seinem Hotel begehrt hatte. Aber er war wohl von ihrer Unerfahrenheit enttäuscht.

Um jeden unnötigen Kontakt mit ihm zu vermeiden,

richtete Nelly sich für die Dauer seines Aufenthalts im Familienhotel »Lakeside« ein Büro in ihrem Zimmer ein. Eines Nachmittags, als sie sich mit den Papieren beschäftigte, wurde sie plötzlich aus ihrer Arbeit gerissen.

Erschrocken sprang sie auf. Rechnungen und Lieferscheine fielen zu Boden. Über ihrem Zimmer hörte sie Schreie und trampelnde Schritte. Blitzartig stürmte Nelly in das dritte Geschoss. Die Geräusche kamen eindeutig aus Zimmer 314. Sie riss die Tür auf und schnappte entsetzt nach Luft. Im ersten Moment blieb sie wie gelähmt auf der Schwelle stehen.

Mitten auf dem handgeknüpften runden Teppich focht Eliza mit einem Zimmermädchen einen wilden Streit aus. Eddie tanzte aufgeregt um die beiden Frauen herum und versuchte vergeblich, den Kampf zu schlichten.

»Meine Damen, bitte.« Nelly stürzte sich mutig in das Handgemenge. Beschimpfungen und Anschuldigungen waren die Folge. Nelly breitete die Arme aus, um die beiden streitbaren Frauen voneinander zu trennen.

»Louise, Miss Trainor ist unser Gast. Was ist denn in dich gefahren?« Erfolglos versuchte sie, das stämmige Zimmermädchen zur Seite zu ziehen, dann wandte sie sich Eliza zu. »Bitte, schreien Sie doch nicht so, ich kann ja kein Wort verstehen.«

Nelly merkte, dass sie selbst geschrien hatte, senkte bewusst die Stimme und drängte Eliza von Louise zurück. »Bitte, Miss Trainor, Louise ist halb so groß und doppelt so alt wie Sie. Nehmen Sie doch bitte Rücksicht. Sie tun ihr ja weh.«

»Fassen Sie mich nicht an!« Abwehrend hob Eliza den Arm, und ihre Faust traf scheinbar zufällig Nellys Kinn.

Nelly taumelte zurück und stürzte mit dem Kopf gegen einen Bettpfosten. Vor ihren Augen tanzten Sterne, die ganz plötzlich erloschen. Sie spürte nur noch, wie sie an der Bettstelle entlang langsam zu Boden sackte.

»Nelly!« Ihr schien, als riefe jemand durch einen langen Tunnel ihren Namen. Sie stöhnte und öffnete langsam die Augen. »Bleib ganz still liegen«, befahl Percy. Vorsichtig blickte sie in sein besorgtes Gesicht. Er beugte sich über sie und strich ihr sanft das Haar aus der Stirn.

»Was ist passiert?« Sie wollte sich aufrichten, Percy drückte sie jedoch zurück.

»Genau das möchte ich auch gerne wissen.« Er drehte den Kopf, und Nelly folgte seiner Bewegung. Auf dem kleinen zweisitzigen Sofa saß Eddie und hielt die schluchzende Louise im Arm. Eliza stand am Fenster und wandte ihnen das Profil zu. Ihr Mund war ein schmaler Strich.

»Ach du meine Güte.« Die Erinnerung kehrte zurück, und Nelly schloss wieder die Augen. Bewusstlosigkeit hatte auch ihre Vorteile. »Diese Leute veranstalteten mitten im Zimmer einen Ringkampf. Leider gab mir Miss Trainor dabei einen Kinnhaken.«

Percy hörte auf, Nellys Wange zu streicheln. »Sie hat dich geschlagen?«

»Das habe ich nicht absichtlich getan, Percy.« Eliza ließ Nelly nicht zu Wort kommen. Sie schien aufrichtig bekümmert zu sein. »Ich wollte nichts weiter als die vorsintflutlichen Gardinen abnehmen, als dieses Dienstmädchen hereinkam.« Hoheitsvoll deutete sie auf Louise. »Sie schrie und griff mich tätlich an. Dann kam der da.« Sie zeigte auf Eddie, ehe sie die Hand über ihre Augen legte. »Und plötzlich tauchte Miss Clark wie aus heiterem Himmel auf, brüllte mich auch noch an und stieß mich zurück. Es war schrecklich.« Eliza schüttelte sich und rang sichtlich nach Fassung. »Ich wollte mich doch nur wehren. Wie kommt sie eigentlich dazu, in mein Zimmer einzudringen? Keiner von diesen Leuten hier hat das Recht dazu.«

»Und sie hat kein Recht, die Gardinen abzunehmen«, mischte sich Louise ein und zerknüllte nervös Eddies Taschentuch. Mit dem feuchten Lappen deutete sie so lange auf das Fenster, bis alle Anwesenden ihrem Blick folgten. Der weiße Tüll hing schlaff und unordentlich an der Stange. »Sie bezeichnete die Vorhänge als unmodern und unpraktisch, wie alles andere in diesem Haus. Dabei habe ich sie erst vor zwei Tagen gewaschen.« Louise bedeckte ihren wogenden Busen mit der Hand. »Es kommt gar nicht infrage, dass sie wieder schmutzig werden. Ich habe Miss Trainor höflich gebeten, sie nicht anzufassen.«

»Höflich?«, rief Eliza schrill. »Sie sind über mich hergefallen wie eine Wilde.«

»Ich wurde erst deutlicher«, entgegnete Louise würdevoll, »als sie nicht vom Stuhl steigen wollte. Stell dir vor, Nelly, sie stand auf dem guten Bentwood-Stuhl. Wie kann sich jemand nur auf so ein schönes Stück stellen!«

Louise vergrub ihr Gesicht an Eddies Schulter, unfähig, weiterzusprechen.

»Percy.« Eliza strich sich eine Locke hinter ihr Ohr und trat auf ihn zu. In ihren Augen blitzten Tränen. »Erlaubst du, dass dieses Weibsbild so über mich spricht? Ich will, dass du sie sofort entlässt. Sie hätte mir wer weiß was antun können, als sie mich vom Stuhl zog. Die Frau ist ja nicht ganz richtig im Kopf.« Flehend legte Eliza Percy die Hand auf die Schulter, und die ersten Tränen tropften über ihre Wangen.

Entrüstet über diesen weiblich-hilflosen Auftritt, richtete Nelly sich auf. Sie wehrte Percy ab, der sie zurückdrücken wollte. »Mr. Reynolds, bin ich noch Managerin dieses Hotels?«

»Jawohl, Miss Clark.«

Seine Stimme klang wütend, aber Nelly achtete nicht darauf. »Großartig. Miss Trainor, ich entscheide, wer hier eingestellt oder entlassen wird. Wenn Sie sich beschweren wollen, tun Sie das bitte schriftlich. Ich möchte Sie jedoch gleich darauf hinweisen, dass Sie für jeden Schaden, den Sie in diesem Zimmer oder sonst wo anrichten, aufkommen müssen. Und nehmen Sie bitte zur Kenntnis, dass Louise in diesem Fall die volle Unterstützung des Hauses genießt.«

»Percy!« Eliza schäumte vor Zorn. »Muss ich mir das gefallen lassen?«

»Mr. Reynolds«, schnitt Nelly ihr das Wort ab, während sie sich nach einem Aspirin und Ruhe sehnte, »bringen Sie Miss Trainor bitte in den Aufenthaltsraum, und bieten Sie ihr auf Kosten des Hauses etwas zu trinken an. Ich schlage vor, wir setzen diese Diskussion später fort.«

Percy nickte zögernd. »In Ordnung, wir reden zu einem anderen Zeitpunkt weiter. Und du bleibst heute den ganzen Tag im Bett, Nelly. Ich sorge dafür, dass du nicht gestört wirst.«

Erst nachdem Eddie und Louise sich mitfühlend bei Nelly bedankt hatten, konnte sie sich in ihr Zimmer zurückziehen. Sie stieg über die verstreut herumliegenden Rechnungen und Lieferscheine hinweg, holte sich das so dringend notwendige Aspirin und rollte sich dann auf ihrer Bettdecke zusammen. Vage bekam sie noch mit, dass die Tür aufging, und dann spürte sie, wie eine Hand über ihr Haar strich. Doch sie schlief schon halb und wusste nicht, ob der auf ihre Lippen gehauchte Kuss Traum oder Wirklichkeit war.

Als Nelly aufwachte, hatte das heftige Pochen in ihren Schläfen nachgelassen. Der Schmerz war zumindest erträglich geworden. Sie richtete sich auf und betrachtete staunend den ordentlichen Papierstapel auf ihrem Schreibtisch. Vielleicht habe ich nur geträumt, vermutete sie, als sie sah, dass auf dem Boden kein einziges Blatt mehr lag. Oder ich habe das alles selbst aufgehoben und weiß es jetzt nicht mehr.

Sie betastete ihren Hinterkopf und zuckte zusammen, als ihre Finger die Beule berührten. Wer einen Streit schlichten will, kriegt immer die meisten Prügel ab, dachte sie entrüstet. Sie beschloss, nach unten zu gehen und mit Percy zu sprechen.

In der Eingangsdiele begegnete sie Eddie, Maggie und Louise, die sich leise, aber dennoch heftig miteinander stritten. Seufzend ging Nelly zu ihnen, um wieder einmal Frieden zu stiften.

»Ach, du bist es, Nelly«, wunderte sich Maggie. »Mr. Reynolds sagte, du dürftest nicht gestört werden. Wie geht es dir? Louise hat uns gesagt, Miss Trainor hätte dir einen Kinnhaken versetzt.«

»Alles halb so schlimm.« Nellys Blick wanderte von einem ernsten Gesicht zum anderen. »Weswegen habt ihr euch gezankt?«

Die drei schwatzten gleichzeitig los. Mit einer Hand berührte Nelly den immer noch schmerzenden Kopf, die andere hob sie gebieterisch. »Eddie, du erzählst«, entschied sie.

»Es ging um den Architekten«, begann er, woraufhin sie fragend die Brauen hochzog.

»Welchen Architekten meinst du?«

»Na, den, der hier war, als du so plötzlich nach Florida abreisen musstest. Nur wussten wir natürlich nicht, dass er Architekt war. Liz meinte, er sei Künstler, weil er immer mit Block und Bleistift durch die Gegend lief und Skizzen machte.«

Nelly machte sich auf einen unzusammenhängenden Bericht gefasst, seufzte und fragte: »Wovon hat er denn Skizzen gemacht?«

»Vom Hotel natürlich«, rief Eddie nachdrücklich. »Aber er war gar kein Künstler.«

»Er war nämlich Architekt«, mischte sich Maggie ein, die sich nicht länger zurückhalten konnte. Eddie warf ihr einen tadelnden Blick zu.

»Und woher weißt du, dass er Architekt war?« Nelly fragte sich, warum sie sich trotz ihrer Kopfschmerzen überhaupt mit dieser lächerlichen Angelegenheit befasste.

»Weil Louise hörte, wie er mit Mr. Reynolds am Telefon sprach.«

Nelly wandte sich an das Zimmermädchen und spürte ein flaues Gefühl in der Magengrube. »Du hast doch nicht etwa das Gespräch belauscht, Louise?«

»Ich habe nicht gelauscht«, verteidigte sich Louise würdevoll. Nelly blickte sie strafend an, und schließlich gab sie kleinlaut zu: »Na ja, ich wollte nicht horchen, bis ich hörte, dass es um das Hotel ging. Ich hatte nämlich vor, im Büro Staub zu wischen, und weil Mr. Reynolds telefonierte, wartete ich solange draußen. Als er etwas von einem Neubau sagte und der Name Fletcher fiel, kam mir plötzlich wieder in den Sinn, dass der Mann so hieß, der ständig mit einem Zeichenblock herumlief.« Sie schaltete eine Pause ein, um die Spannung zu erhöhen, und blickte triumphierend in die Runde. »Eine Zeit lang drehte sich das Gespräch nur um Maße und Bauholz. Doch dann sagte Mr. Reynolds, er sei Mr. Fletcher sehr dankbar, weil er seinen eigentlichen Beruf verschwiegen hätte.«

»Nelly«, begann Eddie eindringlich und klammerte sich an ihren Arm, »glaubst du, er lässt das Hotel doch umbauen oder vielleicht sogar abreißen? Werden wir dann alle entlassen?«

»Nein.« Nellys Kopf schmerzte bereits wieder höllisch, deshalb antwortete sie schärfer als gewöhnlich. »Nein, es kann sich nur um einen Irrtum handeln. Ich werde mich darum kümmern. Jetzt geht alle wieder an die Arbeit. Und erzählt keinem Menschen ein Wort davon.«

»Es handelt sich nicht um einen Irrtum.« Eliza schwebte auf die Gruppe zu.

»Ich habe gesagt, ihr sollt wieder an die Arbeit gehen«, wiederholte Nelly in einem Ton, der keinen Widerspruch duldete.

Eddie und die beiden Frauen entfernten sich, und erst außer Hörweite tuschelten sie wieder miteinander.

»Ich habe keine Zeit für Sie, Miss Trainor, ich bin sehr beschäftigt.«

»Gewiss, aber Percy möchte gern mit Ihnen sprechen.«

Verdrossen nahm Nelly den Köder an. »Wirklich?«

»Oh ja. Er will Ihnen erläutern, was er mit diesem kleinen Betrieb vorhat. Sie werden staunen.« Eliza musterte sorgfältig die Diele.

»Wissen Sie über seine Pläne Bescheid?«, erkundigte sich Nelly.

»Sie glauben doch nicht im Ernst, dass er hier alles beim Alten lässt, nur weil Sie es wünschen.« Eliza lachte hell auf und schnippte eine winzige Fluse von ihrer türkisgrünen Bluse. »Zu so großzügigen Gesten lässt Percy sich nicht hinreißen. Dazu ist er viel zu praktisch und geschäftstüchtig. Es kann natürlich sein, dass er Ihnen eine untergeordnete Stellung einräumt, wenn das Projekt erst einmal vollendet ist. Sie sind wohl kaum imstande, einen großen Hotelkomplex zu leiten, aber gewisse Fähigkeiten kann man Ihnen nicht absprechen. Ich an Ihrer Stelle würde mir natürlich die Demütigung ersparen und von selbst gehen.«

»Soll das heißen«, erwiderte Nelly und betonte jedes einzelne Wort, »dass Percy fest entschlossen ist, aus diesem Familienhotel ein Ferienzentrum zu machen?«

»Natürlich, was dachten Sie denn?« Eliza lächelte nachsichtig. »Wozu sollte er sonst mich und einen Architekten engagieren? Aber machen Sie sich keine Sorgen. Wie ich ihn kenne, wird er das Personal nicht entlassen. Vorläufig jedenfalls nicht.«

Eliza lächelte, drehte sich um und ließ Nelly stehen. Fassungslos sah sie Eliza nach.

Nachdem Nellys erste Verzweiflung abgeklungen war, spürte sie eine kalte Wut. Sie nahm jeweils zwei Stufen auf einmal und stürmte die Treppe hinauf in ihr Zimmer. Zehn Minuten später hetzte sie wieder wie wild die Treppe hinunter und platzte ins Büro, ohne anzuklopfen.

»Nelly.« Percy stand vom Schreibtisch auf und blickte verdutzt in ihr hochrotes Gesicht. »Du sollst doch im Bett bleiben.«

Schweigend warf sie ein Blatt Papier auf den Schreibtisch. Er nahm es in die Hand und überflog ihren Kündigungsbrief. »Das haben wir doch schon einmal durchexerziert.«

»Du gabst mir dein Wort.« Ihre Stimme zitterte enttäuscht über den Vertrauensbruch, doch trotzig schob sie das Kinn vor. »Von mir aus kannst du diese Kündigung auch zerreißen. Das ändert aber nichts an der Tatsache, dass ich gehe. Suchen Sie sich ein neues Spielzeug, Mr. Reynolds, ich bin mir für Ihre Verzögerungstaktik zu schade.«

Als sie aus dem Büro rauschte, prallte sie mit Eddie zusammen. Sie stieß ihn rücksichtslos zur Seite und hastete wieder die Treppe hinauf. In ihrem Zimmer zerrte sie die Koffer aus dem Schrank und schleuderte planlos alles hinein, was ihr in die Hände kam – Kleidungsstücke, Kosmetikartikel und allerlei Kleinigkeiten.

Sie wirbelte herum, als sie hörte, dass jemand ihr Zimmer betrat. Es war Percy.

»Raus hier!«, schnauzte sie ihn an und wünschte sich sehnlichst, sie wäre groß und stark genug, um ihn wahrhaftig aus dem Raum zu werfen. »Bis ich weg bin, ist das hier noch mein Zimmer.«

»Das ist ja ein fantastisches Durcheinander«, stellte er ruhig fest. »Hör lieber auf damit, denn du fährst nirgendwo hin.«

»Doch, sobald ich meine Sachen gepackt habe, verschwinde ich.« Um ein Haar hätte sie den Topf mit dem Schwertfarn auf die Unterwäsche geworfen. »Ich will nicht mehr für dich arbeiten und auch nicht noch länger mit dir unter einem Dach wohnen. Du hast mir ein Versprechen gegeben und es gebrochen.« Zornig blitzte sie ihn an und verwünschte sich, weil ihr die

Tränen kamen. »Ich habe dir geglaubt. Ich habe dir vertraut. Wie konnte ich nur so dumm sein! Ich kann dich nicht davon abhalten, irgendwelche Änderungen vorzunehmen, und irgendwie hätte ich mich schon angepasst. Aber was ich nicht ertragen kann, ist Unehrlichkeit.«

Ungeduldig wischte Nelly sich die Tränen mit dem Handrücken fort. »Ach, verflixt noch mal!« Sie drehte sich um und riss hektisch Bilder von der Wand. »Schade, dass ich kein Mann bin.«

»Wenn du ein Mann wärst, hätten wir diesen Auftritt vermieden. Und wenn du nicht gleich damit aufhörst, das Zimmer auseinanderzunehmen, werde ich dich gewaltsam daran hindern. Das täte mir leid, denn ich finde, für heute hast du schon genug durchgemacht.«

Percys Stimme klang gelassen und amüsiert. In ihre Wut über seinen Wortbruch mischte sich die Verzweiflung über ihre unglückliche Liebe.

»Lass mich jetzt allein.«

»Leg dich hin, Nelly, und später unterhalten wir uns in aller Ruhe.«

»Wage es nicht, mich anzurühren«, fauchte sie, als er sie in die Arme ziehen wollte. »Ich meine es ernst, Percy. Wenn du mich anfasst, kannst du etwas erleben.«

Er ließ die erhobenen Hände wieder sinken. »Na schön, wie du willst.« Er sah sie grollend an. Mit trügerischer Ruhe fuhr er fort: »Vielleicht erklärst du mir mal, was ich dir angetan habe.«

»Das weißt du sehr gut.«

»Ich will es aber noch einmal von dir hören«, beharrte er. Er trat einen Schritt zurück und zündete sich eine Zigarette an.

»Während wir in Florida waren, hast du einen Architekten herkommen lassen.«

»Fletcher?« Er betrachtete sie aufmerksam. »Was ist mit ihm?«

»Das willst du noch wissen?«, entrüstete sich Nelly. »Hinter meinem Rücken hat er ungehindert Skizzen angefertigt. Dir traue ich sogar zu, dass du extra mit mir nach Florida geflogen bist, um ihm freie Bahn zu verschaffen.«

»Das war tatsächlich ein Gesichtspunkt.«

Dieses offene Eingeständnis verschlug Nelly die Sprache.

»Nelly«, bat Percy drängend, »erzähl mir einmal der Reihe nach, was du weißt.«

»Eliza war so freundlich, mich aufzuklären«, erwiderte sie zynisch. »Wenn du genauer Bescheid wissen willst, dann geh doch zu ihr.«

»Eliza ist abgereist. Ich habe sie darum gebeten. Nelly, glaubst du, ich wollte sie noch hierbehalten, nachdem sie dich geschlagen hat?« Seine Stimme klang weich, und ihre Tränen flossen noch heftiger. Hastig wischte sie sie fort. »Erzähl mir, Nelly, was hat sie dir gesagt?«

»Sie hat mir alles berichtet. Dass du den Architekten bestellt hast, damit er Pläne entwirft, wie das Hotel in ein Ferienzentrum umgestaltet werden kann, und dass ich von meinem Posten abgesetzt werde, weil ich zu unerfahren bin, um einen großen Betrieb zu leiten.« Sie brach ab und fuhr nach einer Weile leidenschaftlich fort: »Es ist schon schlimm genug, dass du mich belogen und dein Wort gebrochen hast, aber das alles könnte ich dir noch verzeihen. Viel schlimmer ist, dass diese Landschaft verändert werden soll. Viele Leute werden ihr Einkommen verlieren, damit du noch ein paar Dollar mehr verdienst! Dein Hotel in Palm Beach ist wunderschön und passt genau dorthin, aber dieses kleine Haus ...«

»Sei still, Nelly.« Er drückte die Zigarette aus und schob die Hände in die Taschen. »Ich habe Fletcher aus zwei Gründen herbeordert. Erstens sollte er mir ein Haus für ein Grundstück entwerfen, das ich letzte Woche über einen Makler gekauft habe. Es liegt ungefähr fünfzehn Kilometer außerhalb der Stadt auf einem Hügel mit Blick auf den See. Du kennst es bestimmt.«

»Wozu brauchst du ein Grundstück?«

»Zweitens«, fuhr er fort, ohne ihren Einwand zu beachten, »sollte er prüfen, ob es möglich ist, dieses Hotel zu vergrößern, ohne dass sich dadurch der Gesamteindruck ändert. Das Büro ist viel zu klein, Nelly. Ich brauche bedeutend mehr Platz, da ich vorhabe, mein Büro von New York hierher zu verlegen, wenn wir erst einmal verheiratet sind.«

»Ich verstehe nicht ...« Verwirrt brach sie ab und erstarrte. Ihre Gedanken wirbelten durcheinander, und sie vergaß sogar ihre Kopfschmerzen. »Wie kommst du darauf, dass ich dich heiraten werde?«, stieß sie schließlich hervor.

»Du wirst mich schon heiraten«, antwortete er und lehnte sich gegen den Schreibtisch. »Aber geh lieber erst zu deinen Angestellten, und sag ihnen Bescheid, dass hier alles beim Alten bleibt. Am Hotel wird nichts verändert, und du arbeitest auch künftig als Managerin. Mit einigen Einschränkungen natürlich.«

»Einschränkungen welcher Art?« Ihre Knie wurden weich, und sie sank auf einen Stuhl.

»Es macht mir nichts aus, mein Büro in dieses Haus zu verlegen, aber eine Hotelzimmerehe möchte ich nicht führen. Wir werden in unserem neuen Heim am See wohnen, und Eddie kann dich vertreten, wenn du nicht hier bist. Es wird Zeit, dass er lernt, selbstständig zu arbeiten, denn in drei Wochen fliegen wir ja schon nach Rom.«

»Rom?«, wiederholte sie fassungslos. Sie erinnerte sich verschwommen, dass sie sich irgendwann einmal über einen Reisepass und Rom unterhalten hatten.

»Ja, deine Mutter schickt deine Geburtsurkunde, damit du einen Pass beantragen kannst.«

»Meine Mutter?« Nelly kam sich vor wie ein Papagei. Sie stand auf und trat ans Fenster, um ihre Verwirrung abzuschütteln. »Du scheinst ja alles bis ins Kleinste geplant zu haben.« Sie rang nach Fassung. »Nach meinen Gefühlen fragst du wohl gar nicht?«

»Deine Gefühle kenne ich.« Er legte die Hände auf ihre Schultern, und sie verkrampfte sich. »Ich sagte dir doch schon einmal, dass deine Augen jedes Geheimnis verraten.«

»Du kannst froh sein, dass ich dich liebe.« Sie schluckte und beobachtete einen Sonnenstrahl, der durch das Laub der hohen Bäume fiel.

»Ja, das vereinfacht alles.« Er massierte leicht ihre Schultern, doch ihre Verkrampfung löste sich nicht.

»Warum möchtest du mich heiraten, Percy?«

»Warum wohl, was glaubst du?«

Sie fühlte, wie er ihr Haar küsste, und schloss die Augen. »Du brauchst mich nicht zu heiraten, nur um mich in dein Bett zu ziehen, das wissen wir beide.« Sie holte tief Luft und fuhr fort: »Am ersten Abend, als du mein Zimmer betratst, hattest du schon gewonnen.«

»Das genügt mir nicht.« Er umfasste ihre Taille und zog sie an sich. Sie kämpfte gegen ihre Gefühle an. »In dem Augenblick, als du in das Büro gestürmt kamst und mich beschimpftest, dass mir Hören und Sehen verging, stand für mich fest, dass ich dich heiraten wollte. Ich wusste, dass ich dich dazu bringen würde, mich zu lieben. Das spürte ich, als ich dich zum ersten Mal in den Armen hielt. Aber das reichte mir nicht. Ich wollte, dass du mich von ganzem Herzen liebst.«

»Und bis du das erreichtest«, ergänzte sie bitter, »hast du dich mit Eliza amüsiert.«

Er schüttelte sie so heftig, dass ihr das Haar um den Kopf flog. »Ich habe weder Eliza noch eine andere Frau angerührt, nachdem ich dich kennengelernt hatte. Als sie sich in ihrem Negligé produzierte, hat sie das nur getan, um dich zu ärgern. Und du warst so naiv, darauf hereinzufallen. Glaubst du, ich hätte eine andere Frau anrühren können, ohne mir vorzukommen wie ein Verräter?«

Nelly konnte Percy nicht antworten, denn er verschloss ihr den Mund mit einem Kuss.

»In den zwei Wochen, die wir uns jetzt kennen, hättest du mich beinahe zum Wahnsinn getrieben«, sagte er zwischen zwei Küssen. Dann umfasste er ihr Gesicht und fragte: »Habe ich dir eigentlich schon gesagt, dass ich dich liebe?«

Nelly konnte vor Überraschung nicht antworten. Stumm schüttelte sie den Kopf.

»Dabei liebe ich dich, seit wir uns auf dem Sportplatz darüber stritten, wer recht hatte, die jungen Burschen oder du.«

Sie schlang die Arme um seinen Hals und drückte ihn so fest an sich, als befürchtete sie, er würde fortlaufen. »Percy, warum hast du damit so lange gewartet?«

Amüsiert zog er die Brauen hoch, und beschämt erinnerte sie sich, dass sie sich erst seit zwei Wochen kannten.

»Die vierzehn Tage kommen mir wie Jahre vor«, behauptete sie und lehnte ihren Kopf an seine Schulter. »Was habe ich gesagt? Wie Jahrhunderte.«

»Und während dieser Jahrhunderte«, erwiderte er, während er ihr Haar streichelte, »hast du dich erfolgreich dagegen gewehrt, dass ich dir meine Liebe gestehen konnte. An dem Tag, als ich in das Aufenthaltszimmer kam und du die Whiskyflaschen zähltest, hatte ich vor, Freundschaft mit dir zu schließen. Doch du zeigtest mir wirkungsvoll die kalte Schulter. Schließlich kam ich auf die Idee, einen Ortswechsel vorzunehmen, um woanders ganz von vorn mit dir anzufangen. Es war wie ein Geschenk des Himmels, dass Bailey aus Florida hier anrief.«

»Aber sagtest du nicht, du hättest in Florida ein Problem zu lösen?«

»Das war eine Lüge«, gab er zu und lachte. »Ich hatte im Sinn«, erklärte er, während er sich in einen Sessel sinken ließ und Nelly auf seinen Schoß zog, »dich für einige Tage von deinem Hotel fortzulocken. Ich wollte dich ganz für mich allein haben. Du solltest vollkommen gelöst und nicht ständig auf der Hut sein.« Er lachte wieder und kniff sie liebevoll ins Ohrläppchen. »Und prompt sah ich, wie Hardy dir den Hof machte.«

»Du warst eifersüchtig«, stellte sie erfreut fest und sah ihm forschend in die Augen.

»Das ist noch milde ausgedrückt. Dabei hatte ich alles so schön geplant. An unserem letzten Abend wollte ich dir in aller Form einen Heiratsantrag machen.«

»Und warum hast du das nicht getan?«

»Du hast mich von meinem Vorsatz abgelenkt.« Seine Lippen strichen über ihren Hals, und sie erinnerte sich an ihre leidenschaftliche Umarmung an diesem Abend. »Ich hatte nicht die Absicht, es so weit kommen zu lassen, aber es gelang dir immer wieder, meine Selbstbeherrschung herauszufordern.« Er seufzte und drückte seine Wange gegen ihr Haar. »Ich war wütend auf mich, weil mir die Situation so aus der Hand glitt.«

»Und ich dachte, dein Zorn galt mir.«

»Sei froh, dass es so gekommen ist. Sonst hätte ich dich noch auf dem Teppich geliebt. Aber ich war nicht in der Stimmung, dich behutsam in die Liebe einzuführen. Keine Frau habe ich jemals so begehrt wie dich in dieser Nacht.«

Sie sah ihn groß an. »Brauchst du mich, Percy?«

Er streichelte ihre Wange. »Ja, Nelly, ich brauche dich.«

Sein Mund berührte leicht ihre Lippen, doch dieser Hauch genügte ihr nicht. Sie schlang einen Arm um seinen Hals, zog seinen Kopf zu sich herunter und verlangte mehr. Ihr schien, als öffnete sich das Tor zum Paradies. Ihre Finger gruben sich in sein dichtes Haar, und sie wünschte sich, der Kuss möge nie aufhören.

»Wir müssen uns unbedingt um die Heiratslizenz kümmern, Nelly«, sagte er heiser.

»Ich werde mal mit dem hiesigen Standesbeamten sprechen«, flüsterte sie verträumt. »Er ist Eddies Onkel.«

»Ich sehe schon, Kleinstädte sind das Salz der Erde.« Erneut küsste er sie leidenschaftlich. Gleich darauf hämmerte jemand laut gegen die Tür.

»Nelly«, klagte Eddie, »Mrs. Frank möchte Julius füttern, und ich kann sein Essen nicht finden. Und die Schwestern Bodwin haben für Titus keine Sonnenblumenkerne mehr.«

»Wer, um alles in der Welt, ist Titus?«, fragte Percy leise.

»Der Wellensittich der Bodwins.«

»Sag Eddie, er soll Titus an Julius verfüttern«, schlug Percy vor und blickte finster zur Tür.

»Die Idee ist gut.« Nelly überlegte kurz und rief: »Julius' Futter steht auf dem Regal rechts vom Kühlschrank, drittes Brett. Schick jemanden in die Stadt, um ein Paket Sonnenblumenkerne zu kaufen. Und jetzt geh, Eddie, ich habe zu tun. Mr. Reynolds und ich haben eine wichtige Besprechung.«

Lächelnd verschränkte sie die Arme wieder um Percys Hals. »Nun, Mr. Reynolds, möchten Sie meine Meinung dazu hören, ob es möglich ist, am ›Lakeside‹ anzubauen, ohne dass der Stil des Gebäudes dadurch beeinträchtigt wird?«

»Nelly, sei still.«

»Du bist der Boss«, räumte sie ein, ehe sich ihre Lippen zu einem langen Kuss trafen.

– ENDE –